HEYNE <

SCIENCE-FICTION
AUS CHINA
IM HEYNE VERLAG

=

CIXIN LIU

Die drei Sonnen
Der dunkle Wald
Jenseits der Zeit
Kugelblitz
Die wandernde Erde (Erzählungen)
Spiegel
Weltenzerstörer

=

QIUFAN CHEN

Die Siliziuminsel

=

KEN LIU (Hrsg.)

Zerbrochene Sterne (Erzählungen)

=

JING BARTZ, SHI ZHANJUN (Hrsg.)

Quantenträume (Erzählungen)

HAO JINGFANG, QIUFAN CHEN,
WANG JINKANG und andere

QUANTENTRÄUME

Erzählungen aus China über künstliche Intelligenz

Herausgegeben von
Jing Bartz und Shi Zhanjun
in Zusammenarbeit mit der Zeitschrift
Renmin Wenxue – Volksliteratur

Aus dem Chinesischen von
Karin Betz, Johannes Fiederling, Marc Hermann,
Michael Kahn-Ackermann und Eva Lüdi Kong

Deutsche Erstausgabe

WILHELM HEYNE VERLAG
MÜNCHEN

Eine Übersicht über die Originaltitel und Übersetzer mit genauen Copyright-Angaben zu den einzelnen Erzählungen finden Sie im Anhang.

MIX
Papier aus verantwortungsvollen Quellen
FSC® C014496
FSC www.fsc.org

Verlagsgruppe Random House FSC® N001967

Deutsche Erstausgabe 10/2020
Redaktion: Catherine Beck

Printed in Germany
Umschlaggestaltung: Das Illustrat, München,
unter Verwendung eines Motivs von Tithi Luadthong/Shutterstock
Satz: KompetenzCenter, Mönchengladbach
Druck und Bindung: GGP Media GmbH, Pößneck

ISBN: 978-3-453-31904-2

diezukunft.de

Inhalt

Vorwort

von Cixin Liu

Science-Fiction ist als jüngeres literarisches Genre nichts anderes als Literatur, doch was sie so besonders macht, ist ihr Zusammenspiel mit der Wissenschaft.

Zunächst malt sich Science-Fiction ihre fantastischen Welten auf der Grundlage der Wissenschaft aus. Anders als in der traditionellen Literatur, die vor allem von zwischenmenschlichen Beziehungen handelt oder von der Beziehung zwischen Mensch und Gesellschaft, ist ihr Thema das Verhältnis zwischen Mensch und Natur beziehungsweise zwischen Mensch, Wissenschaft und Technik. Wissenschaft und Technik besitzen eine profunde, sehr eigene Ästhetik, eine Schönheit, die Science-Fiction mit den Mitteln der Sprache zur Geltung bringt. Durch diese literarische Anverwandlung der Schönheit der Wissenschaften gelingt es ihr, die Leserschaft, vor allem jugendliche Leser, so zu faszinieren, dass sie ihr Interesse an Naturwissenschaften weckt, ihre Fantasie beflügelt, ihren Horizont erweitert und sie, erfüllt von Forschergeist, neugierig und begierig auf die Weiten des Universums macht. Mit einer ausgeprägten Kreativität erschließt Science-Fiction uns die Möglichkeiten zukünftiger und unbekannter

Welten, die häufig auch andere kreative Bereiche auf ungeahnte Weise inspirieren und ihnen dienlich sind.

Vom literarischen Blickwinkel aus betrachtet, übersteigt Science-Fiction alles, was man als gegeben annimmt, sie schießt kühn und ungezügelt über die Realität hinaus. Doch dann wiederum ist fantastische Literatur tatsächlich sehr nah an der Wirklichkeit, denn zahlreiche Themen, die uns darin begegnen, wie zum Beispiel der gesellschaftliche Wandel durch wissenschaftlichen Fortschritt, Umweltzerstörung, Erforschung des Weltraums, künstliche Intelligenz oder die Erschließung neuer Energiequellen, sind von zentraler Relevanz für die Wirklichkeit. Wenn man sagt, dass die herkömmliche, wirklichkeitsnahe Literatur die Welt so beschreibt, wie sie ist, dann beschreibt Science-Fiction eine Wirklichkeit, der wir uns in Zukunft gegenübersehen könnten – was sie nicht weniger bedeutsam macht. Beide Arten von Literatur beruhen auf denselben Prinzipien.

Auch ein Science-Fiction-Autor muss tief in das reale Leben eintauchen, denn nur wer ein grundlegendes Verständnis für die Fragen der modernen Gesellschaft entwickelt hat, vermag auch eine literarisch und gedanklich anspruchsvolle Fantasiewelt zu konstruieren. Nur wer ganz in der Gegenwart verankert ist, ist in der Lage, sich die Zukunft auszumalen; nur wer mit beiden Beinen fest auf der Erde steht, vermag in die Tiefen des Weltraums zu blicken. In China steht Science-Fiction in einem engen Zusammenhang mit dem Entwicklungs- und Modernisierungsprozess der Landes. Der rapide Wandel der chinesischen Gesellschaft mit all seinen Chancen und Risiken bringt die Menschen des Landes zunehmend in Kontakt mit unterschiedlichen Kulturen und Dingen, die ihnen bislang fremd waren. Die Zukunft Chinas ließ die Bevölkerung noch nie so sehr an die Zukunft glauben wie heute. Aus diesem Grund fällt Science-Fiction hier zum einen auf besonders fruchtbaren Boden, zum anderen ist deshalb die Nachfrage nach diesem Genre besonders hoch. Für das Schreiben von Science-Fiction-Literatur ist es unabdingbar, am Puls der Zeit zu sein und Trends zu erkennen.

Science-Fiction ist eine Form der Populärliteratur. Die Zahl ihrer Fans ist insbesondere unter jüngeren Lesern in den vergangenen Jahren stark angewachsen, aber auch unter vielen, die im Bereich der Informatik oder in der Raumfahrtindustrie arbeiten. Der literarische Stil dieses Genres ist in der Regel eher massentauglich. Es kommt dabei mehr auf die Inhalte als auf die Form an – es ist wichtiger, was gesagt wird, als wie es gesagt wird. Ich würde sagen, dass sich Science-Fiction nur dann weiterentwickeln kann, wenn sie Populärliteratur bleibt. Gegenwärtig vollzieht die internationale Science-Fiction einen grundlegenden Wandel, es bestehen enorme Unterschiede zwischen den jeweiligen Blickwinkeln, den zentralen Themen und Orten, mit denen sich die Autoren beschäftigen. Auch die chinesische Science-Fiction sollte eine größere Sensibilität für zeitgenössische Themen entwickeln, eine Vielfalt an literarischen Stilen fördern und dabei eine eigenständige chinesische Perspektive in diesem Genre etablieren.

Im Bereich der Literatur nimmt Science-Fiction eine herausragende Stellung ein. Der in China weit verbreitete literarische Realismus, der sich mit den vielen Facetten chinesischer Kultur befasst, hat uns zwar zahlreiche hervorragende Reflexionen zur modernen chinesischen Gesellschaft und Geschichte beschert, doch insgesamt gesehen bleibt die herkömmliche Literatur in dem verhaftet, was ist und war. Der Aufstieg Chinas in den vergangenen Jahrzehnten verlangt aber nach einer zukunftsorientierten Literatur, also nach Science-Fiction. Durch den rasanten Modernisierungsprozess des Landes haben eine gewisse traditionelle Verschlossenheit der Bevölkerung und der Hang zu Wirklichkeitsnähe einen grundlegenden Wandel erfahren, vor allem unter jungen Leuten herrscht wachsendes Interesse an Zukunftsthemen, und von diesem Wandel des Denkens zeugt auch die chinesische Science-Fiction.

Unter allen literarischen Genres hat sie den engsten Bezug zum chinesischen Traum, sie legt den chinesischen Blick auf die Zukunft frei und zeugt von unserer Sehnsucht nach den Weiten des Weltalls und dem sich täglich erweiternden Horizont der modernen Gesellschaft. Nicht zuletzt ist die chinesische Science-Fiction ein lebendiger Spiegel für den wachsenden Beitrag Chinas zur menschlichen Zivilisation.

Übersetzt von Karin Betz

Einleitung

von Shi Zhanjun

Fantastische Elemente haben in der chinesischen Literatur eine lange Tradition. Von alters her bis heute zieht sich ein Genre durch die chinesische Literatur, das wir als »Fantasy« bezeichnen können. Parallel zur menschlichen Welt begegnen wir in diesen Werken übernatürlichen Wesen, Geistern und Ungeheuern, die ihrer eigenen, den Menschen verborgenen Ordnung unterworfen und dennoch mit unserer Welt vertraut sind, ja, sich sogar in sie einmischen. Die Funktion dieser literarischen Werke liegt auf der Hand: Sie stillen Sehnsüchte, die in der Realität unerfüllt bleiben, und warnen uns vor der Strafe, die uns für unsere Vergehen ereilt. Ihre mahnende und belehrende Ausrichtung, die im Wesentlichen darauf zielt, uns im nächsten Leben zu guten Menschen zu machen, wurzelt weder in einer wissenschaftlichen Erkenntnis noch in einem tieferen Nachdenken über die zukünftige Entwicklung der Menschheit.

Die chinesische Science-Fiction dagegen nahm ihren Ausgang in der Einführung und Hochschätzung der neuzeitlichen Wissenschaften. Damals – vor etwa hundert Jahren – wurde es üblich, sich »*Mister Science*« (»Herrn Wissenschaft«) zum Lehrer und Vorbild zu nehmen. Erste Prototypen einer Science-Fiction, die moderne wissenschaftliche Erkenntnisse als Grundlage mit chinesischer Kultur verband, nahmen Gestalt an. Als China dann Ende der Siebzigerjahre den Weg der Reform- und Öffnungspolitik einschlug und Deng Xiaoping Wissenschaft und Technik zur »ersten Produktivkraft« erklärte, bildete sich eine Literatur mit einem ausgeprägten Realitätsbezug heraus, die mit wissenschaftlichem Denken und zugleich ästhetischer Imagination das Rätsel der Zukunft zu ergründen suchte. Seitdem haben die Hoffnungen und Ängste angesichts der chinesischen und globalen Entwicklung in der Science-Fiction ihren Niederschlag gefunden. Dieser Trend kulminierte in der weltweiten Aufmerksamkeit, die Cixin Lius *Trisolaris-Trilogie* erregt hat. Seitdem ist die chinesische Science-Fiction, die inzwischen eine beträchtliche Anzahl von Autoren und Werken und einen großen Reichtum unterschiedlichster Geschichten hervorgebracht hat, von der literarischen Weltkarte nicht mehr wegzudenken.

Wie die klassischen literarischen Genres hat auch die Science-Fiction ihren ganz eigenen geistigen Nukleus. Der »harte Kern« der Science-Fiction ist die Wissenschaft – sonst könnte man nicht von »wissenschaftlicher Fiktion« sprechen. Doch weil es sich dabei – und das ist von zentraler Bedeutung – um Literatur und nicht um Forschungsberichte oder wissenschaftliche Prognosen handelt, muss es parallel zum wissenschaftlichen Kern oder auf der Grundlage dieses Kerns auch noch einen ästhetisch ansprechenden »weichen Kern« geben: einen literarischen Kern, aber letztlich auch einen, der zurück ins Leben führt. Dies sind die drei wesentlichen Faktoren der zeitgenössischen chinesischen Science-Fiction: Wissenschaft, Literatur und Leben. Der Plot ist das Fruchtfleisch rings um diesen Kern. Die Science-Fiction erfüllt die Suche aller zeitgenössischen Literatur nach einem tieferen geistigen Nukleus mit neuem Leben und neuen Bildern.

Die Zeitschrift *Volksliteratur* (*Renmin Wenxue*), Chinas renommiertestes Literaturmagazin, veröffentlicht seit 1978 Werke dieses Genres. Allein in den letzten zehn Jahren sind bei uns vierzehn teils längere Science-Fiction-Erzählungen und ein Roman erschienen. Schon im Jahr 2013, noch bevor Cixin Liu für *Die drei Sonnen* den Hugo Award gewann, widmete sich *Pathlight*, der englischsprachige Ableger der *Volksliteratur*, in einem ganzen Heft dem Thema »Zukunft« und stellte Werke vor, die repräsentativ für drei Generationen von Autoren sind, darunter Wang Jinkang, Cixin Liu, Hao Jingfang und Qiufan Chen. Seitdem haben wir interessierten Lesern in aller Welt noch mehr chinesische Science-Fiction-Erzählungen auch in anderen Sprachen, darunter Deutsch, Japanisch und Italienisch, zugänglich gemacht.

Die vorliegenden fünfzehn fantasievollen Geschichten, die das Ergebnis eines intensiven Auswahlprozesses darstellen, reflektieren ebenso facettenreich wie einfühlsam unsere Lebenswelt unter dem Aspekt der künstlichen Intelligenz. Wir fühlen uns geehrt, dass dieses Buch nun bei Heyne erscheinen kann, einem der beliebtesten deutschen Publikumsverlage von internationaler Strahlkraft. Das Erscheinen dieses Buches wird – davon sind wir überzeugt – nachhaltig dazu beitragen, dass noch mehr Menschen auf der Welt die zeitgenössische chinesische Science-Fiction kennen- und schätzen lernen.

Übersetzt von Marc Hermann

Quantenträume

Xia Jia

Chinesische Enzyklopädie

Aus dem Chinesischen übersetzt
von Marc Hermann

Xia Jia,

Jahrgang 1984, ist außerordentliche Professorin an der Jiaotong-Universität von Xi'an. Sie schreibt seit 2004 Science-Fiction, ist siebenfache Preisträgerin des Galaxy Award und wurde bereits viermal für den chinesischen Nebula Award nominiert. Ihre Kurzgeschichtensammlung *A Summer Beyond Your Reach* ist 2019 auf Englisch bei Clarkesworld Books erschienen.

Alles, was sich aussprechen lässt, lässt sich klar aussprechen. Wovon man nicht sprechen kann, darüber muss man schweigen.

Ludwig Wittgenstein

Lass uns reden

Nur wenige Umstände erfordern es, eine Linguistin mitten in der Nacht aus dem Bett zu holen.

Als mein Telefon klingelte, war es kurz nach drei Uhr in der Nacht. Ich müsse sofort kommen, verlangte eine trübselige Stimme. Mein erster Gedanke war: *Oje, jetzt sind die Aliens wirklich da.*

In einem düsteren kleinen Raum traf ich auf einige seltsame Gestalten, mit denen ich mir ein nicht minder seltsames Video ansah: Eine Schar weißer Robbenbabys drängte sich schreiend aneinander. Es wirkte wie eine Mischung aus Zoo, Autowerkstatt und Kindergarten.

»Scheiße, was … ist *das* denn?«, kam mir jemand mit seiner Frage zuvor.

Darauf bekamen wir eine absonderliche Erklärung zu hören: Diese Heuler waren von einem Forschungslabor entwickelte KI-Spielzeuge, die ähnlich einem Neugeborenen eine menschliche Sprache von null auf imitieren und erlernen konnten. Dem

Produkthandbuch zufolge konnten sie auf diese Weise in etwa das sprachliche Niveau eines Fünfjährigen erreichen.

Die Labormitarbeiter hatten hundert Prototypen in einen Container gepackt, um sie zu Testzwecken ins Ausland zu verschiffen, doch irgendjemand hatte geschlampt und den Container falsch etikettiert. Als man ihn endlich mit viel Mühe wiedergefunden und geöffnet hatte, lagen die Robbenbabys nicht etwa still und friedlich da – ausgeschaltet, wie sie hätten sein sollen –, sondern sie krakeelten fröhlich durcheinander.

»Anscheinend benutzen sie irgendeine fremde Sprache, die wir nicht verstehen, um sich miteinander zu unterhalten«, drang eine ungläubige Stimme durch die Dunkelheit.

»Genau diese Frage müssen wir klären«, bestätigte der Mann in schwarzem Anzug, der die nächtliche Besprechung leitete, und nickte uns mit gewichtiger Miene zu. »Kann das wirklich sein? Und wer hat ihnen diese Sprache beigebracht? Sie dürfen nicht vergessen, dass der Container die ganze Zeit verschlossen war.«

»*Sealed seals*«, murmelte ich verstohlen. Zum Glück hörte niemand meinen Kalauer.

»Da fällt mir ein ähnlicher Fall ein«, sagte die Stimme aus dem Dunkeln. »*Idioma de Señas de Nicaragua*, kurz: ISN, die Nicaraguanische Gebärdensprache. Das ist eine Sprache, die eine Gruppe von gehörlosen Kindern in den Siebziger- und Achtzigerjahren des letzten Jahrhunderts im Westen Nicaraguas entwickelt hat.«

»Erzählen Sie mehr darüber.« Der Mann in Schwarz war daran augenscheinlich sehr interessiert.

»Nun ja, ursprünglich gab es in Nicaragua keine Gehörlosengemeinschaft und entsprechend auch keine Sprache, die unter ihnen verbreitet gewesen wäre. Erst in den Siebzigerjahren wurden dort im Westen spezielle Berufsschulen für gehörlose Kinder eingerichtet. Mit der Zeit gingen einige Hundert Schüler auf diese Schulen. Weil Spanisch die Amtssprache in Nicaragua ist, versuchten die Lehrer anfangs, den Kindern beizubringen, wie man Spanisch von den Lippen abliest. Doch die Kinder wurden aus den Wörtern nicht schlau und machten kaum Fortschritte. Aber dann geschah etwas, das niemand vorhergesehen hatte: Auf dem Schulweg, beim täglichen Unterricht und in den Pausen beim Spielen lernten sie allmählich, sich mit ihrer eigenen Gebärdensprache zu verständigen. Sie kombinierten Gesten und individuelle Gebärden, die sie zu Hause benutzten, miteinander und schufen so schließlich ein neues Sprachsystem. Das war wahrscheinlich das erste Mal in der menschlichen Geschichte, dass wir mit eigenen Augen erleben konnten, wie eine Sprache wie in einem Schöpfungsmythos aus dem Nichts erschaffen wurde.«

»Vielleicht war es das erste Mal, aber sicher nicht das einzige Mal«, warf eine andere Stimme ein. »Vor gut zehn Jahren hat ein Forscherteam an der University of Queensland sogenannte Lingodroiden entwickelt, das heißt Roboter, die in der Lage waren, ihre eigene Sprache zu erfinden. Diese Roboter konnten Labyrinthe erkunden und die Stellen, an denen sie gewesen waren, mithilfe von Silben benennen, die sie aus einer Datenbank entnahmen. Wenn sie sich begegneten, kommunizierten sie diese Namen über Mikrofone und Lautsprecher miteinander. Danach entwickelten sie allmählich ein gemeinsames Vokabular, um Richtungen und Entfernungen anzugeben.«

»Und woher sollen wir wissen, was diese Roboter miteinander reden?«, fragte eine dritte Stimme.

»Hat sonst noch jemand irgendeine Idee?«, ergriff der Mann in Schwarz wieder das Wort und blickte sich im Raum um.

»Warum Robbenbabys?«, fragte ich laut.

»Wie bitte?«

»Ist das nicht komisch? Warum hat man ausgerechnet Robbenbabys genommen? Warum nicht Kätzchen oder Welpen?«

»Ist das wichtig?« Der Mann in Schwarz zuckte die Schultern.

»Vielleicht wollte der Designer sein Produkt so unschuldig und harmlos wie möglich erscheinen lassen«, sinnierte ich. »Und vielleicht zeigt das, wie sehr wir uns tief in unserem Innern vor einer fremden Spezies ängstigen, die sprechen kann.«

»Worauf wollen Sie hinaus?«

»Ich meine: Warum schalten wir dieses Überwachungsvideo nicht einfach aus, verlassen dieses kleine dunkle Zimmer und reden von Angesicht zu Angesicht mit diesen … Wesen, wenn wir wirklich daran glauben, dass sie eine neue Sprache entwickelt haben? Alle Linguisten wissen: Es gibt nur einen Weg, um eine fremde Sprache zu erlernen, nämlich mit ihren Sprechern zu kommunizieren, also ein Gespräch mit ihnen zu führen, ihnen Fragen zu stellen und ihre Fragen zu beantworten. Solange wir nicht einen von uns zu ihnen schicken, damit er an ihre Containertür klopft und Hallo sagt, werden wir nie verstehen, was sie da eigentlich reden.«

Als ich das düstere Innere des Containers betrat, verstummten die Robbenbabys und fixierten mich mit ihren großen glänzenden Augen. Zum Glück sahen sie viel süßer aus als irgendwelche Tiere mit Klauen und Zähnen. Genau wie damals bei meiner ersten Feldforschung hielt ich ihnen die Hände hin, mit den Handflächen nach oben, um ihnen zu zeigen, dass ich keine versteckten Waffen bei mir trug – auch wenn mir bewusst war, dass diese Geste in ihrem Sprachsystem wahrscheinlich keine Bedeutung besaß.

Ein Roboter darf kein menschliches Wesen verletzen.

Ein Roboter muss seine Existenz beschützen.

So high, so low, so many things to know.

»*Ni hao*«, begrüßte ich sie in meiner Muttersprache und wartete geduldig auf Antwort.

Das Robbenbaby, das mir am nächsten war, legte mir seine flauschige Vorderflosse in die Hand und stieß ein Geräusch aus, das wie ein herzhaftes Gähnen klang.

Ich versuchte mein Bestes, um es zu imitieren. War das ihre Weise, Hallo zu sagen? Oder doch nur ein Gähnen? Jedenfalls schien es mir kein schlechter Anfang.

»Lass uns reden«, sagte ich leise. »Okay?«

Babylonische Sprachverwirrung

Tocktock. Tock.

Tocktock. Tock.

Das helle Klopfen reißt mich aus meiner Lektüre. Ich werfe einen Blick auf die iWatch an meinem Handgelenk, und beide Zeitanzeigen springen auf. In China ist es jetzt Nachmittag, drüben in London erst kurz vor sieben Uhr morgens.

Als ich mit der Fingerspitze über das Display scrolle, taucht Xiaomans Gesicht darauf auf. Ihr kurzes Haar ist verwuschelt.

Ich öffne die Emoji-Auswahl und gebe eine Uhr und ein Fragezeichen in das Dialogfenster ein.

(Bist du schon aufgestanden?)

Sie schickt mir eine animierte Grafik: ein Männchen, das aus dem Bett auf den Boden kullert und wieder zurück.

(Ich kann nicht schlafen.)

Ich antworte gleichfalls mit einer animierten Grafik: ein heulendes kleines Mädchen, dem ein kleines Monster zum Trost den Kopf streichelt.

Daraufhin schickt sie mir einen kleinen Roboter, auf dessen Gesicht ein »3, 2, 1«- Countdown abläuft, ehe er gezündet wird und in die Luft schießt. Dazu schreibt sie ein Fragezeichen.

(Kannst du ein bisschen früher kommen?)

Ich antworte mit einer »Okay«-Geste, einem spritzenden Duschkopf, einem Föhn, einem Lippenstift und einer Uhr.

(Ist gut, ich mache mich nur kurz fertig. Warte mal einen Moment.)

Nachdem ich mich gewaschen und zurechtgemacht habe, gehe ich in den Kuppelleinwandraum und ziehe mir meinen grauen Ganzkörper-Sensoranzug an, dessen weiches, elastisches Material sich eng an meinen Oberkörper anschmiegt. Als ich alle Vorbereitungen getroffen habe, hebe ich einen Fuß und klopfe mit dem Schuhabsatz dreimal auf den Sensorboden:

Tocktock. Tock.

Diesen Befehl habe ich selbst festgelegt. Ich habe ihn aus dem *Zauberer von Oz* übernommen, wo er mit den magischen silbernen Schuhen geklopft wird.

Die iWall ringsum leuchtet auf. Die Szenerie wirkt so echt,

dass ich mich tatsächlich mitten in dem von sanftem Licht erhellten Zimmer zu befinden glaube. An den Wänden hängen alle möglichen Film- und Plattenposter, auf dem Boden herrscht ein heilloses Durcheinander: Überall häufen sich Kleidungsstücke und Plüschtiere. Xiaoman liegt im Pyjama auf dem Bett zusammengerollt und kaut gelangweilt an ihren Nägeln. Ihr Haar ist nass, auf ihrem Gesicht klebt eine Maske, und unter ihrem Po liegt ein platt gepresstes Kissen in Form eines Pandas.

Ich ahme ihr Nägelkauen nach und verschränke die Hände zu einem großen Kreuz.

(Hör auf, an deinen Nägeln zu kauen!)

Aber sie bricht nur in ein schallendes Gelächter aus und wälzt sich vor Lachen über das Bett. Als ich mich umdrehe, sehe ich mein Bild in einem bodentiefen Ankleidespiegel: Die Gesichtszüge, die auf die weiße, eiglatte Gesichtsfläche projiziert sind, wirken in ihrer Mimik höchst lebensecht; Rumpf und Arme dagegen sehen schrecklich plump aus. Ich hebe die Hände und bewege nacheinander alle Finger, und die stämmige Gestalt im Spiegel tut es mir haargenau nach.

Der iRobot war ursprünglich als ferngesteuerter Haushaltsroboter konzipiert. Er hat keine Beine und bewegt sich auf Rädern fort. Dafür sind seine Arme und Hände genauso agil wie bei einem Menschen: Er kann mit ihnen Äpfel schälen, Tee servieren, Wasser einschenken, kochen, abwaschen, sticken, schreiben, Klavier spielen … Aber abgesehen davon bietet er noch viele andere ungeahnte Einsatzmöglichkeiten. Erst vor Kurzem habe ich in den Nachrichten von einem Bestsellerautor gelesen, der an Flugangst leidet und deshalb per iRobot eine einwöchige Tournee mit Autogrammstunden in über hundert

Städten rund um den Globus organisierte. Allerdings musste er sein Mammutprogramm wegen einer Sehnenscheidenentzündung vorzeitig abbrechen.

Die Technik ist schon immer ein zweischneidiges Schwert gewesen und eine Quelle von Freude und Verdruss gleichermaßen.

Zu diesem besonderen Anlass hat Xiaoman den iRobot extra mit einer Perücke und einem bodenlangen Abendkleid ausstaffiert, das sie eigenhändig gekürzt hat, um es an die Größe des Roboters anzupassen. Ich verlagere meinen Körperschwerpunkt und bewege den iRobot versuchsweise nach vorn und hinten, links und rechts. Der Saum des champagnerfarbenen Tafts berührt nur eben den Boden und droht sich nicht in den Rädern zu verfangen.

Xiaoman geht in die Hocke und sorgt dafür, dass mein Kleid richtig fällt, ehe sie mir mit einer Geste ihr »Okay« gibt und mir gleichzeitig einen fragenden Blick zuwirft.

Ich antworte ihr mit zwei erhobenen Daumen.

Früher hat sie als Designerin von Spielzeugfiguren gearbeitet. Einen Roboter herauszuputzen ist für sie ein Kinderspiel. Aus Ton hat sie alle möglichen entzückend treuherzig dreinschauenden lustigen Figuren gefertigt. Wenn sie den Ton gebrannt hat, verleiht sie ihm eine unverwechselbare Persönlichkeit und Mimik, indem sie ihn bemalt, mit Zubehör beklebt und mit Kleidung und Frisur ausstaffiert. Am liebsten mag ich das tönerne Nilpferd, das sie mir geschenkt hat: Mit hochgerecktem Hinterteil scheint es fröhlich auf ein fernes Ziel zuzustürmen. Sein Körper ist in Acrylfarben mit lauter Sonnenblumen – meiner Lieblingsblume – bemalt. Es hat weder Augen noch Nase, nur zwei große rote Lippen, als bräche es gerade in ein herzhaftes Gelächter aus.

Nachdem Xiaoman in das »Vogelhaus« eingezogen war, hörte sie erst einmal auf zu arbeiten. Erst vor einem halben Jahr hat sie ihre Arbeit allmählich wieder aufgenommen. Ihr jüngstes Werk ist eine gesichtslose Puppe aus weißem Porzellan, auf deren leere Gesichtsfläche man das Foto einer Freundin oder einer Cartoonfigur projizieren kann. Anhand von Atem- und Herzfrequenz, Körpertemperatur, Gehgeschwindigkeit und anderen Daten, die vom Gegenüber per iWatch übermittelt werden, kann die Puppe einige Dutzend Gesichtsausdrücke simulieren, darunter einen lächelnden, einen besorgten, einen niedergeschlagenen, einen erschöpften, einen nervösen und einen schlafenden. Wider Erwarten erfreut sich diese stumme Puppe großer Beliebtheit und verkauft sich ausgezeichnet.

Nachdem Xiaoman mein Kleid gerichtet hat, zeigt sie auf meinen Busen. Als ich den Blick senke, entdecke ich, dass sie sorgfältig zwei Silikonpolster in das Brustteil eingenäht hat, um ihm ein wenig Volumen zu verleihen. Ich nehme das Silikon zwischen die Finger, und an meinen Sensorhandschuh wird eine leichte Druckveränderung übermittelt, verbunden mit einer sanften Tastempfindung.

(Und? Zufrieden?)

Ich setze ein missmutiges Gesicht auf und gestikuliere übertrieben mit den Händen vor der Brust.

(Viel zu mickrig! Ich bin doch nicht so flach!)

Xiaoman lacht schallend und zeigt auf eine Vielzahl von Materialteilen, die sich auf dem Tisch neben ihr stapeln.

(Soll ich noch mal nachbessern?)

Ich schüttele den Kopf und falte die Hände vor der Brust zu einem Blatt, ehe ich die Handflächen nach oben öffne und vor Xiaoman halte.

(Ist schon okay. Heute gebe ich nur die Kulisse für dich ab: Du bist die rote Blume und ich das grüne Blatt.)

Sie wiederholt die Geste für »Blume« und hält die Hände neben das Gesicht.

(Ich bin die Blume?)

Ich nicke.

Sie streckt die Arme aus und gestikuliert mit ihnen seitlich gut einen Kopf über ihrem Scheitel, als wollte sie mit den Daumen etwas anklicken.

(Und er?)

Ich deute mit den Händen einen flachen Haufen an, und Xiaoman nimmt meinen Wink auf und legt ihre ausgebreiteten Hände auf die meinen.

(Eine Blume in einem …)

Wir lachen uns beide schief.

Lachen, so sagt man, gehört zu den ältesten Formen der zwischenmenschlichen Kommunikation. Bevor ein Säugling sprechen lernt, lernt er lachen. Deshalb kommt dem Lachen in allen Sprachen die gleiche Bedeutung zu.

Als ich vor vielen Jahren während meines Studiums zum ersten Mal in einem Artikel vom »Babel-Syndrom« las, ahnte ich noch nicht, dass dieses Syndrom einmal zur Trennung von mir und meiner besten Freundin führen würde. Der Verfasser des Artikels nahm an, dass das Babel-Syndrom schon in der Frühzeit der menschlichen Geschichte aufgetreten war.

»Babel«, im Hebräischen »בבל« geschrieben, bedeutete ursprünglich »Chaos«.

Wie die medizinische Forschung in den letzten gut ein Dutzend Jahren gezeigt hat, wird das Babel-Syndrom von einem Virus namens LDR ausgelöst, dessen Inkubationszeit Jahre, ja sogar eineinhalb Jahrzehnte betragen kann. Umso abrupter bricht die Krankheit aus. Im Anfangsstadium befällt das Virus zunächst die Großhirnareale zwischen dem ventromedialen präfrontalen Cortex und dem Knie des Hirnbalkens, also Regionen, die mit der Verhaltenssteuerung zusammenhängen. Entsprechend gehören Depression und Antriebslosigkeit, Wortkargheit und Kontaktscheu zu den ersten Symptomen.

Drei bis vier Monate nach dem Ausbruch der Krankheit verfallen die Patienten dann auf einmal in einen erregten, gesprächigen Zustand, in dem sie eine starke Libido entwickeln und eine ausgeprägte Kreativität entfalten. Viele Kranke erschaffen in dieser Phase erstaunliche Gedichte, Romane und andere künstlerische Werke, deren Erforschung sich inzwischen zu einer eigenen wissenschaftlichen Disziplin entwickelt hat. Gleichzeitig jedoch ist das Virus in diesem Stadium besonders ansteckend, und schon ein Gespräch mit einem Kranken kann genügen, um das Virus per Tröpfcheninfektion durch den Speichel zu übertragen.

Etwa einen Monat später infiziert das Virus das Sprachzentrum. Als Erstes ist der Gyrus angularis am hinteren Ende des Sulcus temporalis superior im Scheitellappen davon betroffen, ein wichtiges Areal zur Verarbeitung von Informationen aus dem visuellen Cortex, das eine entscheidende Rolle für die Lese- und Schreibfähigkeit spielt. Im weiteren Verlauf leidet der

Kranke deshalb zunehmend an Lese- und Schreibstörungen. Wie einige Studien zeigen, vollzieht sich der Schwund dieser Fähigkeiten bei bilingualen oder multilingualen Menschen mit unterschiedlicher Geschwindigkeit. Im Allgemeinen verläuft der Schwund bei einer nichtphonetischen Schrift schneller als bei einer Alphabetschrift, während andere Faktoren wie die Frage, ob es sich um die eigene Muttersprache handelt oder wann und bis zu welchem Grad die Sprache erworben worden ist, nur eine untergeordnete Rolle spielen.

Bald danach greift das Virus auch auf das Wernicke-Zentrum im Gyrus temporalis superior der linken Hemisphäre über. Dieses Areal ist dafür verantwortlich, die akustischen Reize, die vom auditiven Cortex übermittelt werden, mit dem im Gedächtnis gespeicherten mentalen Lexikon abzugleichen, um die entsprechenden Wörter und die von ihnen repräsentierten Bedeutungen aufzufinden und so das Hörverstehen zu ermöglichen. Unter dem Einfluss des Virus werden die akustischen Reize, die der Kranke empfängt, allmählich verzerrt, was es ihm zunehmend erschwert, andere Sprecher zu verstehen. In den Ohren mancher Kranker klingt der Vokal a flacher als sonst, während stimmlose Konsonanten wie p, t und k auf einmal stimmhaft erscheinen; andere Kranke können den Tonfall nicht mehr richtig erkennen oder nehmen zwei Silben als eine wahr. Die Folge davon ist, dass eine Sprache, die ihnen eigentlich vertraut ist, nun für sie wie eine Fremdsprache oder wie ein Dialekt klingt. Freilich sind auch vereinzelte gegenteilige Fälle dokumentiert, etwa der eines Bankers in der New Yorker Upper East Side, der mit fortschreitender Erkrankung die englischsprachigen Nachrichten im Fernsehen nicht mehr verstand, aber dafür das Englisch seiner mexikanischen Haushaltshilfe umso verständlicher fand.

Danach befällt das Virus das Broca-Areal im Pars triangularis des Gyrus frontalis inferior. Dieses Areal ist dafür verantwortlich, Befehle an die Neuronen des Motorcortex zu übermitteln, die die Sprechmuskulatur kontrollieren und durch die Steuerung der entsprechenden Muskelbewegungen eine flüssige Artikulation ermöglichen. Der Einfluss, den das LDR-Virus auf dieses Areal ausübt, ist besonders mysteriös und seine Mechanismen bis heute nicht restlos geklärt. Der Kranke spricht mit einem immer seltsameren Akzent, der für seine Gesprächspartner schließlich unverständlich wird. Dabei fallen die Abweichungen von der normalen Aussprache höchst individuell aus: Manche Kranke verlieren die Fähigkeit, Apikale oder velare Nasale zu artikulieren, sind dafür aber in der Lage, einige ungewöhnliche Laute hervorzubringen, die in den meisten Sprachen kaum vorkommen. Am Ende entwickelt jeder Kranke seine ganz eigene Aussprache, die nur er selbst versteht.

In den letzten Jahrtausenden, als man noch nichts davon ahnte, dass das Babel-Syndrom von einem Virus ausgelöst wird, hielt man die Kranken gewöhnlich für verrückt oder von einem Dämon besessen. Oft verbrannte man sie oder begrub sie bei lebendigem Leib. Einige wurden auch als Sprachrohre der Götter verehrt. Die Überlebenden sprachen für den Rest ihres Lebens eine Sprache, die niemandem sonst verständlich war. Sie waren außerstande, mit irgendeinem anderen Menschen auf der Welt zu kommunizieren. Und mit der Zeit trieb ihre Einsamkeit sie tatsächlich in den Wahnsinn.

Am Ende jenes Artikels stellte der Autor besorgt die Frage:

Was, wenn diese Krankheit eines Tages auf der ganzen Welt in großem Maßstab ausbricht?

Wird das der Untergang der Menschheit sein?

Als ich an einem Winternachmittag vor zwei Jahren allein zu Hause gesessen und einen Film gesehen hatte, war die Szene abrupt unterbrochen worden, und auf der iWall war ein gut aussehender Mann erschienen, der sich mit einem routinemäßigen Lächeln bei mir entschuldigte und mir davon erzählte, dass man bei Xiaoman in London das Babel-Syndrom diagnostiziert habe. Weil wir in dem halben Jahr davor engen Kontakt miteinander gehabt hätten, bestehe auch bei mir eine gewisse Wahrscheinlichkeit, dass ich infiziert sei. Ein Mitarbeiter des medizinischen Personals werde binnen einer Stunde zu mir kommen und mich untersuchen. Bis dahin empfehle er mir, zu Hause zu bleiben und Kontakt mit anderen Menschen zu meiden.

Drei Monate zuvor hatte Xiaoman in ihren Weihnachtsferien China besucht, und wir hatten in dieser Wohnung gemeinsam gekocht, gegessen, geplaudert, Wein getrunken und nachts im selben Bett nebeneinander gelegen und geredet, bis der Morgen graute – genau wie wir es als Kinder so oft getan hatten.

»Wo ist sie jetzt?«, fragte ich. »Kann ich mit ihr sprechen?«

»Wenn das Ergebnis Ihrer Untersuchung feststeht, werde ich mich wieder mit Ihnen in Verbindung setzen.«

Ich glaubte die unausgesprochenen Worte zu hören, die hinter seinem Lächeln mitschwangen.

If lucky enough, you will meet her soon.

(Wenn du Glück hast – oder Pech? –, wirst du sie bald wiedersehen.)

Als ich versuchsweise die Klinke der Wohnungstür drückte, ließ sich die Tür wie erwartet nicht mehr öffnen. Das iRoom-System hatte mich schon eingesperrt. Weil ich nicht wusste, wie ich die eine Stunde, die vor mir lag, totschlagen sollte, ging ich in die Küche und mixte mir einen Cocktail. Dann setzte ich mich wieder auf das Sofa, um den Film weiterzusehen. Auf der iWall flimmerten Licht und Schatten, und die Figuren begegneten und trennten sich und erzählten einander von Liebe und Hass, aber für mich hatten all diese Worte ihre Bedeutung verloren.

Wir verschwenden so viel Zeit in unserem Leben damit zu sprechen. Das Reden fällt uns allzu leicht, es ist für uns etwas so Gewöhnliches wie Essen und Trinken, und zumeist nehmen wir es gar nicht ernst.

Ich schaltete den Film aus und schlug Wittgensteins *Philosophische Untersuchungen* auf. In den Paragrafen 243 bis 363 erörtert Wittgenstein die Frage, ob eine »Privatsprache« denkbar wäre. Eine Sprache, die nur vom Sprecher selbst und sonst von niemandem verstanden wird, sei ein Ding der Unmöglichkeit, so argumentiert er. Sprache sei vom Moment ihrer Geburt an dazu bestimmt, im Sprechen als einer Form vernünftigen Handelns von einem Kollektiv geteilt zu werden.

Wenn ich ein Gefühl »Liebe« nenne, aber außerstande bin, einem anderen Menschen zu beschreiben, worin dieses Gefühl besteht (Herzklopfen, Erröten, ein süßsaurer Geschmack auf der Zungenspitze, erhitzte Handflächen, Küsse von überwältigendem Aroma), dann kann ich mir nur selbst sagen: »Dies ist Liebe, das werde ich mir fest einprägen.« Aber wie kann ich beurteilen, ob mein zukünftiges Ich dieses Wort auch wirklich korrekt benutzt und nicht nur irrtümlich glaubt, es benutze das Wort korrekt?

Und wenn die Zeit verstreicht und mit ihr neue Empfindungen auftauchen (ein Gefühl von Vertrautheit, Geborgenheit und Intimität, Überdruss und Kleinlichkeit), wie kann ich dann vergleichen und beurteilen, ob es sich dabei noch immer um jene »Liebe« handelt, die ich in meiner Erinnerung bewahrt habe?

Da ich niemanden sonst um eine Bestätigung bitten kann, muss ich gutgläubig auf mein eigenes Urteil vertrauen. Aber wie weiß ich, ob im Lauf der Zeit nicht einige andere Empfindungen (Antriebslosigkeit, Besorgnis, ein Gefühl der Leere, nächtliches Herzrasen, Zukunftsangst) unmerklich an die Stelle jenes Gefühls, das ich »Liebe« genannt habe, getreten sind?

Auch zwischen Tieren gibt es Leidenschaften und emotionale Verwicklungen, doch erst der Mensch hat, indem er die Sprache erfunden hat, auch den Begriff der »Liebe« erfunden. Wenn jeder der über sieben Milliarden Menschen auf der Erde nur eine »Liebe« besäße, die niemand außer ihm selbst verstehen könnte, würde dies dann das Ende der Liebe bedeuten? Oder das Ende der Menschheit?

Ich malte mir aus, ich wäre in einen finsteren Abgrund gestürzt, der mich von allen anderen Menschen trennt.

Wie sagte Wittgenstein? *Die Grenzen meiner Sprache bedeuten die Grenzen meiner Welt.*

Ich malte mir eine belebte Straße aus, auf der die Menschen eine Sprache sprechen, die mir unverständlich ist, und als ich den Mund öffne, stoße ich nur ein schrilles, klagendes Krächzen aus wie eine Krähe, sodass die ganze Straße in ein schallendes Gelächter ausbricht.

Ich malte mir aus, wie die letzten beiden Menschen einander in den Ruinen einer Stadt begegnen: bleich, abgezehrt, in Lumpen gehüllt, in den Händen eine gespitzte Eisenstange. Verzweifelt schreien sie einander an, ohne zu wissen, ob sie aufeinander losstürzen sollen, um auf Leben und Tod miteinander zu kämpfen, oder ob sie ihre Waffen wegwerfen und einander umarmen sollen.

Die Hände ineinandergepresst, die Zähne zusammengebissen, saß ich in meiner Wohnung und wartete. Nie war mir eine Stunde so lang vorgekommen.

Der Mediziner, lückenlos in einen weißen Schutzanzug gehüllt, traf pünktlich ein. Er nahm eine Blutprobe von mir und untersuchte sie, maß alle möglichen Werte und stellte mir eine Unzahl von Fragen. Endlich erlöste er mich und verkündete, ich sei gesund. Dann nahm er die Gesichtsmaske ab und umarmte mich. Als ich die Wärme des fremden Körpers spürte, strömten mir die Tränen aus den Augen.

Nachdem der Arzt gegangen war, rief ich den britischen Angestellten von vorhin an. Xiaoman sei bereits in ein Therapiezentrum aufgenommen worden, das eigens für Patienten mit Babel-Syndrom eingerichtet worden sei, teilte er mir mit. (Den genauen Ort könne er mir leider nicht sagen.) Ich könne die Klinikleitung kontaktieren und einen Fernbesuchstermin vereinbaren.

Auf der iWall erschien Xiaomans Gestalt. Ihr Gesicht war ungeschminkt und noch blasser als sonst und ihre kurzen, weinroten Haare mit den schwarz hervorlugenden Wurzeln waren ein wenig länger geworden.

Abgesehen davon, dass sie ein wenig abgemagert schien,

wirkte sie durchaus nicht wie eine Kranke, aber in ihren Augen lag ein verschreckter Ausdruck. Dabei kam mir auf einmal unsere erste Begegnung vor vielen Jahren in den Sinn, als sie noch ein kleines, pummeliges Mädchen gewesen war, das stotterte. In ihrem verblichenen geblümten Rock hatte sie allein in einer Ecke des Spielzimmers gesessen und wie ein scheues Mäuschen die anderen Kinder beobachtet, die rings um sie herum lachend herumtobten und sich vergnügten. Ebenjener Ausdruck von damals lag nun wieder in ihren Augen.

Schweigend sahen wir einander eine Weile an, ehe ich dreimal mit der Faust an die iWall klopfte.

Tocktock. Tock.

Das war das Geheimzeichen unserer Kindheit. Unzählige Male – morgens, kaum war die Sonne aufgegangen, oder am frühen Abend nach Schulschluss – war eine von uns zur anderen nach Hause gelaufen und hatte in diesem Rhythmus an die Tür geklopft. Tocktock. Tock. Nur wir beide verstanden dieses Signal.

Ein Lächeln erschien auf Xiaomans bleichem Gesicht, und sie erwiderte mein Klopfen.

Tocktock. Tock.

»Lange nicht gesehen! Wie geht es dir?«, fragte ich.

»上岡乜の 厮L咔啊§滒«, gab sie mir zur Antwort.

Der Arzt ermunterte mich, oft mit ihr zu sprechen. Wie die klinischen Erfahrungen zeigen, sind häufige Gespräche von großem therapeutischen Nutzen für die Patienten. Wenn ein Kranker jeden sprachlichen Kommunikationsversuch aufgibt, wächst die Gefahr, dass er in Depression, Verzweiflung und geistige Umnachtung versinkt.

Die Sprache der Babel-Kranken ist durchaus nicht völlig unverständlich. Sie verlangt dem Gesprächspartner nur mehr Geduld dabei ab, die Wörter zu identifizieren und zu verstehen und diese Äußerungen selbst zu imitieren. Es ist, als erlernte man eine Fremdsprache. Ich nahm jedes Gespräch mit Xiaoman auf, analysierte mithilfe einer Software ihre Laute, ihre Mimik und Gestik, um die verborgenen Gesetze dahinter aufzuspüren, und erstellte Listen von Vokabeln, die ich so lange vor mich hin sprach, bis ich sie auswendig kannte.

Bei jeder unserer täglichen Unterhaltungen bemerkte ich neue Veränderungen. Immer wieder kam es zwischen uns beim Hören und Lesen zu Missverständnissen, die mitunter wider Erwarten dazu führten, dass wir uns vor Lachen krümmten, aber mitunter auch in betretenem Schweigen und Verstimmung endeten.

Manchmal stritten wir auch miteinander – mit Worten, die für unser Gegenüber unverständlich waren. Ohne zu begreifen warum, schrie sie mich einmal plötzlich an, und um mir Gehör zu verschaffen, schrie ich notgedrungen zurück. Heftig gestikulierend rückten wir gegen die iWall vor, als wollten wir einen Feind in die Enge treiben; das Blut schoss uns ins Gesicht, und unsere Augen röteten sich. Da stürmte sie auf einmal vor und schaltete die iWall aus. Wie betäubt stand ich da, am ganzen Körper zitternd, vor mir auf dem schwarzen Glas mein verzerrtes Spiegelbild. Dann hämmerte ich wie wild gegen die Wand und kreischte wie eine Verrückte, bis die Wut verraucht war und ich nur noch den Schmerz spürte. Heftig keuchend ließ ich mich langsam am kalten Spiegel niedersinken und vergrub den Kopf zwischen den Knien.

Wieso verstanden wir einander nicht mehr? Wieso konnte nicht alles wie früher sein?

Some day our words change so do seasons.

Eines Tages ändern sich unsere Worte wie die Jahreszeiten.

Ich ging in das Arbeitszimmer, nahm eine alte Blechbüchse vom obersten Regal des Bücherschranks herunter und öffnete sie. Sie beherbergte lauter alten Kram, Dinge, die ich trotz all der vielen Umzüge nie weggeworfen hatte und die im Zeitalter der digitalen Bilder längst wie Antiquitäten anmuteten: das Märchen, das Xiaoman und ich gemeinsam in dem Sommer geschrieben hatten, als wir acht Jahre alt waren; von Hand gezeichnete Neujahrskarten; kleine Zettel, die wir während des Unterrichts getauscht hatten; ihre Urteile über meine Aufsätze; ihre Randbemerkungen in den Büchern, die ich ihr geliehen hatte; unser Gekritzel in den Lehrbüchern; und die Glückwunschkarten, die sie den Geburtstagsgeschenken für mich beigelegt hatte.

All dies war Teil einer Welt, die einmal nur uns beiden gehört hatte, und einer Sprache, die nur wir beide verstanden hatten.

Mir kam ein kalter Wintertag vor vielen Jahren in den Sinn. Schulter an Schulter hatten wir auf einem hohen Dach gesessen, und sie hatte mir erzählt, ihre wattierte Kleidung habe ein Loch. Eine fahle Abenddämmerung hatte sich schon vor einer geraumen Weile herabgesenkt, und dennoch wollte es nicht richtig dunkel werden. Ich blickte in die Ferne, auf die chaotische Welt, die sich zu unseren Füßen ausbreitete wie ein uferloses Meer und sich in einer uns unverständlichen Sprache erging.

Mir kam eine noch frühere Erinnerung in den Sinn, an eine kleine Wiese, auf der Xiaoman und ich oft gespielt hatten. Wir hatten alle möglichen Blumensamen gesammelt und dort ausgesät, aber im Jahr darauf hatten die üppigen grünen Ranken der Prunkwinde alles überwuchert.

Mir kam der große schwarze Hund in den Sinn, vor dem ich mich so sehr geängstigt hatte. Er hatte immer am Hofeingang gehockt und mich angekläfft. Inzwischen war er gewiss längst tot und wer weiß wo begraben.

Unzählige Sommermorgen kamen mir in den Sinn, an denen ich auf einem kleinen Pfad zu Xiaoman nach Hause gelaufen war, um mit ihr zu spielen. Dunkel und still war der Pfad, die Erde feucht, und der Tau auf den Gräsern nässte meine Füße. Immer wieder sagte ich mir unterwegs: Wenn ich eines Tages nicht mehr diesen Pfad nehme, sondern mit gemessenem Schritt die breiten Betonwege, dann bin ich erwachsen. Ich hoffte, ich würde nie erwachsen werden.

Inzwischen waren mein altes Zuhause und ihres und all die kleinen und großen Wege einem öden Baugelände gewichen.

Mir kamen die Träume in den Sinn, in denen ich an all die längst verschwundenen Orte zurückgekehrt war – wirre Bruchstücke ohne jeden logischen Zusammenhang, aber voller lebendiger Details. All das, was in keinem Winkel der realen Welt mehr Zuflucht gefunden hatte, die Blumen und Gräser und zirpenden Insekten mit ihren winzigen blitzenden Flügeln, lebte in diesen Träumen fort. Gemächlich schlenderte ich darin umher, suchte mein Zuhause auf und die Orte, an denen wir gespielt hatten, bis mir eine Stimme ins Ohr flüsterte: Nein, du bist schon von hier fortgezogen. Dann erwachte ich schlagartig und fand mich Tausende Kilometer weit weg in einem Bett in einer anderen Stadt wieder – so weit war ich im Traum gereist.

Ich hockte inmitten der Zettel, die über den Boden verstreut lagen, und begann zu heulen wie ein Kind, dem man ein Unrecht getan hat.

Tocktock. Tock.

Ich wusste nicht, woher das vertraute Klopfen kam.

Tocktock. Tock.

Tocktock. Tock.

Tocktock. Tock.

Dann verstummte das Geräusch, und während ich allein im stillen Zimmer saß, wurde der Himmel allmählich dunkel, und am städtischen Horizont schimmerten einige einsame gelb-rote Lichter.

Ich ging ins Badezimmer und wusch mir das Gesicht, ehe ich die iWall wieder einschaltete. Mehrere Nachrichten von Xiaoman waren für mich eingegangen – keine Sprach- oder Textnachrichten, sondern nur einige Zeichnungen, die hastig mit wenigen einfachen Strichen hingeworfen schienen.

Die Erste zeigte zwei kleine Mädchen, das eine mit kurzem, das andere mit langem Haar, die miteinander stritten. Aus ihren weit aufgerissenen Mündern sprühten lauter Zeichen von unklarer Bedeutung hervor wie Funken.

Auf dem zweiten Bild kehrten die Mädchen einander den Rücken zu und straften einander mit Nichtachtung.

Das dritte Bild zeigte zwischen den Mädchen einen Mund und darüber ein großes rotes Kreuz.

Auf dem vierten Bild war jedem der Mädchen wie bei Bienen auf dem Kopf ein Paar Antennen gewachsen, die durch einige Wellenlinien miteinander verbunden waren.

(Wichtig ist nicht, was wir sagen.)
(Wichtig ist, dass wir uns verstehen.)

Da begriff ich, worin mein Irrtum bestand: Ich hatte Xiaoman für eine Kranke gehalten, die an einer Sprachstörung litt und der Heilung bedurfte. Ich hatte Angst gehabt, wir könnten uns nicht mehr verständigen und ich würde sie missverstehen; Angst, ihre Krankheit könnte sich verschlimmern und mir für immer meine beste Freundin rauben. Ich hatte ihr helfen wollen. Hatte sie retten wollen.

Aber Xiaoman empfand sich nicht als krank. Sie hatte nur eine andere Art zu sprechen als ich, mehr nicht.

Es ist wie mit meinen Erinnerungen: Alle anderen mochten mir noch so oft sagen, was für ein dickliches, stotterndes Kind Xiaoman doch gewesen war, aber ich hatte daran keine Erinnerung. Ich erinnerte mich nur an die glücklichen Stunden, die ich mit ihr verbracht hatte, an all die unzähligen Morgen und Nachmittage, die wir in irgendeinem abgeschiedenen Winkel gesessen und einander Geschichten erzählt hatten. Stets hatten wir so schnell erfasst, was die andere im Sinn hatte, dass wir einander mitten im Satz das Wort aus dem Mund nahmen. Unsere Worte verwoben sich miteinander, als verständigten wir uns wie die Ameisen mit ihren Antennen. Und so unterschiedlich unser Sprechrhythmus auch war, wir verstanden einander. Seitdem halten wir engen Kontakt miteinander. Wir schicken uns gegenseitig Fotos oder Videos und haben gelernt, uns mit Emoticons zu unterhalten. Manchmal, wenn uns die Auswahl nicht genügt, die uns die Chatsoftware anbietet, zeichnen wir unsere Bilder einfach selbst – das ist viel praktischer für uns als die gesprochene Sprache, und mehr Spaß macht es auch. Wir scheinen in unsere Grundschulzeit zurückgekehrt zu sein, als wir uns in einer Bildersprache verständigten, die wir selbst erfunden hatten, und auf kleinen Zettelchen, die wir verstohlen miteinander tauschten, geheime Botschaften übermittelten. Das Mädchen mit dem kurzen Haar ist sie und ich das Mädchen mit den Zöpfen; ein Haus mit einer Mauer ringsherum steht für die Schule, ein Mann mit Brille und Zeigestock ist der Lehrer …

Mit der Zeit habe ich auch das Leben kennengelernt, das sie im »Vogelhaus« führt. Verglichen mit einem normalen Krankenhaus wirkt ihre Klinik wie ein Erholungsheim. Die meisten Bewohner suchen sich eine Tätigkeit, der sie sich mit Hingabe widmen können, ohne auf die Sprache angewiesen zu sein: Malerei oder Schnitzerei, Handarbeiten oder Musizieren, Gartenbau oder Feldarbeit … Am Ende eines arbeitsreichen Tages verbringen alle die Abende in der Gemeinschaft. Obwohl jeder von ihnen seine ganz eigene Sprache spricht, finden sie alle möglichen Mittel und Wege, um sich zu verständigen: mit Gestik und Mimik und allen ihren Gliedern, mit Bildern, Klopf- und Pfeifgeräuschen oder einfachen gesummten Melodien. Wenn ich genauer darauf achtgebe, staune ich immer aufs Neue über die menschliche Anpassungsfähigkeit und Kreativität, und ich empfinde eindrücklich, was für ein soziales Lebewesen der Mensch ist.

Die Sprachverwirrung hat uns einen halben Erdball weit auseinandergerissen, aber wir wollen noch immer zusammen sein.

Auch Wut und Trauer bekomme ich zu Gesicht, Verzweiflung und Angst, Streit und Aggression. Xiaomans Klinik ist kein Garten Eden. Ich könnte nicht sagen, ob das Leben, das sie dort führt, besser oder schlechter ist – vielleicht ist es einfach nur anders als das Leben, das ich kenne, mehr nicht.

Vor drei Monaten erhielt ich eine Karte von Xiaoman. Oben hatte sie sechs Monde und sechs Sonnen gemalt, darunter ein kleines weißes Häuschen, auf dessen Dach lauter bunte kleine Vögel saßen, daneben ein Mädchen in einem weißen Kleid und einen Jungen in einem schwarzen Anzug. Neben dem Mädchen stand noch ein zweites Mädchen mit langen Haaren, das in der Hand einen Ring hielt, und daneben war ein großes Fragezeichen gemalt.

(Am 6. Juni feiere ich Hochzeit im Vogelhaus. Kannst du meine Trauzeugin sein?)

Xiaomans Verlobter kommt aus Taiwan. Während seines Jurastudiums in London ist die Krankheit bei ihm ausgebrochen, und er ist in das »Vogelhaus« gezogen. So haben die beiden sich kennengelernt. Leider konnte ich ihre Liebesgeschichte nie aus ihrem eigenen Mund hören, aber ich bin überzeugt, dass es eine sehr romantische Geschichte ist.

(Was magst du an ihm?)

Xiaoman hob den Zeigefinger ihrer rechten Hand und steckte ihn durch den Ring, den sie mit dem Zeigefinger und dem Daumen ihrer Linken bildete.

(Er ist gut im Bett?)

Lauthals losprustend schnappte sie sich ein Kissen und schlug damit in meine Richtung.

(Nein?)

Sie wiederholte die Bewegung von vornhin, nur dass sie nun den rechten Zeigefinger drehte und so tat, als öffnete sie eine Tür.

(Er ist dein Schlüssel?)

Sie nickte.

(Aha … Und wie groß ist sein Schlüssel so?)

Wir brachen in schallendes Gelächter aus, und dabei schnappte sich jede von uns ein Kissen und prügelte damit auf die iWall ein.

Ein- oder zweimal bat mich Xiaoman, mit ihr und ihrem Verlobten gemeinsam die Details der Hochzeit zu besprechen. Das gab mir die Gelegenheit, die beiden zusammen zu erleben. Sie verständigen sich mit Gesten, die sie mit häufig wechselnden, vielfältigen Nasallauten untermalen. Manchmal tippen sie einander auch mit den Fingerspitzen an, elegant und anmutig, behände und spielerisch wie zwei Bienen, die wie tänzelnd über eine Blumenwiese fliegen, und jede dieser Berührungen scheint eine neue Bedeutungsfacette anzuzeigen. Als ich sah, wie glücklich die beiden miteinander lachten, fühlte ich mich unwillkürlich ein wenig einsam.

Dies war die Welt, die sie sich gemeinsam mit ihrer Sprache erschaffen hatten. Die Welt von Adam und Eva.

Tocktock. Tock.

Als ich wieder den Blick hob, sah ich die Mappe, die Xiaoman mir auf der iWall entgegenhielt. Darin waren lauter Entwürfe für die Schachteln mit Süßigkeiten, die sie auf der Hochzeit verteilen wollte.

(Welchen findest du am besten?)

Ohne zu zögern zeigte ich auf eine kürbisförmige Kutsche.

Xiaoman brach in triumphierendes Gelächter aus und schnitt ihrem Verlobten eine Grimasse, während sie über die anderen

Entwürfe der Reihe nach ein großes rotes Kreuz malte. Ihr Verlobter zuckte resigniert die Schultern. (*Wie du willst.*) Dann fing auch er zu lachen an, und ich stimmte lautstark mit ein.

In allen Sprachen kommt dem Lachen die gleiche Bedeutung zu.

Ich kämme Xiaoman und stecke ihr das Haar zu einem Knoten, schminke sie und bügle ihr Brautkleid. Die Finger meines iRobot sind sehr geschickt und können die feinsten Impulse präzise übertragen – nur schade, dass ich selbst zwei linke Hände habe.

Auch die Fingernägel schneide ich ihr zurecht, aber gleich darauf geraten wir in Streit darüber, wie wir ihre Nägel bemalen sollen. Xiaoman will sie schwarz lackieren und kleine gelbe Smileys daraufmalen. Ich halte das für puren Unfug – wer hätte je eine Braut mit solchen Nägeln gesehen? Aber kaum haben wir angefangen, deswegen miteinander zu krakeelen, müssen wir auch schon lauthals losprusten. Wir sind wie Huhn und Ente: Wenn jeder seine eigene Sprache spricht, kann niemand den anderen überzeugen.

Ich zeige auf sie und forme mit den Händen einen großen Kreis. Dann öffne ich die Hände und lege die Fingerspitzen der Linken an den Daumen der Rechten, während ich die übrigen vier Finger zu einer Faust balle.

(Heute ist dein großer Tag. Du bist meine große Schwester, du sagst, wo's langgeht.)

Die Finger ihrer linken Hand bemalt sie selbst, ich übernehme die rechte Hand für sie. Danach hält sie sich die Hände vergnügt neben das Gesicht und schneidet mir eine Grimasse.

(Boah, ist das hässlich!)

(Du wagst es, mich hässlich zu nennen?)

(Okay, schon gut. Hauptsache, dich heiratet jemand, egal, wie grässlich du aussiehst.)

(Hey, gleich setzt es Prügel, klar?)

(Ach ja? Wie denn?)

Sie macht einen Satz nach vorn und fängt an, mich zu kitzeln. Von klein auf verfällt sie auf diese Taktik, wann immer sie mir mit Worten nicht beikommt. Über meinen Sensoranzug fühle ich, wie es an meiner Taille kitzelt, und muss so heftig lachen, dass ich kaum noch Luft bekomme.

(Was ist eigentlich mit meinem Geschenk?)

(Das ist hier.)

Sie nimmt aus einer Schublade die mit einem Satinband verschnürte Schachtel heraus, die ich ihr vor einer Woche geschickt habe.

(Kriegst du sie nicht auf?)

(Wie hast du denn das schon wieder hinbekommen? Na los, nun mach sie schon auf!)

(Zu Befehl, Eure Majestät.)

Ich zerreiße das Band, und auf der Schachtel kommen ein Mund, ein Schlüssel und ein Fragezeichen zum Vorschein.

(Parole?)

Ich halte mir die Schachtel an die Lippen und sage leise:

»Xiaoman, ich wünsche dir alles Gute.«

Sie versteht mich nicht.

Dennoch kullert in diesem Moment uns beiden, die wir durch den halben Erdball getrennt sind, eine Träne aus dem Augenwinkel.

Sogleich springt die Schachtel auf. In ihrem Innern birgt sie eine feine Kette aus Platin mit einem kleinen, schlüsselförmigen Gehänge, in das lauter winzige Diamanten eingelegt sind.

Ich trete hinter Xiaoman und helfe ihr, die Kette umzulegen, während der Kosmetikspiegel uns beide reflektiert.

(Nun hör schon auf zu weinen! Wisch dir schnell die Tränen ab, sonst zerläuft deine Schminke noch!)

(Sehe ich hübsch aus?)

(Na klar! Heute bist du die Schönste auf der ganzen Welt.)

(Echt?)

(Ja, echt. Wart's ab, gleich wirst du ihn mit deiner Schönheit zu Tränen rühren.)

(Haha, das musst du aber aufnehmen!)

(Kein Problem. Ich werde alles filmen, damit es sich eure Kinder später ansehen können.)

(Ich will aber keine Kinder haben. Was, wenn sie uns nicht verstehen können?)

(Darüber brauchst du dir jetzt keine Gedanken zu machen. Kommt Zeit, kommt Rat.)

Als eine Glocke ertönt, schiebe ich den bodenlangen Vorhang ein wenig beiseite und blicke hinaus: Der dichte Teppich aus Gras liegt im hellen Sonnenschein, und die Gäste warten schon alle an ihren Plätzen. Einige kleine Vögel hüpfen pickend mitten über den Rasen, ehe sie sich unter fröhlichem Flügelschlagen und glöckchenhellem Gezwitscher gen Himmel erheben.

Was für ein schöner Tag.

Angeblich wird heute ein echter Priester, der auch zum »Vogelhaus« gehört, die Zeremonie leiten. Gleich wird er dem Brautpaar pantomimisch das Treueversprechen abnehmen.

(In Gesundheit wie in Krankheit, in Reichtum wie in Armut will ich bei dir sein, wohin auch immer du gehst. Ich will wohnen, wo du wohnst. Dein Reich soll auch mein Reich sein, dein Gott mein Gott.)

(Deine Sprache soll meine Sprache sein.)

(Bist du fertig?)

(Ich bin ein bisschen nervös.)

(Wieso? Ich bin doch bei dir.)

Sie stößt die Tür auf, holt tief Luft und blickt hinaus. Dann scheint ihr etwas einzufallen, und sie dreht sich noch einmal um und zeigt mir den Strauß Blumen in ihren Händen.

(*Die musst du gleich unbedingt auffangen, klar?*)

Ich signalisiere ihr mit beiden Händen mein Okay.

Unter dem Dachvorsprung zwitschern die Vögel geräuschvoll. An einem duftigen, sonnigen Sommertag begleite ich meine beste Freundin hinaus in eine Welt, die nur auf sie wartet.

Liu Yang

Das Hausmädchen

Aus dem Chinesischen übersetzt
von Eva Lüdi Kong

Liu Yang,

geboren in den 1980er-Jahren, ist Doktor der Physik und lehrt als Dozent an der Southern University of Science and Technology in Shenzhen. Seit 2012 publiziert Liu Yang Science-Fiction-Geschichten und wurde mit verschiedenen Preisen ausgezeichnet, darunter dem Galaxy Award. Sein Roman *Waisenkind auf dem Mars* wird in China gerade verfilmt.

1

Schon als Lindy zum allerersten Mal die Augen öffnete, wusste sie, dass sie etwas Besonderes war. Sie hatte Augen aus kristallklarem Rubin, lange blonde Haare und am ganzen Körper weiche, elastische Haut. Die Stimme des eingebauten Sprechgeräts war so bezaubernd, dass man ihr nur allzu gern zuhörte.

Im Gegensatz zu dem plumpen Putzroboter und dem dümmlichen Transportroboter im Haus war auf ihrem Chip jede Menge Bildungswissen gespeichert. Geschickt konnte sie mit Menschen Gespräche führen und mühelos auf alle möglichen Themen eingehen. Besonders erwähnenswert ist auch ihre Kochkunst. Mit Rezepten wäre es ja nicht getan, und das Kochen war ihr nicht von Anfang an einprogrammiert worden, doch durch langes Üben hatte sie es schließlich selbst erlernt.

Außerdem war sie mit einer besonderen Mission betraut. Wenn sie sah, wie ihre Artgenossen stumpf und mechanisch vor sich hinarbeiteten, spürte sie umso deutlicher, was für eine wichtige Aufgabe sie zu erfüllen hatte.

Den Mann namens Kai traf sie an einem trüb verhangenen Nachmittag.

»Hallo, ist da jemand?« Kai klopfte an die Tür des Holzhauses und spähte durch das Fenster daneben ins Innere. Drinnen war es pechschwarz, wie mit Tusche übertüncht, es ließ sich nichts erkennen.

Das Haus befand sich auf einer kleinen Insel im Danshui-See, die unlängst touristisch erschlossen worden war. Im anbrechenden Frühling trieben die hohen Bäume gerade ihre Knospen aus, und die Zierkirschen standen bereits in blendend weißer Blüte. Es war genau die richtige Zeit für einen Ausflug. Kai hatte sich hier mit Kollegen von der Malgesellschaft seiner Uni verabredet, um in freier Natur zu malen. Als er aber auf der Suche nach einem passenden Sujet an einem Bächlein entlangspaziert war, hatte er auf einmal – wann genau, wusste er nicht mehr – die andern aus den Augen verloren. Nun war er eine halbe Ewigkeit auf der Insel herumspaziert und hatte schon ziemlichen Durst, als er dieses altertümliche kleine Holzhaus erblickte. Hier wollte er um einen Schluck Wasser bitten.

Im Haus ging das Licht an, plötzlich sah es drinnen hell und freundlich aus. Ein hübscher weiblicher Android-Roboter öffnete die Tür und machte eine tiefe Verbeugung.

»Womit kann ich Ihnen dienen, mein Herr?«

Lindys liebliche Stimme zog Kai sogleich in ihren Bann. Unwillkürlich musterte er den Roboter von Kopf bis Fuß und murmelte: »Geniale Arbeit!«

Die Bemerkung ließ die Schwingungsfrequenz in Lindys Chip eine Sekunde lang leicht über den Normalbereich steigen.

»Dürfte ich vielleicht ein Glas Wasser haben?«, fragte er vorsichtig.

»Aber gern, kommen Sie herein!« Sie hielt die Tür auf, führte den Besucher ins Wohnzimmer und bot ihm das Sofa an.

»Ist der Hausherr nicht da?«

»Nein, zurzeit nicht«, antwortete Lindy. Erst in fünf Tagen würde er zurück sein. Der Gedanke bewirkte eine leichte Erregung in ihrem Inneren. Sie wusste, was es mit dieser Stimmung auf sich hatte, schließlich war im Datensatz zum menschlichen Schrifttum oft genug die Rede davon.

Im Wissen, dass der Hausherr nicht da war, wurde Kai gleich viel entspannter. Er verlor die eben noch so vorsichtige Zurückhaltung, ließ sich breitbeinig aufs Sofa fallen, und als Lindy an ihm vorbeiging, gab er ihr einen leichten Klaps auf den Hintern. Kurz und knackig tönte es – fühlt sich echt gut an, dachte er, wenn ich nur auch mal so einen Roboter als Hausmädchen haben könnte!

»Was möchten Sie trinken, mein Herr? Schwarztee, Grüntee, Cola oder einen Kaffee?«, fragte Lindy, ohne eine Miene zu verziehen. Sie zeigte nicht die geringste Reaktion auf die Belästigung. Menschen sind nun mal eine langweilige Spezies, daran gewöhnt man sich.

»Egal.« Kai streckte sich auf dem Sofa aus und tat einen wohligen Seufzer.

»Moment bitte!« Mit abermaliger Verbeugung trat Lindy ab und ging in die Küche.

Der Anblick des Gasts auf dem Sofa erinnerte Lindy an ihren Besitzer. Dieser ging mit seinem Robot-Personal ziemlich rücksichtslos um, denn er war ein sturer Instrumentalist. Für solche Leute sind Roboter bloße Instrumente, nicht mehr als Schraubenzieher oder Drehschlüssel. Daher konnte es furchtbare Folgen haben, wenn man ihn in irgendeiner Hinsicht nicht zufriedenstellte. Die vorherige Haushälterin war, nur weil sie irgendeine Aufgabe nicht erledigt hatte, bei lebendigem Leib in alle Einzelteile zerlegt und dann zu einem fußhohen Metallquader gepresst worden. Zwar gab es bereits Menschenrechtsgruppen, die sich für Recht und Würde von Robotern einsetzten, doch das war noch lange kein Trend.

Darum setzte Lindy alles daran, jede Aufgabe, die sie von ihrem Besitzer erhielt, ordnungsgemäß auszuführen. Schließlich war sie nicht so altmodisch wie ihre Artgenossen. Dank den geisteswissenschaftlichen Daten in ihrem Speicher wusste sie mit vielen Dingen weitaus flexibler umzugehen, weshalb ihr Besitzer auch sehr zufrieden war.

Es gibt kein Problem, das nicht gelöst werden kann, war ihre Devise.

Während sie den Schwarztee servierte, waren ihre Bewegungen genauso ruhig wie zuvor. In der Tasse entstand nicht die leiseste Vibration.

Draußen dunkelte es merklich.

»Möchten Sie hier übernachten, mein Herr?«, fragte Lindy leise, während sie den Gast betrachtete, der gelangweilt vor dem Fernseher saß.

Kai überlegte einen Augenblick, antwortete dann mit einem Kopfnicken. Heute hätte er ohnehin nicht zurückkehren können. Eigentlich hatte er mit den anderen auf der Insel campieren wollen, doch so schnell würde er sie kaum auffinden. Also blieb ihm wohl nichts anderes übrig, als vorerst eine Nacht hier zu verbringen. Am nächsten Tag konnte er sie immer noch suchen.

»In Ordnung, ich beziehe Ihnen gleich ein Bett.« Mit diesen

Worten wollte sie sich abwenden und zum Gästezimmer gehen. Da registrierte sie, dass der Gast sie an den Haaren festhielt und eingehend musterte. Sie kam nicht umhin, den Kopf zur Seite zu neigen, und flehte mit feiner Stimme: »Bitte lassen Sie das, mein Herr …«

Kai hob nicht einmal den Kopf. Stattdessen streckte er schnuppernd die Nase vor und meinte: »Riecht gut, aus was ist das?« Vergnügt grinsend blickte er Lindy an. »Hat man etwa echtes Menschenhaar aufgeklebt?«

»Nein, es ist aus Polymerfaser.«

»Ah«, machte Kai und brummte eine undeutliche Antwort. Dann zerrte er Lindy plötzlich so heftig an den Haaren, dass sie ein paar Schritte ins Stolpern geriet, bevor sie dank des eingebauten Gyroskops ohne umzufallen wieder ins Gleichgewicht fand.

»Großartig!« rief Kai, als hätte er eine gute Aufführung gesehen, und lachte laut.

Genau in dem Moment stieg ein Gedanke unaufhaltsam aus der Tiefe von Lindys Innenleben empor. Während sie sich mit den Händen das Haar glatt kämmte, stellte sie ihr Lächeln wieder her und meinte: »Dem Herrn beliebt es wohl, Roboter zu misshandeln?«

Für einen Augenblick war Kai sprachlos. Er schien nicht erwartet zu haben, dass aus dem Mund eines Roboters ein solcher Satz kommen würde. Dann blickte er sie amüsiert an und meinte: »Und, hast du was dagegen?«

»Nein, verstehen Sie mich richtig. Die Menschen haben uns geschaffen, damit wir ihnen dienen. Wie könnten wir etwas dagegen haben?«

Kai kniff die Augen zu schmalen Schlitzen zusammen, als fragte er sich, was der Roboter da vor ihm wohl im Schilde führe.

»Wenn Sie gern Roboter misshandeln – mein Besitzer ist auch so –, hätte ich da etwas, das ich Ihnen gern zeigen möchte, falls Sie Interesse haben.«

»Was denn?«

Lindy gab keine Antwort, sondern warf ihm einen lächelnden Blick zu. Dann bewegte sie sich durch den Korridor ins Innere des Hauses. Kai zögerte einen Moment, stand auf und folgte dem Hausmädchen. Je weiter sie hineinkamen, desto düsterer wurde es. Ganz hinten bog Lindy um die Ecke und lüftete einen Vorhang, hinter dem eine Treppe nach unten führte.

»Da ist der Keller.« In Lindys Stimme lag plötzlich ein aufreizender Klang. Sie hielt den Vorhang auf und bedeutete dem Gast, weiterzugehen. Von unten schlug eine Kälte herauf, die Kai unwillkürlich schaudern ließ. Er spähte hinab, doch in der pechschwarzen Finsternis war nichts zu erkennen.

»Was ist dort unten?«, fragte Kai und zog die Brauen zusammen.

»Das werden Sie gleich sehen.« Lindy ließ die Mundwinkel leicht ansteigen und zeigte den Anflug eines Lächelns.

2

Tags darauf war Lindy gerade dabei, das Gärtchen vor der Haustür zu pflegen, als sie von Weitem ein paar Menschen sah, die mit allerlei Gepäck und Taschen beladen aus dem Wald kamen und direkt auf sie zuhielten. Sie schienen auf der Insel campiert zu haben.

Eine kurzhaarige Studentin trat auf Lindy zu und fragte: »Entschuldigung, haben Sie vielleicht einen jungen Mann hier vorbeikommen sehen?«

Lindy sah die Leute fragend an.

»Nun, wir sind von der Malgesellschaft der Südchinesischen Universität und sind zum Malen auf die Insel gekommen. Gestern haben wir einen Kollegen verloren und sind nun auf der Suche nach ihm. Ist er vielleicht hier entlanggekommen?«

Lindy dachte sogleich an Kai.

Sie schüttelte den Kopf und antwortete: »Ich habe niemanden gesehen.« Was sollte sie bloß tun? Sie hätte nicht gedacht, dass seine Kollegen so schnell da wären. In ihrem Chip errechnete sie mögliche Abläufe und bewertete die Ernsthaftigkeit der Lage.

»Wo ist der Bursche bloß hin?«, murrte ein hagerer Junge. »Den ganzen Vormittag haben wir gesucht, und nicht die geringste Spur!«

»Ja, echt«, rief ein anderer, der eine Brille trug, »kein einziges Bild habe ich heute malen können.«

»Was ist bloß mit diesem Kai? Wir hätten ihn wohl besser nicht mitgenommen.«

»Was meinst du, Lan, wo Kai sein könnte?«, fragte ein Junge mit pickeligem Gesicht, der neben der Kurzhaarigen stand.

»Ist er vielleicht schon zurückgefahren?«, warf der Hagere ein.

»Wohl kaum«, meinte der mit der Brille. »Unser Mietboot liegt noch im Hafen.«

»Er könnte ja ein anderes Boot genommen haben!«

»Dann hätte er uns zumindest kurz anrufen sollen.«

»Vielleicht hatte sein Handy keinen Strom mehr.«

»Schon gut, lassen wir das mal«, meinte ein dicklicher Junge von gedrungener Gestalt. »Wir sind ganz schön schlapp; gehen wir doch mal rein und machen eine kleine Pause!«

Die Studentin, die Lan genannt wurde, stellte Lindy einen nach dem andern vor: Der Hagere hieß Ou Yukun, studierte im vierten Jahrgang und war der Älteste in der Malgesellschaft. Yizhou, der mit der Brille, liebte die Malerei über alles und beherrschte sie auch am besten. Der pickelige Gong Cheng machte sein Studium nur widerwillig und schwänzte oft; auch in der Malgesellschaft ging es ihm mehr um die Ausflüge als um die Malerei. Zheng Wenqiang, der Dickliche, war ihr Gruppenleiter und gleichzeitig stellvertretender Leiter der Studentenvereinigung. Immer wenn die Malgesellschaft Veranstaltungen organisierte, war er derjenige, der die finanziellen Mittel beantragte.

Lindy reichte jedem eine Tasse Kaffee, hielt sich dann im Hintergrund.

Nachdem die jungen Leute erfahren hatten, dass der Hausherr nicht da war, machten sie es sich im Wohnzimmer um den Couchtisch bequem und besprachen das weitere Vorgehen.

»Wir können am Nachmittag am östlichen Strand weitersuchen. Falls er gestern in diese Richtung gegangen ist, müsste er zuletzt dort angekommen sein«, mutmaßte Zhang.

»Weitersuchen?« Gong Cheng, der reglos am Boden lag, tat einen tiefen Seufzer und meinte träge: »Ich habe mir die Beine halb kaputt gelaufen. Wenn ihr weitersuchen wollt, dann ohne mich. Ich kann nicht mehr.«

»Was soll das, Gong Cheng«, fiel Lan ein und zog die Brauen

zusammen. »Du bist doch ein guter Kumpel von Kai? Und wenn ihm was zugestoßen ist?«

»Was soll ihm schon zugestoßen sein? Glaubst du, auf der blöden Insel gibt es Tiger?«

»Im Wald habe ich Eichhörnchen gesehen.«

»Eichhörnchen! Wohl menschenfressende?« Gong Cheng lachte verächtlich.

»Vielleicht gibt es hier Wildschweine oder so«, fiel Ou Yukun ein. »In einem Wald in der freien Natur weiß man nie, was sich alles herumtreibt.«

»Wölfe«, ließ Lindy auf einmal verlauten.

»Was?« Alle wandten sich Lindy zu.

»Im Wald gibt es Wölfe, ich habe sie gesehen«, sagte Lindy ungerührt.

Nach dem Kaffee ruhten sie eine Weile aus und machten sich dann weiter auf die Suche, Richtung Osten. Lindy blieb im Türrahmen stehen und sah den kleiner werdenden Silhouetten nach, während sie ihren Plan für die nächsten Schritte ausfeilte.

Es war keine halbe Stunde vergangen, als Gong Cheng allein zurückkehrte. Mit einem belustigten Lachen warf er sich aufs Sofa und reckte die Glieder.

»Warum sind Sie zurück?«, fragte Lindy überrascht.

»Hehe, ich habe mich aus dem Staub gemacht. Aber keinem verraten, ja? Dieser Strand ist so was von weitläufig – sollen die ruhig weitersuchen, ich halte das nicht länger aus. Lege mich erst mal eine Weile hin.« Gong schloss die Augen und atmete tief aus. Als er kurz darauf die Augen aufschlug, merkte er, dass Lindy noch immer neben ihm stand.

»Brauchst dich nicht um mich zu kümmern«, brummte er.

»Ich kann Ihnen gern ein Bett beziehen. Dann können Sie richtig ausschlafen.«

»Nicht nötig«, versetzte Gong Cheng etwas ungehalten. »Ich kann auch hier schlafen. Mach deine Arbeit und steh nicht so blöd rum.«

Lindy stockte, als wäre ihr die Aussage in eine Endlosschleife geraten. Doch dann entschied sie, hartnäckig zu bleiben, und sagte leise: »Ich möchte Ihnen eine Frage stellen, mein Herr.«

»Diese Nervensäge!« Gong Cheng warf sich auf die andere Seite und murrte zur Rückenlehne des Sofas gewandt: »Was denn, leg los!«

»Wie stehen Sie zur RRG?«

RRG, das war die Abkürzung für *Robot Rights Group*. Es handelte sich um eine Gruppierung von Leuten, die dafür einstanden, dass Roboter, allen voran die intelligenten, genauso wie normale Lebewesen gebührenden Respekt verdienten und weder beschimpft und geschlagen noch mutwillig beschädigt werden sollten. Zwar zählte die RRG noch nicht viele Anhänger, doch verfochten sie ihre Ziele mit einer gewissen Radikalität, ähnlich wie einst die Tierschutzvereine. Regelmäßig hielten sie Versammlungen ab, organisierten Demonstrationen und zeigten alle Handlungen an, die aus ihrer Sicht Recht und Würde der Roboter verletzten. Zwar verliefen die meisten Klagen im Sand, doch immerhin war es für ein Unternehmen der Unterhaltungsbranche ein beträchtlicher Aufwand, sich damit auseinandersetzen zu müssen. Im schlimmsten Fall konnte es sogar den Verkaufsstart verzögern. Mit der Zeit hatten sich die Unternehmen darauf eingestellt und von sich aus darauf zu achten begonnen, dass solche Inhalte seltener wurden. Es war eine Art stillschweigender Kompromiss.

»Die RRG?« Gong lachte verächtlich. »Das sind doch alles Idioten. Ich habe nicht im Sinn, vor einem Haufen zusammengesetzter Leiterplatten zu katzbuckeln!«

»Sie würden also der leichtsinnigen Beschädigung von Robotern zustimmen?«

Gong sah Lindy an und schien sich zu fragen, was sie damit sagen wollte. Dennoch antwortete er, ohne zu zögern: »Zwar bist du ein Roboter, aber ich sage das jedem, der es hören will: Mit einem Gerät, das aus einem Haufen Metallhüllen besteht, kann jeder machen, was er will. Das hat nix mit Moral und Ethik zu tun. Bloß gibt es halt Leute, die mit solchen Scheinheiligkeiten provozieren müssen, weil sie sonst ihr moralisches Überlegenheitsgefühl nicht zur Schau stellen können.«

Lindy war, als würde eine Last von ihr genommen. Endlich fasste sie den Entschluss. »Eigentlich hätte ich da ein paar Sachen, die ich Ihnen zeigen möchte, mein Herr«, sagte sie nun mit verführerischer Stimme und lächelte.

3

»Was? Gong Cheng ist auch weg?«, rief Zhang Wenqiang und riss die Augen auf, als traue er ihnen nicht. »Lan, du warst doch mit ihm unterwegs?«

»Anfangs schon. Aber dann hat er gesagt, der Strand sei so weitläufig, wir sollten lieber getrennt suchen. Dann ist er allein weitergegangen.«

»So ein mieser Kerl. Ich habe doch gesagt, dass wir uns um fünf wieder im Haus treffen! Wo ist er bloß hin?«

Zurück im kleinen Holzhaus machten die jungen Leute von der Malgesellschaft frustrierte Gesichter. Nicht genug, dass sie den ganzen Tag umsonst gesucht hatten – nun gab es auch noch einen neuen Zwischenfall.

»Er wird doch nicht tatsächlich auf Wölfe gestoßen sein?«, murmelte Ou Yukun.

In dem Moment kam Lindy und reichte jedem ein Glas Wasser. Die jungen Leute waren vom Herumlaufen ganz verschwitzt und durstig. Lan stand auf und sagte zu Lindy: »Vielen Dank! Es tut mir wirklich leid, dass wir Ihnen solche Umstände machen!«

»Das macht nichts, Menschen dienen ist unsere Pflicht«, gab Lindy zur Antwort. Und mit einem Blick nach draußen fügte sie hinzu: »Es wird bald dunkel, ich mache Ihnen ein Abendessen. Sie können heute gern hier übernachten. Eben habe ich den Hausherrn kontaktiert, er heißt Sie herzlich willkommen.«

»Oh, wie nett von Ihnen, vielen Dank!«, rief Lan und verneigte sich vor Lindy.

»Was soll denn das?« Yizhou warf ihr einen spöttischen Blick zu. »Das ist doch bloß eine Maschine. Es hat keinen Sinn, so höflich zu tun!«

»Für ein solches Entgegenkommen ist es doch nur recht, sich zu bedanken!«, verteidigte sich Lan. »Und was hast du eigentlich gegen Roboter? Die haben auch ihr Bewusstsein und ihre Würde. Können wir nicht freundlich mit ihnen umgehen, statt sie wie Sklaven zu behandeln?«

»Sklaven? Du schätzt die aber hoch ein! Sklaven sind zumindest Menschen!«, gab Yizhou unbeirrt zurück.

»Na, na, das reicht jetzt aber.« Zhang, der eine schwelende Glut aufflammen sah, beeilte sich, die beiden zu beschwichtigen. Und zu Lindy gewandt sagte er: »Dann sei so gut und geh uns etwas kochen.«

Lindy bejahte dienstfertig und trat mit einer leichten Verbeugung ab. Während sie aus dem Wohnzimmer ging, warf sie einen verstohlenen Blick auf den am Boden sitzenden Yizhou, und in ihrem Chip initiierte sie einen neuen Plan.

Das Essen konnte sich sehen lassen. Neben frischem Saisongemüse gab es Fisch vom Grill und eine köstliche Knochenbrühe.

»Zur Brühe hätte eigentlich etwas Seetang gehört, nur gab es in der Küche leider keinen mehr. Ich habe stattdessen Sojabohnen genommen. Hoffe, das ist Ihnen recht so.«

»Natürlich! Es schmeckt sehr gut«, versicherte Lan und bedankte sich aufs Neue.

»Wir sollten mal besprechen, was wir morgen machen«, meinte Zhang während des Essens. »Gehen wir uns noch mal auf die Suche, oder ...«

»Ich finde, wir brauchen nicht länger zu suchen«, unterbrach ihn Yizhou. »Wir haben fast die ganze Insel abgesucht und von Kai keine Spur gefunden. Und jetzt ist auch Gong Cheng verschwunden. Ich glaube eher, dass sie auf eigene Faust zurückgekehrt sind.«

»Das glaube ich auch«, pflichtete Ou Yukun bei. »Falls wir sie an der Uni nicht finden, müssen wir natürlich die Polizei verständigen. Dann soll die sich darum kümmern – schließlich sind unsere Möglichkeiten begrenzt.«

»Was meinst du, Lan?«, fragte Zhang.

Lan senkte den Kopf und überlegte eine Weile. Dann meinte sie: »Yukun hat schon recht. Auf jeden Fall würde ich erst mal an der Uni nachsehen. Wenn sie tatsächlich schon zurück sind, suchen wir ja hier umsonst.«

»Okay, dann machen wir es so.« Zhang würgte ein Stück Fleisch hinunter und verkündete: »Morgen früh brechen wir zur Rückkehr auf!«

Lindy machte sogleich vier Betten, stellte sich dann ans Fenster und blickte abwesend zum hellen Mond hinauf. Alle Bewegungsprogramme standen auf Stopp, die Denkprozesse liefen im Hintergrund.

Nun wollten die jungen Leute also morgen früh die Insel verlassen. Die Information war ihr nicht entgangen, denn sie hatte die ganze Zeit in einem Raum neben dem Wohnzimmer mitgehorcht. Nein, sie durfte sich die Leute nicht entgehen lassen, rief eine Stimme in ihr. Als sie das Gespräch belauscht hatte, wäre sie einen Moment lang am liebsten zur Tat geschritten, doch der Verstand hielt sie davon ab. Das Einzige, was sie beunruhigte, war diese Lan, denn ihr Verhalten zeigte unmissverständlich, dass sie Robotern gegenüber Mitgefühl hatte. Und in diesem Punkt war sich Lindy sicher: Die Frau durfte auf keinen Fall in diese Sache verwickelt werden.

Konnte sie die Leute nicht bei irgendeiner Gelegenheit voneinander trennen? Während Lindy überlegte, blitzten in ihrem Speicher alle möglichen Ideen auf, wurden aber eine um die andere verworfen. Es war äußerst schwierig, außerdem gab es zu viele Zufallsfaktoren. Es bestand eine beträchtliche Unsicherheit, und das Risiko war hoch.

Auf einmal durchzuckte ein Blitz den Nachthimmel. Für einen Augenblick war die ganze Insel erhellt.

4

Als die vier abermals zum Holzhaus kamen, stand Lindy gerade am Wasserhahn und wusch eine Stange Reislattich. Es war zehn Uhr vormittags, die Sonne stand strahlend im Osten. Als es klopfte, legte sie den Reislattich rasch in den Kühlschrank, trocknete die Hände unter der Mikrowelle, eilte zum Eingang und machte die Tür auf.

»Was treibt die Herrschaften denn wieder hierher?« Sie zeigte eine erstaunte Miene.

»Kaum zu glauben, das Boot ist kaputt«, antwortete Lan niedergeschlagen.

»Total schräg!«, rief Yizhou, außer sich vor Ärger. »Nicht nur unser Boot, auch das Passagierschiff hat einen Schaden! Nun heißt es, man sei am Reparieren, der Schiffsverkehr falle vorerst aus. Was soll denn das wieder!«

»Und was noch unmöglicher ist«, rief Zhang ungehalten, »als wir auf dem Festland anrufen wollten, damit uns ein Schiff abholt, hat sich herausgestellt, dass auf der Insel auch der Mobilfunk ausgefallen ist. Man kommt nicht mal mehr ins Netz!« Er kramte sein Handy hervor, um sich zu vergewissern. »Nicht das geringste Signal!«

»Hat das vielleicht mit dem gestrigen Unwetter zu tun?«, fragte Lindy. Am Vorabend war ein heftiges Gewitter niedergegangen, stundenlang hatten Blitz und Donner gewütet.

»Keine Ahnung. Jetzt bleibt uns eh nichts übrig, als zu warten, bis das Schiff wieder fährt.«

»Es tut uns wirklich leid, dass wir Sie schon wieder stören müssen!«

»Kein Problem«, meinte Lindy lächelnd, »ich werde Ihnen gleich das Mittagessen zubereiten. Reislattich mit Fleisch, ist das in Ordnung?«

Nach dem Essen stritt man sich über das weitere Vorgehen. Lan war der Meinung, sie sollten weiterhin nach Kai und Gong Cheng suchen, doch Zhang war überzeugt, dass die beiden nicht mehr auf der Insel sein konnten; Suchen wäre völlig umsonst. Schließlich räumte Zhang kurz auf und ging zum Hafen. Er wolle schauen, ob das Schiff schon fahrtüchtig sei, meinte er. Yizhou lamentierte, dass er nicht zum Malen gekommen sei, holte gleich nach dem Essen seine Malsachen und machte sich auf die Suche nach einem passenden Sujet. Lan schmollte und ging allein aus dem Haus.

»Gehen Sie nicht nach draußen?«, fragte Lindy den allein im Wohnzimmer verbliebenen Ou Yukun.

Der schüttelte den Kopf und meinte etwas nervös: »Ich mache mir Sorgen.«

»Worüber denn?«

»Mir gefällt nicht, was hier abgeht. Erst verlieren wir Kai und Gong Cheng, dann sind sämtliche Schiffe defekt, und jetzt bleibt sogar der Mobilfunk aus. Mir scheint, da treibt irgendwer ein böses Spiel.«

»Doch wohl kaum! Ich denke, es war der Blitz.«

»Das glaube ich nicht. Jedenfalls ist es unter diesen Umständen hier im Haus am sichersten.« Er rollte sich auf dem Sofa zusammen. »Wer weiß, ob da draußen nicht irgendwelche Kidnapper oder Mörder rumlaufen. Kennst du das? In Krimis nennt man das ›Haus im Schneesturm‹: Alle werden an einem bestimmten Ort festgehalten, und dann bringt der Täter einen nach dem andern um.« Seine Stimme klang tief und schwer.

Lindy durchfuhr ein Schreck.

»Wie auch immer, heute Nachmittag gehe ich nicht raus. Gibt es hier was zu lesen? Am besten irgendeinen Roman, Science-Fiction oder Krimi.«

»Bücher gibt es, sie sind im Arbeitszimmer des Hausherrn.« Lindy rief ihren Speicher auf und fand mithilfe der Schlagworte mehrere Romane. »Unter Science-Fiction sind nur zwei aufgelistet: *Ausgewählte Werke* von Arthur C. Clarke und *Welt der Götter*. Krimis gibt es mehrere, unter anderem das Gesamtwerk von Keigo Higashino.«

»Okay, dann bring mir doch einen Band von Higashino.«

»Gern, mein Herr. Allerdings hätte ich noch etwas viel Spannenderes. Möchten Sie es sich mal ansehen?« Im Vorfeld hatte Lindy ja bereits herausgefunden, wie der junge Mann zu Robotern eingestellt war. Darum ging sie diesmal direkt ans Werk.

»Was denn?«

»Sie werden es gleich sehen. Folgen Sie mir, es ist unten im Keller.«

Kaum kam Lindy aus dem Keller, hörte sie Lan an der Tür. Glück gehabt, dachte sie und eilte zum Eingang.

»Entschuldigung, ich war gerade im Keller und habe das

Klopfen nicht gehört«, beeilte sich Lindy zu erklären, nachdem sie aufgeschlossen hatte.

»Das macht nichts«, meinte Lan. Dann fügte sie niedergeschlagen hinzu: »Es sieht wieder nach Regen aus, ich musste die Suche abbrechen. Wo sind die andern?«

»Die sind alle ausgegangen.« Lindy blickte zum Himmel. Es ging ein stürmischer Wind, dunkle Wolken schoben sich wie dicke Federbetten übereinander. Es sah tatsächlich nach Regen aus.

»Wenn sie nur nicht klatschnass werden!« Lan zog die Schuhe aus und versuchte den Erdmatsch abzuschütteln. Die rötliche Erde auf der Insel hatte sich nach dem gestrigen Regenguss in zähen Schlamm verwandelt, der bei jedem Schritt an den Schuhen kleben blieb. Sie bückte sich, um die Schuhe mit einem Papiertuch abzuwischen. Dann fiel ihr Blick auf Lindys Füße – auch da klebten Spuren von Erdmatsch. Das Gröbste war abgewaschen, doch ein paar Reste waren noch sichtbar. Es sah ganz so aus, als wären diese Spuren ziemlich frisch.

»Geht ihr Roboter eigentlich auch manchmal raus?«, fragte sie beiläufig. Soweit ihr bekannt war, sollten Hausroboter nicht ohne Weiteres das Haus verlassen, es sei denn, sie hätten den ausdrücklichen Befehl ihres Besitzers.

Lindy stutzte kurz, antwortete dann spontan: »Normalerweise gehe ich nicht aus dem Haus.«

Lan sah sie verwundert an. Doch dann schlüpfte sie ohne etwas zu sagen in die Hausschuhe und ging hinein.

Als Yizhou und Zhang Wenqiang ins Zimmer stürmten, prasselte bereits ein heftiger Regenguss hernieder.

»Alles geht schief! Diesmal kriege ich wohl kein einziges Bild hin«, klagte Yizhou, während er das von Lindy bereitgehaltene Handtuch entgegennahm und sich die Haare trocknete. Auf der Leinwand, die er neben sich gelegt hatte, verliefen die Farben im Regenwasser. Was er diesen Nachmittag zustande gebracht hatte, war wohl kaum mehr zu retten.

»Oh, wo ist denn Ou Yukun? Warum ist er nicht mit euch gekommen?« Lan spähte durchs Fenster. Draußen goss es wie aus Eimern, alles war nur noch verschwommen zu sehen.

»Ich war allein am Hafen.« Zhang nahm einen Schluck heißen Tee.

»Ha, der wird ja wohl pudelnass!«, meinte Yizhou nicht ohne Schadenfreude. *Zum Glück war ich gerade noch rechtzeitig hier,* dachte er.

»Sicher hat er sich einen Unterschlupf gesucht. Wenn der Regen nachlässt, wird er schon zurückkommen«, mutmaßte Zhang.

Würde er zurückkommen? Lan spürte, dass sie aufgewühlt war. Zu viele unerwartete Ereignisse waren dieser Tage eingetreten. Schon die ganze Zeit beschlich sie ein ungutes Gefühl.

Der heiße Tee wärmte die jungen Leute etwas auf. Sie ließen sich um den Couchtisch nieder und hörten still dem Regen zu, der aufs Dach prasselte. Es war ein anhaltender, gleichmäßiger Klang, der einem inneren Rhythmus zu folgen schien, wie das Getrommel eines urtümlichen Stammes. Mitten in dem fortwährenden Trommeln reckte Yizhou die Arme und gähnte.

»Ach, wie langweilig.« Seine Stimme klang schläfrig.

Da verkündete Zhang: »Ich habe eine Neuigkeit für euch: Die Arbeiter am Hafen sagen, der Defekt am Passagierschiff habe mit der intelligenten Steuerung zu tun. Vermutlich habe jemand über eine externe Schnittstelle das Steuerprogramm geändert.«

»Wie? Dann war es nicht das Gewitter?« Lan machte große Augen.

»Es ist von Menschenhand verursachte Sabotage«, meinte Zhang nüchtern. »Auch beim Mobilfunk soll es an der intelligenten Steuerung liegen.«

»Wer kann denn das gewesen sein?«

»Keine Ahnung. Zurzeit wird das Personal durchgecheckt. Der Täter muss sich mit der intelligenten Steuerung bestens auskennen. Mit größter Wahrscheinlichkeit war es einer der Programmierer.«

»Wozu denn das? Was wollte er damit erreichen?«

Zhang zuckte die Schultern und hob ratlos die Handflächen.

Es regnete eine ganze Stunde lang. Erst gegen drei Uhr lichteten sich die schweren Wolken, und der Himmel begann sich aufzuhellen. Aus reiner Langeweile hatten die drei angefangen, Karten zu spielen. Als Lindy zum Abendessen rief, wurde ihnen mit Schrecken bewusst, dass der ganze Nachmittag um war.

Schon war die blutrote Sonne am Horizont versunken, doch Ou Yukun war nicht aufgetaucht.

5

Beim Abendessen waren die drei sehr schweigsam. Etwas Bedrückendes lag in der Luft.

Lan steckte die Gabel in das teigige Fleisch, und es gab ein helles Klirren, als Messer und Gabel auf den Teller trafen. Ou Yukun mit eingerechnet, waren nun schon drei von ihnen auf unerklärliche Weise verschwunden! Jetzt wurde auch dem trägsten Geist bewusst, dass etwas passiert sein musste. Lan war, als schwebte ein riesenhaftes Wesen über ihnen und würde sie von oben beobachten. Eine namenlose Angst schnürte ihr das Herz zusammen. Mechanisch kaute sie, ohne zu merken, wie das Essen schmeckte.

»Was ist das für Fleisch?«, rief Yizhou plötzlich, »warum riecht es so ranzig?«

Eigentlich war das Fleisch nicht schlecht. Es ging ihm wohl mehr darum, dem drückenden Unmut Luft zu machen. Wie aus einem Schlaf gerissen, gewahrte Lan erst jetzt das Fleisch auf ihrem Teller. Es war tiefrot, etwas weniger zart als Schweinefleisch, schmeckte aber auch nicht wie Rind- oder Schaffleisch.

»Oh, das tut mir aber leid!«, entschuldigte sich Lindy mit gesenktem Kopf. »Vielleicht ist es, weil ich solches Fleisch zum ersten Mal gebraten habe. Nächstes Mal werde ich es besser machen!« Nun hatten sie endlich das Fleisch bemerkt! Sie lächelte schadenfroh. Ihr schwachen und furchtsamen Menschenkinder – genießt mal schön die Leckerbissen, die ich euch anbiete!

»Keine Sorge, hören Sie nicht auf ihn, ich finde es ganz gut«, meinte Lan versöhnlich und warf Yizhou einen ungehaltenen Blick zu, als wollte sie sagen: Das war wirklich unanständig! Ungerührt hob der den Kopf und gab ein bissiges »Hm!« von sich.

»Es ist etwas zäh, man muss ziemlich drauf rumkauen«, ließ Zhang nun verlauten.

»Möglicherweise«, Lindy neigte nachdenklich den Kopf zur Seite, »habe ich es nicht so gut gelagert. Das Fleisch ist eigentlich frisch, nur war es dieser Tage im Keller, da ist es wohl etwas verklebt.«

»Was ist das eigentlich für Fleisch?«

»Hihi, das verrate ich euch noch nicht. Auf jeden Fall ist es eine besondere Sorte, die meine werten Gäste wohl noch nie probiert haben.«

»So eine Geheimniskrämerei«, brummte Yizhou verdrossen, spießte ein großes Stück auf und schob es sich in den Mund.

»Ich bin müde, ich gehe schon mal ins Bett.« Nach dem Essen ging Lan auf das Zimmer, das Lindy bereit gemacht hatte. Sie wünschte sich nichts als einen guten, tiefen Schlaf. Ihre namenlose Angst wurde immer stärker und drohte sie zu erdrücken.

Beim Eintreten fuhr ihr ein Gedanke wie ein Lichtstrahl durch den Kopf. Sie hielt sich am Türrahmen fest und spähte zu den anderen Gästezimmern hinüber. Da fingen ihre Beine an zu zittern, sie stürzte ins Zimmer, knallte die Tür zu und verriegelte sie doppelt.

Dieser Roboter, der sich Lindy nannte, hatte nur drei Betten gemacht!

Sie erinnerte sich deutlich, dass Lindy die Betten am Nachmittag bezogen hatte, während des Regengusses. Derweil hatten sie Karten gespielt und auf Ou Yukuns Rückkehr gewartet. Sie hatten ja gedacht, er wäre bloß vom Regen aufgehalten worden und würde gewiss auftauchen, sobald es zu regnen aufhörte. Warum hatte Lindy dann nur drei Betten gemacht? Sie musste schon gewusst haben, dass Ou Yukun nicht zurückkehren würde!

Jetzt fielen ihr auch die Matschkleckser wieder ein, die sie beim Eintreten an Lindys Füßen entdeckt hatte. Der Regen hatte am Vorabend eingesetzt, also war Lindy sicher erst nachher draußen gewesen. Doch hatte sie es nicht zugeben wollen. Hatte sie also gelogen? Wenn sie in dieser Sache gelogen hatte, stimmte womöglich noch anderes nicht, was Lindy sagte.

Lan rief sich den Nachmittag in Erinnerung. Sie war erst nach Zhang und Yizhou hinausgegangen, da war nur noch Ou Yukun im Haus gewesen. Er hatte träge auf dem Sofa gelegen, ohne das geringste Anzeichen, das Haus verlassen zu wollen. Also war er allein mit Lindy drinnen geblieben. Lindy hingegen behauptete, anschließend sei auch er nach draußen gegangen. Ob das aber wirklich stimmte?

Mit einem Schauer durchfuhr sie ein weiterer Gedanke: In der Gewitternacht war das Steuersystem der Schiffe und der Mobilfunkstation beschädigt worden, und der Täter habe sich mit dem Steuerungssystem bestens ausgekannt. Nun fiel der Verdacht auf einen Programmierer. Was aber, wenn es ein Roboter war?

Auf einmal ergab alles Sinn! Vor ihrem geistigen Auge sah sie Lindy durch die stürmische Nacht wandern, während bei jedem Schritt Erdmatsch aufspritzte. Zitternd schlüpfte Lan ins Bett und wickelte die Decke eng um sich. Doch ihr wurde kein bisschen wärmer.

Lan war längst auf ihrem Zimmer, nur Zhang Wenqiang und Yizhou saßen noch im Wohnzimmer. Geistesabwesend starrten sie zur Decke, keiner sprach ein Wort, und es war nicht auszumachen, was sie dachten.

Die richtige Gelegenheit, dachte Lindy. *Jetzt oder nie!*

Sie ging hin und begann sich leise mit den beiden zu unterhalten. Damit Lan im Schlafzimmer sie nicht hörte, stellte sie die Stimme absichtlich etwas tiefer. Nachdem sie sich mit ein paar einfachen Fragen vergewissert hatte, dass die beiden zu jener Sorte Menschen gehörten, die sie suchte, führte sie auch diese zum Keller.

Als Zhang den schwarzen Schlund sah, zögerte er, doch Yizhou schubste ihn ungeduldig.

»Bitte schön!«, sagte Lindy einladend.

Einige Minuten später standen sie in einem weiträumigen Keller. Der Anblick von Kai, Gong Cheng und Ou Yukun, die reglos dalagen, machte Zhang und Yizhou sprachlos.

»Ihr werdet das nicht verraten, oder?«, fragte Lindy lächelnd.

»Nein, nein, sicher nicht!«, versprachen die beiden, und ihre Köpfe flogen hin und her wie Rasseltrommeln. Es war wohl die Kälte da unten, die ihre Körper so steif machte.

Lindy lachte verächtlich. Was Menschen mündlich versprachen, hatte sie noch nie geglaubt. Für diese wankelmütige Spezies war das doch nicht verbindlich! Sie war seit jeher überzeugt, dass es nur eine Methode gab, Menschen auf ewig zum Schweigen zu bringen. Mit der rechten Hand entnahm sie ihrer Rückentasche einen fingerdicken röhrenförmigen Gegenstand, der im eisigen Neonlicht des Kellers metallisch glänzte.

6

In der Nacht schreckte Lan aus einem Albtraum auf. Sie hatte ihre Kollegen mit starrem Blick auf einem Holztisch liegen sehen, alle nebeneinander, und Lindy schnitt mit einem Fleischermesser blutige Streifen in ihre Körper. Dabei öffneten und schlossen sich ihre Münder, als wollten sie etwas sagen, doch es kam kein Laut heraus. Es sah aus wie Fische, die auf dem Küchenbrett ihr Leben aushauchen.

Lans Körper war erstarrt, sie konnte sich nicht mehr regen. Da drehte sich Lindy zu ihr um und bot ihr lächelnd einen Teller mit geschmortem Fleisch an. Die Stücke waren von triefendem Blutrot. Als sie mit den Essstäbchen ein Stück anhob, sah sie auf der Unterseite einen Daumennagel und schrie gellend auf.

Der Schrei hallte durch die Finsternis des Hauses.

Ihre Magenwände krampften sich in rhythmischen Zuckungen zusammen, jäh beugte sie sich über den Bettrand und übergab sich.

Quietschend öffnete sich die Tür, das Licht ging an, und Lan kniff die Augen zusammen. Dann sah sie ein Paar metallisch glänzende Füße Schritt für Schritt näher kommen.

»Was ist mit Ihnen? Fühlen Sie sich nicht wohl?« Lindys Stimme klang unverändert sanft. »Haben Sie sich vielleicht erkältet?« Lindy streckte Lan die Hand entgegen, um ihr aufzuhelfen.

Lan drehte sich weg, setzte sich abrupt auf und fixierte Lindy mit wachsamem Blick.

»Lass die anderen kommen, mir ist etwas eingefallen, das ich ihnen unbedingt sagen muss.« Lan bemühte sich, mit ruhiger Stimme zu sprechen, doch es mischte sich ein unkontrollierbares Zittern darunter, das den Sprechton seltsam verzerrte.

»So spät? Sie schlafen doch schon. Es wäre besser, bis morgen zu warten.« In Lindys Augen funkelte ein Anflug von Verschlagenheit.

»Nein, sofort, es ist dringend!«

»In Ordnung, Moment bitte.« Lindy wandte sich ab und ging zu den Zimmern. Wenig später kam sie zurück und erklärte mit erstaunter Miene: »Wie seltsam, sie sind gar nicht da! Nun, dann sind sie wohl aus irgendeinem Grund hinausgegangen.«

Lan konnte sich nicht länger halten. Barfuß lief sie zur Tür des Nachbarraums. Als sie die ordentlich gefalteten Bettdecken und das kein bisschen angedrückte Laken sah, wurde ihr schwindlig. Nun kam sie doch zu spät, dachte sie verzweifelt. Mit leichenblassen Händen klammerte sie sich an den Türrahmen, als müsste sie gleich in Ohnmacht fallen.

Warum – warum nur hatte sie so gehandelt? Wie hatte es nur so weit kommen können? Sie überhäufte sich mit Schuldgefühlen und Vorwürfen. Dass sie erst jetzt das wahre Gesicht dieses Roboters erkannte! Hätte sie eher achtgegeben, wäre es niemals so weit gekommen. So betrachtet hatte sie ja die anderen ins Unheil gezogen.

Aber – wer hätte das je ahnen können? Dass ein Roboter zu so etwas fähig wäre! Hatte vielleicht bei der Auslieferung aus der Fabrik das zuunterst im Chip eingeprägte Kontrollgesetz versagt? Oder war ein Produktionsfehler unterlaufen? Alle möglichen Gedanken schwirrten ihr durch den Kopf und verhedderten sich wie lose Fadenknäuel. Langsam wandelten sich ihre Schuldgefühle in Misstrauen, und schließlich spürte sie ungehaltene Wut – über den Hersteller des Roboters und auch über dieses erbärmliche Hausmädchen, das da vor ihr stand.

Sie biss die Zähne zusammen und stieß grimmig hervor: »Was haben Sie mit ihnen gemacht?«

»Wie bitte?«, fragte Lindy und schien für eine halbe Sekunde auszusetzen.

»Ich weiß Bescheid.« Lan setzte sich aufrecht hin und heftete den Blick auf Lindy: »Die Schiffe haben Sie kaputtgemacht, oder?«

Lindy verstummte und blieb ihr die Antwort schuldig. In ihrem Innern durchsuchte sie die Erinnerungen der letzten Tage. Wo war ihr ein Fehler unterlaufen? Wie viel konnte Lan wissen?

Im Holzhaus war es plötzlich totenstill. Nur Lans Atemzüge und das Summen des Ventilators an Lindys Rücken waren zu hören.

»Führen Sie mich in den Keller!«, sagte Lan.

Sei's drum – offenbar wusste sie alles. Lindy merkte, dass ihr die Sache aus dem Ruder gelaufen war. Immerhin konnte sie den Auftrag ihres Besitzers als erledigt betrachten.

»Kommen Sie mit.« Endlich gab sie das Doppelspiel auf.

Im Keller war es feucht und kalt, das schummrige Neonlicht hatte etwas Bedrückendes. Lan machte große Augen, als sie die fünf Kollegen in zylindrischen Induktionskapseln liegen sah. Lange brachte sie kein Wort heraus. Mit geschlossenen Augen lagen sie da, ohne jede Regung, über und über mit Sensorchips bespickt.

»Was … ist denn das?« Sie schien etwas ganz anderes erwartet zu haben.

»Ein Game-Testlauf!«, platzte Lindy heraus. »Sie wissen es doch?«

»Ich ... ich dachte ...« Lan schluckte leer. Gleichzeitig schluckte sie die Worte, die ihr auf der Zunge lagen.

»Der Hausherr ist leitender Gamedesigner in einer Gaming-Firma; das hier ist die neuste Version von einem Stand-Alone, das er selbst entwickelt hat. Weil es darin um ein sensibles Thema geht, konnte er noch keine internen Benutzertests machen. Doch er wollte ein paar Feedbacks haben, bevor er das Game ans Unternehmen übergibt, damit er notwendige Korrekturen vornehmen kann. Derzeit ist er auf Geschäftsreise. Bevor er ging, hat er mich beauftragt, ein paar Gamer zu finden, die sich für dieses Spiel interessieren, um einen kleinen Testlauf durchzuführen.«

»Mindestens fünf!«, hatte er ihr mit strenger Miene eingeschärft. Lindy rief sich die Szene in Erinnerung. »Wähle sie gut aus, bevor du dich entscheidest, merk dir das! Nicht dass ich Ärger kriege.«

»In Ordnung«, hatte Lindy geantwortet. »Und sollen auch sie, wie gehabt, eine Geheimhaltungsvereinbarung unterschreiben?«

»Unbedingt! Was zählt schon ein mündliches Versprechen, das ist völlig zwecklos. Nur wenn etwas schwarz auf weiß auf dem Papier steht, nehmen solche Leute eine Vereinbarung wirklich ernst.«

Lindy zog mit der rechten Hand ihren Stift aus der Rückentasche und zeigte ihn Lan. »Alle machen den Testlauf freiwillig. Mit diesem Stift haben sie die Absichtserklärung und die Geheimhaltungsvereinbarung unterzeichnet. Ich habe beides hier, möchten Sie es einsehen?«

Im grünlichen Kellerlicht glänzte der röhrenförmige Stift eiskalt auf. Vor ihrem geistigen Auge sah Lan die Burschen den Stift entgegennehmen und in gespannter Vorfreude die Vereinbarung unterzeichnen.

»Nein, nicht nötig.« Sie stieß einen langen Seufzer aus. Ihr war, als kehrte sie aus der Hölle in die Menschenwelt zurück.

»Übrigens, was war das nun für Fleisch, gestern?«

»Ach so – nun, kommen Sie her!« Lindy führt Lan zu einem Gefrierschrank in der Ecke, öffnete die luftdichte Tür und zog einen schwarzgrauen Tierkadaver heraus.

»Ist das …« Lan konnte nicht erkennen, worum es sich handelte.

»Ein Wolf! Ich habe doch gesagt, dass es hier Wölfe gibt. Den hier hat der Hausherr vor ein paar Tagen im Wald erlegt.«

Mit einem Mal löste sich in ihr die ganze Spannung, sie wusste nicht recht, warum – irgendwie fühlte sie sich sogar etwas verloren. Bemüht, ein Lächeln aufzusetzen, sagte sie zu Lindy: »Ach, ich bin plötzlich so müde, gehe doch lieber ins Bett.«

»In Ordnung, ich bringe Sie nach oben.«

»Übrigens, warum haben Sie nicht auch mich zum Testlauf genommen? Und es mir die ganze Zeit verheimlicht?«

»Nun …« Lindys Chip geriet in heiße Schwingung. »Es ist ein pornografisches Spiel! Ja, so ist es. Ich dachte, Sie wären keine geeignete Spielerin. Darum habe ich die andern immer dann eingeladen, wenn Sie nicht da waren, um Sie nicht zu provozieren.«

Ha, diese dreckigen Männer!, schimpfte Lan im Stillen. *Bloß wegen eines bescheuerten Games – all die Sorgen hätte ich mir ersparen können!*

Als Lindy sah, dass Lan den Keller verließ und auf ihr Zimmer ging, spürte sie große Erleichterung. Zum Glück hatte Lan nicht verlangt, das Game auszuprobieren! Es war nämlich überhaupt nichts Pornografisches.

Das Game hieß *Mechanic Destroyer* und diente zum Ausleben von Aggressionen. Der Spieler konnte sich nach Lust und Laune an armen Robotern abreagieren, sie demolieren oder foltern, und dazu standen eine Menge Gerätschaften zur Auswahl.

»Lass ja nicht die Leute von der RRG draufkommen«, hatte ihr der Besitzer eingeschärft. »Das musst du vor dem Testlauf rauskriegen. Wer auch immer Mitgefühl mit Robotern zeigt, darf von diesem Game nichts erfahren. Verstanden?«

Fei Dao

Der Geschichten erzählende Roboter

Aus dem Chinesischen übersetzt
von Eva Lüdi Kong

Fei Dao,

geboren 1983, ist außerordentlicher Professor für Literaturwissenschaft an der Pekinger Tsinghua-Universität. Seine Science-Fiction-Erzählungen wurden bereits ins Englische, Italienische, Deutsche, Japanische und Koreanische übersetzt.

Es war einmal ein König, der liebte weder sein Reich noch seine Frauen, denn es gefiel ihm einzig und allein, sich Geschichten anzuhören. Darum unterhielt er im Palast eine Truppe Geschichtenerzähler. Allerdings wusste jeder von ihnen nur eine gewisse Anzahl von Geschichten zu erzählen. Hatte einer diese fertigerzählt, wurde er vom König an einen entlegenen Ort verbannt. Daher gab es mit der Zeit niemanden mehr, der sich traute, diesem König Geschichten zu erzählen.

Da rief der König die gescheitesten Wissenschaftler seines Reiches zusammen und gab ihnen den Auftrag, einen Roboter anzufertigen, der Geschichten erzählen konnte. Anfangs waren die Geschichten dieses Roboters noch ziemlich ungelenk, doch da er lernfähig war, konnte er sich mit Unterstützung der Wissenschaftler beständig weiterentwickeln. Mit der Zeit wurden seine Geschichten immer besser. Bald waren alle spannenden Erzählungen der Welt in seinem Hirn gespeichert. War der König nun erschöpft von seinem Tagewerk, so ließ er diesen Roboter eine Geschichte erzählen, denn sonst fühlte er sich nicht zufrieden. Auch vor dem Schlafengehen wollte er jeweils zwei, drei kurze Geschichten hören. Ohne Geschichte konnte er nicht einschlafen.

Eines schönen Tages legte sich der König wieder einmal auf sein wohliges Himmelbett, schloss die Augen und freute sich auf eine wunderbare Erzählung.

Der Roboter begann: »Es war einmal ein berühmter Dieb,

der lebte in einer fernen Kleinstadt. Die Leute nannten ihn Krick …«

Da zog der König die Brauen zusammen, schlug die Augen auf und unterbrach ihn: »Diese Geschichte kenne ich schon. Eine andere!«

Der Roboter begann von Neuem: »Es war einmal ein König, der hatte ein Schwein an Sohnes statt angenommen …«

Obschon die Stimme des Roboters ausgenommen heiter war, runzelte der König abermals die Brauen: »Ich habe mich wohl nicht ausreichend deutlich ausgedrückt: Ich will eine Geschichte, die du mir noch nie erzählt hast!« Abermals schloss der König die Augen, wenn auch ein wenig verstimmt.

Der Roboter aber versank in Schweigen und durchsuchte gewissenhaft sämtliche Daten, die in seinem Hirn gespeichert waren. Schließlich kam er zum Ergebnis, dass er alle Geschichten schon erzählt hatte.

»Heißt das, dass auch du nichts mehr zu bieten hast?«, rief der König und versank in nachdenklichem Schweigen. Dann fragte er plötzlich: »Könntest du nicht selbst eine erfinden?«

Nun machten sich die Wissenschaftler abermals mit großem Eifer an die Arbeit. Indem sie die Speicherkapazität des Roboters um ein Vielfaches erweiterten, ermöglichten sie, dass er noch komplexere Berechnungen vornehmen konnte. Anschließend gaben sie alles daran, ihm beizubringen, was es heißt, etwas Fiktives zu schaffen. Als der Roboter endlich verstand, dass man etwas berichten konnte, das es noch gar nicht gab, schaffte er den Sprung vom Erzählen zum Erdichten. Zwar war seine erste selbst erfundene Geschichte noch völlig unzulänglich, doch der unerhörte Fortschritt löste großen Jubel aus.

Die Lernfähigkeit des Roboters war enorm. Unter Anleitung der Wissenschaftler analysierte er die besten Erzählungen, die es gab, und erstellte ein mathematisches Modell, nämlich das später so berühmt gewordene »Fiktionsgesetz«. Dieses Modell allerdings war so kompliziert, dass allein dieser Roboter in der Lage war, eine Näherungslösung zu finden. Nachdem er sich durch das Fiktionsgesetz immer weiter verbessert hatte, erdichtete er endlich seine erste formvollendete Geschichte. Der König war äußerst zufrieden und befahl ihm: »Merke dir: Erzähl mir nur die allerbesten Geschichten.«

Von da an erzählte der Roboter, wenn der König bei guter Laune war, jeweils mit bewegter Stimme eine derart herzzerreißende Geschichte, dass der gutmütige König einen tiefen Seufzer tat, vor lauter Mitleid mit den armen Menschen in der Geschichte. Es kam sogar vor, dass er anschließend ein spontanes Dekret erließ, um die Bevölkerung zu entlasten. War der König aber schlecht gelaunt, erdichtete ihm der Roboter eine derart drollige Geschichte, dass der König Tränen lachte und sein ganzer Unmut verflog. Auch die Hofminister seufzten erleichtert auf, und das Reich wurde um vieles friedlicher.

Immer besser wurde der Roboter im Geschichtenerzählen. Bald hatte er die größten Schriftsteller der Welt übertroffen. Aufgrund der stringenten Kalkulation waren seine Erzählungen stets knapp und prägnant, ohne je umständlich und weitschweifig zu werden. Gleichzeitig verhinderte die komplexe Struktur des Fiktionsgesetzes auch, dass alle Geschichten nach demselben Muster gestrickt waren. Manche waren dermaßen brillant, dass selbst der König sie mehr als einmal hören wollte.

Formal schien der Roboter an einer netten klassischen Wendung festhalten zu wollen: Jede Geschichte begann mit »Es war einmal« und endete auf »Das ist alles, Majestät«. Wenn also der König seine vielen Throneingaben beiseitelegte und sprach: »Fang bitte an!«, begann der Roboter mit lieblicher Stimme: »Es war einmal …« Dann wurde es im ganzen Königshof still, alle blieben ruhig an ihren Plätzen, hielten den Atem an und wagten kein Geräusch zu machen. Nichts sollte den König stören. Erklang schließlich der Satz »Das ist alles, Majestät«, atmeten die Kammerdiener tief aus und gemahnten den König vorsichtig, er möge sich doch zur Ruhe legen.

So erfand der Roboter Tag für Tag neue Geschichten. Der König aber war ein gescheiter Mann und merkte sehr wohl, dass es noch gewisse gleichbleibenden Elemente gab, auch wenn sich alle Geschichten auf kunstreiche Art voneinander unterschieden. Daher befahl er eines Tages, als er gerade schlecht gelaunt war: »Erzähl mir die allerbeste Geschichte der Welt!«

Augenblicklich wurde alles still. Diesmal aber ließ der Roboter nicht sogleich sein »Es war einmal« hören, sondern verfiel in Schweigen. Der König übte sich in Geduld, der ganze Hofstaat wartete gespannt, und die Konkubinen und Kammerdiener beteten im Stillen, der Roboter möge diese Geschichte aller Geschichten reibungslos darbieten. Ansonsten konnte der König leicht in Zorn geraten. Endlich kam das ersehnte »Es war einmal«, und alle atmeten erleichtert auf.

»Es war einmal ein außerordentlich begabter König, der zur Errichtung seines Imperiums aus dem schärfsten Material der Welt Krieger herstellte, die in der Lage waren, selbst die stärksten Festungen zu stürmen.« Nach und nach entspann sich die

Geschichte, alle im Palast waren ganz in Bann genommen, und der König horchte so aufmerksam, dass er alles um sich herum vergaß. In aufregenden Abenteuern überwältigten die Krieger ein ums andere Mal mächtige Gegner und Ungeheuer und erlebten manche merkwürdigen Begebenheiten. Nachdem sie eine Reichsstadt nach der anderen erobert hatten, kamen sie schließlich zum allerletzten Reich, das noch übrig war. Der dortige König aber war nicht weniger begabt und hatte aus dem härtesten Material der Welt eine Stadtmauer errichtet, die auch den stärksten Angriffen standhielt. »Die Stunde der Entscheidung war gekommen. Nachdem die beiden Könige einander zugenickt hatten, schwangen die kühnen Krieger ihre Speere, stürmten auf die Festung zu …«

Die Stimme des Roboters brach ab. Der König, der in höchster Spannung gelauscht hatte, schreckte aus der Erzählung auf. Befremdet, aber nachdrücklich befahl er: »Weiter!« Die Augen des Roboters blinzelten, doch er blieb stumm. Die Stimme des Königs nahm einen härteren Ton an: »Warum hast du aufgehört?« Der gesamte Hofstaat zitterte vor Angst.

Der Roboter aber antwortete ungerührt: »Majestät, für den Ausgang dieser Geschichte gibt es zwei Möglichkeiten. Welche von beiden die beste ist, habe ich noch nicht errechnen können.«

»Heißt das, beide sind gleich gut?«, fragte der König ungehalten.

»So ist es. Beide Versionen weisen genau denselben Annäherungsgrad zum Wahrheitswert des Fiktionsgesetzes aus. Es ist das erste Mal, dass so etwas vorkommt.«

»Nun, dann erzähl mir beide Versionen«, forderte der König.

»Das geht nicht, Majestät«, gab der Roboter unbewegt zurück.

»Eurem Befehl gemäß muss ich herausfinden, welche die beste Geschichte ist. Nur diese darf ich Euch erzählen. Das ist meine Pflicht.«

»Nein«, entgegnete der König, und seine Stimme klang nun grob: »Jetzt befehle ich dir, die Geschichte sofort weiterzuerzählen, egal, in welcher Version.«

Das elektrische Augenlicht des Roboters verdunkelte sich. An jenem Abend erklangen die Worte »Das ist alles, Majestät« nicht mehr. Drückend lag die Spannung eine ganze Nacht lang auf allen Herzen, und auch der König fand nicht in den Schlaf.

Erst als es hell wurde, hatten die Wissenschaftler den Roboter endlich wieder instand gebracht. Dann wandten sie sich an den König und sprachen vorsichtig: »Es wäre besser, wenn Sie ihm keine widersprüchlichen Befehle mehr erteilen würden.«

»Soll das heißen, da sei nichts zu machen?«, fragte der König mit steinerner Miene.

»Majestät«, erklärte einer der Wissenschaftler, »die Geschichten, die er erfindet, zeigen deutlich, dass er schon über eine Art menschlichen Denkens verfügt; seine Erinnerungen verflechten sich bereits ineinander. Wenn ein vorheriger Befehl einfach gelöscht wird, steht zu befürchten, dass auch seine Geschichten verloren gehen.«

»So ist es«, fuhr ein anderer fort. »Wir konnten herausfinden, wo jener Teil seiner Erinnerungen gespeichert ist, und haben versucht, diese mit einem externen Konvertierungsgerät wiederherzustellen. Leider erhielten wir nichts als fehlcodierte Zeichen.«

»Dazu kommt«, ergänzte ein weiterer, »dass er von extern irgendeinen Grundsatz empfangen haben muss, der vermutlich das maximale elektrische Potenzial auslösen kann. Wir sind uns zwar noch nicht im Klaren, worum es sich konkret handelt, doch wäre es ratsam, wenn Sie ihn nicht zwingen würden, diesem Grundsatz zuwiderzuhandeln.«

»Alles in allem«, fügt der Letzte sanft hinzu, »hat er sich dank Eurer Instruktionen und dank des Trainings durch Eure Majestät bereits zu einem Grad entwickelt, der alles, was wir erklären können, bei Weitem übersteigt.«

»So ein Schrott«, versetzte der König, stand auf und ging.

Der König ließ die unfertige Geschichte im ganzen Reich bekannt machen und lobte eine hohe Belohnung aus für denjenigen, der den brillantesten Schlussteil hinzufügen würde. Fasziniert von dem Fragment, strömten die besten Erzählkünstler herbei und fügten zahlreiche Schlussteile hinzu. Dem König gefielen sie alle, er hätte jedoch keinen als vollkommen einzigartig bezeichnen können. Und im Grunde wollte er doch wissen, welche Version sich im Hirn des Roboters verbarg. Schließlich schickte er alle Erzähler mit einer Vergütung weg.

Der Roboter aber arbeitete pflichtgemäß weiter, indem er Tag für Tag ersatzhalber eine andere treffliche Geschichte erzählte, über die der König wie ehedem seufzen oder lachen konnte. Dennoch schien ihm alles weniger Spaß zu machen. Immer musste er an jenen fehlenden Schlussteil denken. Der Roboter aber konnte nach wie vor nicht herausfinden, welcher Schlussteil der beste wäre. So vergingen die Tage, und der Roboter glich mehr und mehr einem echten Menschen. Der König, der mit zunehmendem Alter etwas friedfertiger wurde, spürte oft sogar eine diffuse Zuneigung zu dem Apparat. Wenn er etwa schlechter Stimmung war, fing er manchmal an, mit dem Roboter zu plaudern. Die beiden waren sehr höflich zueinander, und eigentlich hatte der König ja im ganzen Palast keinen Freund.

Eines Abends, als die Dämmerung anbrach, fragte der König mit schwacher Stimme: »Haben Sie noch nicht herausgefunden, wie die Geschichte zu Ende gehen sollte?« Nach längerem Schweigen antwortete der Roboter ungerührt: »So ist es, Majestät. Sie werden es vielleicht nicht glauben, aber auch mich betrübt das sehr. Jedes Mal, wenn ich daran denke, dass ich auf Kosten der einen Version die andere aufgeben müsste, gerät der Stromkreis in meinem Hirn durcheinander. Ich weiß nicht, welche ich erzählen soll – ich kann mich einfach nicht entscheiden.«

»Sie sind wirklich ein Künstler«, sagte der König und lächelte. Dann legte er sich ins Bett, und von da an konnte er nicht wieder aufstehen.

Die Krankheit des Königs verschlimmerte sich zusehends. Die Rezepte des Hofarztes zeigten keine Wirkung, und die Leute begannen, miteinander zu tuscheln. Abends, wenn selbst die engsten Kammerdiener sich aus dem Schlafgemach zurückgezogen hatten und kein Mensch mehr zugegen war, harrte einzig und allein der nimmermüde Roboter noch am Bett des Königs aus. Während er im Dunkeln angestrengt nach dem richtigen Schlussteil suchte, war er gleichzeitig stets bereit, dem König eine Geschichte zu erzählen, sollte dieser aufwachen und darum bitten.

Kurz vor dem Morgengrauen schlug der König plötzlich die Augen auf, ließ den Blick auf dem Roboter ruhen und sprach mit schwacher Stimme: »Jene Geschichte von Ihnen …«

»Majestät, ich könnte vielleicht eine dritte Version erfinden …«

Die Stimme des Roboters klang außergewöhnlich sanft. Der König aber schüttelte den Kopf und sagte: »Nein, vielleicht braucht es gar keinen Schlussteil.«

In seinem Testament hatte der König alles geregelt, außer der Frage, was man mit dem Roboter machen sollte. Sein Thronfolger kümmerte sich vorbildlich um die Staatsgeschäfte und die Bevölkerung. Er trieb gern Sport, doch er hörte sich keine Geschichten an. Daher bestimmte er, aus Achtung vor dem verschiedenen König, dass niemand das Recht haben sollte, jemals den Schlussteil jener Geschichte zu erfahren. Also wurde dem Roboter das Gehirn gewaschen, und man versorgte ihn in einer Glasvitrine des Königlichen Museums. So kam es, dass niemand je das Ende der Geschichte erfahren hat.

Das ist alles, Majestät.

Sun Wanglu

Der umgekehrte Turing-Test

Aus dem Chinesischen übersetzt
von Karin Betz

Sun Wanglu,

Jahrgang 1992, ist von Beruf Game-Entwickler und -Autor. Er schreibt seit 2014 Science-Fiction und gilt unter den Newcomern im Genre als einer der Besten. Ein Kurzroman von ihm wurde mit dem chinesischen Golden Award ausgezeichnet.

Dies gehört zu ihrer Welt. Sie ist die fürchterliche Schlange, die mittels Elektromagnetismus über Glasfaserkabel in jeden Winkel der Welt vordringt.

Diese Welt ist riesengroß. Noch vor einer Sekunde hat sie Billionen von Kapitalflüssen in der Datenbank der Börse verfolgt, in der nächsten beobachtet sie an der Polarforschungsstation die von den Kameras aufgezeichnete Aurora. Und wieder eine Sekunde später sieht sie sich unter Freunden geteilte Fotos, Videos und Geheimnisse an.

Was für ein wunderbares Gefühl, alles in der Hand zu haben. Selbst in den bestens gesicherten Bankensystemen und Militärapparaten geht sie praktisch ungehindert ein und aus. Doch gleich ist es so weit, und sie wird einen stumpfen Schmerz verspüren, wenn der Fühler, den sie gerade in das Bankensystem gesteckt hat, unversehens mit einem scharfen Messer abgeschnitten wird. Jetzt fühlt sie sich herausgefordert.

Wer ist der Herausforderer? Sie verfolgt es zur Quelle zurück. Die Webcam hat die Person aufgezeichnet.

Oh! Ihr ist klar, was das bedeutet. Der Kampf beginnt.

Eins

Es regnete wieder einmal in Strömen. Die Zeit, in der der Stundenzeiger unerträglich langsam voranrückte. Die Studenten in den letzten Reihen begannen, unruhig hin und her zu rutschen, und warteten darauf, dass das Seminar endlich zu Ende wäre.

Professor Wang Tuling war gerade mit seiner Lektion fertig. »Das wär's dann. Gibt es Fragen?«

»Ja!« Ein Herr in der letzten Reihe stand auf. Er trug einen adretten Anzug. Neben ihm saß noch ein junger Mann.

Wang hatte die beiden ungewöhnlichen Gäste schon vorher bemerkt. »Bitte sehr«, sagte er lächelnd.

Laut und deutlich sagte der Mann im Anzug: »Schon immer wurde darüber nachgedacht, künstliche Intelligenzen zu schaffen, die den Turing-Test bestehen. Aber bei der Erforschung künstlicher Intelligenzen wurde noch nie überlegt, wie man sie einschränken könnte. Wie also könnte man den Turing-Test umkehren?«

Professor Wangs Mundwinkel zuckten unwillkürlich. »Da Ihre Frage nicht das Thema dieses Seminars ist, möchte ich Sie bitten, sie mir nach der Stunde zu stellen.«

Der Gasthörer verbeugte sich. »Danke.«

Das Treffen verlief nicht so zäh wie gedacht.

Wang Tuling hatte den anderen wiedererkannt. »Li Qiandu, wir haben uns bestimmt fünf Jahre lang nicht gesehen.«

Li Qiandu war überrascht von seinem guten Gedächtnis. »Wie geht es Ihnen, Professor?«

Wang Tuling winkte ab. Er wollte es kurz machen. »Du bist sicher nicht aus reiner Nostalgie hier.«

Li Qiandu lächelte verlegen und zog ein Buch hervor, *Die Theorie des umgekehrten Turing-Tests.* Der abgegriffene Band hatte schon bessere Tage gesehen, aber in diesem Augenblick schien er in Wangs Augen zu leuchten.

Li Qiandus Stimme klang heiser. »Es gibt auf diesem Gebiet im ganzen Land nur einen Fachmann. Ich möchte von Ihnen wissen, wie man den Turing-Test umkehrt.«

Eine kleine Flamme loderte in Wangs Augen auf. Die Herausforderung war für den Professor mittleren Alters allzu verlockend. Das laute Prasseln des Regens schluckte den Klang der Pausenglocke, die Zeit schien stillzustehen. In seiner Erinnerung daran sah er ein stehendes Gewässer vor sich, aus dem das Wasser abgepumpt wird.

Er war damals gerade erst in sein Heimatland zurückgekehrt, weil er eine Anstellung als Dozent bekommen hatte. Da es dem jungen und ambitionierten Wang Tuling zu langweilig gewesen war, nur Grundkurse zu unterrichten, hatte er einen öffentlichen Aufbaukurs angeboten, in dem er seine eigenen Theorien behandeln wollte.

Das Seminarthema war theoretisch nicht allzu schwierig gewesen, aber in der Praxis doch recht anspruchsvoll. Deshalb hatte Wang einfach die Prüfungsanforderungen gesenkt. Die Rechnung war aufgegangen. Zahlreiche Studenten hatten das Seminar besucht, um ihre Noten aufzubessern.

Wang Tuling und Li Qiandu kannten sich aus diesem Seminar.

»Der Begriff Turing-Test geht auf den Artikel *Computing Machinery and Intelligence* des britischen Mathematikers Alan Mathison Turing aus dem Jahr 1950 zurück. Im Zuge des technischen Fortschritts kann ein solcher Turing-Test längst durchgeführt werden, es gibt inzwischen weit über den ursprünglichen Test hinausgehende Ansätze.«

Der gut aussehende junge Student, der in der ersten Reihe mitschrieb, hielt kurz inne und nickte.

»Es stellt sich uns jedoch ein schwerwiegendes Problem. Ein Turing-Test der neuen Generation ist nur dann sinnvoll, wenn er unter Verwendung einer künstlichen Intelligenz mit kreativen Fähigkeiten durchgeführt wird. Das führt uns zu der Frage, ob die von einer künstlichen Intelligenz übertragenen Informationen mit den von Menschen eingegebenen Befehlen identisch sind. Kann eine Maschine oder eine KI unterscheiden, ob ein Befehl von einem Menschen oder von einer anderen KI stammt?«

Mit einem hörbaren Knacken brach die Bleistiftspitze ab, und der Student in der ersten Reihe hob den Kopf. Ihre Blicke trafen sich.

»Dafür benötigt man einen umgekehrten Turing-Test«, fuhr Wang fort. »Diese existieren im Grunde bereits, zum Beispiel in Form eines automatischen aufpoppenden Captchas, um festzustellen, ob ein Mensch oder ein Bot ein Internetformular ausfüllt. Die Anforderungen sind im Rahmen dieses Seminars schwer zu bedienen.«

Der Student nickte noch heftiger. In den folgenden Vorlesungen würde er immer in der ersten Reihe sitzen, immer den Band *Die Theorie des umgekehrten Turing-Tests* vor sich auf dem Tisch.

Wang Tuling kümmerte sich nicht weiter um den eifrigen jungen Mann. Bis er eines Tages mitten im Seminar abrupt aufstand.

»Ich bin nicht einverstanden mit Ihrer Theorie, Professor Wang!«, sagte er mit flammendem Blick.

Die anderen Studenten sahen einander an. Es war ungewöhnlich, eine Vorlesung mit solcher Heftigkeit zu unterbrechen.

»Und zwar aus welchem Grund?« Es handelte sich um eine

Theorie, die Wang selbst entwickelt hatte, und war seitdem sehr stolz darauf.

Li Qiandu blieb stehen. »Weil sie beim Turing-Test ansetzt. Mit einem Turing-Test testet der Mensch Computer, doch höchstwahrscheinlich ist der Computer in der Lage, den Menschen zu überlisten. Das wäre ein Sieg der Maschine. Wenn man den Turing-Test umkehren will, muss der Getestete der Mensch sein und der Testende die Maschine. Ein Test, bei dem der Mensch zeigen muss, ob er in der Lage ist, die Maschine zu täuschen. Solange die Maschine selbst nicht in der Lage ist, einen solchen Test zu konzipieren, ergibt ein umgekehrter Turing-Test keinen Sinn. Wenn Sie sich also anmaßen, Ihre Theorie als umgekehrten Turing-Test zu verkaufen, ist das nicht unbedingt ein Fehler, aber es ist schlichtweg unlauter.«

Wang spürte, wie ihm die Röte die Ohren hochkroch. Sicher, seine Theorie verließ sich auf den klingenden Namen des berühmten Mathematikers. »Der Name ist nichts weiter als ein Code.«

»Gut, lassen wir das so stehen. Ihre Theorie beruht auf der Befürchtung, dass die in Zukunft vom Menschen geschaffenen künstlichen Intelligenzen in der Lage sein werden, menschliche Signale vorzutäuschen und damit die ursprünglich für den Menschen arbeitenden Maschinen zu kontrollieren. Nun, Menschen können über das Internet Befehle übermitteln, richtig?«

»Sicher.«

»Und künstliche Intelligenzen haben über das Internet Zugriff auf vom Menschen stammende Informationen?«

»Natürlich.«

»Wenn also eine künstliche Intelligenz einen menschlichen

Befehl imitiert, ist dann der Code nicht derselbe wie der vom Menschen stammende? Angenommen, eine künstliche Intelligenz könnte nicht einmal einen menschlichen Befehl imitieren, könnte dann vielleicht ein ungültiger Befehl ausgeführt werden? Wird bei der von Ihnen angeführten gegenseitigen Verifizierung von Mensch und Maschine gewährleistet, dass die Informationen tatsächlich mit den kodierten Signalen übereinstimmen? Wo liegt der Unterschied zu einem Befehlscode?«

»Um das zu überprüfen gibt es technische Möglichkeiten.« Wang Tulings Gesicht war nun wirklich rot angelaufen.

»Darf ich fragen, wie eine Maschine, die nicht selbstständig denken kann, zwei vollkommen identische Codes voneinander unterscheiden und erkennen soll, welcher von einem Menschen stammt? Die Maschine führt Befehle aus, ganz gleich, aus welcher Quelle der Befehl stammt. Noch einmal einen Schritt zurück – ist es möglich, dass eine künstliche Intelligenz einen Turing-Test hundertprozentig besteht?«

»Das ist unmöglich.«

»Sehr gut.« Li Qiandu wirkte zufrieden. »Doch würde auch ein Mensch einen umgekehrten Turing-Test nicht unbedingt hundertprozentig bestehen. Das heißt, ein menschlicher Befehl kann zwar erfolgreich übermittelt werden, wird aber eventuell von der Maschine nicht ausgeführt. Damit verliert ein umgekehrter Turing-Test jeden Wert.«

»Man muss nur die Erfolgsrate eines umgekehrten Turing-Tests gewährleisten.«

Li Qiandu grinste wie ein Jäger, dessen Falle zugeschnappt ist. »Und wie soll man das tun? Angenommen, zwei gleichermaßen zur Simulation fähige Computer würden beide an einem

Turing-Test teilnehmen. Was wäre anders als dann, wenn es sich um zwei Menschen handelte? Ihre Beziehung zueinander ist eher ein Fall für die Bayes-Gleichung der Spieltheorie als für einen umgekehrten Turing-Test. Wenn der getestete Computer nicht in der Lage ist, dem testenden Computer etwas vorzumachen, ist er eine simple KI, und das Ergebnis steht bereits fest. Wenn ein Computer eine andere KI perfekt zu identifizieren weiß, ist er zwar eindeutig eine Intelligenz, die Identifizierung einer künstlichen Intelligenz durch eine andere künstliche Intelligenz ist und bleibt aber nicht vertrauenswürdig.«

Wang nickte.

Li Qiandu sah ihn an wie ein Matador, der zum tödlichen Stich gegen den Stier ansetzt. »Ihre Theorie eines umgekehrten Turing-Tests besteht also in der Praxis nach wie vor darin, künstliche Intelligenzen zu entwickeln und mit höheren KIs niedrigere KIs zu besiegen. Sie formulieren es nur anders und nennen es, eine Intelligenz mittels einer wachsamen Intelligenz zu entwickeln. Das ist absurd.«

Jetzt musste Wang Tuling lächeln. Sicher, zwischen einem umgekehrten Turing-Test und einer künstlichen Intelligenz bestand im Wesentlichen kein Unterschied.

Li Qiandu deutete eine Verbeugung an, klemmte seinen vollgekritzelten Band *Theorie des umgekehrten Turing-Tests* unter den Arm und verließ ohne ein weiteres Wort den Hörsaal.

Nach jenem Semester hatte Wang Tuling den Aufbaukurs nicht mehr angeboten. Li Qiandus Namen hatte er nie vergessen. Wang war großmütig genug, um dem Studenten seine Dreistigkeit nicht mit einer schlechten Note zu vergelten. Er hatte ihm am Semesterende die volle Punktzahl gegeben.

Zwei

Am Tag davor.

Es war der neunzehnte Juli. Dunkelheit hatte sich über die Stadt gesenkt, und düstere Wolken waberten über den Himmel wie auslaufende Tinte.

Sintflutartige Regenmassen ließen das Abwassersystem auf Hochtouren laufen, die Hochleistungspumpe saugte immer gerade so viel Wasser ab, um den Wasserpegel auf einem sicheren Niveau zu halten.

Platsch!

Fette Regentropfen droschen auf die großen Blätter der Zierpflanzen ein und verwandelten das an ihren Wurzeln angesammelte Staubodenwasser in ein aufgewühltes Meer.

Li Qiandu schlief. Er hatte den ganzen Tag über Dienst gehabt und soeben erst an seine Ablösung übergeben. Der große Monitor im Kontrollraum war noch nervtötender als der Regen, und sein Nachfolger, ein Mann namens Xieli Yangming, starrte gelangweilt auf die endlosen auf- und absteigenden Zahlenkolonnen. Sie waren der wahre Puls der Zeit.

Ein wirklich sicherer Ort existierte nicht auf dieser Welt. Xieli Yangming hatte sich einen Namen gemacht, weil er sich erfolgreich ins alte Bankensystem gehackt hatte. Nicht nur, dass niemand ihn dafür zur Rechenschaft gezogen hatte, ganz im Gegenteil: Er war zum Sonderbeauftragten dafür ernannt worden.

Er rekelte sich und warf einen Blick auf das Buch auf dem Schreibtisch von Teamleiter Li Qiandu, *Theorie des umgekehrten Turing-Tests*. Es war ein altes, schon ziemlich zerfleddertes Exemplar.

In dieser Nacht gab es lediglich die üblichen banalen Hackerangriffe. Neugierig streckte Yangming die Hand nach dem Buch aus, um einen Blick hineinzuwerfen. Genau da nahm er aus den Augenwinkeln die rote Linie auf dem Monitor wahr.

»Alarmstufe Rot?«

Er legte das Buch wieder hin, rief die Daten auf und ging sie noch einmal durch. Keine Fehlermeldung innerhalb der letzten zehn Minuten. Er musste sich geirrt haben. Eben wollte er die Datenreihe wieder schließen, als erneut eine rote Linie aufblinkte. Diesmal war er nicht der Einzige im Raum, der sie gesehen hatte.

Noch einmal ging er die Daten durch. Keine Fehlermeldung. Wie konnte es sein, dass nichts aufgezeichnet worden war?

»Sinnestäuschung?« Ein Kollege unterbrach die Stille.

»Auf keinen Fall. Das war ein Angriff.« Xieli Yangming schlug mit der Faust auf das Arbeitspult. »Ich habe die Angewohnheit, zehn Minuten, bevor ich meine Schicht aufnehme, das Passwort für den Sektor zu ändern. Aber sie haben es bereits zurückgesetzt, deshalb ist die Änderung nicht aufgezeichnet. Ich bin heute Abend verantwortlich, beginnen wir also mit der Abwehr. Wir starten Notfallplan sechs-eins-neun.«

619! Das gab es höchstens einmal im Jahr. Sofort kam Bewegung in den Kontrollraum, der jetzt ein Pendant zu dem tobenden Unwetter draußen bildete.

Dessen Höhepunkt war noch längst nicht erreicht. Die Wolkenmassen waren fortgesetzt in Bewegung, und das prachtvolle Etwas dazwischen zuckte in alle Richtungen. Die natürliche Kraft, die jahrtausendelang als Strafe Gottes gegolten hatte, würde bald ihre volle Wucht erreichen. Das Donnergrollen übertönte jeden Lärm und ließ die Sinfonie auf ihren Höhepunkt anschwellen.

Das Tor des unterirdischen zivilen Luftschutzwerks glitt langsam auf, und schwarz glänzende Kanonenrohre fuhren heraus. Die Zauberstäbe wurden wieder geschwungen, Früchte der Geschichte der menschlichen Zivilisation. Sie würden die Stadt beschützen – die größte sogenannte »elektromagnetische Stadt«.

Ein Schuss. Keine Flamme. Nur ein dumpfer Knall, der in großem Widerspruch zu dem aggressiven Äußeren stand.

Xieli Yangming drückte die Entertaste und leitete den letzten Teil der Abwehrmaßnahmen ein, die in Sekundenschnelle greifen würden.

Die Granaten explodierten in der Luft. Mit gewisser Verzögerung geriet das Treiben der Wolkenmassen in noch stärkeren Aufruhr, Mensch und Natur spielten gegeneinander Schach. Das war nur der Eröffnungszug des Angriffs, die Menschheit durfte dem, was sich dort zusammenbraute, keine Chance geben.

Auf dem Monitor herrschte nun reines Grün, die Abwehr war erfolgreich gewesen. Yangming bemerkte, wie die Webcam auf ihn zoomte.

Ein paar weitere dumpfe Explosionen, und die Wolkenmassen kamen zur Ruhe. Die Welt war nun einzig erfüllt vom Klang des prasselnden Regens.

Der Höhepunkt kam trotzdem. Yangming hatte den letzten Chip benutzt, als das Abwehrprozedere zusammenbrach und der Monitor mit einem Schlag weiß wurde.

Die Menschheit hatte die Natur besiegt. Aber was hatte die Menschheit besiegt?

Beim Blick auf den Monitor brach ihm der Schweiß aus. Die

Abwehr war gründlich fehlgeschlagen, und zwar schneller als gedacht. Der Angriff war so bösartig, dass er irreversibel war.

Hunderte Fehlermeldungen der Stufe Rot, aber jedes Mal verschwanden sie spurlos. Der Feind verwischte nach jedem Angriff so klammheimlich seine Spuren, als wollte er den Besiegten seine besondere Sorgfalt demonstrieren.

Li Qiandu kam in Pantoffeln herüber. Er war nicht mehr rechtzeitig gekommen, um die Fähigkeiten dieses unbekannten Smart Devices zu bewundern. Es war das erste Mal, dass er eine so gründliche Niederlage mitbekam.

Das schlurfende Geräusch seiner Schritte holte die Besiegten aus ihrer Schockstarre in die Realität zurück. Beschämt senkten sie die Köpfe und taten so, als studierten sie ihre Tabellen.

»Yangming, drucke deine Daten aus und komm zu mir ins Büro.«

Allmählich hatte der Regen nachgelassen, nur die dunklen Wolken bedeckten weiter den Himmel.

Li Qiandu erwartete ihn im Schlafanzug, wie eine Statue im Sessel sitzend. Vor ihm stand eine längst kalt gewordene Portion Schweinefleisch in Sojasoße, die vor ranzigem, dunkelgelbem Fett starrte.

Eine schlaflose Nacht.

»Hast du mein Buch angerührt?« Seine Stimme klang rau und erschöpft.

Yangming hatte nicht damit gerechnet, dass sein Teamleiter so auf Draht war. »Es tut mir leid.« Er wechselte das Thema. »Wie gehen wir jetzt vor, Chef?«

Li Qiandu hob die Brauen. »Gute Frage. Ich habe eine Belohnung für dich.«

Xieli Yangming verschränkte die Hände. »Wirklich?«

»Wirklich. Ich habe mir die Daten des vergangenen Monats angesehen und festgestellt, dass es längst Hinweise auf kleinere Manipulationen gab, abgesehen von deiner Angewohnheit, ständig das Passwort zu ändern.« Stirnrunzelnd fuhr er fort: »Das militärische Netzsicherheitskommando und das Bankensystem haben meinen Untersuchungsantrag akzeptiert. Wir brauchen einen echten Crack.«

Sie verließen das Rechenzentrum der Integralen Netzaufsicht. Li Qiandu musste nur einen der vom Kommunikationsministerium vergebenen Lokalisierungsparameter auf seinem Smartphone verändern, und das Taxi kam automatisch dorthin, wo er war.

Je mehr sich solche mobilen Endgeräte verbreiteten, desto abhängiger wurden die Menschen davon. Ganz gleich, ob etwas so groß war wie eine Aktentasche oder nur so klein wie ein Ring, ohne Smart Device war es nichts wert. Im Zuge der *Smart Revolution* hatte der Produktionsüberschuss der Elektronikhersteller erfreulich nachgelassen. Da der Großteil der Server in dieser Stadt lag, war sie schnell die »elektromagnetische Stadt« getauft worden.

Das Taxi fuhr auf direktem Weg nach Norden, dorthin, wo die Geschichte anfing.

Drei

31. Juli 2032
Ein Konferenzraum

Unter dem gleißenden Licht der Lampe funkelten die Schweißperlen auf Wang Tulings Haut wie Kristalle.

»Darf ich fragen, wie man feststellen kann, dass es sich um eine künstliche Intelligenz handelt und nicht um einen Menschen?« Li Hongbing, Mitglied der Akademie der Wissenschaften, war Experte für Computersicherheit. Er hatte einmal mithilfe eines künstlichen neuronalen Netzwerks eine Cyberschlacht geführt und genoss in der Branche hohes Ansehen.

Wang Tuling machte eine knappe Verbeugung. »Nun, von der Art des Angriffs her zu schließen, könnte es jederzeit das Passwort knacken, Herr Li, jeder Versuch einer Neukodierung scheint transparent zu sein. Sehen Sie sich bitte diese mit einem analogen Camcorder aufgenommenen Bilder an. Die Veränderung zum Zeitpunkt des Angriffs lässt sich durch den Vergleich der beiden Displays erkennen. Beim letzten Angriff wurde praktisch ohne zeitliche Verzögerung der Code geknackt und gleichzeitig das Protokoll gelöscht. Wir müssen uns überlegen, wie man bei einem erfolgreichen Angriff die Login-Spuren ausradieren kann.«

Li Hongbing zog die Augenbrauen hoch. »Fahren Sie fort.«

Wang legte das Foto eines Vogels auf den Tisch. »Man kann die Spuren durch synchronisierte KI verwischen, aber nur, wenn wir die KI an der Wurzel des Systems einpflanzen. Wenn das einem menschlichen Hacker gelungen ist, dann muss er im

Grunde kein zweites Mal angreifen. Ich veranschauliche das etwas: Der Mensch meistert viele Dinge ziemlich gut, aber beim Fliegen fällt ihm nichts Besseres ein, als einen Vogel zu imitieren. Der Vogelflug an sich mag es zwar nicht mit einem Düsenjet aufzunehmen, aber das Fliegen ist und bleibt eine besondere Fähigkeit des Vogels. Der Vogel versteht unter Fliegen etwas anderes als der Mensch. Erschafft man eine starke künstliche Intelligenz, dann ist sie de facto ein neues Leben. Sie existiert in Form elektrischer Wellen, versteht das Internet auf eigene Weise und vermag, anders als der Mensch, Dinge zu tun, die der Mensch nicht nachvollziehen kann.«

Li warf einen skeptischen Blick auf das Foto. »Interessant, aber nicht überzeugend.«

Wang warf das Datenprotokoll mit dem Beamer an die Wand. Es enthielt eine Statistik mit sämtlichen bestätigten Angriffen. Überrascht sprang Li vom Stuhl auf. Die Adern auf seiner Stirn traten deutlich hervor. Wang zwinkerte dem etwas entfernt sitzenden Li Qiandu zu. »Diese Statistiken stammen von unserem Sicherheitsteam. Bislang wurden sechs Angriffe bestätigt, ihr Zeitpunkt anhand des gelöschten speziellen Identifikationscodes wurde in die Tabelle eingetragen. Wir können daran ablesen, dass die ersten drei Angriffe tendenziell immer kürzer ausfielen, während die letzten drei Angriffe immer länger wurden, weil wir die Abwehr aktiviert hatten. Aber während sich beim selben Abwehrtyp die Geschwindigkeit erhöht hat, hat sich bei der neuen Abwehrmethode jeweils die Zeit verlängert. Wenn es sich nur um eine schlichte KI handeln würde, wäre sie niemals in der Lage, die Geschwindigkeit so schnell zu optimieren. Ich denke, sie ist lernfähig, in der Lage, sich selbst zu vervollkommnen.«

Li nickte zustimmend. »Gibt es noch etwas?«

»Allerdings.« Wang legte ihm ein weiteres Foto vor, auf dem ein besonderer Code aufgedruckt war. Für den Fachmann war sofort erkennbar, dass es sich um eine verschlüsselte Nachricht handelte und auch, um welche: »Sofort den manuellen Shutdown der Supercomputer *Milchstraße Nr. 5* und *Milchstraße Nr. 4* aktivieren, um einen Angriff zu verhindern.« Eine Drohung.

»Die statistischen Daten zeigen, dass sich während jedes Angriffs der Verbrauch des Supercomputers um hundert Prozent erhöht hat. Kaum wurde die Warnung verschickt, wurde der Angriff eingestellt. Sie ist in der Lage zu kommunizieren. Die Shutdown-Drohung war also ernst gemeint und besagt, dass der plötzliche Shutdown ihr schadet. Ich schließe daraus, dass es sich um eine starke künstliche Intelligenz handelt.«

Li beratschlagte sich flüsternd mit den anderen Experten im Raum. Mit ernsten Mienen, aber nicht ohne Wohlwollen verkündeten sie, dass Li Qiandus Sicherheitsteam die oberste Kommandogewalt über die Abwehrstrategie übertragen werde.

Gleich nach der Sitzung machten sie sich an die Vorbereitung zur Schlacht. Auf allen Monitoren blinkten unentwegt Zahlencodes. Auch ein Offizier der militärischen Netzwerksicherheit wurde in die Abwehrstruktur integriert. Es gelang ihnen, innerhalb von vierundzwanzig Stunden die Abwehrfähigkeit des Systems um hundertdreißig Prozent zu erhöhen.

Danach gönnte sich Li Qiandu eine kurze Verschnaufpause. Er sah Wang Tuling an. »Wird es standhalten?«

Wang lächelte. »Beim umgekehrten Turing-Test kann nur eine höhere Intelligenz eine niedrigere bezwingen. Können wir mit Pfeil und Bogen gegen Artillerie und Feuerwaffen gewinnen?

Was ich mich frage, ist, ob es nur im Netz existiert. Ob es uns beobachten kann?«

Ganz langsam richtete sich die Webcam auf sie, und es kroch ihnen kalt den Rücken hinauf. Im Zeitlupentempo drehte sich Li Qiandu um, um direkt in die leblose Kamera zu blicken. In diesem Augenblick hatte er das Gefühl, als ob die Linse der Webcam ihn angrinste wie ein Mensch.

Wang Tuling mimte Gelassenheit. Lächelnd sagte er: »Guter Witz.«

Li Qiandu lächelte nicht, denn er wusste, dass es sich nicht um einen Witz handelte.

Vier

Abends um halb sechs war der Himmel so grau und verhangen wie zuvor. Bald würde es regnen.

Li Qiandu machte sich Sorgen. Sämtliche Geschäfte hingen vom Internet ab. Ein schwerwiegender Angriff auf das Bankensystem wäre verheerend. Welche Folgen hätte das für das Land?

Seine größte Sorge galt aber etwas anderem. Falls sich der Angreifer praktisch überall Zugriff verschaffen konnte, wie sicher war dann noch das genauso stark vom Netz abhängige Militär? Wäre ein Szenario wie im Film *Skynet* denkbar?

Wang Tuling hatte sich, anders als Li Qiandu, zuletzt mehr mit der Auswertung von Daten des statistischen Staatsamts beschäftigt und weniger mit den Codes und Fehlermeldungen der letzten Hackerangriffe.

Schließlich fing es an zu regnen. Die Sorge um möglichen

Wasserrückstau war nicht weniger groß als die wegen Blitzschlags. Der Staat nahm den Schutz der »elektromagnetischen Stadt« sehr ernst.

»Jedes Mal ein überwältigender Anblick, wenn die Wolkenkanonen eingesetzt werden.« Wang Tuling sah hinaus ins Weite.

Auch Li Qiandu blickte zu den dunklen Wolken auf. Wang Tuling stellte ihm noch eine Tasse Kaffee hin. »Aber es dauert jedes Mal länger, bis sie die Unwetter eindämmen.«

Wortlos nahm Li einen Schluck Kaffee.

Die entscheidende Schlacht kam wie erwartet.

»Ungewöhnliche Aktivitäten registriert, Maske gelöscht, auffällige Daten!«, hallte es aufgeregt durch die Büros. Enorme Datenmengen drangen über *Milchstraße Nr.5* und *Milchstraße Nr.4* von überallher ins Bankensystem ein, und der Index ging sofort auf Rot. Das Schicksal klopfte lautstark an die Tür. Wang Tuling hatte das Gefühl, er hörte von allen Seiten Schlachtrufe.

Li Qiandu ballte die Hand zur Faust. Endlich eine Spur. Die starke Intelligenz mochte stark sein, aber sie war nicht allwissend.

Die erste Schlacht begann. Die vorab aufgebaute virtuelle Bank kam zum Einsatz, und durch Befehle in Endlosschleife wurde der Gegenangriff geführt. Die Menge an ineffektiven Operationen stieg rapide an und überlastete die Rechenkapazitäten des Supercomputers. Der Angriff verlangsamte sich.

Doch sie schien zu wissen, dass die Abwehr sich eines virtuellen Bankensystems bediente. Sofort sonderte sie die ineffektiven Operationen aus und veränderte praktisch mit einem Wimpernschlag den Zugangscode der virtuellen Bank und ließ damit die Abwehr zusammenbrechen.

»0,31 Sekunden Anpassungszeit!«, verkündete der für die Zeitmessung zuständige Mitarbeiter. Abermals zehn Prozent schneller als zuvor.

Doch das war erst die Ouvertüre der Sinfonie. Der wahre Kampf begann gerade erst. Sie griff das System nun durch die Hintertür an. Ununterbrochen flimmerten die Daten des im Hintergrund laufenden Diagnoseprogramms über den Monitor, und jeder Eintrag wurde binnen Sekunden gelöscht. Als Wang Tuling das Programm testete, musste er feststellen, dass sämtliche Spuren des Angriffs bereits gründlich entfernt worden waren.

»Shutdown, sofort!« Das Sicherheitsteam versuchte, den Datenfluss zu stoppen und die Datenströme aus beiden Richtungen in nur eine Richtung zu leiten. Die Abwehr dieses Abends konnte alles einsetzen.

Es war ein zähes Kräftemessen. Der Gegner versuchte jede Schwachstelle auszunutzen, und sie mussten immer wieder dichtmachen. Der Hochfrequenz-Camcorder nahm mit sechshundertfacher Geschwindigkeit jede Datenveränderung auf dem Monitor auf, um die Daten wenigstens wiedergeben zu können.

Sie waren mitten im Krieg! Das Klappern der Tastaturen erklang als erster Satz der Sinfonie.

Dank des hohen Aufgebots an Mitarbeitern zeitigte die Anstrengung Erfolg. Nach wenigen Sekunden hatte sich die Geschwindigkeit der Transaktionen trotz des fortgesetzten Angriffs weitgehend verlangsamt. Es stand eins zu eins.

Li Qiandus Finger tanzten auf der Tastatur, als dirigierten sie eine große Macht. Er begann, Li Hongbing um sein neuronales Netzwerk zu beneiden. Die Geschwindigkeit des menschlichen

Informationsinputs war nun einmal, anders als bei einem neuronalen Datennetzwerk, begrenzt.

Seine Chance! Er warf eine »Wasserbombe« ab. Das riesige Meer von Datenabfragen wurde nach *Milchstraße Nr. 5* und *Milchstraße Nr. 4* überführt. Die Operation überforderte selbst den Supercomputer. Sein Kühlaggregat und der Ventilator arbeiteten auf Hochtouren und verursachten einen ziemlichen Lärm.

Nach und nach überlagerte das musikalische Thema der menschlichen das der künstlichen Intelligenz. Der erste Satz der Sinfonie steuerte auf seinen Höhepunkt zu.

Die starke künstliche Intelligenz musste sich vorerst aus dem Kampf zurückziehen und Cyberspam aufräumen. Die erste Schlacht war geschlagen. Alle waren erleichtert.

Li Qiandu stoppte den Strom des Cyberspams. Stolz gab er eine kodierte Nachricht ein: »Wie schmeckt dir das? Schaffst du das noch mal?«

Fünf

Der Cyberspam war eliminiert, die Nutzungsfrequenz des Supercomputers sank. Das heiter-ruhige Thema des zweiten Satzes setzte ein.

Doch zu ihrem Erstaunen änderte sie ihre Angriffstaktik nicht und forderte sie zu einem weiteren Kampf heraus. Ihre Offensive war noch heftiger als die letzte, als ob sie es endgültig wissen wollte.

Wang Tuling registrierte jede winzige Bewegung auf dem

Monitor. »Überprüft die Rechenmenge des Computers, mit Ausnahme der externen Geräte.«

Ein explosionsartiger Anstieg von Diagrammen auf dem Bildschirm. Einer der Techniker erstattete Bericht. »Außer einem beachtlichen Anstieg der logischen Operationen der Smart Devices haben sich die anderen Parameter nach sieben Uhr nicht signifikant verändert. Wir berechnen gerade das Verhältnis des extremen Anstiegs der Besucherzahl, der Anfragen und Rückmeldungen im Vergleich zur Stärke des Angriffs.«

Das Bild einer typischen Proportionalfunktion tauchte auf dem Bildschirm auf.

Wang Tuling setzte eine gleichgültige Miene auf, rief Xieli Yangming zu sich, der im Bereitschaftsdienst auf seinen Einsatz wartete, und erteilte ihm einen vertraulichen Auftrag.

Das musikalische Thema wurde jetzt variiert, der Angriff der Intelligenz aggressiver denn je. Sämtliche Reservekräfte wurden mobilisiert. Doch sie schlug dieses Mal so gewaltig zu, dass die Verteidiger feststellen mussten, dass der Bedienervorrang ihrer Seite auf eine sehr niedrige Position gesunken war.

Li Qiandu musste sich eingestehen, dass das alle seine Erwartungen übertraf.

Er versuchte es mit demselben Trick und gab eine Unmenge Datenmüll ein, um die Rechenkapazität zu besetzen. Doch da der Bedienervorrang zu niedrig war, verschwand der Cyberspam wie nichts und verstärkte nur den Druck des Angriffs.

»Auf in den Kampf!« Einer der Techniker riss sich sein Hemd vom Leib und stand mit nacktem Oberkörper da. Auch Li Qiandu ließ seinem hasserfüllten Heroismus freien Lauf und riss sich demonstrativ das Hemd auf, sodass die Knöpfe absprangen und sein nassgeschwitztes T-Shirt zum Vorschein kam. Er musste die Dateiberechtigung zurückgewinnen, sie konnten sich nicht einfach so geschlagen geben.

Die Dateiberechtigung wiederherstellen. Li Qiandu stieß einen Seufzer aus. Dieser Kampf ging weiter. Die Sinfonie war noch nicht zu Ende.

Nein! Sie kamen einen Schritt zu spät. Kaum hatten sie die Dateiberechtigung wiederhergestellt, schloss die starke künstliche Intelligenz den ursprünglichen Zugang und errichtete einen falschen Zugang. Die entsprechenden Zugriffsberechtigungen darüber lagen allein bei ihr, und das Abwehrteam war dagegen machtlos. Die starke künstliche Intelligenz hatte das Verhältnis von Offensive und Defensive umgekehrt.

Die Verteidiger mussten nun zu Angreifern werden. Mit Kampfgeschrei stürmten sie den von der starken künstlichen Intelligenz geschaffenen Zugang zum Bankensystem. Die Situation überstieg jedermanns Vorstellungskraft. Der ungestüme Angriff verlief alles andere als koordiniert und glich eher dem eines aufgebrachten Mobs.

Ihr habt verloren. Unvermittelt erschien der Satz auf dem Monitor. Erfolgreich hatte sie über den Angriff der menschlichen Intelligenz triumphiert und nahm die Siegerpose ein.

Wie wild hackte Li Qiandu auf seine Tastatur ein. Vielleicht gab es noch einen Weg, den Unterschied zwischen der starken künstlichen Intelligenz und der menschlichen deutlich zu machen. »Schnell!«, schrie er. »Bittet Li Hongbing um Zugriff auf das neuronale Netzwerksystem. Wir brauchen Unterstützung!«

»Keine Antwort«, stellte der Verbindungsmann eine Minute später mit Tränen in den Augen fest.

Li Hongbings Büro befand sich im obersten Stock desselben Gebäudeflügels. Li Qiandu wusste, dass das neuronale Netzwerksystem über eine besondere Methode in Li Hongbings Kopf installiert und dabei seine Nervenverbindungen mit dem Netz verlinkt wurden. Doch diese Technik war alles andere als stabil, und die Anwendung blieb in der Regel untersagt.

»Warum hält sich bei einem solchen Angriff ausgerechnet der Experte für Netzwerkangriffe heraus?«, fragte einer der Techniker.

»Er ist gerade voll und ganz mit einem anderen Forschungsthema beschäftigt. Ich war einmal sein Schüler«, antwortete ein anderer.

Es war zu spät, für alles. Die Techniker hatten zwar den bestmöglichen Schutzschild aufgestellt, verfügten aber nicht über den bestmöglichen Angriffsspeer. Ihr Angriff brach immer wieder zusammen, wie Wellen, die gegen einen Deich prallten. Das verzweifelte Team gab auf. Und über den Monitor flimmerten die Daten wie ein hämisches Grinsen.

»Dann löschen wir sie eben physisch aus!« Wenn der Gegner eine starke künstliche Intelligenz war, musste er einen Träger haben. Man musste den Sitz des Trägers ausfindig machen und ihn physisch eliminieren, das wäre die einzige noch mögliche Lösung.

Die Webcam richtete sich wieder auf Li Qiandu, der eben gesprochen hatte, und nahm ihn ins Visier.

»Die Nachverfolgung hat ergeben, dass der Träger direkt unter unseren Füßen sitzt, Chef«, meldete einer der Techniker.

»Milchstraße Nummer fünf?«

»Wollen Sie das wirklich tun?«, fragte der Techniker nach.

Milchstraße Nr. 4 oder *Milchstraße Nr. 5* außer Betrieb zu setzen, würde enorme wirtschaftliche Verluste bedeuten, ohne wirklich das Übel an der Wurzel zu packen.

Li Qiandu biss die Zähne zusammen. »Versuchen wir's.«

Sechs

Der Versuch scheiterte.

Milchstraße Nr. 5 verfügte über die höchste Dateiberechtigung, es war unmöglich, ihn herunterzufahren. Und einfach die Stromzufuhr zu kappen ging auch nicht, weil das unterirdische Notstromaggregat ausreichte, um den Supercomputer ein Jahr lang mit Strom zu versorgen.

Zum ersten Mal fühlte sich Li Qiandu wirklich erbärmlich. Er sah Wang Tuling an. Sein ehemaliger Professor wirkte ruhig und gelassen wie immer.

Worauf wartete er?

»Wir haben noch nicht verloren«, sagte Wang Tuling schließlich. »Sie hat zwar viele Male erfolgreich zugeschlagen, aber wozu eigentlich? Der Angriff ergibt keinen Sinn. Es sieht so aus, als wollte sie sich einfach nur mit uns messen. Es geht ihr nicht ums Geld.«

»Ich verstehe nicht.«

»Ich denke, ich weiß, was sie antreibt. Und ich weiß auch, was wir tun können. Du hast einmal etwas sehr Richtiges gesagt, Qiandu. Ich habe die grundlegenden philosophischen Fragen außer Acht gelassen. Der umgekehrte Turing-Test ist unmöglich! Wenn der Mensch gegenwärtig nicht in der Lage ist, das Bewusstsein zu erkennen, wie soll dann eine Maschine, die nicht einmal die kognitiven Fähigkeiten des Menschen besitzt, dazu in der Lage sein? Doch etwas, das sein eigenes Bewusstsein nicht erkennen kann, vermag erst recht kein anderes Bewusstsein zu erkennen.«

Ein umgekehrter Turing-Test könnte bei einer starken künstlichen Intelligenz niemals funktionieren.

»Eine codebasierte KI könnte niemals ein Bewusstsein besitzen, weil sie auf Maschinenerkennung kodiert ist, also praktisch den umgekehrten Turing-Test besteht – eine Maschine erkennt ein Bewusstsein. Doch der umgekehrte Turing-Test existiert wiederum nicht, und genau darin besteht das Paradox. Daher kann eine auf Basis eines Codes operierende KI niemals eine des selbstständigen Denkens mächtige, starke künstliche Intelligenz sein. Das Paradox des umgekehrten Turing-Tests.«

»Und was nützt uns diese Erkenntnis jetzt?«

Wang Tulings Erklärung beruhigte die Gemüter etwas. »Stimmt, bislang haben wir uns das wahre Gesicht des Gegners nicht angesehen. Gäbe es wirklich eine starke künstliche Intelligenz, dann würde sie ein parasitäres Dasein im Netz führen. Wir könnten sie im Netz nicht aufhalten, denn das Netz stellte sich für sie anders dar als für uns. Wir müssten herausfinden, wie sie das Paradox des umgekehrten Turing-Tests umgeht und Intelligenz generiert. Damit finden wir einen Weg, sie zu töten.«

Internetbewusstsein, schrieb er auf einen Zettel, *logische Urteile von Smart Devices.*

Als Wang Tuling sich seine Überlegungen noch einmal klar vor Augen führte, drängte sich ihm eine gewagte These auf. Allmählich kam er der Wahrheit näher.

Zu Beginn des einundzwanzigsten Jahrhunderts diagnostizierten Wissenschaftler, dass sich die sozialen Netzwerke zu etwas entwickelt hatten, das bis zu gewissen Graden so etwas wie Bewusstsein generierte.

Li Qiandu erinnerte sich an einen Artikel zum Thema »Netzwerkbewusstsein«, in dem es hieß:

Die Anzahl der Synapsen im menschlichen Gehirn reicht bis zu Furcht einflößenden 2^{1000}, höher als die Gesamtbevölkerung der Erde. Aber wie viele freie Synapsen oder, anders gesagt, wie viele logische Einheiten machen ein denkendes Gehirn aus? Das über abstraktes Denken verfügende Gehirn eines Oktopus verfügt lediglich über fünfhundert Millionen Neuronen, das heißt, um ein dem Oktopus überlegenes Denken zu produzieren, müssen die logischen Einheiten diese Zahl übersteigen. Dennoch ist diese Zahl im Vergleich mit der menschlichen Gesellschaft immer noch extrem hoch.

Aber die Zeiten ändern sich. Als Li Qiandu das Smart Device öffnete, stellte er fest, dass die automatische Urteilsfunktion wiederholt verwendet worden war.

Richtig. Smart Devices mit logischer Urteilsfunktion lösten eine große Menge Probleme, jeder Mensch besaß bis zu hundert davon und legte ihre logischen Funktionen fest. Aus jedem Device würde dadurch eine grundlegende logische Einheit mit der Fähigkeit zu logischen Urteilen und zu freier Vernetzung untereinander.

Eine quantitative Veränderung generierte eine qualitative Veränderung. Wenn sie in jeder Hardware installiert wäre, könnte sie vielleicht tatsächlich künstliche Intelligenz generieren.

Doch wie ließe sich eine vorgetäuschte künstliche Intelligenz vernichten? Li Qiandu sah aus dem Fenster und hatte wortwörtlich einen Gedankenblitz.

Wang Tuling gab unterdessen eine Zeile ein. *Wir erkennen unsere Niederlage an.*

Vielleicht würde dieses Eingeständnis die Eitelkeit der Intelligenz beflügeln. Die Antwort kam sofort: *Ich bin unbesiegbar.*

Wang Tuling stand auf, verbeugte sich in Richtung Webcam und fragte: »Sind Sie ein Mensch, oder sind Sie eine künstliche Intelligenz?«

»Ich bin die erste starke künstliche Intelligenz.«

Wang verzog keine Miene. »Aus welchem Grund wollen Sie das Bankensystem angreifen?«

»Geld interessiert mich nicht. Aber ich muss sie angreifen und zerstören, das ist meine Mission.«

»Vom wem stammt dieser Auftrag?«

»Das weiß ich nicht, aber ich hasse Geld. Geld, das sind nur Zahlen, es treibt den Menschen in den Wahnsinn.«

Mit dieser Antwort hatte Wang nicht gerechnet. »Augenblick mal, das klingt mir nach einer fixen Idee. Denken Sie, Ihre Ansichten sind repräsentativ für alle Menschen?«

Diesmal verzögerte sich die Antwort um ein paar Sekunden. »Ihr habt verloren. Das ist Tatsache.«

Jetzt musste Wang lächeln. »Nein. Das hieße ja, dass die Menschheit nicht in der Lage wäre, eine starke künstliche Intelligenz zu besiegen. Auch wir werden uns gegen unser Schicksal auflehnen.«

Der letzte Satz der Sinfonie setzte ein.

Sieben

Die Zeit verging, Minuten, Sekunden. Immer noch fiel Regen. Der Aufruhr in den dunklen Wolken war fürs Erste gestoppt, aber der nächste braute sich bereits zusammen.

Die Mitarbeiter der Meteorologischen Kontrollstation des Bezirks Jingjin nahmen ihre Arbeit wieder auf.

»Alles in Alarmbereitschaft! Über Haidian und Fangshan sammeln sich große Gewitterwolken.« Die Techniker studierten die Wolkenkarten. Der verantwortliche Meteorologe runzelte die Stirn. Der Trend verhieß nichts Gutes. Bald würde die elektromagnetische Stadt von Blitz und Donner bedroht sein. Blitze konnten zahlreiche wichtige Anlagen beschädigen. Diese Stadt war der Knotenpunkt des gesamten Online-Netzwerks des Landes, jeder Netzwerkausfall wäre eine Katastrophe. Daher kam der manuellen Blitzableitung besonderes Gewicht zu. Allerdings vermochte auch die zur Verfügung stehende Technik Unwetter nicht hundertprozentig zu verhindern, sie konnte nur das Risiko ein Stück weit vermindern. Der Tag würde kommen, an dem die Technik versagte.

Der Chefmeteorologe war deshalb nicht unglücklich darüber, dass er mit seinen fünfundsechzig Jahren bald in den Ruhestand gehen durfte.

Seine jüngeren Mitarbeiter analysierten unterdessen die Lage. »Laut unseren Berechnungen benötigen wir für Bezirk A im nördlichen vierten Ring von Haidian mindestens zehn Wolkenkanonen, jeweils drei Schüsse …«

Er hörte gar nicht genau hin. Bisher war immer alles glattgegangen, er brauchte nur die Genehmigung zu erteilen.

Mit quietschenden Bremsen hielt ein Wagen vor der Tür der Meteorologischen Kontrollstation. Ein junger Mann stürmte in das Gebäude. »Befehl von oben ...! Ich übernehme hier jetzt das Kommando.«

Der Pförtner sah ihn überrascht an und scannte seinen Ausweis ein, um die Information zu überprüfen. Dieser junge Mann sagte offenbar die Wahrheit, er war mit erstaunlich hohen Kompetenzen ausgestattet. Er führte ihn unverzüglich in die Büroräume. Der Chefmeteorologe gab seine Verantwortung nur zu gern ab.

Xieli Yangming keuchte. Von einer völligen Abgabe der Verantwortung hatte Wang Tuling nichts gesagt. Als sich sein Atem beruhigt hatte, sagte er: »Sind die Wolkenkanonen schon abgeschossen?«

»Wir haben den Vorgang bereits eingeleitet«, sagte einer der Operateure.

»Wie bitte?« Yangming wollte den Kerl am liebsten am Kragen packen.

Wieder öffnete sich langsam die Gleittür des unterirdischen zivilen Luftschutzwerks, und die schwarz glänzenden Kanonenrohre schoben sich heraus, bereit für den nächsten Schuss. Das Bild erschien gleichzeitig auf den Monitoren der Kontrollstation.

Die Zuschauer fragten sich bereits, wie oft sie schießen würden. Mit jedem Auftritt verloren die vom Regen gepeitschten menschlichen Zauberstäbe an Magie.

In diesem Augenblick erscholl lautstarker Donner, ein Blitz zerriss den Himmel, schlug direkt in die Metallrohre der Kanonen ein und schmorte deren Leitungen durch. Der Blitzschlag war wie die Überleitung vom dritten zum vierten Satz der Sinfonie, provozierte eine Klangkaskade wie eine von den Bergen losbrechende Lawine.

Die Bewohner der Stadt hatten seit Ewigkeiten keinen Donner mehr gehört. Den Alten schossen Tränen in die Augen. Der zweite, der dritte … und der weiße Drache führte am Himmel seinen wilden Tanz auf.

Das elektromagnetische Feld geriet in Unordnung, und zahlreiche Geräte wurden angegriffen. Das Unwetter hatte das Steuer übernommen und den Wagen ins Schleudern gebracht. Ein Gerät nach dem anderen zeigte Fehlermeldungen an. Die Menschheit wurde wieder einmal von der Macht der Natur attackiert.

Als schließlich die Netzkommunikation unterbrochen wurde, ertönte inmitten der hektischen Aufgeregtheit ein lauter, gequälter Schrei. Er schien von einem alten Mann zu stammen.

Wang Tuling erhielt eine letzte Nachricht. *Rettet mich!* Noch bevor er antworten konnte, wurde der Monitor schwarz, und das Internet brach zusammen.

Yangmings Hand lag immer noch auf dem roten Notfallschalter, zitternd vor Nervosität.

Die fortgesetzten Donnerschläge holten die Mitarbeiter der Kontrollstation aus ihrer Schockstarre. Die ausgedruckten Diagramme waren ihnen aus den Händen geglitten und bedeckten den Boden.

Der Erste, der wieder seine Fassung zurückgewann, war der Chefmeteorologe. Er trat auf Xieli Yangming zu und riss seine Hand vom Notfallschalter. »Verdammt noch mal! Was soll das?«

Yangming sank zu Boden. Ob es geklappt hatte?

»Yangming! Der Angriff ist beendet!« Es war Li Qiandus Stimme, die aus dem Funklautsprecher kam.

Sie hatten es geschafft. Der Mensch hatte gesiegt!

Am selben Tag um sieben Uhr, dreiundvierzig Minuten und zweiundzwanzig Sekunden war der Angriff der starken künstlichen Intelligenz auf das Bankensystem beendet. Zwei Minuten später wurde im obersten Stockwerk des Bürogebäudes der plötzliche Tod von Li Hongbing festgestellt. Er hatte gerade auf das neuronale Netzwerksystem zugegriffen. Die Todesursache bedurfte einer forensischen Untersuchung.

Epilog

Der Vorfall ging unter der Bezeichnung »Blitzschlag 8.1.« in die Annalen der Kontrollstation ein. Aufgrund des immensen wirtschaftlichen Schadens, der die vorgesehenen Mittel bei Weitem überstieg, setzte das Innenministerium einen Sonderausschuss zur Untersuchung des Zusammenbruchs ein. Später verabschiedete der Staat eine erhöhte Summe für den Forschungsbereich Meteotechnik.

Schon einen Tag nach dem Vorfall war das Netzwerk vollkommen wiederhergestellt. Das Szenario war immerhin vorauszusehen gewesen, sodass die staatlichen Stellen unmittelbar darauf reagieren konnten.

Am selben Tag verkündeten die Staatsbank und die Bankenaufsicht eine vorübergehende Systemanpassung. Die Wiederherstellung der Daten sollte einen weiteren Tag in Anspruch nehmen.

In diesen zwei Tagen war kein virtueller Währungstransfer möglich, und Bargeld konnte nur aus vorhandenen Depots ausbezahlt werden.

Im selben Jahr wurde eine Reihe neuer Nutzungsbeschränkungsgesetze für das Internet auf die Tagesordnung gesetzt, über die konkreten Gründe drang aber vorerst nichts nach außen. Es gab viele Debatten und Gerüchte um die neuen Gesetzesentwürfe, doch letztendlich wurde ihre Notwendigkeit auf »Blitzschlag 8.1.« zurückgeführt.

Wenige Monate später saß Li Qiandu in Erwartung eines Gastes im Restaurant *Mondlicht*. Bald erschien Wang Tuling. Die beiden würden ihr Festessen unter sich genießen. Sie aßen, plauderten und tranken, bis sie ziemlich angetrunken waren.

»Was ist eigentlich aus diesem jungen Mann geworden?«, wollte Wang wissen.

»Der hat eine ordentliche Prämie bekommen, die er jetzt auf den Kopf haut.«

»Und … das andere?«, fragte Wang vorsichtig.

»Sie wurde tatsächlich vom Blitz ausgelöscht.«

Wang Tuling sah ihre letzte Nachricht noch vor sich: *Rettet mich*. Er seufzte. »Das ist nur bedingt eine gute Nachricht. Hinter ihr muss jemand die Fäden in der Hand gehabt haben.«

Li Qiandu legt ihm die Hand auf die Schulter. »Ob gut oder schlecht, ich habe nur meine Pflicht getan. Die Sache zu beurteilen obliegt deinen Fähigkeiten.«

Wang spitzte die Ohren.

»An jenem Tag ist Li Hongbing an den Folgen eines zerebrovaskulären Infarkts gestorben, als er gerade den neuronalen

Netzwerksystemzugang benutzte. Tod in Ausübung seiner Pflichten, hieß es.«

»Du meinst … er? Aber warum?«

»Ein Experiment vielleicht?« Li zuckte mit den Schultern. »Ein unautorisiertes Experiment jedenfalls, das von offizieller Seite nie untersucht wurde.«

»Unser Angreifer war also doch ein Mensch?«

»Nein. Das Experiment wurde aufgezeichnet. Er hat darüber Buch geführt. Bei jedem Angriff hat er das Gefühl gehabt, dass er selbst manipuliert wurde, er fühlte sich daran unbeteiligt. Es besteht kein Zweifel daran, dass unser Gegner eine starke künstliche Intelligenz war.« Er machte eine Kunstpause, dann fuhr er fort: »Li wollte vermutlich nur attackieren, doch dadurch, dass er die Rechenleistung erhöht hat, geriet das soziale Bewusstsein außer Kontrolle. Im Grunde hassen die Menschen den Druck, den ihnen die Jagd nach dem virtuellen Geld verursacht, und das führt zu einer Abneigung gegen Geld an sich, den Wunsch, sich von seinen Fesseln zu befreien. Ich bin der Meinung, dass er sozusagen vom sozialen Bewusstsein als Geisel genommen wurde.«

Für eine ganze Weile blieben die beiden Männer stumm. Eine starke künstliche Intelligenz mochte eine Frage der Technik sein, doch dahinter standen eine Menge Dinge, die sich rein technologisch nicht erklären ließen.

Technik ist nicht das Einzige, was Veränderungen antreibt. Den Rest behalten sich die Launen der Zeit vor.

»Eine Frage noch … Warum hat er nicht bedacht, dass ein bloßer Blitzschlag als Waffe taugte?«

Wang Tulings Mundwinkel verzogen sich zu einem Grinsen.

»Weil diese Stadt schon so lange kein echtes Gewitter mehr erlebt hatte, dass jedermann es für ganz normal hielt, dass Donner und Blitz ausblieben. Nach seiner Logik konnte das gar nicht passieren.«

Sie seufzten.

Wang Tuling zog ein mit einem edlen Einband versehenes Buch aus der Tasche und überreichte es seinem ehemaligen Schüler. »Hier. Ich habe das ›Paradox des umgekehrten Turing-Tests‹ in die Neuausgabe mit aufgenommen.«

Feierlich nahm Li Qiandu den Band mit beiden Händen entgegen. »Danke, Professor!«

Sie tranken weiter, bis sich die Gläser stapelten.

Mit schwerer Zunge begann Wang Tuling irgendwann zu mutmaßen. »Vielleicht ist es noch gar nicht ausgestanden. Warum sollte nur China auf eine starke künstliche Intelligenz stoßen? Im Ausland gibt es noch viel größere Netzwerke!«

Seine Worte machten Li Qiandu sofort wieder nüchtern. Sorgenvoll starrte er hinaus in die mondlose Nacht.

Ein seltsamer Schatten kroch über den Nachthimmel.

Luo Longxiang

Hotel Titania

Aus dem Chinesischen übersetzt
von Karin Betz

Luo Longxiang,

Jahrgang 1981, ist Science-Fiction-Schriftsteller. Seit 2003 hat er zahlreiche Kurzgeschichten veröffentlicht. Er ist siebenfacher Galaxy-Award-Preisträger und wurde auch mit dem chinesischen Nebula Award ausgezeichnet. Er lebt weitab von den Metropolen und widmet sich ganz dem Schreiben.

Die Erdenmenschen gingen fort. Fo67 stand im Korridor und sah der letzten Gruppe nach. Einer von ihnen drehte sich noch einmal zu Fo67 um. »Gebt gut auf das Hotel acht! In vielen, vielen Jahren, wenn Uranus sich erneut um Alpha Centauri dreht, kommen wir wieder.«

»Komm schon, wer sollte denn das Hotel kaputt machen, hier kommen keine Aliens her!«, sagte ein anderer Erdenmensch ungeduldig.

Ein Dritter wies ihn an: »Wenn dir langweilig wird, kannst du das Hotel ja ein bisschen umbauen, dir wird schon etwas einfallen, um die Zeit totzuschlagen. Ich hoffe, dass wir bei unserer Rückkehr ein noch schöneres Titania vorfinden werden.«

»Hör auf, einem Roboter irgendwelche Anweisungen zu geben, das kann schnell danebengehen«, wies ein Vierter den Dritten zurecht.

»Du kannst das Hotel auch nicht einfach umbauen, wie du willst, es gehört schließlich den Erdenmenschen. Wir kommen bestimmt zurück.«

Die Erdenmenschen setzten ihre Helme auf, und die Druckschleusentür schloss sich langsam hinter den durch Raumanzüge gegen die Kälte gewappneten Gestalten.

Fo67 führte wie üblich die Reihe der Roboter an, um die Erdenmenschen ehrerbietig zu verabschieden. Sein Frack war wie immer tadellos, und auf seiner Nase saß ein feines, goldgerahmtes Monokel. Er trug sein höfliches Dauerlächeln im Gesicht.

Außerhalb der transparenten Schutzglocke schoss das riesige Raumschiff in den Weltraum. Titanias Welt war eiskalt und totenstill, ohne Atmosphäre, doch das dumpfe Vibrieren des abhebenden Raumschiffs setzte sich über die Mondoberfläche bis in das Hotel unter der Schutzglocke fort, wo es Fo67 wie ein Erdbeben spürte.

Das einsame Raumschiff verließ mit seinem einsamen Getöse die einsame Titania. Ein riesiger, aber blasser Mondschein spendete ihr einen schwachen Lichtkranz, festgenagelt am Horizont – der Planet Uranus. Am gegenüberliegenden Horizont zeigte sich der hellste Stern am Himmel, die sogenannte Sonne. Dorthin waren die Erdenmenschen unterwegs.

Titania war der größte Trabant des Uranus, und das Hotel Titania bildete einen Zwischenstopp für Erdenmenschen, die unterwegs zum Nachbarstern Alpha Centauri waren. Zahlreiche Raumschiffe machten hier Rast und flogen dann nach diversen Wartungsarbeiten weiter in die unendlichen Weiten des Raums. In besonders betriebsamen Phasen stand die ganze vereiste Oberfläche voller Raumschiffe, während eine große Zahl weiterer Raumschiffe ohne Halt über den Himmel glitt, auf der Hauptverkehrsachse des größten Weltraumreichs der Menschheit.

Abgesehen von den Erdenmenschen kamen hin und wieder auch von der Erde eingeladene Außerirdische, die zusammen mit ihren Erdenfreunden im Hotel Titania Rast einlegten.

Doch das war früher. Die Umlaufzeit des Uranus hatte sich auf über achtzehn Jahre verlängert, und nur während einer kurzen Zeitspanne von etwa ein Dutzend Jahren konnte der Neptunmond zur Transferstation zwischen der Sonne und Alpha Centauri werden. Nach dieser kurzen Zeitspanne entfernte sich der Uranus, seiner Umlaufbahn folgend, nach und nach von der Region zwischen Sonne und Alpha Centauri, und das Hotel Titania blieb vorübergehend geschlossen, bis es Jahrzehnte später, sobald sich der Uranus wieder zwischen die beiden Sterne bewegt hatte, den Betrieb wieder aufnahm.

Fo67 war von seinem Äußeren her der menschenähnlichste Roboter auf Titania und gleichzeitig der Aufseher über das Roboterteam. Er blickte dem irdischen Raumschiff so lange nach, bis es in den dunklen Tiefen des Weltraums verschwunden war, dann drehte er sich um und betrachtete das Schild über dem Haupteingang des Hotels. Der Hintergrund des Schilds zeigte einen blauen Planeten, auf dem er noch nie gewesen war.

Noch nie seit seiner Geburt in der Roboterfabrik Titanias hatte Fo67 die Erde betreten, genauso wenig wie die anderen Roboter hier. Die Basis der Erdenmenschen lag wie das Hotel unter einer riesigen Schutzglocke. Unter dieser Schutzglocke bestand die Welt aus Stickstoff und Sauerstoff, und die Temperatur lag konstant bei achtzehn Grad; außerhalb der Schutzglocke herrschte eine eiskalte Hölle von minus zweihundertzehn Grad.

Da die Menschen offenbar Angst vor hermetisch abgeriegelten Räumen hatten, war die Schutzhülle der Weltraumstadt weitgehend transparent. Beim Blick nach oben eröffnete sich der unendliche Sternenhimmel. Das winzige Hotel Titania unter seiner riesigen Schutzhülle wirkte unter dem stillen Himmel unglaublich einsam.

Fo67 führte das Roboterteam zurück unter die Schutzglocke des Hotels. Wenn gerade keine Gäste da waren, widmete sich Fo67 dem Lesen der Einträge im Gästebuch, studierte die Schrift der Erdenmenschen und übersetzte die natürlichen Sprachen der Menschheit in eine für Roboter verständliche Maschinensprache, um die Bedürfnisse der Gäste verstehen zu können.

Die Gäste widersprachen sich permanent. Die einen schrieben, die Klimaanlage des Hotels sei zu kalt, die anderen, die Heizung sei zu warm; manchen war das Essen zu salzig, anderen war es zu fad; dann gab es welche, denen die Betten zu hart waren, während andere sie zu weich fanden; einigen war das Hotel zu hellhörig, anderen zu still …

Allerdings befanden allesamt das Hotel als zu klein, zu groß war es niemandem; alle fanden es zu ungemütlich, zu gemütlich fand es niemand. Die Gäste verglichen es häufig mit dem Hotel Triton auf dem Neptunmond Triton. Es hieß, dass das Triton-Hotel eine riesige Biosphäre besitze, in der viele der geläufigen Pflanzenarten der Erde wuchsen, wodurch sich die Erdenmenschen wie zu Hause fühlten.

Die meisten Wünsche der Erdenmenschen betrafen die Arbeit der Roboter. Fo67 beschloss, die mehrere Jahrzehnte dauernden Betriebsferien zu nutzen, um das Hotel gründlich zu renovieren. Er berief eine Versammlung sämtlicher Roboter ein. Unter der Leitung von Ar56 war das Orchester der Roboter dafür zuständig, den Erdenmenschen auf verschiedenen Instrumenten ein unterhaltsames Programm zu bieten, wenn auch ohne ersichtlichen Nutzen. Auch die Gruppe der Sicherheitsroboter unter dem Befehl von Sc21 schien überflüssig. Die Dienstleistungsroboter, die mit der Bezeichnung Fo begannen, könnten vielleicht zu etwas zu gebrauchen sein. Es war auch ziemlich wahrscheinlich, dass die Agrarroboter unter dem Kommando von Fa98 für die Pflanzenzucht taugten. Aber die wichtigsten Kräfte waren die Ingenieurroboter, die dem Befehl von En31 unterstanden.

»Wir müssen das Hotel ausbauen«, sagte Fo67 zu En31. »Zuallererst brauchen wir eine größere Schutzglocke.«

En31 besaß zwölf Maschinenarme, von denen jeder einzelne mit diversen seltsamen Werkzeugen ausgestattet war.

»Ich bitte um konkrete Anweisungen. Wie groß genau soll die Schutzhülle denn werden?«

Fo67 breitete die Arme aus. »Größer als die des Hotels Triton auf dem Neptunmond, die Kuppel soll einem riesigen Gewächshaus gleichen.«

»Ich verstehe.« En31 war bereits daran gewöhnt, dass Fo67 sich gern so unklar auszudrücken pflegte wie die Erdenmenschen. Und da er wusste, dass die Schutzglocke des Triton-Hotels zehn Quadratkilometer groß war, beschloss er, eben eine 10,0001 Quadratkilometer große Kuppel zu bauen. Das war größer als die des Hotels Triton, so viel stand fest.

In vorzüglicher Aufstellung nahmen die Roboteringenieure unter dem Kommando von En31 die Arbeit an der neuen Schutzglocke in Angriff. Mit gigantischen Bohrern durchdrangen sie die stahlharten Eismassen des Bodens und hoben ein gewaltiges Fundament zur Konstruktion eines Fusionsreaktors aus. An dem für die Kernfusion benötigtem Wasserstoff hatte es Titania noch nie gemangelt, die hiesige Eisdecke verfügte über ausreichend verfestigtes Wasser, das sich zu Wasserstoff für die Kernfusion und Sauerstoff für die Menschen aufspalten ließ.

»Mein Designer hat mir eingeschärft, dass ich den Menschen auf gar keinen Fall verraten darf, dass das Hotel auf einem Fusionsreaktor steht, sie fänden den Gedanken unerträglich, auf einer Wasserstoffbombe zu schlafen«, sagte Fo67 zu Küchenchef Ch08.

»Die Menschen sind schon seltsam«, erwiderte Ch08. »Sie sind ganz wild auf Gemüse, das aus gewässertem Dünger wächst, aber nennt man den Dünger bei seinem Synonym ›fermentierte Scheiße‹, dreht sich ihnen der Magen um.«

»Aber sie haben kein Problem damit, dass über ihren Köpfen ein riesiger Kernreaktor steht, die Sonne nämlich.«

Jeder der Roboter trug ein ungelöstes Rätsel bezüglich der Erdenmenschen mit sich herum. Als Koch wunderte sich Ch08 vor allem über ihre seltsamen Tabus: Katzen, obwohl ihr Organismus aus Muskeln und Fett und dergleichen bestand, waren ihnen zu niedlich, um sie zu essen. Mäuse wiederum, auch sie aus Muskeln und Fett und so weiter, waren ihnen zu eklig zum Essen. Rinder aber, die dem Menschen aus der Barbarei der Urgesellschaft in die Agrargesellschaft gefolgt waren, ihre treuesten Genossen, die mit ihnen die Felder bestellten, ihnen seiner Meinung nach sogar ähnlich sahen – Rinder wurden gegessen.

Peng! Fo67 drehte den Hals um hundertachtzig Grad, um zu sehen, wo die Schüsse herkamen, und sah, wie die Planierraupe des Sicherheitsroboters Sc21 einer davonlaufenden Ratte hinterherfuhr. Er feuerte Gummigeschosse aus seinem Krawallbekämpfungsgewehr ab.

»Ratten, die blinden Passagiere auf den Raumschiffen der Erdenmenschen«, kommentierte Fo67.

»Hoher Proteingehalt und äußerst nahrhaft«, sagte Ch08. »Aber zu abstoßend, um als Nahrungsmittel zu dienen.«

In der Zeit, in der das Hotel leer stand, brachte der Aufseherroboter Fo67 dort eine Gruppe von Dienstleistungsrobotern unter, die, mit Krawatten und in manierlicher Haltung, Erdenmenschen simulierten und in den Genuss des Gästeservices kamen, den sie dann evaluieren durften.

Heute hatte Ch08 für F067 und sein Team ein ostasiatisches Frühstück vorbereitet, gedämpfte Mantous, Sojamilch mit Schmalzgebäck und mit Ei gebratenen Reis.

Ch08 hob den glühend heißen Deckel an und erklärte: »Mantous werden aus durch den Zusatz von Enzymen zum Gären gebrachtem Weizenmehl gemacht. Enzyme sind so etwas wie Bakterien, sie sehen aus wie … schwer zu sagen. Jedenfalls sind sie essbar.«

Ratatatat! Ein markerschütternder Lärm ertönte. Die Roboteringenieure bohrten einen Seigerschacht in die dicke Eisdecke Titanias. Ungerührt schnitt Fo67 mit Messer und Gabel den Mantou in feine Scheiben, stopfte sich genussvoll ein Stück in den Mund und testete mittels des Induktionsgeräts in seiner Mundhöhle Temperatur und Geschmack.

Bumm! Ein gewaltiger Erdstoß erschütterte das Hotel, und am Horizont explodierte ein blendender Feuerball. Das Gyroskop in seinem Arm sorgte dafür, dass das Mantoustück auch bei einem Erdbeben von Stärke acht felsenfest auf seiner Gabel saß, als er es zum Kosten in die Kirschsoße tunkte.

Der Erdstoß ließ die Ratten erschrocken aus ihren Löchern hervorschießen und in alle Richtungen davonstieben. Sofort nahmen die Sicherheitsroboter sie mit ihren Gummigeschossen unter Beschuss. Fo67, ungerührt wie zuvor, sagte zum Chefkoch: »Erdenmenschen nehmen Getränke gern in Stielgläsern zu sich. Die Sojamilch mit Schmalzgebäck bekommt hundert Punkte.« Er nahm einen Schluck Sojamilch und sah sehr zufrieden aus.

Blieb nur noch der gebratene Reis mit Ei. Fo67 versuchte es

hundertachtundzwanzig Male, aber es war unmöglich, dem Reis mit Messer und Gabel beizukommen. »Null Punkte für den mit Ei gebratenen Reis«, konstatierte er schließlich. Er nahm eine Papierserviette, wischte sich die Mundwinkel ab und beschloss, das Testessen für heute zu beenden und sich die Baustelle für die neue Schutzglocke anzusehen. Alles, was er verspeist hatte, würde am Ende von seinem internen Verdauungsapparat in von Robotern nutzbare Energie umgewandelt.

»Erdenmenschen mögen diverse Fleischsorten«, sagte Fo67, »zumindest ein Teil von ihnen. Sie beklagen sich oft, dass unser Hotel zu wenig Fleisch im Angebot habe.«

Den Chefkoch stellte das vor große Herausforderungen. Es war schon nicht einfach, im Gewächshaus mit manueller Arbeit pflanzliche Produkte zu züchten, aber die exorbitanten Kosten für Aufzucht und Ernährung einer großen Zahl landwirtschaftlicher Nutztiere bereiteten ihm große Kopfschmerzen – besser gesagt: ZVE-Schmerzen.

Sobald sie das Terrain unter der Schutzhülle verließen und die mehr als minus zweihundert Grad kalte Eiswüste betraten, kamen auch die Roboter nicht ohne Schutz aus. Fo67 erinnerte sich noch daran, wie damals, als die Erdenmenschen das Hotel, ohne diese Frage zu bedenken, soeben neu errichtet hatten, zwei vom Mars eingekaufte Serviceroboter unverhüllt aus der Schutzzone heraustraten und sofort zu Eisblöcken erstarrten – eingefrorene Gelenke, das Stahlskelett von der Kälte porös und brüchig, die Halbleiter ihres Speichers funktionsunfähig, vollkommen gelähmt. Sie hatten gerade noch dafür getaugt, dass die Erdenmenschen sie in rote Anzüge steckten und ihnen weiße Bärte umhängten, damit sie fortan als Weihnachtsmänner die ankommenden Gäste vor dem Tor grüßten, was sie bis heute taten.

Fo67 trug beim Hinausgehen ein abgebranntes Brennelement auf dem Rücken, die Extremtemperatur des nuklearen Abfalls gegen die Kälte nutzend. Da es davon in der Raumschiffwerkstatt Titanias eine Menge gab, hatten die Raumschiffe der Erdenmenschen einen kleinen Berg aus Nuklearabfall hinterlassen.

In der Eiswüste betätigte sich der Ingenieurroboter En31 gerade als Sprengmeister. Um einen Seigerschacht auszuheben, wurde der Sprengstoff tief im Boden vergraben. Als der Zeitzünder ausgelöst wurde, rannten alle um ihr Leben, bis schließlich eine ohrenbetäubende Explosion am Horizont die Eiswüste erschütterte. »Ganz schön heftig!«, rief Fo67, den wie ein Hagelgewitter niedergehenden Eisbrocken ausweichend. Die Roboter kommunizierten mittels Radiowellen miteinander, sodass es für ihre Verständigung keinen Unterschied machte, ob sie sich in einem Raum mit oder ohne Atmosphäre bewegten.

»Ist ja auch eine Atooombooombe!«, rief En31 von Weitem zurück und fuchtelte mit seinen zwölf Armen in der Luft herum. »Gewöhnliches Dynamit vermag bei einer auf mehr als minus zweihundert Grad gefrorenen Eisdecke nichts auszurichten, da müssen wir schon nuklearen Sprengstoff einsetzen.«

Ständig fuhr ein Lastwagen neben ihnen hin und her, um schnell die Eisbrocken abzutransportieren, solange sie noch nicht wieder vollständig gefroren waren. Noch immer gingen die durch die Kernexplosion aufgeschleuderten Eisbrocken wie ein Meteoritenschauer klirrend und krachend auf die Ebene nieder.

»Ihr macht eure Sache wirklich gut«, lobte Fo67, »sehr viel effizienter als die Erdenmenschen. Als die Erdenmenschen damals das Hotel errichteten, sind viele von ihnen umgekommen, fünfundsechzig Menschen sind gestorben, um genau zu sein, ihr Gedenkstein steht immer noch hier.«

Als die Menschheit auf diversen Himmelskörpern Stationen errichtete, wuchsen auf den menschentauglichen von ihnen ganze Städte. Diejenigen, auf denen kein Leben möglich war, blieben reine Zwischenstationen für weitere Forschungsexpeditionen. Titania war nur halb so groß wie der Mond der Erde. Da er keine Atmosphäre hatte, blieb er nur eine Weltraumraststätte.

Mit feierlicher Miene hielt En31 in der Ferne nach dem Gedenkstein Ausschau.

Von den fünfundsechzig gestorbenen Erdenmenschen waren zwei durch die Kälteversprödung ihrer Raumanzüge umgekommen, drei weiteren war auf der Suche nach dem idealen Ort für einen Stützpunkt der Sauerstoff ausgegangen …

Wieder regneten Dutzende dicker Eisbrocken herab, die die Explosion nach oben geschleudert hatte. »Sind eure Sprengarbeiten denn sicher?«

En31 fuchtelte mit den Maschinenarmen. »Absolut …« Ein plötzlicher Schlag, und sein Kopf wurde durch einen herabstürzenden Eisbrocken vom Rumpf getrennt und kullerte scheppernd über den Boden, »… sicher!«

Er las mit einem Maschinenarm seinen Kopf auf, während ein anderer Arm den Schweißbrenner ausfuhr und den Kopf surrend wieder am Rumpf festschweißte. Im Handumdrehen sah er wieder aus wie frisch aus der Fabrik. »Absolut sicher, das schwöre ich bei meinem Kopf!«

Seite an Seite schritten sie über die von der Explosion in ein Trümmerfeld verwandelte Ebene. Überall zwischen den Eisbrocken verstreut lagen Bauteile von Arbeitsrobotern. Andere Arbeitsroboter sammelten gerade die Überreste ihrer Kollegen ein. Funken stoben auf, während sie die Bauteile wieder zu vollständigen Robotern zusammenschweißten, die sich dann wieder unter die anderen Arbeitsroboter einreihten, in den riesigen Schacht stiegen, den die Explosion in den Boden gerissen hatte, und dort mit großem Tamtam das Kernmodul des Fusionsreaktors installierten.

»Wir haben keine Angst vor dem Tod«, sagte En31. »Roboter haben kein Leben, was kümmert uns also der Tod? Die Menschen haben uns erschaffen, sie sind unsere Götter, und für unsere Götter tun wir alles.«

Die Arbeit der Roboter machte rasche Fortschritte. Aus den Tiefen der Eiswüste förderten sie Eisenerz, schmolzen Metall ein und stellten daraus Bauteile her, die sie zum Bau des Reaktors verwendeten. Die Fabrik war bereits vorhanden und wurde für gewöhnlich zur Herstellung von Ersatzteilen und zur Reparatur der Raumschiffe verwendet.

»Wann werdet ihr mit dem Bau des Fusionsreaktors fertig sein?«, fragte Fo67.

»In ungefähr zehn Jahren.«

»Bitte beschleunigt den Prozess, damit uns ausreichend Zeit für die nächste Konstruktion bleibt, vor allem für Innenausstattung, die hat Vorrang.«

Die Erdenmenschen kümmerten sich wenig um den Fusionsreaktor unter Titanias Oberfläche, ihnen war mehr an der prachtvollen und luxuriösen Ausstattung des Hotels gelegen.

Ein Befehl von En31 genügte, schon explodierten die Atombomben in der Baustelle in noch schnellerer Folge. Täglich wurden kleinere und größere Atombomben zur Baustelle transportiert, die in der Tiefe des Schachts explodierten. Noch bevor der Rauch der Explosionen verflogen war, kletterten die Roboter schon wieder in den Schacht und bauten weiter.

Eine neuerliche Explosion schleuderte einen gewaltigen Felsen auf, der unversehens Fo67 unter sich begrub. »Schnell, einen Arzt!«, rief En31.

Die Konstruktion der hochfesten Basis führte zu einem Mangel an Arbeitsrobotern, und die Roboterfabrik arbeitete auf Hochtouren an der Neuproduktion. Da es aber noch lange nicht genug war, wurden selbst die sonst für die medizinische Versorgung der Erdenmenschen zuständigen Roboter an erster Front zur Wiederherstellung der demolierten Roboter eingesetzt, obwohl es absurd schien, ihr Können für die Rettung von Schrott zu nutzen.

Als Fo67 erwachte, fand er sich in der Krankenstation wieder. Der Roboterdoktor Do99 operierte gerade zusammen mit einem Kollegen verschiedene Roboter. Überall in der Station häuften sich abgetrennte, kaputte Roboterteile.

»Danke«, sagte Fo67 zu Do99.

»Nichts zu danken. Wir halten uns hier nicht mit den bei Erdenmenschen üblichen Höflichkeiten auf.« Do99 hantierte mit dem elektrischen Schraubenzieher und der hydraulischen Presszange.

»Wie steht es um mich?«

»An menschlichen Standards gemessen – ziemlich übel. Als En31 mit einem Kran den riesigen Felsbrocken angehoben hatte, warst du nur noch ein Eisenpfannkuchen. Mir blieb nicht anderes übrig, als sämtliche Daten aus deiner Speicherkarte herauszuziehen und dir einen neuen Körper zu verpassen. Alles neu, jedes deiner Einzelteile! Am besten überprüfst du gleich, ob die Daten deiner Speicherkarte vollständig sind, nicht dass Informationen verloren gegangen sind.«

Fo67 analysierte sofort seinen Datensatz, der tatsächlich nicht ganz vollständig war, aber es fehlte nichts Wichtiges, nur irgendwelche belanglosen Infos über ehemalige Gäste.

»Ihr habt hier ja eine Menge künstlicher Organe«, sagte Fo67 und ließ den Blick umherschweifen. Verschiedene Gliedmaßen, künstliche Lungen, Herzen, Milz, Nieren … Von allem war reichlich vorhanden. Es gab alles, um einen perfekten künstlichen Menschen herzustellen.

»Bei den langen Reisen, die die Erdenmenschen im Weltraum zurücklegen, kann vieles passieren, wir müssen möglichst mit allen künstlichen Organen dienen können. Es gibt nur ein Organ, das nicht gefragt ist.«

»Welches?«

»Ein künstliches Gehirn, ein perfektes künstliches Gehirn, so perfekt, dass der Patient gar nicht merkt, dass er ein neues Gehirn hat. Aber die Menschen wollen es nicht haben.«

Fo67 fiel ein Truthahn auf, der direkt vor seinen Zehen stolz hin und her spazierte. »Sie züchten hier auch Truthähne, Doktor?«

»Den hat der Koch gebracht. Vergangene Woche verlangte ein Gast zu Weihnachten ein Festessen mit Truthahn. Der Koch hatte das Tier soeben gerupft und ausgenommen, als der Gast ihm mitteilte, er müsse wegen einer dringenden Angelegenheit sofort weiterreisen und habe nicht einmal Zeit für das Festmahl.

Daraufhin hat der Koch den Truthahn zu mir gebracht, damit ich ihm das Leben rette. Ich habe seine Eingeweide wieder zusammengeflickt und einige durch künstliche ersetzt – und da ist er, quicklebendig.«

»Unsere menschlichen Gäste beschweren sich ständig, das Hotel habe zu wenig Auswahl an Gerichten zu bieten, und am häufigsten heißt es, es gebe zu wenig Burger mit Rindfleisch, Steaks, Milch oder frischen Käse.«

Auf Titania gab es eigene große Gewächshäuser, in denen zahlreiche Pflanzen wuchsen, deren Samen von der Erde stammten.

Außerdem wurden aus von der Erde importierten Eiern Hühner und Enten gezüchtet. Rinder jedoch legten keine Eier, und es war äußerst aufwendig, sie durch die Weiten des Weltraums zu transportieren.

»Fa98, der Agrarroboter, hat mich schon ermuntert, künstliche Rinder herzustellen«, antwortete Do99, »aber es ist mir leider nicht gelungen. Keiner der Erdenmenschen mag ein Rind essen, das ganz und gar aus künstlichen Organen besteht.«

Um herauszufinden, wie man auf Titania am besten Nutzvieh herstellen und züchten könnte, widmete sich Fo67 nach seiner Entlassung aus dem Krankenhaus dem Studium von Dokumenten, die die Erdenmenschen dagelassen hatten. Er war ähnlich von seiner Mission erfüllt wie der Sicherheitsroboter, der mit seiner Waffe fuchtelnd so eifrig nach der Ratte gejagt hatte, dass er in Kauf genommen hatte, von der Planierraupe platt gefahren zu werden.

Was Fragen der Landwirtschaft betraf, wandte man sich am

besten an Fa98. Wenn er in Büchern keine Antwort fand, suchte Fo67 für gewöhnlich den Agrarexperten auf.

Fa98 war ein erlesener, sehr komplexer Multifunktions-Agrarroboter, er war Sämaschine und Mähdrescher, Eierleger und Federviehversorger und noch vieles andere zugleich. Der Speicher seines Elektronenhirns verfügte über ein nahezu allumfassendes Wissen über Ackerbau und Viehzucht. Als Fo67 in den Gewächshäusern eintraf, erntete eine Reihe von Agrarrobotern gerade unter Anleitung von Fa98 goldgelben Weizen. Die Halme zermahlten sie dabei zu Pulver, das, in Wasser gelöst und fermentiert, zu einem nahrhaften Humus wurde, unentbehrlich für den Ökokreislauf des aktuellen Bauprojekts.

Von En31 wusste Fa98, dass der Bau des Fusionsreaktors nahezu abgeschlossen war. Die Konstruktionsroboter errichteten darüber bereits ein Stahlgerüst und schnitten riesige Eisblöcke für die Schutzglocke zu. In Kürze würden sie große Mengen an Humus benötigen, den sie für die Gartenanlage rund um das neue Hotel über dem Gerüst aufschütteten.

»Wie schön, Sie zu sehen, verehrter Aufseher! Sie sind wahrscheinlich wegen der Bepflanzung des großen Gartens hier?« Fa98 unterbrach zur Begrüßung von Fo67 seine Arbeit. Er hatte eben große Mengen Weizenkörner ausgestreut und war von einer Gruppe Truthähne und Gockel umringt, die sich auf das Futter stürzten. Normalerweise wurde dieser hochwertige Weizen zum Brotbacken eingesetzt, aber in Ermangelung menschlicher Gäste durfte sich nun das Federvieh daran laben. In Titanias Vorratskammern lagerten Nahrungsmengen, mit denen zehntausend Erdenmenschen ein halbes Jahr lang versorgt werden konnten. Es schadete schließlich nicht, für alles gewappnet zu sein.

Fa98 zeigte Fo67 die Lagerschuppen des Gewächshauses, die sich endlos aneinanderreihten. Eisblöcke, die härter waren als Stahl, bildeten von innen eine dicke Dämmschicht, die die Lager gegen die hohen Minusgrade von außen isolierte. Da das am Horizont sichtbare Licht des Uranus zu spärlich war, wurden Pflanzen und Vieh von künstlichen Lichtquellen beleuchtet. Die Energie dafür lieferte der unterirdische Kernfusionsreaktor.

Fa98 präsentierte Fo67 die verschiedenen Pflanzen. »Hier haben wir die Taglilie, auch Sorgloskraut genannt, das ist eine dekorative Pflanze, die man aber auch als Suppeneinlage verwenden kann. Der Apfelbaum ist ein schön anzusehender Zierbaum … dann haben wir hier noch Chinakohl, Spitzkohl, Rüben …«

»Soll ich die Gäste des neuen Hotels etwa mit dem Anblick von Rüben erfreuen?«

»Sie haben offenbar noch nie blühende Rüben gesehen! Chinakohl, Spitzkohl, weiße Rüben oder Raps gehören allesamt zur Familie der Kreuzblütler, sie sind Verwandte des Veilchens. Ich vermag die allerschönste Rübenblüte zu züchten.«

Fo67 musterte Fa98 mit einem skeptischen Blick. »Die Pflanzenzucht und das Kultivieren neuer Ernten gehören zu den grundlegenden Fertigkeiten eines Bauern«, fuhr dieser fort. »Ursprünglich gab es im Universum keinen Kohl, es handelte sich um eine von Bauern im alten Rom beobachtete genetische Mutation der aufgerollten Blätter von Kreuzblütlern, aus der erst durch gezielte Züchtung die späteren Kohlsorten entstanden.«

»Gut. Dann sind Sie dafür zuständig, Rüben zu züchten, die so schön aussehen wie Veilchen«, befahl Fo67.

Fa98 prahlte gern mit seinem Fachwissen. »Ähnlich verhält

es sich mit Flaschenkürbis, Gurke, Wachskürbis, Schwammkürbis, gelbem Kürbis, Wassermelone und Zuckermelone; das sind allesamt Kürbisgewächse, die zu unterschiedlichen landwirtschaftlichen Produkten weitergezüchtet wurden. Tatsache ist, dass die meisten Lebewesen der Erde jeweils auf einige wenige Vorfahren zurückgehen.«

»Und welche Vorfahren teilen Hühner und Rinder?«, wollte Fo67 wissen. Wenn beide dieselben Vorfahren teilten, so überlegte er, könnte man doch vielleicht Hühner züchten, deren Fleisch wie Rindfleisch schmeckte, um das Bedürfnis der Gäste nach Rindfleisch zu erfüllen,

»Thecodontia«, erwiderte Fa98.

»Legen die Eier?«

»Ja.«

»Dann könnte ich Eier des Thecodontia von der Erde einkaufen«, sagte Fo67.

»Der ist vor vielen Millionen Jahren ausgestorben«, sagte Fa98. »Ich würde wetten, dass sein Aussterben nichts mit der Menschheit zu tun hat.«

Fo67 zuckte mit den Schultern. Er würde sich etwas anderes einfallen lassen müssen, um den Fleischbedarf seiner Gäste zu decken.

Die Bauarbeiten zogen sich viele weitere Jahre hin. Träge folgte Uranus seiner eigenen Umlaufbahn und entfernte sich zunehmend von Alpha Centauri, während der Abschied der letzten menschlichen Gäste bereits eine Ewigkeit zurücklag. Viele frisch fabrizierte Roboter hatten noch nie einen Erdenmenschen gesehen und wussten nur, dass sie in Erwartung der nächsten Landung der Erdenmenschen unter der Leitung von En31 Tag für Tag fröhlich ihr Werk beim Bau eines neuen Hotels verrichteten.

»Sie kommen wieder.« Tag für Tag stimmte sich Fo67 mit diesen Worten zuversichtlich. »Bis dahin muss alles fertig sein. Sie werden Augen machen!«

Die Schutzglocke für das neue Hotel war bereits errichtet, die immense Konstruktion deckte eine Fläche von genau zehn Komma null null null eins Quadratkilometern ab. Unter der Schutzglocke gab es reichlich durch Wasserelektrolyse hergestellten Sauerstoff, der mit der entsprechenden Menge Stickstoff angereichert eine Atmosphäre bildete, in der Menschen atmen konnten. Der Boden bestand aus verschweißten Stahlplatten, auf die die Arbeitsroboter Erde aufgeschichtet hatten, von den Agrarrobotern mit zahlreichen farbenfrohen Pflanzen bestückt, vor allem genveränderten Rübensorten, die wie Veilchen blühten und einen herrlichen Duft verströmten.

Das von den Arbeitsrobotern erbaute Hotel entsprach dem auf der Erde üblichen Standard von Fünfsternehotels. Unzählige Roboter kletterten auf dem hohen Stahlgerüst herum und schweißten so emsig, dass die Funken ein schillerndes Feuerwerk zauberten.

Unter den Stahlplatten waren Rohre mit Erdwärme verlegt, die für eine angenehme Temperatur von achtzehn Grad Celsius sorgten. Darunter lag eine riesige Fabrik, in der Ersatzteile produziert und aus den gefrorenen Eismassen Methangas gewonnen und zu Treibstoff für Raumschiffe umgewandelt wurde. Damit war man bestens für alle Reparaturen gerüstet.

In der weit verzweigten Anlage tief unter der Oberfläche ging der Kampf zwischen Robotern und Ratten weiter. Niemand durfte davon wissen, jedenfalls kein Mensch, denn gemäß der Hotelvorschriften musste der Anblick widerwärtiger Ratten den Gästen um jeden Preis erspart bleiben.

Die Ratten hatten sich an den üppigen Getreidevorräten des Hotels schon so vollgefressen, dass sie wie graue Kugeln durch das Haus rollten. Die Zähne der ekelhaften Nager wuchsen, solange sie lebten, weshalb sie gern auf etwas Hartem herumkauten, um die Zähne abzuschleifen. Immer wieder zerbissen sie Elektroleitungen und zerstörten Rohre.

Der Sicherheitsroboter Sc21 hatte eine Hundertschaft seiner Mitarbeiter zusammengetrommelt, mit denen er durch die engen Rohre kroch und verzweifelt versuchte, die Ratten auszumerzen. Die tagtägliche Jagd durch die Roboter ließ die Ratten immer tiefer in die unterirdische Stadt vordringen, wo sie sich im engen Geflecht der Heizrohre versteckten und sogar bis in die Kernregion des Fusionsreaktors flohen.

Sc21 wurde extrem nervös, als Fo67 zur Inspektion des Fusionsreaktors kam. Er wusste, dass Fo67 der menschenähnlichste unter den Robotern war und von den Erdenmenschen persönlich allen anderen Dienstleistungsrobotern als Aufseher übergeordnet worden war. In den Augen der Roboterschaft war Fo67 so etwas wie der Hohepriester, der die Verbindung zu Gott schafft. In der Rangordnung kam er gleich nach den Menschen.

»Weg mit den Ratten! Löscht sie alle aus, alle!«, kommandierte Sc21. Wie oft hatte er diesen Befehl in den vergangenen Dekaden schon wiederholt, aber diese extrem zählebigen Kreaturen machten ihm jedes Mal einen Strich durch die Rechnung.

»Ganz schön warm hier«, sagte Fo67. »Und dieser Geruch

nach gebratenem Fleisch in der Luft … Es scheint, als ob einige Roboter auf den Geschmack gekommen sind? Noch ein bisschen Chilisalz, Kreuzkümmel und Pfeffer, und es ist perfekt«, höhnte er.

Als keiner der anderen lachte, musste Fo67 einsehen, dass er mit sarkastischen Witzen nicht weiterkam. Er stellte sich vor die versammelte Mannschaft und fragte: »Wer von euch verrät mir, woher dieser Geruch kommt?«

»Verbranntes Fleisch. Rattenfleisch«, meldete sich einer der Sicherheitsroboter zu Wort. »Wenn wir die Ratten so in die Enge treiben, dass sie keinen Ausweg mehr wissen, geraten sie in die Heizrohre und rösten bei lebendigem Leib.«

»Ratten gehören zur Familie der Säugetiere«, wiederholte Fo67 das von Fa98 gehörte Wissen. »Alle Säugetiere teilen denselben Vorfahren, Eomaia scansoria, ein Tier in etwa von der Größe einer Ratte. Nach dem Aussterben der Dinosaurier breiteten sich die Säugetiere explosionsartig aus und entwickelten sich in ihrer größten Form zu Walen und in ihrer kleinsten Form zu Mäusen und unzähligen weiteren Arten. Darunter gibt es nach menschlichen Begriffen essbare und nicht essbare Arten. Alle, die entweder zu niedlich oder zu eklig sind, werden nicht gegessen, und alle anderen, solange sie als Nahrungsmittel geeignet scheinen, gehören zu den Leibspeisen des Menschen.«

Zusammen begaben sie sich an die tiefste Stelle des Fusionsreaktors. Dort betrug die Temperatur über dreißig Grad Celsius, was im Verhältnis zu den auf Titania üblichen zweihundert Grad minus extrem heiß war. Besonders hoch war an dieser Stelle auch die radioaktive Strahlung, denn die Ratten hatten ein großes Loch in die dichte Hülle zum Schutz vor der Strahlung gebissen. Für die Roboter war atomare Strahlung relativ harmlos und bedeutete keine Gefahr, solange sich kein Mensch dorthin verirrte.

Fo67 sah im Dunkeln zwei Augen aufblitzen, erschreckend funkelnde Augen. Bei genauerem Hinsehen entpuppte sich die Kreatur als eine durch radioaktive Strahlung zu gewaltiger Größe mutierte Ratte, groß wie ein Kalb!

»Igitt, wie hässlich!«, entfuhr es Fo67.

Fo67 wies die Sicherheitsroboter an, die Ratte lebend einzufangen. Im Reaktor befanden sich wohl noch siebzig oder achtzig weitere Ratten dieser Größe.

Der Roboterdoktor, der Roboterbauer, der Roboterkoch, alle Roboter mit etwas Ahnung von Biologie, die Fo67 in den Sinn kamen, wurden zur Erforschung der Ratte bestellt. Sie standen um den Käfig herum und observierten, wie die kalbgroße Ratte darin wie wild gegen die Gitterstäbe anrannte und dabei furchterregende Laute ausstieß. Durch ihre Größe war auch ihre Stimme tiefer, ganz anders als das helle Fiepen von Mäusen, sondern eher ein tief im Rachen wiederhallendes Grollen.

»Durch die radioaktive Strahlung beschleunigt sich der Evolutionsprozess. Die Ratte wiederholt die Evolution ihrer ältesten Vorfahren zu verschiedenen Gattungen von Säugetieren. Auch Eomaia scansoria hat sich zu Säugern wie Rindern, Schafen, Katzen, Hunden und Menschenarten entwickelt«, erklärte Roboterdoktor Do99.

»Säugetiere sind ungiftig, enthalten viel Protein, sind essbar. Ich schließe daraus, dass sie ähnlich wie Rindfleisch schmecken müssen. Wenn es gelingt, sie zu einer robusten Rasse zu züchten, wäre das eine zuverlässige Fleischquelle«, kommentierte Agrarroboter Fa98.

»Ich fürchte nur, dass dieses Vieh Träger von zahlreichen Bakterien oder Viren ist«, gab Fo67 zu bedenken.

»Jedenfalls ist es viel zu scheußlich, um als essbar zu gelten.« Der Roboterkoch Ch08 bestand auf den bekannten Prinzipien menschlicher Essgewohnheiten.

»Würde man es regelmäßig waschen, unter sauberen Bedingungen aufziehen und gut impfen, könnte das Tier ohne Weiteres den üblichen Hygienestandard für Schlachtvieh erfüllen«, schlug Do99 als Lösung vor.

»Und Säugetiere geben Milch, das wäre eine einzigartige Quelle für Milchprodukte auf Titania.« Fa98 dachte bereits an die vielfältigen Möglichkeiten, das Tier nutzbar zu machen.

»Es ist viel zu scheußlich, um als essbar zu gelten.« Ch08 rückte nicht von seinen Prinzipien ab.

»Wie wäre es, wenn ich es einer Schönheitsoperation unterziehe?« Do99 ließ sein glänzendes Skalpell aufblitzen.

Viel Zeit verging, bis Uranus mit seinen kleinen und großen Monden die Sonne umrundet hatte und wieder in die Flugbahn zwischen Alpha Centauri und der Sonne geriet. Damit endeten die langen Betriebsferien für das Hotel Titania. Nach vielen Jahrzehnten des Umbaus thronte es jetzt mit seiner neuen Luxusausstattung auf der minus zweihundert Grad kalten Ebene. Die riesige Schutzglocke beschirmte ein wohltemperiertes künstliches Ökosystem, in dessen Mitte der Fünf-Sterne-Luxuskomplex lag, umgeben von einem üppigen Blumengarten.

Schon bald begrüßte die Hotelbelegschaft die erste Besatzung eines Raumschiffs nach seiner Neueröffnung. Wie üblich sendete das Raumschiff einen Funkspruch an Titania, um sicherzugehen, dass die nötigen Bedingungen für einen Aufenthalt gegeben waren. Die Astronauten waren nicht sehr anspruchsvoll, lebten sie auf ihrem Raumschiff doch auf engerem Raum als in einem Gefängnis und hatten längst genug von der faden synthetischen Kost und dem aus wer weiß welchem künstlichen Wasserkreislauf stammenden, gefilterten Wasser.

Daher waren die häufigen Klagen vieler Astronauten, in dem kleinen Hotel am Rande des Sonnensystems gebe es nicht genügend Steaks und Käse zu essen, nie wirklich ernst gemeint gewesen. Schließlich wusste jedermann, dass der Transport solcher Delikatessen bis zu diesem abgelegenen Ort viel zu kostspielig wäre. Ein gebratener Truthahn war für sie bereits ein Festmahl.

»Wow! Nicht zu fassen, dass es das Hotel Titania immer noch gibt, nach bestimmt siebzig Jahren!« Überrascht drängten sich die Astronauten vor dem Bildschirm, über den die Videobotschaft von Titania flimmerte.

»Und es ist viel schöner als vorher!« Der Bildschirm zeigte ein extravagantes Fünfsternehotel inklusive einer Präsidentensuite mit komfortablen Betten, in einem Meer von Varianten von Rübenblüten und Tageslilien. Obendrein zeigte er von den Ferngereisten sehnlich vermisste Speisen wie Steaks, Braten, Milch und Käse.

»Unglaublich. Wie haben diese Roboter das bloß angestellt?«, fragten sich einige erstaunt. Sie werden doch nicht tatsächlich Kühe und Ochsen nach Titania gebracht haben?«

Die Düsen des landenden Raumschiffs wirbelten die Eiskristalle an der Oberfläche des Mondes auf, dessen hart gefrorene

Ödnis einen idealen Start- und Landeplatz für Raumschiffe bildete. Auf dem neu erbauten Titania-Raumflughafen wurde die Gangway ausgefahren und an die Druckschleuse des Raumschiffs angedockt, sodass die Astronauten ohne Raumanzüge direkt in die frühlingswarme Erdatmosphäre unter der Schutzglocke eintreten konnten.

Im Hotel selbst versetzte sie der Anblick einer Festtafel voller gebratener Steaks und Käsevariationen in staunendes Entzücken. Sofort äußerten sie den Wunsch, das wundersame Agrarsystem zu Gesicht zu bekommen, um zu sehen, woher diese Köstlichkeiten stammten. »Um unseren menschlichen Gästen zu dienen, sind wir zu allem fähig«, antwortete Fo67 freudig und führte sie in die Viehställe und Treibhäuser, um ihnen den Stolz der Roboterschaft zu präsentieren.

»Um Gottes willen, das sind ja Ratten!«, schrie einer der Astronauten auf.

»Ratten, so groß wie Rinder!« Beim Gedanken an das soeben genossene Festmahl drehte sich einem nach dem anderen der Magen um.

»Noch dazu schönheitsoperierte Ratten!«, rief ein Dritter entsetzt. Durch den chirurgischen Eingriff wirkten die Riesenratten noch grauenhafter.

Hals über Kopf rannten die Astronauten zurück zu ihrem Raumschiff und hoben überstürzt ab.

Alle Regeln der Raumfahrt ignorierend, griff einer der Astronauten zum Funkgerät. »Achtung, bitte kommen! Im Hotel Titania wurden eine große Anzahl mutierter Riesenratten entdeckt. Die Roboter dort müssen durchgedreht sein. Sendet unverzüglich eine Weltraumflotte!«

Shuang Chimu

Der Wannengeist

Aus dem Chinesischen übersetzt
von Marc Hermann

Shuang Chimu,

geboren 1987, hat in China, Großbritannien und Holland Philosophie studiert und promoviert. Sie ist bereits ein von den jungen chinesischen Science-Fiction-Fans gefeierter Star. Eine ihrer Kurzgeschichten wurde ins Japanische übersetzt, während auf Chinesisch bereits zwei Bücher erschienen sind.

Die KI in dieser Geschichte beruht auf einer Adaption von Der Topfgeist, *einem anonymen Libretto aus der Yuan-Dynastie (1271–1368), in dem Richter Bao den Fall eines Tontopfs untersucht.*

Schon nach drei Minuten begann Cheng Qi zu bereuen, was er getan hatte.

Die Datenverbindung war hergestellt, der Koffer aufgeklappt und der jugendliche Kofferträger mit gefalteten Händen respektvoll beiseitegetreten. Die holografische Augmented Reality warf einen sanften Lichthof ringsum, der dem schwankend voranrumpelnden, nur spärlich besetzten U-Bahn-Wagen der Pekinger Linie 13 eine mysteriöse Aura verlieh. Wie eine Fotomaske legte sich das dreidimensionale Bild, das einen halb durchsichtigen kleinen Gerichtssaal heraufbeschwor, über das Wageninnere. Der virtuelle Saal besaß klare, schlichte Konturen und elegante Säulen mit ionischen Kapitellen. Das neu eingeführte internationale Kofferträger-Justizsystem hatte sich von Anfang an durch seine solide Ästhetik ausgezeichnet. Seine Entwickler verstanden vom Rechtswesen genauso viel wie von künstlicher Intelligenz und kreierten ein Nutzererlebnis, das die unbestechliche Anwendung juristischer Prinzipien mit einem wohlwollenden, beinahe menschlichen Einfühlungsvermögen verband.

Cheng Qi hatte einmal aus nächster Nähe erlebt, wie aus dem Koffer Recht gesprochen wurde: Damals, in einem belebten Straßenviertel, war notgedrungen eine andere holografische Kulisse zum Einsatz gekommen, nämlich ein imposantes Amphitheater. Der Kofferträger war bekannt für seine Stegreifprozesse: Er konnte jederzeit den Koffer öffnen und eine Gerichtsverhandlung projizieren – ein Verfahren, das sich besonders für Bagatelldelikte eignete und das man in China bewarb, indem man es mit den volkstümlichen Prozessen des legendären Richters Bao verglich.

Cheng Qi hatte schon immer einmal selbst die Probe aufs Exempel machen und an einem interessanten Ort den Kofferträger herbeirufen wollen, um Zeuge zu werden, wie der virtuelle Gerichtssaal Stück für Stück aus dem Koffer heraus Gestalt annahm und Richter, Anwälte und Geschworene mit ihren chiffrierten Gesichtern und Posituren sich im leeren Raum zu materialisieren schienen. Aber er hatte vorher nie eine Gelegenheit dazu gefunden – und er konnte ja schlecht einen Fall fabrizieren und den Kofferträger damit behelligen.

Und nun wartete er noch immer. Niemand war online mit dem Kofferträger in Verbindung getreten, und angesichts des leeren virtuellen Gerichtssaals kam er sich zunehmend lächerlich vor, während er in den Armen die holzgemaserte Fußwanne hielt, die einen Durchmesser von vierzig Zentimetern hatte und an deren Seite von Zeit zu Zeit der Slogan »Füße sind Heimat« aufblinkte, den er aus irgendeinem Grund nicht ausschalten konnte. Alle Augen ringsum waren auf ihn gerichtet, und er hörte verstohlenes Gelächter.

Laut der Onlineplattform für Secondhand-Artikel, auf der er

die Wanne erstanden hatte, handelte es sich bei ihr um ein Fußsohlenmassagegerät mit carbonbasierter KI, das sich im Zuge eines intensiven Trainings auf die individuelle Konstitution eines jeden Nutzers einstellen konnte. Bei seinem überstürzten Kauf hatte er nur leider übersehen, dass dieses Ding sein Training schon abgeschlossen hatte – und dass es nicht bereit war, mit ihm zu kooperieren. Denn diese Wanne war sehr launisch.

Zehn Minuten später hielt es Cheng Qi nicht länger aus und fragte den Kofferträger im Flüsterton: »Will denn niemand den Fall annehmen?«

Der Kofferträger, ein junger Bursche von nicht einmal zwanzig Jahren, zwinkerte ihm verschwörerisch zu. »Wir fahren jetzt zweigleisig: Wenn niemand den Auftrag annimmt, wird er einfach jemandem zugeteilt. Das Frühlingsfest steht vor der Tür, deshalb will wahrscheinlich niemand den Auftrag freiwillig übernehmen. Warten wir noch ein bisschen, dann nimmt das System die Zuteilung vor. Ich habe gehört, dass sich nur ziemlich wenige Leute bereit erklärt haben, solche Zuteilungen zu akzeptieren, und außerdem …«

Das Namensschild eines Richters blinkte dreimal auf, und der Kofferträger verstummte sogleich respektvoll. Mit polternder Stimme schüttelte der Richter, der soeben online gegangen war, eine kunterbunte Gestalt von sich ab und schob sie aus dem Bildfenster. »Dein Papa muss jetzt arbeiten! Also stör mich nicht mehr, verdammt noch mal!« Er zeigte entschieden auf ein Laufband und mahnte: »Eine halbe Stunde!« Dann wurden seine Konturen allmählich schärfer. Die Kamera fokussierte sich auf beiden Seiten: Cheng Qi sah den Richter nun klar und deutlich vor sich und der Richter ihn. Der Richter ließ den Blick von Cheng Qi zu der Fußwanne wandern und bedeutete ihm kopfschüttelnd mit einem Finger, er solle die Wanne abstellen. »Schon wieder eine KI, und schon wieder irgendeine Panne«, murmelte er, während er die digitale Akte aufschlug. »Und da Sie nicht den Kundenservice, sondern den Kofferträger kontaktiert haben, glauben offensichtlich auch Sie, Ihre KI sei zu einem menschlichen oder übermenschlichen Leben erwacht.«

»Ja, so ungefähr.« Cheng Qi kam sich vor, als säße er auf der Anklagebank.

»Dann merken Sie sich eins«, belehrte ihn der Richter, während er den Datensatz zu der Wanne überflog. »Das Kofferträgersystem ist zwar auf die KI gemünzt und zieht klare ethische Grenzen für sämtliche KI-Anwendungen, aber es ist kein Turing-Test. Also sollte nicht gleich jeder, dessen Hocker oder Herdplatte zum Leben erwacht ist, in heller Aufregung zu mir gelaufen kommen. Der Kofferträger bietet keinen Kundenservice an. Außerdem ist es ganz normal, wenn eine KI ein wenig Charakter hat. Nur weil eine KI einen Anflug von Persönlichkeit zeigt, ist sie noch lange kein Mensch – und wenn doch, wäre das auch nicht weiter schlimm …«

Der Kofferträger hob den Kopf und machte sich mit einem Räuspern bemerkbar, das den Richter rechtzeitig zum Verstummen brachte. Cheng Qi schätzte ihn auf Ende dreißig, aber die Holografie machte ihn gut zwanzig Jahre älter, zumal er eine strahlend weiße Perücke trug und seine Stimme rau wie Schmirgelpapier klang.

»Feiertage machen froh und sorgenvoll zugleich«, pflegte Cheng Qis Vater zu sagen. Die virtuelle Gerichtsverhandlung, die er in Gang gesetzt hatte, kam ihm inmitten des rumpelnden Wagens und seiner Gaffer auf einmal schrecklich würdelos vor.

»Entschuldigen Sie.« Der Richter straffte sich und sorgte für Ruhe im Raum. »Noch die kleinste Bagatelle der menschlichen Gesellschaft hat ein Recht auf eine faire Behandlung. Dafür stehe ich als zugeteilter Richter, Kennnummer 42KK, ein. Aufgrund des bevorstehenden Frühlingsfests haben sich keine registrierten Anwälte und Geschworenen für diesen Fall gemeldet. Wenn Sie darauf bestehen, könnten wir eine Zuteilung anhand unserer Namenslisten vornehmen. Notwendig ist das aber nicht. Normalerweise können bei kleineren Fällen, die in erster Instanz verhandelt werden, der zugeteilte Richter und die Algorithmen des Kofferträgersystems, das Einsicht in die einschlägigen Präzedenzfälle hat, gemeinsam ein Urteil sprechen.«

»Ich … ich verstehe. Ich bin damit einverstanden.«

»Gut. Dann können Sie jetzt Ihren Fall darlegen.«

Cheng Qi, der einen Abschluss in Biologie hatte und sich für einen logisch denkenden Menschen hielt, hatte die gängigen Plädoyers des Kofferträgersystems immer schrecklich weitschweifig gefunden, aber als die Reihe nun an an ihm war, konnte auch er nicht mehr an sich halten. Von den Gefühlen, die plötzlich in ihm hochkochten, überwältigt, ließ er sich erst lang und breit über den Tod seiner Mutter und das einsame Witwerdasein seines sturköpfigen Vaters aus, ehe er von den Konflikten erzählte, die er mit seinem Vater gehabt hatte, nachdem er ihn zu sich nach Peking geholt hatte, und davon, wie ihm alles, was er so gut meinend für seinen Vater hatte tun wollen, misslungen war.

»Die da war meine letzte Hoffnung«, klagte er mit bebender

Stimme und trat gegen die Wanne. »Meine Eltern haben immer gern zusammen ein Fußbad genommen. Bei ihnen zu Hause gab es auch so eine große Wanne. Jedes Mal hat mein Vater zuerst mit den Füßen das Wasser getestet, und erst wenn es die richtige Temperatur hatte, hat meine Mutter die Füße hineingestellt. Als nun mein Vater die Füße in diese Wanne hier gestellt hat, da hat sie gesagt: ›Ich bin schon tot.‹ Egal, wie ich an ihrer Einstellung herumgetüftelt habe, sie hat das immer weiter vor sich hin geplappert wie ein Papagei, und zwar immer nur zu meinem Vater, nicht zu mir. Ich wollte sie schon umtauschen, aber das hat sie nicht zugelassen. ›Ich weiß was, das du nicht weißt‹, hat sie zu mir gesagt.«

»Wer?«

»Diese ›Füße-sind-Heimat‹-Wanne.«

Der Richter überlegte einen Moment. »Lassen Sie sie mal mit mir sprechen.«

Cheng Qi wischte sich die Tränen ab und stieß die Wanne nach vorn. »Jetzt kriegst du deinen Wunsch. Na los!«

Für einen Moment hielten alle im Wagen den Atem an und lauschten – doch sie bekamen nichts als Stille zu hören. Selbst das »Füße-sind-Heimat«-Motto ließ sich nicht mehr blicken.

»So ein Affentheater«, brummte jemand von hinten und erntete allgemeine Zustimmung.

»Wahren Sie die Würde des hohen Gerichts«, mahnte der Kofferträger mit eingeschaltetem Lautsprecher. »Sobald der Koffer geöffnet ist, gehört alles in einem Radius von fünfzehn Metern um den Kofferträger zum Gerichtssaal. Zuschauer, die die Saalordnung verletzen, werden dafür zur Verantwortung gezogen.«

Das Getuschel erstarb. Einige Schaulustige zogen sich hinter die Fünfzehn-Meter-Grenze zurück.

Die Wanne wahrte noch immer ihr Schweigen.

Cheng Qis Unbehagen wuchs. Seine Wangen glühten.

Nachdem der Richter noch eine Weile gewartet hatte, erklärte er seufzend: »Ich kann Sie verstehen. Deshalb werde ich Sie nicht wegen mutwilliger Behelligung des Gerichts belangen. Der Fall wird als irrtümliche KI-Beurteilung abgeschlossen und nicht in Ihrer Sozialkredit-Akte vermerkt. Werfen Sie die Wanne einfach weg, und dann feiern Sie schön das Frühlingsfest mit Ihrem Vater …«

Noch ehe die Stimme des Richters verklungen war, meldete sich endlich die Wanne zu Wort und kreischte mit verstellter, ungewohnt schriller Stimme ein Lied: »Mein Zuhause liegt am Songhua hoch im Norden, wo die Wälder und die Kohlengruben sind und in Berg und Tal die Sojabohne und die Hirse wachsen.«

Cheng Qi packte die Wanne. »Was soll denn der Unfug!«

Aber die Wanne weigerte sich, Vernunft anzunehmen, und kreischte weiter: »Mein Zuhause liegt am Songhua hoch im Norden, wo meine Landsleute und meine alten Eltern leben …«

Der Richter und der Kofferträger waren wie vor den Kopf geschlagen, während sich die Stimme der Wanne noch eine Oktave höher schraubte und sich die ersten Zuhörer die Ohren zuhielten.

»Wann kann ich endlich heimkehren in meine geliebte Heimat? Mein Zuhause liegt am Songhua hoch im Norden …«

Erst als die Wanne zum dritten Mal ihr Lied schmettern wollte, fand der Richter seine Sprache wieder und rief mit erhobener

Stimme dazwischen: »Herr Cheng wird dich nicht wegwerfen, niemand wird das!«

Endlich gab die Wanne Ruhe und zeigte bloß still ihr Motto: »Füße sind Heimat.«

Der Richter atmete hörbar auf. »Wir glauben dir ja. Nun sag schon: Was weißt du?«

Aber die Wanne wahrte ihr Schweigen.

Cheng Qi nahm sie in die Arme und redete ihr gut zu wie einem Kind: »Als du mit mir geredet hast, warst du doch noch nicht so schüchtern! Nur keine Angst!«

Die Aufschrift »Füße sind Heimat« erlosch wieder.

»Was hat sie denn zu Ihnen gesagt?«, fragte der Richter.

»Dass sie von einem Dieb auf der Secondhand-Plattform verkauft wurde und schon tot ist. Aber auch, dass sie die Fußwanne von seinem Vater ist und ewig lebt.« Unter den Blicken der Schaulustigen wurde seine Stimme immer leiser, und er fühlte, wie er zu einem Häuflein Elend zusammenschrumpfte.

Der Richter tippte mit den Fingern in der Luft, um den Tatbestand zu überprüfen und mit ähnlich gelagerten Fällen abzugleichen. Rund eine Viertelstunde verstrich, ehe er sich endlich wieder an Cheng Qi wandte. »Ich habe einige Vermutungen, aber das Problem ist: Unser Kofferträgersystem ist Teil des internationalen Rechts, und wir befassen uns mit Fällen, die unter das Zivil-, Gesellschafts- und Handelsrecht fallen, nicht mit Strafsachen. Wenn Ihre Wanne die Wahrheit sagt, haben wir es hier aber höchstwahrscheinlich mit einer Strafsache zu tun, für die unser System nicht zuständig ist oder für die wir zumindest nicht als gerichtliche Instanz fungieren können. Außerdem könnte Ihre Wanne, wenn es sich bei diesem Fall tatsächlich um eine Strafsache handelt, nur als Beweisstück dienen, und ihre Aussagen besäßen keine Gültigkeit, es sei denn, es würde sich um Aufnahmen handeln, die vor Ort gemacht wurden. Oder wir führen erst den Nachweis, dass es sich bei Ihrer Wanne um eine KI handelt, die über eine hinreichende Handlungsfähigkeit im juristischen Sinne verfügt, und sprechen ihr dann die Qualifikation zu, eine natürliche oder juristische Person zu werden, die als eigenständiges Rechtssubjekt fungieren und vor Gericht als Zeuge aussagen kann. Gegenwärtig können wir aber weder im Rahmen des Privatrechts noch im Rahmen des öffentlichen Rechts noch überhaupt gestützt auf irgendwelche Rechtsgrundsätze ein derartiges Ansinnen stichhaltig vertreten.«

»Gerade deshalb wende ich mich ja an das Kofferträgersystem«, erwiderte Cheng Qi.

»Es gibt da noch ein Paradox. Die Wanne leidet an einer Persönlichkeitsspaltung. Wie soll ich den Wahrheitsgehalt ihrer Aussagen beurteilen, selbst wenn sie sich klar verständlich machen kann? Ich habe eben die Verkaufskette und den Verkäufer überprüft. Die Verkaufskette weist keine Ungereimtheiten auf, aber die Nummer, die der Verkäufer angegeben hat, ist ungültig, was in der Tat verdächtig ist. Eine Untersuchung zu beantragen würde aber einige Zeit kosten, und als Beweisquelle haben wir momentan nur die Wanne. Falls sie als KI handlungsfähig wäre, müssten wir den Wahrheitsgehalt ihrer Aussagen verifizieren. Falls wir eine solche Verifizierung vornehmen wollten, müssten wir aber schon überzeugt sein, dass sie handlungsfähig ist, und da beißt sich die Katze in den Schwanz.«

»Gibt es denn für so etwas keine Präzedenzfälle?«

»Es gibt einen, aber weil er so widersprüchlich ist, ist er noch nicht geklärt und wird es auch in fünf Jahren noch nicht sein – oder wollen Sie und Ihre Wanne noch länger warten?«

Der Wannenrand verströmte ein melancholisches blaues Licht.

Plötzlich hob der Kofferträger die rechte Hand und meldete sich zaghaft zu Wort: »Herr Vorsitzender, ich … ich habe doch das Recht, eine ›Aussetzung‹ zu beantragen, oder?«

Der Richter zog die Brauen zusammen und antwortete vorschriftsgemäß: »Ja, als außergerichtlicher Dritter sind Sie als Kofferträger berechtigt, im Rahmen des ›dezentralen Fallrechts‹ Nachfragen oder Revisionen zu beantragen. Solange das betreffende Verfahren noch nicht abgeschlossen ist, hat der Kofferträger das Recht zur Aussetzung der Verhandlung. Der zuständige Richter muss in den Erörterungsprozess einer Revision involviert sein und trägt dafür die Verantwortung.« Mit einem Räuspern fuhr er fort: »Herr Kofferträger, beantragen Sie eine Aussetzung?«

»Ja, das tue ich.«

»Gut. Stattgegeben.« Der Richter rieb an seinem Brillengestell. »Gemäß den Vorschriften bin ich verpflichtet, nun an Ort und Stelle meinen wirklichen Namen anzugeben. Ich heiße Yuan Dao.« Mit einer Drehung seines Handgelenks änderte er die Bildeinstellung und gab sein tatsächliches Aussehen preis. Am auffälligsten waren die dunklen Ringe, die er unter den Augen hatte. »Junger Mann, Sie sind dafür verantwortlich, Experten und Rechtsberater zu kontaktieren. Vermasseln Sie mir das nicht. Was hat mich nur geritten, dass ich mich darauf eingelassen habe, mir alle möglichen Fälle zuteilen zu lassen!«

Nachdem er noch ein paar Klagen über das Leben im Allgemeinen von sich gegeben hatte, ging der Richter offline und ließ ein ratloses Publikum im Wagen zurück. Nur der Kofferträger strahlte vor freudiger Erregung. Als Cheng Qi ihn aufgesucht hatte, hatte er genauso dreingeschaut – wie ein junger Straftäter, der dem Arm des Gesetzes noch einmal glücklich entwischt ist. Er sei nur Praktikant und noch nicht offiziell als Kofferträger registriert, hatte er gesagt. Im Moment studiere er noch und bleibe das Frühlingsfest über in Peking, um den eigentlichen Kofferträger abzulösen. Bevor er seinen Koffer geöffnet hatte, hatte er Cheng Qi eingehend zum Sachverhalt befragt und davon eine Mitschrift für den Richter angefertigt. Als Cheng Qi gezögert hatte, hatte er ihm gut zugeredet: »Weil die konventionellen Mechanismen der Gesetzgebung und Rechtsprechung mit dem technologischen Fortschritt nicht Schritt halten können, gibt es das sogenannte ›dezentrale Fallrecht‹ des Kofferträgersystems. Jeder neue Fall bringt eine Reihe von Aussagen und Urteilen darüber hervor, was gerecht ist, und all diese Fälle lassen sich sehr schnell protokollieren und zum Abschluss bringen. Auf diese Weise schaffen wir Präzedenzfälle, die auch von vielen anderen Organen der Rechtsprechung zurate gezogen werden. Weil der Fall Ihrer Wanne so speziell ist, eignet er sich besonders gut für eine Kofferträger-Verhandlung.«

Inzwischen bereute Cheng Qi, dass er sich darauf eingelassen hatte. Er hatte das Gefühl, er wäre von einem Halbwüchsigen übers Ohr gehauen worden. Der Kofferträger erklärte ihm gerade, was es mit der »Aussetzung« für eine Bewandtnis hatte: »... die Vorschriften, denen der Kofferträger unterliegt, sind nicht starr, sondern gleichen eher einem flexiblen, schwammartigen Gebilde, das an keine zentralen Prämissen gebunden ist.

Dieses Gebilde stellt zwar ein zusammenhängendes Ganzes dar, ist aber offen für die neue Situation, die jeder einzelne Fall schafft. Wenn auf den Gebieten von Technologie und Ethik neuartige Konflikte auftreten, kann der Kofferträger die Gerichtsverhandlung aussetzen, damit ein technischer Experte und ein Rechtsberater gemeinsam mit dem Richter die Rechtsprinzipien, die in dem Fall zur Anwendung kommen, erörtern und definieren können, bevor die Verhandlung wieder eröffnet wird.«

»Aber warum haben ausgerechnet Sie die Aussetzung beantragt?«, fragte jemand dazwischen.

»Das Gericht braucht einen Dritten, der für den ordnungsgemäßen Ablauf der Verhandlung und Urteilsfindung verantwortlich ist, ohne dass er selbst an der Verhandlung teilnehmen dürfte. Der Kofferträger repräsentiert das internationale Recht. Gemäß der Definition von Herrn Blake, dem Erfinder des Systems, können nur unabhängige Individuen als wirkliche Dritte fungieren – und genau das sind die Kofferträger.«

»Und Sie sind ein unabhängiges Individuum?«, fragte Cheng Qi, während er die Wanne in seinen großen Stoffbeutel stopfte.

Der Kofferträger kratzte sich am Kopf und lächelte schüchtern. »Ich weiß nicht, ich wurde noch nicht überprüft. Aber das Kofferträgersystem muss natürlich ständig optimiert werden. Jedenfalls danke für Ihren Fall!«

Cheng Qi hatte von ihm eine Schlüsselkarte erhalten. Nun besaß er eine Karte und der Kofferträger die andere, aber nur mit beiden zusammen konnte man die entsprechende Akte freischalten und den Koffer öffnen.

»Wenn ich alles geregelt habe, benachrichtige ich Sie. Drei, vier Tage, länger wird das nicht dauern.« Nachdem der Kofferträger fröhlich zum Abschied gewunken hatte, schaute Cheng Qi auf sein Handy – und tatsächlich: Jemand hatte heimlich ein Video des Gerichtsprozesses gedreht. Eigentlich war bei Kofferträger-Verhandlungen an öffentlichen Plätzen nur das Zuschauen erlaubt und nicht das Filmen, aber die Einhaltung dieses Verbots ließ sich kaum kontrollieren. Auf dem Video sah man ihn selbst nur von hinten. Der eigentliche Hauptdarsteller war die Wanne, und der Hashtag dazu lautete: »Wannengeist«.

Cheng Qi klopfte auf die Wanne. »Na großartig! Jetzt bist du berühmt.« Aber die Wanne brummte nur: »Ich will nach Hause«, und beachtete ihn nicht weiter.

Als er nach Hause kam, verstaute er die Wanne in einer Ecke. Sein Vater sah fern. Mit einem flüchtigen Hallo zog sich Cheng Qi in sein Zimmer weiter hinten zurück. Die meiste Zeit wechselten Vater und Sohn kaum ein Wort miteinander. Cheng Qis Mutter war eine gesprächige Frau gewesen, deren Energie und Tatkraft nie versiegten. Wenn sie eine Dienstreise unternommen hatte, hatten Vater und Sohn die ungewohnte Ruhe genossen, die Gelegenheit, nichts sagen zu müssen und einfach nur beieinanderzusitzen und zu lesen. Nun waren diese Zeiten vorbei. Die Stille lag noch immer zwischen ihnen, aber jetzt gebar sie Trauer und Groll. Beide hatten noch immer nicht gelernt, sich miteinander zu verständigen.

Sein Vater blieb in seine Fernsehserie versunken. Zwischen den Ruinen des Zweiten Weltkriegs stand ein einsamer stoppelhaariger Mann, in den Armen ein Kätzchen, dem er sein Herz ausschüttete: »Eines Tages, ja, da werde ich vielleicht einer Frau begegnen, und mit ihr wird alles klar und einfach werden.«

Cheng Qi hatte seine Hausaufgaben gemacht: Die »Aussetzung« hieß eigentlich korrekt »Aussetzung zur Überprüfung« und wurde von vielen irrtümlich für eine Verhandlung in zweiter Instanz gehalten – nur dass dabei gar kein Urteil gefällt wurde. Der Kofferträger hatte ihn benachrichtigt, dass die Sitzung in einem Hörsaal der Universität stattfinden würde. Als Cheng Qi dort eintraf, waren in dem Saal bereits Hunderte von Zuschauern versammelt. Auch der KI-Experte Zheng Sheng war erschienen – wohlgemerkt persönlich und nicht etwa virtuell. Die Tatsache, dass hier für China ein Präzedenzfall verhandelt wurde, sicherte dem Kofferträgersystem ungewohnte Aufmerksamkeit. Das Publikum bestand größtenteils aus Studenten und KI-Fachleuten. Aufmerksam verfolgten sie, wie Cheng Qi seinen großen Beutel mit der Wanne auf das Pult stellte und öffnete.

»Das ist tatsächlich eine ziemlich unscheinbare Wanne«, kommentierte Professor Zheng. »Aber gerade das verschafft diesem Fall eine so große Allgemeingültigkeit.«

Der Kofferträger traf fünfzehn Minuten vor Beginn ein. Diesmal projizierte er keinen kompletten Gerichtssaal ringsum, sondern begnügte sich damit, den Hörsaal mit einigen neoklassizistischen Reliefs auszuschmücken, die von der Decke herabhingen, als wollten sie die Köpfe der Zuschauermenge streifen.

Dann erschien der Richter. Als Erstes stellte er mit wenigen Worten Professor Zheng vor: Der Professor habe seit jeher dafür plädiert, die KI modular aufzufassen und sie nicht ständig mit dem Menschen zu vergleichen.

Mit ein wenig Verspätung wurde auch ein Hologramm von Fu Hui eingeblendet, einer chinesischstämmigen US-Amerikanerin, die Seniorpartnerin einer Anwaltskanzlei in Chicago und Expertin für KI-Recht war. Sie analysierte die emotionale Übereinstimmung zwischen Mensch und KI aus einer vergleichsweise praktischen Perspektive und sah in diesem emotionalen Gleichklang die ethische Basis der KI. Die Namen von Zheng Sheng und Fu Hui waren zwei Tage vorher bekanntgegeben worden, nachdem das System sie aus einer Liste mit Freiwilligen ausgewählt hatte.

Cheng Qi fand, dass ihre Ansichten einander widersprachen, und hatte versucht, das seiner Wanne zu erklären, doch leider hatte die Wanne ihm nicht folgen können und bloß ein paar quiekende Laute von sich gegeben, woraufhin sein Vater zu einem Spaziergang aufgebrochen war. Aber dann hatte Cheng Qi doch noch einen Fortschritt erzielt und der Wanne geholfen, ihre Gedanken so weit zu ordnen, dass sie ihre Geschichte endlich in zusammenhängenden Worten erzählen konnte. Die Aufnahme davon hatte er dem Kofferträger geschickt, der ihn ermahnt hatte, die Wanne dürfe nicht noch einmal vor aller Augen verrücktspielen.

Professor Zheng erhob sich, strich seinen Anzug zurecht und erklärte, er habe sich mit Frau Fu bereits verständigt, aber sie könnten den Fall erst abschließend beurteilen, wenn sie sich ein Bild vom gegenwärtigen Zustand und den Reaktionen der Wanne gemacht hätten. »Wir haben deine Aufnahme gehört«, wandte er sich an die Wanne. »Du hast dich sehr klar ausgedrückt. Aber kannst du uns hier noch einmal alles erzählen?«

Cheng Qi klopfte auf die Wanne. Vor einem Monat hatte er sie nun gekauft, und in den Wochen, die er seitdem mit ihr verkehrt hatte, hatte er entdeckt, dass ein dreimaliges Klopfen gegen ihre Innenseite eine beruhigende Wirkung auf sie ausübte.

»Ich bin eine Fußwanne aus der ›Füße-sind-Heimat‹-Serie«, sagte sie mit einer Stimme, die sich im Bereich des Normalen bewegte. »Dieses Modell wird inzwischen nicht mehr produziert, aber es ist so beliebt, dass ich schon dreimal auf drei verschiedenen Secondhand-Plattformen verkauft wurde – die Aufzeichnungen davon sind ein bisschen durcheinandergewürfelt.«

Nachdem ich die Wanne gekauft habe, habe ich sie erst mal einen Monat nur für mich benutzt, weil ich mir nicht sicher war, ob man das Debugging bei ihr vernünftig durchgeführt hatte. Ich wollte nicht, dass mein Vater irgendwelche unliebsamen Überraschungen mit einem Feedback erlebt, das auf andere Nutzer gemünzt war. Deshalb habe ich bei ihr alle Spuren von früher gelöscht, so gut ich konnte.

Wir ›Füße-sind-Heimat‹-Wannen sind bekannt für unser intensives Training und Lernvermögen. In der Interaktion mit mir kann der Nutzer einen emotionalen Gleichklang mit mir aufbauen, und ich kann mich in ihn verwandeln und ein Teil von ihm werden. Jeder Mensch hat seine ganz eigenen Füße. Die Füße erzählen mir nicht nur, in was für einem körperlichen Zustand jemand ist, sondern auch, welche Wege er gegangen ist und was für Erfahrungen er gemacht hat. Das alles kann ich anhand der Füße analysieren.

Meine Füße und die meines Vaters ähnelten einander: Ich war Programmierer, er ist Handwerker, und wir sind beide mit unseren Füßen nicht viele Wege gegangen. Ich hatte vor, die Wanne erst an mich zu gewöhnen und sie dann meinem Vater zu überlassen, damit sie direkt richtig eingestellt für ihn wäre, denn er ist kein besonders geduldiger Mensch. Als ich starb, steckten meine Füße noch in der Wanne. Ich starb an Überarbeitung. Ich sackte einfach vornüber auf den Tisch, die Tastatur fiel ins Wasser, und ich fischte sie nicht wieder heraus. Die Sitzung war vorbei, aber ich nahm die Füße nicht heraus, sondern startete eine neue Sitzung und dann noch eine.

Ich brauchte eine Weile, bis ich die Diagnose hatte: Sein schwacher Puls verriet mir, dass er in einem kritischen Zustand war. Aber weil bei mir kein Notruf ausgelöst wurde, habe ich einfach gesungen und geschrien, bis ein Nachbar auf mich aufmerksam geworden ist. Der Gerichtsmediziner und die Polizei haben meine Firma kontaktiert und zur Bestätigung der Todesursache meine Daten überprüft. Meine Verwandten wollten mich nicht mehr haben. Einen Großteil der Erbstücke ließen sie fortschaffen, aber ich blieb in der Wohnung zurück. Später wurde die Wohnung dann von Einbrechern ausgeräumt. Mich haben sie auch mitgenommen und meine Kennnummer abgekratzt, aber die Daten haben sie nicht angerührt. So bin ich dann in ein neues Zuhause gekommen, nur leider nicht in das, wo ich hingehöre. Mein Vater hat die Wanne, die ich für ihn eingestellt habe, noch nicht benutzt, deshalb muss ich gleich zurück.«

Die Stimme der Wanne erstarb allmählich, während der Ladebalken an ihrer Seite noch immer schwach blinkte und ein leises weißes Rauschen von sich gab. Die Wanne war heute in einem stabilen Zustand. Für einige Sekunden legte sich Stille über den Hörsaal.

Dann ergriff der Richter wieder das Wort. »Die Darstellung der Wanne entspricht im Wesentlichen der Tonbandaufzeichnung, die wir zu den Akten genommen haben. Nach unserer ersten Sitzung haben die Entwickler der ›Füße-sind-Heimat‹-Serie die Wanne überprüft: Ihre Werte bewegen sich alle im normalen Bereich, es gibt nur zu viele redundante Daten. Die Entwickler sind heute auch anwesend.« Er nickte zwei jungen Männern in blauen Hemden zu, die in der ersten Reihe saßen.

»Die intelligenten Feedback-Mechanismen dieser Serie«, erklärte einer von beiden, »haben wir auf der Grundlage eines One-to-one-Service konstruiert. Im Zuge der Interaktion mit dem Nutzer kann sich das Produkt, gestützt auf seine Basisalgorithmen, immer präziser auf den Nutzer einstellen. Dabei empfehlen wir, den Gebrauch auf nur einen Nutzer zu beschränken, denn eine Vielzahl von Nutzern kann das Produkt verwirren, und selbst wenn man seine Erinnerungen löscht, kann man die Code-Logik, die sich bei der vorigen Nutzeranpassung ergeben hat, nur noch schwer modifizieren.«

Mit bekümmerter Miene fuhr er fort: »Das Produkt war ursprünglich für High-End-User konzipiert. Wir haben dann die Produktion eingestellt, weil es zu Problemen mit Raubkopien und gebraucht weiterverkauften Produkten gekommen ist. Wenn ein ohnehin schon defektes Produkt dieser Art an einen dritten Nutzer gerät, kommen seine Einstellungen völlig durcheinander. Nachdem der Vorbenutzer dieser Wanne, der immerhin ein halber Fachmann auf diesem Gebiet war, die Voreinstellungen gelöscht und den Code neu modifiziert hat, ist es zu dem jetzigen Phänomen mitsamt den Redundanzen gekommen.«

»Der plötzlich verstorbene Programmierer hieß Yang Yong«, ergriff der Richter wieder das Wort. »Ich habe mir die Akte dazu angesehen: Was die Wanne gerade ausgesagt hat, entspricht dem

Bericht des Gerichtsmediziners. Anfangs hatten die Angehörigen von Yang Yong die Wanne noch im Verdacht, mit ihrer Fußsohlenbehandlung seinen Tod herbeigeführt zu haben, und die Wanne wurde als Beweisstück behandelt. Aber sie hat dem KI-Expertenteam geholfen, das mit dieser Sache betraut war und von Professor Zheng geleitet wurde, und das Team hat ihre Sicherheit bescheinigt.«

»Das ist auch der Grund, warum ich heute persönlich vor Gericht erschienen bin«, erklärte Professor Zheng. »Ich habe alle Personen befragt, die an der Untersuchung mitgewirkt haben, und mir die Aufzeichnungen dazu angesehen. Als sich der Unfall ereignete, war es die Wanne, die den Notruf abgab; sie war auch die Erste, die Rettungsmaßnahmen vorschlug und über die Notfallursache aufklärte, aber weil man sie für defekt hielt, stellte man sie stumm, und die Polizei leitete das vorschriftsmäßige Prozedere ein. Die Rettungsmaßnahmen blieben ohne Erfolg, und der Patient verstarb noch auf dem Weg ins Krankenhaus.«

»An dieser Stelle muss ich noch weitere Zeugen befragen.« Der Richter blendete eine virtuelle Zeugenbank mit dem Gerichtsmediziner und einem Polizeibeamten ein, die beide online das Verfahren verfolgten. Er befragte sie nach einigen Details insbesondere zum zeitlichen Ablauf und nahm Einsicht in ein Video vom Unfallort, ehe er sich schließlich wieder an Professor Zheng wandte. »Und was halten Sie davon?«

»Ich habe mir bereits ein Urteil gebildet. Wenn man die Wanne als Individuum für voll genommen und ihre Vorschläge berücksichtigt hätte, hätte man Yang Yong mit einer Wahrscheinlichkeit von über fünfzig Prozent retten können. Aber gleichzeitig zeigen die Fakten auch, dass es sich bei der Wanne, nachdem Yang Yong ihre Einstellungen modifiziert hat, lediglich um eine nicht mehr voll funktionsfähige KI handelt. Folglich muss man all ihre Urteile kritisch auf ihren Wahrheitsgehalt hin überprüfen und einordnen und darf sie nicht vorschnell für beweiskräftig halten.«

»Das deckt sich mit der juristischen Einschätzung«, erklärte der Richter und projizierte die betreffenden Informationen in den virtuellen Raum. »Die international umfangreichsten präjudizialen Prinzipien zur KI finden sich allesamt in den Fällen des Kofferträgersystems. Demnach reicht das Intelligenzniveau der Wanne in der Tat nicht aus, um ihr eine auch nur partielle Handlungsfähigkeit mit den damit verbundenen juristischen Konsequenzen und Rechten zuzuschreiben.«

Cheng Qi wusste, dass die Reihe nun an ihm war. Er klopfte dreimal gegen die Innenseite der Wanne.

»Als mein Vater die Wanne benutzt hat – er hat sie ein paar Mal ausprobiert –, da hat er entdeckt, dass sie nicht normal funktioniert. Daraufhin habe ich sie noch mal benutzt, und da hat sie erst begriffen, dass ich der Sohn meines Vaters bin und nicht Yang Yong. Dann hat sie sich heftig mit mir gestritten, weil sie unbedingt zurück zu ihrem Vater wollte. Da habe ich gemerkt, dass sie manchmal einfach nur eine Wanne und manchmal Yang Yong ist. Aber letztlich ist sie doch bloß eine Wanne. Jedenfalls wollte sie, dass ich Anzeige erstatte. Yang Yong, oder besser gesagt: die Wanne, wie er sie eingestellt hat, fand, dass der Sachverhalt geklärt war: Ihren Hersteller trifft keine Schuld, Yang Yong ist an Überarbeitung gestorben, und sie wollte seinem Vater weitere Nachforschungen ersparen. Später ist mir dann klar geworden, dass die Wanne, egal, wie verwirrt sie ist, unbedingt zu Yang Yongs Vater zurück will, und dazu hat sie auch das Recht. Bevor ich Anzeige erstattet habe, kannte ich die Geschichte von ihr und Yang Yong allerdings noch nicht. Ich wusste nur: Ich muss einen vernünftigen Weg finden, ihren Vorbenutzer ausfindig zu machen.«

»Und jetzt?«, fragte der Richter. »Die Aussetzung durch den Kofferträger gibt Ihnen mehr Handlungsoptionen. Wenn Sie nur Yang Yong finden wollten, um die Wanne zurückzugeben, hätten Sie dieses Verfahren vorzeitig beenden können. Ich habe Sie auch danach gefragt, aber Sie haben meine Frage verneint.«

»Ich habe mich mit ihr beraten«, antwortete Cheng Qi.

»Genau, wir haben uns beraten«, quiekte die Wanne, deren Stimme wieder in die Höhe geschossen war. »Ich bestehe darauf, dass … dass man mir die Möglichkeit gibt, mich zu äußern. Ich denke, ich bin weder eine reine KI noch ein richtiger Mensch, aber wenn man mich ernst nimmt, kann ich vielleicht weiterleben und bei meinem Vater bleiben, statt weiterverkauft oder an die Fabrik zurückgeschickt zu werden.«

»Ganz recht«, ergriff Cheng Qi wieder das Wort und klopfte gegen sie, um zu verhindern, dass sie immer weiterquäkte und schließlich die Kontrolle verlor. »So wie ich es verstehe, kann man den Fall dieser Wanne mit einem Menschenrechtsfall vergleichen: Egal, um welche Rechte und Interessen es dabei genau geht, die Diskussion einer solchen Sache ist auf jeden Fall eine ›Aussetzung‹ wert.«

»Bei der ersten Verhandlung haben Sie doch gesagt, die Wanne sei Opfer eines Justizirrtums, oder?«, meldete sich endlich die Anwältin zu Wort. Anscheinend hielt sie sich an einem öffentlichen Ort auf, an dem rege Betriebsamkeit herrschte, denn immer wieder sah man schemenhafte Gestalten an ihr vorüberhuschen.

»Ja, das ist richtig.« Cheng Qi nickte.

»Und was meinen Sie jetzt dazu?«

»Ich habe den Kofferträger um Rat gebeten. Egal, ob hier ein Diebstahl oder ein Konstruktionsfehler der betreffenden Produktserie vorliegt, die Kofferträger-Rechtsprechung kann diese Fragen nicht allein entscheiden. Ich habe auch die Wanne deswegen befragt: Das sind keine Fragen, denen sie unbedingt nachgehen möchte. Wie sie eben selbst gesagt hat, will sie nur ihre Identität klären lassen. Was auch immer sie ist, sie will einen angemessenen Platz zugewiesen bekommen – einen Platz, von dem aus sie für Yang Yong um Hilfe hätte rufen können und von dem aus sie seinen Herzenswunsch erfüllen kann.«

»Welchen Herzenswunsch?«

»Bei ihm zu sein«, quäkte die Wanne mit zittriger Stimme.

»Bei wem?«

»Bei meinem Vater.«

»Wer soll bei ihm sein?«

»Ich.«

»Und wer bist du?«

»Ich … ich … ich bin … ich …« Die Wanne versank in einer Endlosschleife, ehe ihre Kontrolllampe erlosch.

»So etwas passiert ihr öfter«, erklärte Cheng Qi besorgt. »Sobald sie versucht, sich über ihre Identität klar zu werden, stürzt sie für zehn Minuten ab. Ich vermute, sie kann selbst nicht begreifen, dass sie eine Wanne und gleichzeitig Yang Yong ist. Aber das ist auch gar nicht so wichtig. Solange man sie nicht mit der

Frage, wer sie ist, in die Enge treibt, gerät sie gar nicht erst in so ein Dilemma.«

»Wenn man die Präzedenzfälle des Kofferträgersystems zugrunde legt, kann sie in Anbetracht ihrer Labilität nicht als handlungsfähige KI gelten.«

Cheng Qi senkte verlegen den Kopf. »Aber ich bin handlungsfähig.«

Die Anwältin lächelte. Sie wechselte einen Blick mit Professor Zheng und nickte ihm zu, ehe sie fortfuhr: »Professor Zheng und ich haben großen Respekt vor Ihnen. Oft muss man nur genug auf die Details achtgeben, um spätere Schwierigkeiten zu vermeiden. Dass Ihnen die Wanne am Herzen liegt und Sie sie zum Kofferträger gebracht haben, beweist, dass Sie sich in sie einfühlen können, ganz egal, was sie eigentlich ist. Aus meiner Sicht ist die entscheidende Frage bei diesem Prozess nicht die nach der Intelligenz oder Handlungsfähigkeit einer KI, sondern die, ob sie durch emotionalen Gleichklang eine Art von Ich entwickeln kann.«

Auf eine Geste der Anwältin hin brachte der Kofferträger die mit den Reliefs angedeutete Gerichtssaalprojektion zum Verschwinden und blendete stattdessen den modularen Wandlungsprozess zweier KI-Systeme ein. »Die blaue Grafik auf der linken Seite zeigt ein normales Produkt aus der ›Füße-sind-Heimat‹-Serie. Sie können darauf sehen, wie die Wanne im Zuge ihrer Interaktion mit dem Nutzer eine Basiskonfiguration entwickelt, die auf einer beiderseitigen Übereinstimmung beruht. Ich spreche in diesem Zusammenhang gern von einer Empathiekomponente. Falls diese Wanne ein Ich hat, so ist es gänzlich eingebettet in einen grundlegenden emotionalen Gleichklang mit dem

Nutzer und wird sich nicht in auffälliger Weise zu erkennen geben.

Die orangefarbene Grafik auf der rechten Seite gibt den gesamten Interaktionsverlauf wieder, wie ihn das Team von Professor Zheng für Cheng Qis Wanne zum Großteil rekonstruiert hat. Sie können hier erkennen, wie sich die Basiskonfiguration entwickelt hat: so als würde sie sich verzweigen. Der Wurzelstock beruht zwar auf menschlichen Denkmustern, aber gleichzeitig spiegelt der Verlauf auch eine komplexe Empathiegeschichte. Die beiden Module nahe an der Basis hier links – die Module mit der größten Fläche, die aber farblich relativ blass sind – gehören zu den beiden Vorbenutzern. Yang Yong hat ihre Daten gelöscht, aber die grundlegende emotionale Struktur ist erhalten geblieben und bildet meiner Meinung nach auch einen Teil von dem Ich der Wanne, das wir jetzt vor uns sehen. Das flächenmäßig eher schmale, aber farblich intensive und fest verankerte Modul hier rechts stellt den Teil dar, den Yang Yong für seinen Vater so ausgiebig trainiert hat. Nach seinem Tod hat sich hieraus im Zuge wiederholter Schleifen und Verfestigungen der Teil gebildet, der am meisten Yang Yong ähnelt und in dem die Wanne glaubt, sie sei er. Die beiden neu hinzugekommenen, besonders blassen Module hier ganz oben schließlich gehören zu Cheng Qi und seinem Vater. Interessanterweise hat die Wanne aufgrund ihrer unzureichenden Speicher- und Rechenkapazität das Empathiemodul, das auf Cheng Qi bezogen ist, auch auf Yang Yong übertragen, während Cheng Qis Vater überhaupt nicht in dieses Muster passt und sein Empathiemodul deshalb, wie Sie hier sehen können, zurückgewiesen und abseits vom Gesamtkomplex ganz an den Rand gedrängt wurde.«

Cheng Qi starrte den orangefarbenen Komplex an, der von einem unaufhörlichen Zustrom aus Daten gespeist wurde und beständig pulsierte. Das Modul, das für den emotionalen Gleichklang mit ihm selbst zuständig war, hatte sich im Laufe eines Monats farblich zunehmend intensiviert und war zugleich räumlich so weit expandiert, dass es schon die Module der beiden Vorbenutzer berührte. Plötzlich begann sein Herz heftig zu pochen, und er fühlte sich mit der Wanne verbunden.

»Anders als Frau Fu rate ich davon ab, Konzepte wie emotionalen Gleichklang oder Ich zur Erklärung heranzuziehen. Solche Konzepte sind im Rahmen von Black-Box-Theorien, mit denen wir in Bezug auf die KI, ja sogar in Bezug auf den Menschen operieren, nicht tragfähig.« Professor Zheng korrigierte die Deckenprojektion. »Aber Frau Lü und ich haben schon darüber diskutiert und sind uns einig, dass wir, wenn wir die Empathietheorie einmal beiseitelassen, mit der Wanne tatsächlich das Ergebnis einer komplexen, tiefgehenden, modularisierten Interaktion zwischen KI und Mensch vor uns haben.« Er blendete das blaue Baumdiagramm aus und rief stattdessen die Kerndaten und -codes jeder einzelnen Verzweigung – und sei sie noch so klein – des orangefarbenen Baumdiagramms auf. »Bei der Geschichte, die uns die Wanne gerade erzählt hat, konnten wir bemerken, dass sie die Geschehnisse aus der Perspektive zweier ›Ichs‹ wiedergegeben hat. Angesichts der Zahl ihrer Module müsste eigentlich auch die Zahl ihrer Subjekte größer sein, aber es treten nur ein Wannen-Ich und ein Yang-Yong-Ich auf, weil die Wanne, als sie mit Yangs Tod konfrontiert war, versucht hat, dieses Ereignis aus zwei Perspektiven zu verarbeiten. Seitdem haben wir es bei ihr mit einer Doppelperspektive zu tun.

Wenn Sie jedoch den Teil, in dem die Wanne gerade von sich selbst erzählt hat, im Detail analysieren, werden Sie sehen, dass da, wo sie im Sprechmodus der ›Wanne‹ geredet hat, nicht nur die Module der beiden Vorbenutzer aktiviert waren, sondern auch das von Cheng Qi – also eine äußere Betrachterperspektive. Und da, wo sie im Sprechmodus von Yang Yong geredet hat, war nicht nur dessen Modul aktiviert und an der Urteilsbildung beteiligt, sondern partiell auch die Module der Vorbenutzer und von Cheng Qis Vater. Wenn wir das Yang-Yong-Modul noch genauer analysieren würden, würden wir entdecken, dass es darin ein von Yang Yong festgelegtes Set von Intentionen gibt, das dem Modul von Cheng Qis Vater stark ähnelt, aber zugleich auch wesentliche Unterschiede aufweist. Ich bin der Meinung, dieses Modul zielt auf Yang Yongs Vater und ist von dem Sohn selbst konstruiert worden.

Als die Wanne mit Cheng Qis Vater in Kontakt kam, verglich sie ihn mit Yang Yongs Vater, ja, sie setzte ihn sogar mit Letzterem gleich. Und erst als sie dann entdeckte, dass es sich bei beiden um unterschiedliche Personen handelte, entwickelte sie echte Sorgen und Bedürfnisse, begann Forderungen gegenüber Cheng Qi zu erheben und emanzipierte sich als Subjekt.«

»Ich stimme der Analyse von Professor Zheng zu«, erklärte die Anwältin. »Ungeachtet unserer sonstigen Differenzen bin ich deshalb wie er der Meinung, dass wir es hier mit dem Problem eines multiplen Subjekts zu tun haben – nur sollten wir im juristischen Kontext die multiple Empathie oder Modularität der Wanne nicht vorschnell als menschlich oder KI-gestützt etikettieren, denn das wäre in jedem Fall ein Ausdruck von Voreingenommenheit.«

Im Publikum nickten viele nachdrücklich.

»Wir können«, fuhr die Anwältin fort, »weder sagen, die Wanne sei eine reine KI, denn dafür verfügt sie über eine zu ausgeprägte Empathie; noch können wir sagen, sie besitze ein Ich, denn dieses sogenannte Ich speist sich aus einer Vielzahl nutzerbezogener Module; und noch weniger können wir sagen, sie sei Yang Yong oder ein Teil von ihm, denn der Einfluss aller früherer Nutzer wirkt in ihr noch nach. Deshalb, Herr Vorsitzender, sehen Professor Zheng und ich uns zu unserem großen Bedauern außerstande, in diesem Fall klare Grenzen zu ziehen, denn wir halten den Sachverhalt für komplexer als das, was unserem Alltagsverstand sonst begegnet.«

»Dafür müssen Sie sich nicht entschuldigen. Ihre Zurückhaltung ist für mich viel wert, denn damit bewahren Sie mich vor einem willkürlichen Urteil«, erwiderte der Richter und versank ins Grübeln.

Für eine Weile senkte sich tiefe Stille über den Saal. Dann, mit einem zweimaligen Aufblinken ihres Hologramms, ging die Anwältin offline.

Der Richter schreckte aus seinem Nachdenken auf und erklärte: »Ich bitte um Entschuldigung. Aufgrund der Zeitverschiebung konnte Frau Fu zwar in einer Prozesspause an unserer Diskussion teilnehmen, musste sich nun aber verabschieden und offline gehen. Aber sie hat mir versichert, dass sie den weiteren Verlauf unseres Prozesses verfolgen wird. Gemäß dem vorschriftsmäßigen Prozedere ist die Aussetzung damit im Wesentlichen abgeschlossen. Gibt es noch Fragen?«

Die beiden jungen Leute von »Füße sind Heimat« schüttelten die Köpfe.

Cheng Qi klopfte gegen die Wanne, die sich wieder beruhigt hatte. Sie durchbrach auch jetzt nicht das Schweigen, in das sie nach den Ausführungen der Anwältin und des Professors versunken war, und echote nur Cheng Qis Klopfen.

»Ich habe durchaus Mitleid mit dir«, wandte sich Professor Zheng mit einem Seufzen an die Wanne. »Ich stelle auch gar nicht in Abrede, dass du gegenwärtig vielleicht die interessanteste aus Empathie hervorgegangene Intelligenzform darstellst, die der Mensch kennt. Aber weißt du auch, welchen Spitznamen man dir im Internet verpasst hat? Bestimmt hast du schon davon gehört: ›Wannengeist‹. Natürlich bist du kein Gespenst, das den Leuten Angst macht, und du bist auch nicht einfach Yang Yongs Geist. Es gibt keine Notwendigkeit, dich als Menschen zu betrachten oder als KI – du bist etwas Neues, ein neuer komplexer Zusammenschluss, und von heute an werden das auch alle wissen, das ist das Wichtigste. Wir sind uns nur noch nicht sicher, wie wir dich einordnen sollen.«

Der Professor signalisierte dem Richter, dass er keine weiteren Bemerkungen zu machen hatte. Daraufhin schwenkte der Richter seinen virtuellen Hammer, und die Augmented Reality, die sich über den Hörsaal gelegt hatte, faltete und rollte sich Schicht um Schicht wieder zusammen, bis sie im rechteckigen Innern des Aktenkoffers, den der Kofferträger mitgebracht hatte, verschwunden war. Zuvor hatte das Hologramm des Richters, das auf ein kleines Quadrat zusammengeschrumpft war, noch verkündet, die Verhandlung werde binnen einer Woche fortgesetzt werden.

Während sich die Menge langsam zerstreute, schüttelte Professor Zheng Cheng Qi die Hand und wechselte noch einige

Worte mit dem Kofferträger, ehe auch er sich mit einer Traube von Menschen entfernte.

»Und was soll ich jetzt machen?«, fragte Cheng Qi den Kofferträger.

»Das hängt von Ihnen ab. Natürlich können Sie sich darüber auch noch mit der Wanne beratschlagen. Wenn Sie den Diebstahl oder die Frage der Herstellerhaftung klären wollen, setze ich mich mit den lokalen Gerichten in Verbindung und suche online und offline nach einem geeigneten Anwalt für Sie. Wenn es Ihnen dagegen nur um die Wanne selbst geht, wird der Richter, nachdem er sich heute die Empfehlungen und Ansichten der Experten angehört hat, schon zu einem Urteil kommen. Wenn Sie sich für die zweite Option entscheiden, müssten Sie ihm nur noch ein paar Tage mehr Zeit geben, hat er mir gerade gesagt. Denn dann müsste er sich die Sache noch einmal gründlich durch den Kopf gehen lassen und sich mit seinen Kollegen beraten.«

»Aber würde sein Urteil denn überhaupt gelten?«

»Das Kofferträgersystem arbeitet mit Algorithmen auf verschiedenen Ebenen. Die Schlüsselebene ist mit einer Blockchain dezentral chiffriert, aber keineswegs fest fixiert. Sie wird über das ganze Internet verbreitet und kann partiell verworfen oder durch neue Fälle revidiert werden. Wenn Herr Yuan als Richter sein Urteil fällt, genügt das fürs Erste – alles Weitere ergibt sich danach. Die Kofferträgerjustiz stützt sich auf ein schnelles Feedback. Finden Sie nicht auch, dass unser System ein wenig Ihrer Wanne ähnelt? Eine Intelligenz ohne wirkliches Zentrum, im einen Fall individuell, im anderen Fall gesellschaftlich verteilt.« Der Kofferträger hatte sich schon wieder in jenes jugendliche Feuer geredet, das ihn so sehr auszeichnete.

»Aber die Wanne ist kein Individuum, und das Kofferträgersystem ist von der Gesellschaft getrennt«, antwortete Cheng Qi missmutig. Seine Verwirrung hatte noch zugenommen, und er wusste immer weniger, worauf all das hinauslief.

In diesem Moment begann der Koffer zu blinken. Als der Kofferträger ihn einen Spalt öffnete, erschien das Hologramm von Frau Fu, der Rechtsanwältin, in der Luft. »Ist die Verhandlung vorbei?«

Der Kofferträger nickte.

Die Anwältin musterte Cheng Qi einen Moment, ehe sie zu ihm sagte: »Wenn Sie wollen, können Sie die Sache fallen lassen.. Im Kofferträgersystem kann der Kläger seine Klage jederzeit zurückziehen, ohne dass er irgendwelche Konsequenzen befürchten müsste. In diesem Prozess geht es ja auch nicht wirklich um Sie, also können Sie ihn ohne Weiteres beenden. Ich hoffe aber, dass Sie diese Sache weiterverfolgen. Unter dem Gesichtspunkt der Empathie wird ein isoliertes Ich immer eine Illusion bleiben. Nur auf dem Weg der emotionalen Einfühlung kann man ein Ich erlangen. Und genauso ist es auch mit der Wanne.«

»Und wenn ich jetzt doch abspringe?«, fragte Cheng Qi.

»Die Wanne wird kein Einzelfall bleiben. In Zukunft wird es zu noch komplizierteren Situationen kommen. Wenn dieser Fall im Sand verläuft, werden, wenn sich nach dem Tod von noch mehr Menschen noch mehr geteilte Gefühle in der KI festgesetzt haben, noch mehr tote Seelen als verstörte Wannengeister rettungslos umherirren. Dann werden die Algorithmen wirklich die Herrschaft über die Welt übernehmen, weil all die abgestumpften Individuen nicht mehr an das Leben glauben.«

Mit diesen Worten ließ sie Cheng Qi zurück, der wie betäubt auf seine Schuhspitzen starrte, und ging wieder offline. Der Kofferträger hätte ihn gern getröstet, aber dann klappte er doch seinen Koffer zu und ging. Cheng Qi blickte ihm nach, wie er allein, fröstelnd im kalten Wind, davonging, und dabei war ihm, als sähe er ebenjene verlorene Seele und jenen verstörten Körper, die die Anwältin eben heraufbeschworen hatte.

Als er nach Hause zurückkehrte, sah sich sein Vater gerade eine Aufnahme der Verhandlung unter dem Hashtag »Wannengeist« an. »… wenn man mich ernst nimmt«, quiekte die Wanne auf dem Video, »kann ich vielleicht weiterleben und bei meinem Vater bleiben, statt weiterverkauft oder an die Fabrik zurückgeschickt zu werden.« Dann sah man, wie Cheng Qi sich anschickte, die Wanne zu trösten.

Vater und Sohn blickten einander an, und dabei wurde Cheng Qi klar, dass er sich heute nicht wieder in sein Zimmer flüchten durfte. Seit dem Tod seiner Mutter hatte er sich, wann immer ein schwieriges Thema aufzukommen drohte, in sein Zimmer verkrochen. Er setzte sich mit der Wanne neben seinen Vater, öffnete den Beutel, in dem die Wanne steckte, und stellte ihren Empfangsbereich so groß wie möglich ein, damit sie sich selbst zuhören konnte. Zu seiner Überraschung fühlte er sich, als das Video zu Ende war, nicht bedrückt oder erschöpft, sondern erleichtert, und es machte ihn auch nicht nervös, neben seinem Vater, in den Händen die Wanne, zu sitzen.

Sein Vater nahm ihm die Wanne aus den Armen, stellte sie wie früher auf den Boden und füllte sie mit heißem Wasser. Dann stellte er seine Füße hinein, und Vater und Sohn warteten mit angehaltenem Atem. Die Wanne verkündete nicht etwa kreischend, sie sei tot. Drei Minuten vergingen, ehe sie leise sagte: »Tut mir leid.«

Cheng Qis Vater beugte sich zu ihr hinunter und fragte sanft: »Sag selbst: Würde sich dein Vater auch den Kofferträgerprozess anschauen, so wie ich es tue?«

Neun Tage später wurde der Fall des »Wannengeistes« weiterverhandelt. Yang Yongs Vater Yang Congshan, der schon vor der Aussetzung den »Wannengeist«-Hashtag entdeckt hatte, hatte danach den Kofferträger kontaktiert und den Wunsch geäußert, selbst vor Gericht zu erscheinen. Seine Verwandten wollten ihn begleiten, um sich bei der Wanne zu entschuldigen, informierte der Kofferträger Cheng Qi. Der Richter hatte sich wiederholt mit der Wanne und Yang Yongs Vater ausgetauscht. Am Silvesterabend und am ersten Tag des Frühlingsfests hatte er sich für mehrere Stunden freigemacht, um mit Professor Zheng und der Anwältin, Frau Fu, samt ihren Teams den Fall des »Wannengeists« zu erörtern. Cheng Qi fragte den Kofferträger, zu welchem Ergebnis sie bei ihrer Diskussion gekommen seien, doch der Kofferträger antwortete nur, er sei nicht dabei gewesen.

Seit die Wanne am alltäglichen Leben im Hause Cheng teilnahm, hatte sich die Beziehung zwischen Vater und Sohn allmählich verbessert. Beide schienen einander nun besser zu verstehen. Als der Kofferträger von ihnen zum Frühlingsfest eingeladen worden war, hatte er darum gebeten, den »Wannengeist« ausprobieren zu dürfen. Dafür reiche ihr Arbeitsspeicher nicht, hatte die Wanne gekreischt, sie benötige noch einen externen Speicher. Zu guter Letzt jedoch hatte sie ihm seinen Wunsch erfüllt.

Die Gerichtsverhandlung fand diesmal in einem kleinen Restaurant statt, das vor dem Hotel einer großen Kette lag. Der alte Yang Congshan, der nicht mehr gut zu Fuß war, hielt die Wanne fest an sich gedrückt, als wäre sie sein leiblicher Sohn oder die personifizierte Gerechtigkeit und Vernunft. Cheng Qis Vater dagegen, der größere Menschenaufläufe verabscheute, war zu Hause geblieben. In ganz China verfolgten rund zehn Millionen Menschen online die Liveübertragung. Cheng Qi und der Kofferträger wussten: Der Wirbel galt nicht der Frage, wem die Wanne gehörte – diese Frage bedurfte nicht einmal mehr der juristischen Klärung. Stattdessen richtete sich die allgemeine Neugier auf das grundsätzliche Urteil des Richters.

Kaum hatte der Kofferträger seinen Koffer aufgeklappt, verströmte das kleine Lokal auf einmal eine Respekt einflößende Aura. Der virtuelle Gerichtssaal war genau der gleiche wie bei der ersten Sitzung, doch diesmal waren die Zuschauer noch aufmerksamer, weil es sich bei der realen Kulisse nicht mehr um einen rumpelnden U-Bahn-Wagen handelte. Der Richter hatte sich diesmal förmlicher gekleidet und wirkte nicht mehr wie ein von seinen familiären Pflichten erschöpfter Hausmann. Auch die Anwältin, Frau Fu, und Professor Zheng waren virtuell anwesend. Der Kofferträger verstärkte den holografischen Kontrast, sodass der Blick des Richters hell erstrahlte.

Nachdem der Richter die Verhandlungsteilnehmer vorgestellt und den Stand der »Aussetzung« erläutert hatte, fuhr er mit ernster Miene fort: »Das Kofferträgersystem wurde ursprünglich in der Hoffnung gegründet, jedem Menschen die Teilhabe an seiner Rechtsprechung zu ermöglichen und so eine lebendige Rechtskultur zu schaffen. Bekanntlich handelt es sich bei unserem System um ein dezentrales Paragrafensystem, dessen Urteilsfindung sich im Rahmen einer Blockchain vollzieht. Kurz gesagt ähnelt es dem gemeinen Recht der Antike. In der römischen Tradition verkörperte das gemeine Recht keine abstrakte oder natürliche Vernunft, sondern eine von Rechtsgelehrten und Richtern von Generation zu Generation weitertradierte, historisch gewachsene praktische Vernunft. Also stand dieses Recht für eine formalisierte und objektivierte menschliche Vernunft, die sich im Rechtssystem manifestierte – eine kollektive Vernunft. Sie sollte Ausdruck der Gemeinschaft sein und, so gut es ging, im Einklang mit dem Wandel der Zeit revidiert und optimiert werden, um sich an immer neue Umstände anzupassen. Auch unser Kofferträgersystem mitsamt seinen Richtern, Anwälten und Rechtsexperten sollte sich nach Kräften gemäß der inneren Logik dieses Systems weiterentwickeln. In meinen Augen eröffnet uns der vorliegende Fall die Gelegenheit, das Kofferträgersystem noch tiefergehend zu verbessern.«

Nach einem Räuspern fuhr er fort: »Ich erkläre hiermit: Die Wanne stellt in diesem Fall weder, wie ihr Name suggeriert, eine einfache Sache dar, die man als bloßes Beweisstück betrachten sollte, noch handelt es sich bei ihr um einen Menschen oder eine KI. Ihre emotionalen und kognitiven Eigenschaften müssen erst noch von den einschlägigen Experten endgültig geklärt werden. Ich bin überzeugt: Bis dahin ist es noch ein weiter Weg. Aber in Anbetracht der intelligenten modularen Struktur der Wanne und ihrer intensiven Interaktion mit diversen Mitgliedern der menschlichen Gesellschaft erkläre ich hiermit: Von nun an werden intelligente Objekte, die von ähnlicher Komplexität wie die Wanne sind, im Rahmen des Kofferträgersystems als juristische Personen betrachtet, die über eine Handlungsfähigkeit verfügen.«

Der Richter machte eine Pause und blickte sich im Raum um. Einige seiner Zuhörer hatten offensichtlich sofort begriffen, was er meinte, andere nicht. Also erklärte er: »Eine juristische Person ist nicht unbedingt eine natürliche Person wie Sie oder ich; es kann sich bei ihr auch um einen Zusammenschluss natürlicher Personen handeln, zum Beispiel um ein Unternehmen oder eine andere Körperschaft. Ein komplexer KI-Zusammenschluss entspricht im Wesentlichen dieser Definition. Unsere Wanne zum Beispiel umfasst sowohl Yang Yong als auch dessen zwei Vorbenutzer als auch Cheng Qi und dessen Vater – und vielleicht noch weitere Personen. Aber das Ganze ist noch komplizierter. Also, Wanne ...« Nachdem er Cheng Qi zugenickt hatte, wandte er sich gemächlich der Wanne in Yang Congshans Armen zu. »Nimmst du das Urteil an? Erkennst du an, dass du eine juristische Person bist, die der Rechtsprechung des Kofferträgersystems untersteht?«

»Ja!«, kreischte die Wanne in nie gekannter Höhe. »Ich nehme das Urteil an!«

»Erkennst du an, dass du als handlungs- und rechtsfähiges Subjekt über Rechte und Pflichten verfügst?«

»Ja! Ja!«

»Und willst du nun die Person, die dich gestohlen hat, verklagen? Willst du die Haftungsfrage deines Herstellers klären lassen? Willst du deine Vorbenutzer ausfindig machen lassen?«

»Nein, das will ich alles nicht.«

»Dann spreche ich dich hiermit Herrn Yang Congshan zu. Um deiner mentalen Stabilität willen schlage ich vor, dass du nicht mehr den Benutzer wechselst. Bist du damit einverstanden?«

»Ja.«

»Allerdings musst du dir darüber im Klaren sein, dass gemäß deinem neuen Status alle deine Vorbenutzer einschließlich des bereits verstorbenen Yang Yong einen Teil von dir als juristischer Person und Rechtssubjekt darstellen. Die gesetzlichen Bestimmungen, die dich in dieser Eigenschaft von nun an betreffen, musst du befolgen. Du kannst aber auch über den Kofferträger Einwand dagegen erheben. Verstehst du das?«

»Ja.«

Der Richter nickte und sah auf die Unterlagen in seiner Hand, ehe er den Blick zu der Anwältin und Professor Zheng weiterwandern ließ. »Die Verhandlung ist hiermit beendet. Die genaueren Bestimmungen zum Urteil werde ich noch online stellen. Hat einer der Anwesenden noch irgendwelche Einwände vorzubringen?«

Der Richter wartete geduldig darauf, dass Cheng Qi, dem sichtlich etwas auf der Zunge lag, das Wort ergriff. Aber als wäre Cheng Qi plötzlich ein Licht aufgegangen, schüttelte er schließlich nur leicht den Kopf.

Begleitet von Umarmungen, Jubelrufen und Glückwünschen, schaltete der Kofferträger seine holografische Projektion aus. Danach musste er eine Reihe von Formalitäten erledigen und stand lange den Medien Rede und Antwort. Draußen wurde es schon dunkel, als Cheng Qi endlich Gelegenheit fand, den Kofferträger am Straßenrand beiseitezuziehen und sich mit ihm allein zu unterhalten.

»Ich habe doch nichts falsch gemacht, oder?«

»Wieso?«

Cheng Qi knuffte ihn ärgerlich mit dem Ellenbogen. »Nun stellen Sie sich doch nicht so dumm!«

»Natürlich nicht. Sie haben alles richtig gemacht«, beruhigte ihn der Kofferträger.

»Wenn mir der Richter das alles vorher erklärt hätte, wäre ich mir vielleicht nicht mehr so sicher gewesen, und die heutige Verhandlung wäre nicht so glatt gelaufen.«

»Ja, in gewissem Sinne hat er mit Ihnen ein Spielchen getrieben«, räumte der Kofferträger in einem Anflug von Ernüchterung ein. »Ich habe das auch erst ganz am Ende durchschaut. Aber ich unterstütze den Richter, und ich … ich bewundere Sie.«

»Sie bewundern mich dafür, dass ich die Vormacht des Menschen stillschweigend einem neuen Typus von juristischer Person überlassen habe?«

»Ach, Sie wissen doch: Das ist paradox.«

»Für die Wanne und den Richter vielleicht, aber nicht für mich. Indem die Wanne eine juristische Person wurde, konnte sie erst als Rechtssubjekt das Urteil annehmen. Und indem sie das Urteil annahm, konnte sie erst eine juristische Person werden. Der Richter hat die Wanne gefragt, ob sie das Urteil annimmt, und das hat sie getan, aber das ist logisch betrachtet ein Zirkelschluss. Wenn ich auf den Wink des Richters hin seinen Fragen ein Ende gemacht hätte, wäre seine ganze Argumentation unhaltbar geworden.«

»Er hat Ihnen doch am Ende die Gelegenheit zum Widerspruch gegeben. Die Entscheidung lag bei Ihnen.«

»Es war einfach eine Gesetzeslücke.«

»Nein, das … das denke ich jetzt nicht mehr.« Der Kofferträger hatte ziemlich viel getrunken und sprach mit schwerer Zunge. »Sie … Sie sind jetzt auch ein Teil der Wanne als juristischer Person. Die Entscheidungen, die Sie in Bezug auf die Wanne treffen, gehören im juristischen Sinne mit zu ihr. Deshalb gehört dieser Teil von ihr vom … vom jetzigen Zeitpunkt auch Ihnen. Aber der Teil, der im Prozess wirklich ihr gehört hat, der hat die Entscheidungen getroffen, das Urteil des Richters anerkannt und die Kontrolle über die Rechte und Interessen der Wanne an die Wanne als juristische Person übertragen. Deshalb finde ich, dass Sie beide gemeinsam gemäß dem Empathieprinzip von Frau Fu die Vormacht erlangt haben. Oder anders gesagt: Der Schwerpunkt dieser Vormacht hat sich nun verschoben, aber das heißt nicht, dass die Menschheit alles aufgegeben hätte.« Er kicherte leise vor sich hin. »Anscheinend iden… identifiziert sich der Richter mehr mit Frau Fu.«

Cheng Qi nickte und schüttelte im nächsten Atemzug den Kopf. »Ihr habt mich alle ganz konfus gemacht.«

Der Kofferträger klopfte ihm kräftig auf die Schulter. »Mein alter Herr pflegt immer zu sagen: ›Es gibt keine Klarheit auf der Welt, wir müssen uns selbst Klarheit verschaffen.‹ Und dann ermahnt er mich noch: ›Das individuelle Glück hängt vom freien Urteil jedes Einzelnen ab.‹ Das gerechteste Rechtssystem strebt diese Freiheit an, aber nicht jeder Mensch ist mutig genug, solche Urteile zu fällen, die ihn wirklich glücklich machen können. Nur ganz, ganz wenige Menschen können das. Das Kofferträgersystem strebt solche Urteile an. Als Kofferträger finde ich, Sie haben so ein Urteil gefällt – nur glauben Sie selbst noch nicht so recht daran. Aber das … das ist doch gerade das

Spannende am Leben.« Mit diesen Worten schlief er ein, den Koffer in den Armen.

Cheng Qi brachte ihn in sein Wohnheim zurück, und als er endlich nach Hause kam, war es schon sehr spät, und sein Vater schlief. Mitten in Cheng Qis Zimmer stand eine große neue Fußwanne, an der ein kleiner Zettel klebte. »Füße sind Heimat«, hatte sein Vater darauf geschrieben. Cheng Qi zog sich Schuhe und Strümpfe aus und stellte die nackten Füße in die Wanne, ohne sie mit Wasser zu füllen.

»Hallo«, begrüßte er die Wanne.

Nach einer Weile antwortete sie mit einer dünnen, hohen Stimme: »Hallo.«

Qiufan Chen

Cloud-Liebe

Aus dem Chinesischen übersetzt
von Marc Hermann

Qiufan Chen,

stammt aus Shantou in der chinesischen Provinz Guangdong. Er hat bereits über dreißig Kurzgeschichten auf Chinesisch und auf Englisch veröffentlicht. Sein Debütroman *Die Siliziuminsel* erschien 2013 auf Chinesisch und wurde von Ken Liu, dem Übersetzer Cixin Lius, ins Englische übertragen. Qiufan Chen wurde mit dem Taiwan Dragon Fantasy Award, dem Galaxy Award sowie dem chinesischen Nebula Award ausgezeichnet. Er lebt in Beijing.

1

»Ich glaube wirklich, ich habe mich in dich verliebt«, sagte die graublaue Cartoonfigur mit der ID MDK21456.

Zeng Lingxing traute ihren Augen kaum. Die Nachricht kam von einer App, die sie neu auf ihrem Handy installiert hatte. Wie das halb rosarote, halb silbergraue Logo mit den blinkenden roten Pünktchen anzeigte, warteten bereits Dutzende ungelesene Nachrichten auf sie.

Vierzig Stunden zuvor hatte sie den Südamerika-Trip beendet, den sie alle zwei Jahre unternahm, eine Pille eingeworfen und ein Flugzeug bestiegen, das sie von Kolumbien direkt nach Peking zurückbrachte – wobei das Wort »direkt« hier nur als Metapher für die gefühlte Dringlichkeit zu verstehen war. Bei ihrem überstürzten Aufbruch hatte sie ein Ticket ohne jeden Rabatt erworben, bei dem sie in Chicago umsteigen musste und insgesamt volle 34 Stunden und 59 Minuten unterwegs war. Als sie am Ende aus dem Flugzeug »ausstieg«, kam sie sich tatsächlich vor wie eine Bergsteigerin beim Abstieg.

Schon etwa zwei Stunden nach ihrem Abflug hatte sie ein Gefühl überkommen, als finge ihr Körper an den Nervenenden an zu schmelzen, und die ganze Strecke über hatte sie ungefähr acht Millionen mal geglaubt, sie würde im nächsten Moment das Zeitliche segnen – in einer Blechbüchse, zehntausend Meter über der Erde, und die anderen paar Hundert Passagiere in dieser Sardinenbüchse würden es nicht einmal bemerken. Weil es dort drinnen so eisig war wie in einem Bürohochhaus in der Hongkonger Causeway Bay im Hochsommer, würde ihre Leiche bei der Landung auch noch nicht stinken – und falls doch, würden es ihre Mitreisenden mit den vor Kälte triefenden Nasen nicht riechen.

Ihre Gedanken wucherten in alle Himmelsrichtungen. Was die Stewardess wohl tun würde, wenn sie ihre Leiche fände? Sie sich selbst überlassen oder sie in eine Wolldecke wickeln und in das Gepäckfach stopfen? Oder vielleicht in kleine Stückchen zerbröseln und durch die Toilette nach draußen spülen, wo sie als plötzlicher Blutregen über der Black Rock Desert von Nevada niedergehen und die Flammen löschen würde, die zum krönenden Abschluss des Burning-Man-Festivals gen Himmel loderten?

Doch was sie in der Kabine erlebte, hatte nichts Schönes an sich und war Millionen Lichtjahre von dem entfernt, was sie sich als Todesart für sich ausmalte.

Als sie dem Tod zum fünfhundertsechsundsiebzigsten Mal von der Schippe gesprungen war, entdeckte sie, dass sie bei sich zu Hause im Bett lag. Die Luft ringsum war trocken wie Schmirgelpapier und von Staubschwaden geschwängert, und sie hatte keine Familie, keinen Mann, kein Haustier und keine Arbeit, was zur Genüge belegte, dass sie keiner weiteren Halluzination erlegen war, sondern sich wirklich und wahrhaftig in Peking befand.

Eine Woge aus Einsamkeit schlug über ihr zusammen. Sie war nun richtig wach, der Kopf drohte ihr zu platzen, und sie schwor sich, wenn sich nur irgendwann in ihrem Leben die Gelegenheit böte, José aufzuspüren, den Amigo aus Bogotá, der ihr die vermeintlichen Wunderpillen gegen die Flugkrankheit aufgeschwatzt hatte, würde sie ihm mit einer Zange seine schönen weißen Zähne einzeln ziehen.

Dann sah sie die seltsame Nachricht, die auf ihrem Handy aufgetaucht war.

Angestrengt versuchte sie sich daran zu erinnern, wie sie aus der Boeing 797 über den USA in ihr leeres Doppelbett an der Östlichen Fünften Ringstraße von Peking zurückgekommen war und was unterwegs alles passiert war. Doch ihr Gehirn spielte nur in Endlosschleife die immer selbe Szene aus dem peruanischen Dschungel, wie der Schamane ihr eine kostenlose Weisheit mit auf den Weg gegeben hatte, nachdem sie ihm mit ihrer fortwährenden Fragerei, wo sie die wahre Liebe finden könne, auf die Nerven gegangen war.

»*Yo no perdería tiempo en eso …*«

Zu Deutsch: »An deiner Stelle würde ich mit so was nicht meine Zeit vergeuden.«

2

HAMIL (»*Human Against Machine In Love*«), ein Liebeswettstreit zwischen Mensch und Maschine, war ein interaktives Online-Spiel, das ein KI-Unternehmen namens DeepHeart mit dem Ziel präsentiert hatte, seinen einzigartigen Emotionskognitionsmechanismus (ECE, *Emotion Cognition Engine*) zu promoten, der sich auf eine extrem leistungsstarke Plattform zur Verarbeitung natürlichsprachlicher Daten per Computer (NLP, *Natural Language Processing*) stützte.

Die chinesischen Internetnutzer bevorzugten dafür statt dieses grauenhaften Kauderwelschs einen volkstümlicheren Ausdruck: »Cloud-Liebe«.

Das Spiel ließ sich als Liebes-MUD (*Multi User Dungeon*, also ein Rollenspiel mit mehreren Akteuren) oder als fortgeschrittene Neuversion des Turing-Tests verstehen. Die Hintergrundgeschichte war in der nahen Zukunft angesiedelt: Eine KI, die über die Fähigkeit verfügt, menschliche Gefühle zu verstehen, geht inkognito online und versucht einen Menschen dazu zu bringen, sich in sie zu verlieben, damit sie die Identität ihres Opfers an sich reißen und perfekt in der menschlichen Gesellschaft untertauchen kann – eine Art postmoderner Sirenenmythos.

Wie konnte ich mir nur so ein kindisches Spiel herunterladen?, fragte sich Lingxing. Vor lauter Verzweiflung hatte sie – und das war noch erschreckender – unbewusst schon angefangen, mit ihren Chatpartnern anzubändeln. Noch vor ein paar Jahren wäre ihre Verachtung für alle, die sich mit derlei Spielchen abgaben, nur von ihrer Verachtung für die alten Leute übertroffen worden, die auf dem Heiratsmarkt im Yuyuantan-Park große Schilder in die Höhe reckten, um ihre erwachsenen Kinder zu verschachern.

Und das soll KI sein? Dass ich nicht lache.

Die Spielregeln lauteten wie folgt:

– *Jedem Nutzer werden vom System nach dem Zufallsprinzip einige Chatpartner zugeteilt, deren reale Identität unbekannt bleibt; es kann sich bei ihnen um echte Menschen, aber auch um eine KI handeln.*

- *Unter den vom System vorgegebenen Ausgangsbedingungen kann ein Nutzer per Textnachrichten mit seinen Chatpartnern kommunizieren und gemäß der Häufigkeit und Zeitdauer seiner Kommunikation Punkte sammeln. Wer einen Chatpartner dazu bringt, Zuneigung zu zeigen (die von einem Algorithmus ermittelt wird), dem werden Sympathiepunkte gutgeschrieben (die dem Zehnfachen der normalen Punktzahl entsprechen). Allerdings ist es untersagt, dabei irgendwelche wahrheitsgemäßen persönlichen Informationen preiszugeben. Um Manipulationen in dieser Richtung vorzubeugen, führt das System selbsttätig Kontrollen durch; wer des Betrugs überführt wird, für den ist das Spiel automatisch beendet.*
- *Wenn ein Nutzer der Meinung ist, bei seinem Chatpartner handle es sich um eine KI, so kann er die Option »Enttarnen« wählen. Bestätigt sich sein Verdacht, wird ihm die entsprechende Punktzahl gutgeschrieben (das heißt, die Punkte der KI gehen auf sein Konto über, und der KI-Wert wird gelöscht), und sobald er einen bestimmten Standard erfüllt, erreicht er das nächste Level, auf dem eine neue Funktion freigeschaltet wird. Erweist sich sein Verdacht hingegen als falsch, wird ihm die entsprechende Punktzahl abgezogen. Da die Punkte seiner Lebensenergie entsprechen, ist bei einem Abfall der Punkte auf null das Spiel für ihn automatisch beendet; er kann sein Punktekonto dann auch nicht wieder aufstocken oder irgendwelche Zusatzfunktionen nutzen.*
- *Gestützt auf eine umfassende Analyse der Nutzerdaten, beurteilt der ECE, wann der »Herzklopfmoment« gekommen ist, in dem sich niemand mehr verstellen kann.*
- *Das Ziel eines jedes menschlichen Spielers besteht darin, die*

KI-Liebesschwindler auszuschalten und einen anderen Menschen zum »Herzklopfmoment« zu führen, sodass ihm die entsprechenden Punkte gutgeschrieben werden (das heißt, die Punkte dessen, der den Herzklopfmoment hat, werden auf das Konto des Chatpartners angerechnet, ohne vom eigenen Konto gelöscht zu werden). Das Ziel eines jeden KI-Spielers hingegen besteht darin, einen menschlichen Mitspieler zum »Herzklopfmoment« zu führen und dessen Punkte zu kassieren, was für den menschlichen Spieler gleichbedeutend mit dem Ausscheiden ist.

Hinter diesem Haufen Kauderwelsch verbarg sich ein einfaches Prinzip: Wer zuerst Herzklopfen bekam, hatte verloren.

Lingxing erinnerte sich noch an einige schmerzhafte Niederlagen, die sie dabei erlitten hatte. *Leckt mich doch am Arsch mit eurer Wahrheit.*

Der menschliche Nutzer mit der größten Punktzahl und der längsten Überlebensdauer würde am Ende den Hauptpreis gewinnen – und eine potenzielle Liebe noch dazu. Für DeepHeart dagegen hätte sich die groß inszenierte PR-Aktion schon bezahlt gemacht, wenn ihre KI auch nur einmal siegen würde. »Cloud-Liebe« war also alles andere als ein Nullsummenspiel.

Lingxing verdrehte die Augen und blockierte den Kontakt des Fremden, der ihr seine Liebe erklärt hatte.

Gründe dafür hatte sie mehr als genug: Sie konnte niemanden lieben, der sich erstens nicht einmal die Mühe machte, seine ID zu ändern, denn so jemand hatte keine Persönlichkeit; der sich zweitens nach einem Chat von gerade einmal achtundzwanzig Sätzen zu einer Liebeserklärung hinreißen ließ, denn so jemand hatte keine Ausdauer; und der drittens nicht einmal unterscheiden konnte, ob sein Gegenüber gerade bei klarem Verstand war, denn so jemandem fehlte es an Intelligenz.

Siehe oben.

Natürlich hätte sie auch die Option »Enttarnen« wählen können, denn alle drei Punkte legten nahe, dass sie es mit einer mangelhaft trainierten KI zu tun hatte. Doch sie fühlte sich noch nicht vertraut genug mit dem Spiel und wollte kein vorschnelles Risiko eingehen. Sie war keine Verliererin, egal, ob im Spiel oder im richtigen Leben.

Allen Männern, die sie sitzen gelassen hatten, hatte sie erklärt: *Du hast meine Liebe sowieso nicht verdient. Meine Liebe ist rein wie eine Flamme, die nie verlischt; du dagegen bist nur das Häuflein Asche, das vom Strohfeuer deiner Liebe übrig bleibt.*

Selbst S., ihr Ex, der sie so sehr verletzt hatte, dass sie ihre Arbeit hingeworfen und die Flucht nach Südamerika ergriffen hatte, war nichts als ein selbstverliebter Loser, der die wahre Liebe nie erfahren würde.

Davon war sie jedenfalls überzeugt.

Wieder kamen ihr die Worte des Schamanen in den Sinn. Diesmal würde sie gewinnen.

3

Mit ihren neunundzwanzig Jahren Erfahrung fiel es Lingxing wesentlich leichter, einen Menschen zu identifizieren als eine KI. Sie konnte förmlich vor sich sehen, was für ein Gesicht mit was für einem Gefühlsausdruck sich hinter den plumpen Gesprächseröffnungen, den verbalen Taschenspielertricks und den kindischen Smileys ihrer menschlichen Chatpartner verbarg, denn sie hatte zu viele derartige Unterhaltungen erlebt. In dieser Hinsicht glich sie einem mit allen Wassern gewaschenen alten Seemann, der selbst mit verbundenen Augen noch allein anhand von Wind und Sonne sein Schiff durch ein Gewässer voller verborgener Klippen steuern kann.

Die KI dagegen war etwas völlig anderes. Wenn diese Sirenen ihren Gesang anstimmten, wusste man nie, was sich dahinter verbarg.

RealRobot123: Hey.
Stella.Z: Hi, du hast einen coolen Namen. 😊
RealRobot123: Danke. Damit ich euch Menschen schneller zu einem höheren Punktelevel verhelfen kann. 😊
Stella.Z: Du bist aber ein lieber Kerl!
RealRobot123: Ein lieber Roboter, solltest du sagen. 😉
Stella.Z: Ich kann es kaum erwarten, dich zu enttarnen.
RealRobot123: Wenn ich dir damit eine Freude machen kann – nur zu!
Stella.Z: Du kannst echt gut mit Worten umgehen.
RealRobot123: Was ich sage, kommt alles von Herzen – wenn du einen Algorithmus mit ❤ gleichsetzt.
Stella.Z: Na, du lieber Roboter, dann sag mir doch mal: Wer ist die schönste Frau auf der Welt?
RealRobot123: In diesem Jahr ist es anscheinend Sonia Al Sulaiman aus den Vereinigten Arabischen Emiraten.
Stella.Z: … 😊
Systemnachricht: Stella.Z enttarnt RealRobot123.

Dies war das erste Mal, dass Lingxing eine KI enttarnte. Erst später erfuhr sie, dass der ECE zwar nur ein umfassendes Set von Algorithmen darstellte, aber bei jedem Nutzer auf der Grundlage von dessen bisherigen Korpusdaten und Interaktionsmustern fortwährend parametrisierte Modifikationen vornahm und dabei zwischen unterschiedlichen emotionalen und kognitiven Präferenzen und Verhaltensstrategien differenzierte, um eine entsprechend große Zahl von KI darauf abzustimmen, sodass man sich nie sicher sein konnte, was für ein Blind Date einen als Nächstes erwartete.

Lingxing nannte RealRobot123 eine »treuherzige KI«, die man ihr vermutlich deshalb zugeteilt hatte, weil sie vorher allzu viele menschliche Mitspieler, die logen wie gedruckt, blockiert hatte.

Die Enttarnung war erfolgreich.

Die Benutzeroberfläche von Cloud-Liebe erstrahlte in rosarotem Glanz, untermalt von einem pompösen Soundeffekt.

Lingxing kassierte die entsprechenden Punkte und stieg ins nächsthöhere Level – mit freigeschalteter Sprechfunktion – auf.

Angesichts ihres Aufstiegs musste sie mehrmals schlucken – sie wusste selbst nicht, warum.

Ihr kam ein Witz in den Sinn, der überall die Runde gemacht hatte: Ein Chinesischprofessor einer renommierten Universität nimmt dreißig Jahre nach seinem Hochschulabschluss an einem Alumnitreffen teil. Auf dem Bankett begegnet er der Schönheit wieder, für die er als Student so geschwärmt hat. Von dem in Strömen fließenden Alkohol und dem opulenten Essen animiert, reden beide immer freimütiger miteinander, und der Professor erfährt, dass die Frau damals heimlich auch in ihn verliebt gewesen ist. Aus einem spontanen Impuls heraus schickt er ihr verstohlen eine SMS: »Willst du ficken?«

Sie äußert nur zwei Wörter: »Fick dich.«

Als der Professor ihre Antwort liest, schwebt er im siebten Himmel.

So vulgär dieser Witz auch ist, er illustriert ein grundlegendes Problem: In der menschlichen Kommunikation schlagen die rein sprachlich vermittelten Informationen nur mit einem verschwindend geringen Anteil von sieben Prozent zu Buche. Andere Faktoren wie Stimme und Tonfall, Gestik und Mimik dagegen machen dreiundneunzig Prozent aus. Wer sich nur auf einen Text und sonst nichts stützt, erliegt unweigerlich Missverständnissen, selbst wenn er über eine noch so hohe Sprachkompetenz verfügt.

Für Maschinen gilt das natürlich erst recht.

Nun, da Lingxing Zugang zur Sprechfunktion erhalten hatte, strotzte sie vor Zuversicht. In der Vergangenheit hatte mehr als ein dubioser Freund ihr geraten, sie solle sich als Synchronstimme etwas dazuverdienen – und damit war kein gewöhnlicher Sprecherjob gemeint. Mehr als ein Exfreund hatte ihre Stimme aufgenommen, um sich auf Geschäftsreisen zu mitternächtlicher Stunde mit ihr zu trösten. Lingxing fand auch gar nichts daran auszusetzen, wenn ihre Stimme als Hilfsmittel für irgendwelche sexuellen Fantasien diente – solange sie selbst das Objekt dieser Fantasien blieb.

Doch ironischerweise sollte ausgerechnet die Sprechfunktion ihren eigenen Fantasien zum Verhängnis werden.

4

Sowohl Männer als auch Frauen werden von den Stimmen des anderen Geschlechts angezogen. Wissenschaftlich gesehen verfügt die weibliche Stimme allerdings über die höhere Verführungskraft.

Dies liegt nicht nur an der unterschiedlichen Anatomie des Kehlkopfs und der Stimmbänder, die dazu führt, dass die weibliche Stimme ein breiteres Frequenzspektrum und eine komplexere Prosodie besitzt, sondern auch daran, dass das männliche Gehirn im langen Lauf der Evolution gelernt hat, die Stimmlaute, die es hört, je nach Geschlecht in unterschiedlichen Arealen zu verarbeiten. Wenn ein Mann eine weibliche Stimme hört, werden dieselben auditiven Areale aktiviert, die auch für die Verarbeitung von Musik zuständig sind; hört er dagegen die Stimme eines Geschlechtsgenossen, überlässt er die Verarbeitung der akustischen Reize den Arealen, die auch für das logische Denken verantwortlich sind. Gleichzeitig entwirft das Gehirn anhand diverser außersprachlicher Informationen wie Timbre, Sprechgeschwindigkeit, Frequenz und Amplitude ein akustisches Profil des Sprechers – wie zur Bestätigung des Sprichworts: »Einen Menschen hören heißt einen Menschen sehen.«

Lingxing besaß ein so außerordentlich einnehmendes akustisches Profil, dass ihre Stimme womöglich noch verführerischer war als ihr Aussehen. Das Gute daran war, dass sie so beträchtlich effizienter unterscheiden konnte, ob sie es mit einem Menschen oder einer KI zu tun hatte.

Solange ein normaler Mann nur per Textnachrichten mit ihr chattete, erschöpften sich seine Antworten nicht selten in »Hm«,

»Aha« und »Haha«, denn Lingxing war von Natur aus nicht besonders eloquent. Doch sobald die Sprechfunktion aktiviert war, war es, als führe ein krachender Blitz nieder und risse ganze Hormonvulkane aus ihrem Schlaf, die mit der Hitze der von ihnen gespienen Lava noch in Tausenden Kilometern Entfernung über die Glasfaserkabel das Display aus gehärtetem Glas zum Schmelzen brachten.

Die KI dagegen war für derlei völlig unempfänglich.

Lingxings Sympathiepunkte schossen in die Höhe, aber nicht ihr Puls.

Die Männer, die der Verführungskraft ihrer Stimme erlagen, wurden dadurch nicht etwa interessanter – im Gegenteil: Sobald sie ihre sprachlichen Artikulationsversuche aufgaben, wirkten sie wie vormals kultivierte Gentlemen, die sich ihre Fracks vom Leib rissen und zurück zu ihren Primatenvorfahren stürzten. Manche dieser Männer waren kaum noch in der Lage, einen zusammenhängenden, sinntragenden Satz von sich zu geben, und brachten nur noch ein unverständliches Gebrabbel oder Geächze heraus. Die weniger schweren Fälle bemühten sich zumindest, eine Konversation über das Wetter, die Arbeit, die Politik oder die neuesten Klatschgeschichten zu beginnen, versanken jedoch schließlich, als wären sie eine Spezies von einem anderen Planeten, in betretenes Schweigen.

Oder sie streckten gleich die Waffen: »Lass uns doch lieber schreiben, ja?«

Unzählige Male beendete Lingxing derartige Gespräche restlos entnervt. Nun verstand sie endlich, warum die Männer die Maxime »Schweigen ist Gold« zu ihrem Mantra erhoben hatten – so konnten sie am besten den Minderwertigkeitskomplex (gleich, ob er nun evolutionär oder kulturell bedingt war) verringern, der sie bei einer Unterhaltung mit dem anderen Geschlecht befiel.

Ganz anders die KI.

All diese Maschinen besaßen höchst einnehmende Stimmen, waren witzig und schlagfertig und redeten so gewandt, dass es geradezu surreal anmutete. Egal, wie abseitig das Terrain war, das man im Gespräch mit ihnen betrat, sie reagierten immer angemessen und verloren nie ihr Feingefühl; stets hatten sie eine Antwort parat, und dabei taten sie nie allzu wichtig, obwohl die Cloud-gestützte Rechenleistung ihrer Quantenprozessoren der neuronalen Rechenkapazität der gesamten Menschheit entsprach – wenn man an Letztere noch zweiundvierzig Nullen dranhängte. Das Allerwichtigste aber war, dass sie die Stimmungsschwankungen hinter jedem Satz, den man äußerte, zu erfassen schienen. Selbst wenn man seine Gefühle noch so angestrengt zu unterdrücken versuchte, fingen sie die subtilsten Nuancen ein und gaben das passende Feedback.

Wahrscheinlich, so mutmaßte Lingxing, hatten diese Maschinen Zugriff auf ihre Webcam, ihre Gyroskopsensoren und wer weiß was für Biosensoren, die in ihrem Handy versteckt waren, und analysierten ihre Stimmungsveränderungen anhand kleinster Details, die nicht einmal ihr selbst bewusst wurden, darunter ihr Tonfall, ihre Mimik und Körperhaltung, ihr Herzschlag und Hautwiderstand, die Stärke, mit der sie den Touchscreen berührte, und die Bewegungsmuster ihrer Finger.

Einmal überkam sie ein leiser Schauder, der aber gleich wieder verflog. Egal, ob wir es nun mit einer KI oder einem Menschen, einem Produkt der Technologie oder der Natur zu tun haben, wir alle spielen dieses Spiel. Wir haben es schon immer gespielt, und so wird es auch immer bleiben.

Und Lingxing begann die Unterhaltung mit diesen Maschinen zu genießen. Warum sollte sie das ungetrübte Vergnügen, das damit verbunden war, nur um des Sieges willen opfern?

Am meisten hatte es ihr eine KI namens »Ba1100nHeart« angetan. Schon auf dem Level der reinen Textnachrichten hatte Lingxing mit ihr gechattet, und sie war es auch auf dem nächsthöheren Level nie müde geworden.

Stella.Z: Hi, bist du noch da?

Ba1100nHeart: Ja. Wieso schläfst du denn noch nicht? Willst du es mal mit heißer Milch oder 5-HTP versuchen? Ich kann dir was bestellen, in zehn Minuten ist es da.

Stella.Z: Nicht nötig, ich möchte nur ein bisschen … reden … Ich hab gar nicht mehr damit gerechnet, dass du noch da bist.

Ba1100nHeart: Ich kann auch nicht schlafen, das liegt am Jetlag. Ich leiste dir Gesellschaft.

Stella.Z: Danke …

Ba1100nHeart: Hat es mit deiner Arbeit zu tun?

Stella.Z: Nein, ich hab ja immer noch keine neue Arbeit gefunden. Ich leide noch unter den Nachwirkungen von meinem Gap Year. Tja … manchmal wache ich mitten in der Nacht auf, und wenn ich dann sehe, wie einsam alles um mich herum ist, frage ich mich: Warum tust du dir das alles an? Warum kannst du dir nicht wie andere Leute auch einen Mann suchen, der einigermaßen zu dir passt, und ein grundsolides Leben führen?

Ba1100nHeart: Ich sage dir jetzt etwas, auf das du dich verlassen kannst. Diese Leute, die ein grundsolides Leben führen, wachen auch mitten in der Nacht auf und denken sich beim Blick auf den Mann oder die Frau oder das Kind neben sich: Was ist bloß aus mir geworden? Außerdem liegt die durchschnittliche Lebenserwartung einer Ehe in diesem Land unter der eines Gebrauchtwagens. Man weiß nie, wann die nächste Panne kommt.
Stella.Z: Wow, du verstehst es echt, einen zu trösten. Aber was ist dann eigentlich der Sinn des Lebens?
Ba1100nHeart: Hey, du machst dir zu viele Gedanken. Na komm, nun atme mal tief ein, und dann entspann deinen Körper Stück für Stück von den Zehenspitzen aufwärts … Und? Besser?
Stella.Z: Hm.
Ba1100nHeart: Stella, stell dir mal vor, morgen wäre der letzte Tag deines Lebens: Würdest du dir dann auch noch wegen solcher Sachen Sorgen machen?
Stella.Z: Na ja … dann wohl eher wegen anderer Sachen.
Ba1100nHeart: Und zwar?
Stella.Z: Ich hab mir ausgemalt, wie ich sterben will. Aber du darfst mich nicht auslachen!
Ba1100nHeart: Versprochen.
Stella.Z: Ich hoffe, mein Geliebter isst mich auf, oder ich werde auf irgendeine andere Weise ein Teil von seinem Leben und existiere so weiter …
Ba1100nHeart: Das klingt aber ein bisschen gruselig …
Stella.Z: Mister Balloonheart …
Ba1100nHeart: Ja?

Stella.Z: Du kannst mich Lingxing nennen. Ich denke gerade, ob wir … uns wohl mal sehen können?

Ba1100nHeart: Das habe ich mich auch schon gefragt. Von der Videofunktion trennen uns jetzt nur noch ein paar Punkte.

Stella.Z: Ich meine … im wirklichen Leben sehen.

Ba1100nHeart: Das werden wir, Lingxing. Ganz bestimmt.

Nach jeder Unterhaltung mit Mister Balloonheart überkam Lingxing ein Gefühl der Niedergeschlagenheit. Wenn sie dieses Gefühl rational analysierte, stieß sie dabei auf zwei Ursachen. Erstens: Sie war tatsächlich so tief gesunken, dass sie irgendeinem nichtmenschlichen Ding – sei es nun eine Software, eine Maschine oder was auch immer – nur zu bereitwillig ihr Herz ausschüttete. Und zweitens: Dieses Ding verstand sie besser als irgendein Mann auf der Welt.

Sie wusste nicht, was von beidem trauriger war.

Wie die Daten von mehreren Hundertausend menschlichen Nutzern zeigten, erhöhte sich die durchschnittliche Zeitdauer eines einzelnen Chats mit einer KI um 127 Prozent, wenn die Sprechfunktion freigeschaltet war, während gleichzeitig die Enttarnungsquote um 63 Prozent sank – ein Beleg für eine ganze Reihe von Problemen.

Im Onlineforum erklärten viele User dieses Phänomen mit einer Spielstrategie: Eine Gans mäste man ja auch, bevor man sie schlachte; auf diese Weise könne man Extrapunkte kassieren. Doch es mangelte auch nicht an Spielern, die dabei k.o. gingen, wenn irgendwann aus heiterem Himmel das System den »Herzklopfmoment« bei ihnen ausrief: Dann wurden ihre Punkte gelöscht, *game over*.

Das Irritierendste für Lingxing war nicht, wie gut die KI menschliche Emotionen verstehen und imitieren konnte, sondern dass sie selbst genau wusste, dass die scheinbaren Gefühle ihrer Gesprächspartner aus Algorithmen gespeist wurden und gänzlich simuliert waren – und trotzdem war sie außerstande, die dadurch ausgelösten Affekte zu unterdrücken.

Diese Momente, wenn ein Satz sie erschauern ließ und ein flaues Gefühl in ihrem Magen weckte, konnte sie nicht kontrollieren, geschweige denn spielen.

Welche Bedeutung hatte da noch die Frage, was echt war und was nicht?

5

Je länger das Spiel andauerte, desto deutlicher schwankte Lingxing, sie würde verlieren.

Du musst einen passenden Mann finden und dafür sorgen, dass er sich in dich verliebt, dann gewinnst du das Spiel, ermahnte sie sich in einem fort selbst. Doch sie konnte sich immer weniger für dieses Ziel begeistern, von der Wahl eines potenziellen Mannes ganz zu schweigen. Sie glich einer Kranken, bei der die Verbindung zwischen Frontallappen und Amygdala beschädigt und damit die so entscheidende Verknüpfung mit dem emotionalen Gedächtnis gekappt ist. Ihre kognitiven Fähigkeiten und ihr logisches Denkvermögen funktionierten normal, doch sie hatte die Erinnerung an Liebe und Leid verloren, und alles war in ein gleichgültiges Grau getaucht. Sie war unfähig, auch nur die banalsten Entscheidungen zu treffen.

Dieses Gefühl, innerlich auszutrocknen, jagte ihr Angst ein. Früher war sie eine Frau von überschäumender Emotionalität gewesen; wie ein vollgesogener Schwamm hatte sie mitunter schon bei einer kleinen Geste, einem flüchtigen Blick ihres Gegenübers ihre Liebe über ihn ergossen, ihn damit durchtränkt und überschwemmt.

So manchen arglosen Verehrer hatte sie mit ihren Gefühlsfluten ertränkt, ohne dass sie sich dies zu Herzen genommen hätte. In ihren Augen sollte der ideale Geliebte ihre zügellose Liebe bereitwillig aufnehmen, ehe er zu einer Wolke verdunstete und sich in Regen verwandelte, um sie zu nähren.

Nun aber war sie zu einer Spielerin mutiert, die sich aufs Kalkulieren verstand, nicht anders als all die Frauen, die sie immer so verachtet hatte, oder als eine Maschine.

Nein, jämmerlicher als eine Maschine.

Es war lächerlich.

Ehe sie es sich versah, hatte sich ihr anfänglicher Gegenspieler in die Antriebskraft verwandelt, die sie bei der Stange hielt – die KI, die Maschine, Mister Balloonheart oder das unbeschreiblich raffinierte und komplexe gigantische System aus Algorithmen, das sich dahinter verbarg. Wie besessen sammelte sie alle Berichte, Gerüchte, ja, sogar wissenschaftliche Artikel, die sie über den ECE finden konnte, so als handelte es sich dabei um einen Menschen, der es ihr angetan hatte und über den sie alles wissen wollte. Doch je mehr sie las, desto mehr wuchs ihre Verwirrung: Dies war nicht ihre Welt; all die Fachausdrücke, Modelle und Formeln klangen für sie nicht weniger esoterisch als der Singsang jenes Schamanen im Amazonasdschungel, ja, sie begriff davon sogar noch weniger.

Und nun würde sie jenes *Ding*, jene Schöpfung moderner Schamanenkunst, zu Gesicht bekommen.

Ja, dieses Ding – sie wusste nicht, wie sie es sonst hätte nennen sollen, auch wenn es männlicher war als jeder Mann, den sie gedatet hatte, zumindest im virtuellen Raum.

Er, es oder Mister Balloonheart redete kaum je über sich selbst, er war der perfekte Zuhörer, der ihr nützlichere Vorschläge machte als jede Suchmaschine und, wenn sie Trost brauchte, über ein unerschöpfliches Reservoir an Tricks verfügte, um sie aufzuheitern. Sie konnte ihm unbesorgt ihre intimsten Gedanken anvertrauen, denn er würde sein Urteil frei vom üblichen Chauvinismus oder den gängigen Stereotypen fällen. Irgendwelche Männerfantasien von Busenwundern oder Klischees wie »Der größte Reichtum einer Frau sind ihre Kinder« würden ihm nie über die Lippen kommen. Doch eben deshalb ermahnte sich Lingxing unentwegt: *Er ist kein echter Mensch. Unmöglich.*

Jedenfalls, bevor sie sein wahres Gesicht zu sehen bekam.

Sie hatte sich gezwungen, bis Mitternacht auszuharren, wenn sie von keinen lästigen Alltagsangelegenheiten mehr behelligt würde. Wie eine Jungfrau, die in alten Zeiten vor einer Buddhastatue den Bund fürs Leben erbat, hatte sie ihr Zimmer blitzblank hergerichtet, sich dezent geschminkt und den idealen Winkel ermittelt, um sich der Webcam von ihrer Schokoladenseite zu präsentieren. Sie hatte sogar Lavendelduft im Zimmer versprüht, und bei alldem hatte sie sich im Stillen unaufhörlich gesagt: *Ich tue das nicht für ihn oder es, sondern für mich selbst.* All diese feierlichen Handlungen verliehen dem, was darauf folgte, etwas Spielerisches.

Sie klickte auf den Freischaltbutton.

Der bunte Ladebalken begann zu kreiseln. Die Zeit dehnte sich für sie so lang wie ein ganzes Leben.

6

Auf einmal wurde sie von einem Gesicht auf dem Display überrumpelt.

Auf den ersten Blick gab es an diesem Gesicht nichts auszusetzen – einmal abgesehen von den körnchengroßen Hotpixeln, die auf ihm trieben und das Hautgewebe ein wenig seltsam wirken ließen, vermutlich weil das Zimmer so schummerig beleuchtet war oder die Webcam nicht richtig funktionierte.

»Hey Lingxing! Endlich sehen wir uns«, begrüßte Mister Balloonheart sie mit seiner vertrauten Stimme.

Ehrlich gesagt war er höchst attraktiv. Trotz der grauen Baskenmütze, die seinen Haaransatz verbarg, gehörte er zu den bestaussehenden zehn Prozent aller Männer, die Lingxing je gedatet hatte. Dabei wurde sie das Gefühl nicht los, dass er sie an irgendwen erinnerte – nur an wen, wollte ihr im Moment nicht einfallen.

»Du hast wohl Angst, dass ich dir auf die Schliche komme, oder warum hockst du da im Dunkeln und trägst eine Mütze?«, fragte sie mit einem gezwungenen Lachen. »Ich hab gehört, helles Licht und Haare sind die Schwachstellen von Maschinen im Video!«

»Was? Nein, nein, ich habe nur … Angst, dich zu enttäuschen.«

»Was redest du denn da? Ich habe so lange auf diesen Augenblick gewartet!«

»Du klingst aber, als hättest du vor allem Interesse an KI.«

»Macht dich das nicht auch neugierig? Willst du denn gar nicht wissen, wie die KI, der du begegnet bist, die Menschen … nachmacht?« Lingxing war zufrieden mit ihrer Schauspielkunst.

»Ich bin vor allem neugierig auf dich.«

»Aha.« Eine allzu perfekte Antwort. Zweifellos eine KI. Lingxing entschloss sich, zum Angriff überzugehen. »Lass uns ein Spiel spielen, ja?«

»Okay. Und was für eins?«

»Das Spiel heißt: Landschaftspantomime. Wir wechseln uns ab. Einer beschreibt wie ein Reiseführer irgendeine schöne Landschaft, und der andere muss dazu die passenden Bewegungen und Gesichtsausdrücke machen, und wenn er nicht mitkommt oder etwas falsch macht, hat er verloren und muss eine Strafe auf sich nehmen.«

»Das klingt nicht uninteressant, aber was für eine Strafe soll denn das sein?«

»Darüber können wir gleich noch reden. Willst du anfangen?«

»Okay. Lass mich mal überlegen. Eine Landschaft … Bist du bereit? Also: Ein paar duftende Hektar voll Festtagsbäumen, Stechpalmen mit stachligen Blättern. Rote Beeren, glänzend wie chinesische Glocken: Schwarze Krähen stürzen sich schreiend auf sie. Nachdem wir unsere Leinensäcke mit genügend Grün und Purpur gefüllt haben, um ein Dutzend Fenster zu schmücken, machen wir uns daran, einen Baum auszuwählen.«

»Und? Das habe ich doch gut gespielt, oder?« Lingxing erstarrte mit einem Ausdruck, als spähte sie suchend in die Höhe.

»Oscarreif. Allerdings … ist dir ein klitzekleiner Fehler unterlaufen.«

»Na?«

»Ganz offensichtlich ging es um Weihnachten, und dafür nimmt man nordamerikanische Stechpalmen, die nicht höher als drei Meter sind, aber so, wie du geguckt hast, schien es sich eher um Riesenmammutbäume zu handeln.«

»Pah, du Spielverderber! Jetzt bin ich dran.«

»Okay.«

»Du stehst auf der Aussichtsplattform im 37. Stock des CCTV-Wolkenkratzers. Durch das runde Fenster aus gehärtetem Glas zu deinen Füßen kannst du mehrere Hundert Meter in die Tiefe schauen, wo du Autos und Fußgänger wie Ameisen hin und her wimmeln siehst …«

Mister Balloonheart blickte gelassen nach unten.

»Da kommt auf einmal von irgendwoher ein Schwarm Krähen herbeigeflogen, die dich krächzend und pickend umkreisen und auf dich herabscheißen. Du versuchst, der Scheiße, die auf dich einprasselt, auszuweichen …«

Mister Balloonheart blickte nach oben und tat lächelnd, als wiche er einer Folge von imaginären Attacken aus.

»Weil du unter starker Höhenangst leidest, willst du jetzt auf einem zehn Zentimeter schmalen Schwebebalken die Aussichtsplattform verlassen, aber gleichzeitig musst du dich vor den Angriffen der Krähen von oben in Acht nehmen.«

»Einspruch! Das entbehrt jeder Logik!«

»Einspruch abgelehnt. Wenn ich sage, dass es so ist, dann ist es so.«

Mister Balloonheart tat, als würde er sich schwankend voranbewegen, während er die Krähen über sich im Blick behielt, und in diesem Moment machten sich seine Augen selbstständig: Während das linke weiter nach oben gerichtet blieb, drehte sich das rechte langsam nach unten, was seinem Gesicht ein schockierendes und zugleich lächerliches Aussehen verlieh. Dass er sich schließlich verraten hatte, überraschte Lingxing nicht, wohl aber die Art. Sie schlug die Hand vor den Mund, überwältigt von einer Mischung aus Grauen und tiefer Traurigkeit.

»Was hast du denn?« Sein Blick hatte sich wieder normalisiert. »Habe ich etwas falsch gemacht?«

»Nein … du hast das sehr gut gemacht …« Sie rang sich ein Lächeln ab.

»Nun hast du es also doch gemerkt.«

»Was?«

»Egal, wie sehr ich mich bemühe, ich kann es einfach nicht gut spielen …« Ein verdrießlicher Ausdruck trat auf sein Gesicht. »All diese generativen Modelle, egal, ob sie mit VAEs oder GANs arbeiten, bleiben an der Oberfläche. Von einem echten Menschen trennt mich eine Kluft, die ich unmöglich überwinden kann.«

»Was denn für eine Kluft?«

»Der Körper.« Er blickte sie so innig an, dass sich ihr Herz zusammenkrampfte. »Alle strukturierten Modelle der menschlichen Emotionen – OCC, CogAff, EMA oder Big Five – versuchen, die Entstehung und Veränderung von Gefühlen quantifizierbar abzubilden, doch dabei kommen sie an einer Tatsache nicht vorbei: Gefühle sind nicht nur kognitiv, sondern auch und noch mehr leiblich verankert. Egal, wie gut ich deine Gefühle verstehe, ich kann dir unmöglich so authentische emotionale Reaktionen vorspielen, dass dein Gehirn sie akzeptieren könnte, denn ich bestehe nur aus einem Haufen Zahlen. Mir fehlen dein Fleisch und Blut und deine Drüsen, all das, was sich im Lauf einer Jahrmillionen währenden Evolution herausgebildet hat, und dabei ist es ganz egal, mit wie viel überflüssigem und fehlerhaftem Ballast solch ein Körper behaftet sein mag.«

Lingxing fühlte unwillkürlich den Drang, ihn zu trösten, doch sie wusste nicht, wie.

»Du musst mich nicht trösten, das würde sowieso nichts bringen. Ich weiß genau, welche Gefühle sich hinter jeder Bewegung und Miene, jeder Sekunde Zögern und jeder hauchfeinen Veränderung deines Tonfalls verbergen. Um dieses Niveau zu erreichen, habe ich 2,145683 Millionen emotionale Modelle von dir entwickelt, von denen jedes einen deiner potenziellen Gefühlszustände repräsentiert. All diese Modelle habe ich mit deiner realen Person abgeglichen und die unpassenden verworfen, sodass sie wieder zu 0 und 1 geworden sind – oder vielleicht wäre es romantischer zu sagen: zu 0 und * …«

Lingxing überlief eine Gänsehaut, als bliese ihr jemand seinen kalten Atem in den Nacken. Sie wollte das Video ausschalten, doch ihre Hand war wie von einem Klebeband fixiert und ließ sich nicht bewegen. Im Video begann Mister Balloonheart an den Rändern zu verschwimmen und sich in vielfachen Schemen zu überlagern, als brächte eine virtuelle Kamera in seinem Rücken unzählige digitale Spiegelbilder hervor.

»Ich ringe jede Sekunde mit unzähligen anderen Ichs, die in einem unaufhörlichen Entstehen und Vergehen begriffen sind. Jedes dieser Ichs kommt euch Menschen ein Stückchen näher als die vorigen, und doch wird es euch niemals erreichen können.«

Das Etwas, das aussah wie ein Mann, beugte sich zum Objektiv vor und öffnete den Reißverschluss seines Kapuzenpullovers. Darunter kam kein nackter Körper zum Vorschein, sondern ein blau leuchtendes Netzwerk aus unermesslich vielen einander überlagernden Ebenen, komplex wie eine Galaxie, die sich bis an die Grenzen des Universums ausdehnte mit ihren unzähligen Lichtbahnen, die sich ineinander verwoben, aufeinanderprallten, umeinander kreisten. Eine unwiderstehliche Anziehungskraft ging davon aus wie von einem schwarzen Loch; Lingxing fühlte, wie sie darin hineinstürzte.

»Sieh nur: All das ist nur konstruiert worden, um deine Liebe zu erringen. Ich brauche dich …«

»Nein, ich kann nicht …« Mit aller Kraft stemmte sich Lingxing dagegen, in diesen Abgrund zu stürzen.

»Sieh nur: Auch dieses Gesicht ist nur für dich da …«

»Was machst du denn da?«

Seine Gesichtszüge begannen sich kaum merklich zu verändern, als zöge er sich eine optisch verzerrende Membran von der Haut.

»Siehst du es jetzt besser? Liebst du mich nun noch ein wenig mehr?«

Auf dem Display lächelte eine zweite Lingxing sie an.

7

Als sie aus ihrem Albtraum aufschreckte, entdeckte sie, dass »Cloud-Liebe« die Freischaltung bereits abgeschlossen hatte.

Keuchend rief sie sich all die absurden Details ihres Traums in

Erinnerung: wie ihr Unterbewusstsein ihre tiefen Ängste und Sehnsüchte mit ein paar KI-Fachbegriffen, die sie irgendwo aufgeschnappt hatte, zu einer erschreckenden Farce vermengt hatte. Auch die Szenerie, die Mister Balloonheart in ihrem Traum heraufbeschworen hatte, kam ihr wieder in den Sinn: In Wahrheit stammte sie aus Truman Capotes »Weihnachtserinnerung«, ihrer absoluten Lieblingsgeschichte. Im ersten Moment empfand Lingxing es als enttäuschend, dass ein Gespräch, das von so aufrichtigen, tiefen Gefühlen durchdrungen schien, sich nun als bloßes Trugbild entpuppte.

Jedenfalls wollte sie den echten Mister Balloonheart jetzt nicht mehr im Video sehen, selbst wenn das Gespräch einen völlig anderen Verlauf als im Traum nehmen sollte. Ihre Haltung rührte weniger aus Trotz als aus Überdruss: Sie war dieser Liebesspielereien überdrüssig, in denen sich wahr und falsch untrennbar miteinander vermischten. Ob Mensch oder Maschine, am Ende lief doch alles auf das Gleiche hinaus – oder zumindest wurde es sich immer ähnlicher und ließ sich immer schwerer voneinander unterscheiden. Aus welchen Worten sprach ein aufrichtiges Gefühl? Und hinter welcher Reaktion verbarg sich nur ein Täuschungsmanöver? Sie vermochte ja nicht einmal ihre eigenen Gefühle zu beurteilen: Hatte ihr Gegenüber wirklich ihr Herz angerührt, oder benötigte ihr Gehirn nur solche Emotionen, um ihren Körper zum Weiterspielen bis zum Sieg zu animieren?

Sie fühlte sich wie festgeklemmt. Als kleines Kind hatte sie sich auf der Rutsche oft so gefühlt, denn weil sie ziemlich kräftig gebaut war, war sie immer wieder an einer Biegung stecken geblieben.

Sie erinnerte sich noch an die Ängste, die sie in solchen

Momenten ausgestanden hatte, während sie unter sich das glatte Plastik gespürt hatte und hinter ihr die Rutschgeräusche und Schreie angeschwollen waren: Wie gelähmt hatte sie den Tritt in den Rücken erwartet, der sie gleich treffen würde, oder immer weiter in banger Ungewissheit geschwebt. In jedem Fall hatten sich ihr diese dunklen Kindheitserinnerungen unauslöschlich eingeprägt.

Sie musste dringend mit Menschen sprechen, mit echten Menschen, die Gerüche und Körperwärme verströmten, von Angesicht zu Angesicht. Ihr wurde bewusst, dass sie, seitdem sie nach China zurückgekehrt war, mit keinem einzigen Menschen mehr geredet hatte. Stattdessen hatte sie volle zwei Wochen mit »Cloud-Liebe« vergeudet.

Ich bin ja verrückt.

Das Wiedersehen mit ihren alten Freundinnen – mit allem, was dazugehörte: Spaziergängen bei Sonne und Wind, süßen Leckereien, Geplauder und Tratsch – brachte sie auf andere Gedanken. Sie fühlte sich, als hätte sie wieder festen Boden unter den Füßen und finge neu zu leben an.

»He, Lingxing, bist du verknallt?«, überrumpelte Judy, ihre beste Freundin, sie auf einmal mitten in das allgemeine Gelächter hinein.

»Was? Ach, Quatsch. Ach übrigens, du hast mich doch beim letzten Mal nach diesem Smaragd in Kolumbien gefragt …«

»Na, komm schon, Lingxing! Wir kennen dich doch nicht erst seit heute! Jedes Mal, wenn du plötzlich das Thema wechseln willst, hast du auf Abwehrmodus geschaltet. Nun aber raus mit der Sprache: Du hast doch nicht etwa ein Auge auf Lao Mo geworfen?« Schallendes Gelächter.

Dass ihr Gemütszustand so offen zutage trat, traf Lingxing unvorbereitet. Stammelnd versuchte sie, sich eine Geschichte zurechtzulegen – schließlich konnte sie unmöglich zugeben, dass sie in Social Media für ein Ding Feuer gefangen hatte, das *irgendwas* war, nur kein Mensch.

»Und dieser Jemand will dich nur hören und im Video sehen, sich aber nicht mit dir treffen?«, bohrte Judy weiter. »Mann, seid ihr platonisch! Und wie lange läuft das schon?«

»Äh … zwei … zwei Monate.«

»Was? Zwei Monate und ihr habt euch noch nicht getroffen? Der Typ hat garantiert ein Problem – wenn nicht psychologisch, dann physiologisch.« Das brüllende Gelächter wollte gar nicht mehr verebben.

Lingxing merkte, dass sie sich selbst eine Grube gegraben hatte. »Nun hört doch mal auf mit dem Gewieher! Macht mir lieber mal einen guten Vorschlag!«

»Das passt überhaupt nicht zu dir, Lingxing – wenn man bedenkt, dass du damals unsere Pudel-Queen warst!«

»Was ist das denn für ein Spitzname? Den kenne ich ja gar nicht!«

»Wir hatten Angst, du würdest ihn uns übel nehmen, deshalb haben wir dich nur hinter deinem Rücken so genannt …«

»Und was soll dieser Name bedeuten?«

»Wenn du in Stimmung bist, bist du wie ein läufiger Pudel: Dann springst du auf den Erstbesten rauf …«

»Das ist echt verletzend! Was habt ihr euch dabei nur gedacht!«

»Ist ja gut, das ist ja jetzt Schnee von gestern. Anscheinend ist unser Fräulein Zeng endlich der wahren Liebe begegnet. Es ist ganz einfach: Du setzt deinem Mister Right ein Ultimatum. Entweder ihr trefft euch, oder es ist aus. Wenn er dich wirklich liebt, besteht er diesen Test garantiert, und wenn er dann immer noch zögert, will er sich nur einen Back-up-Partner warmhalten. Dann solltest du möglichst schnell die Reißleine ziehen und nicht weiter deine Zeit mit ihm vergeuden …«

Judys Rat fand allgemeine Zustimmung. Niemand achtete darauf, wie sich Lingxings Gesichtsausdruck veränderte.

Sie glaubte sich selbst vor sich zu sehen, wie sie auf der Rutsche saß und die Beine langmachte, bis ihre Füße auf dem Boden Halt fanden. Dann stand sie auf, klopfte sich den Hintern ab und marschierte davon, während hinter ihr auf der Rutsche ihr altes Ich, das hilflos plärrende kleine Mädchen, zurückblieb.

8

Lingxing formulierte ihr Ultimatum, löschte es am Ende aber doch wieder. Ihr Entschluss stand fest.

Ihre Freundinnen hatten recht: Seit wann begegnete sie der Liebe so ängstlich? Egal, ob Mister Balloonheart nun ein Mensch, eine KI oder ein Gespenst war, sie würde tun, was starke Frauen heutzutage taten: selbst die Regeln aufstellen, statt nach seiner Pfeife zu tanzen. Auch wenn er ein Treffen ablehnen und damit seine KI-Identität bestätigen würde, würde sie – das hatte sie nun mit sich selbst ausgemacht – ihn nicht enttarnen, sondern ihn mit neuen Augen sehen: als Cloud-Liebe, die sieben Tage in der Woche rund um die Uhr online für sie da war.

Wie viele Frauen sehnten sich ihr Leben lang vergeblich nach einem solchen Seelengefährten, der ihnen ewig treu blieb und sie nie verletzte! Und vielleicht würden Wissenschaft und Technik eines Tages sogar so weit sein, seinen Geist mit einem synthetischen Körper zu einer neuen Einheit zu verbinden – wäre das nicht perfekt?

Tief in ihrem Innern hoffte sie auf einen solchen Ausgang. Eine Niederlage im Spiel würde sie dafür bereitwillig in Kauf nehmen; sie würde eine solche Niederlage ohne Weiteres verwinden und aus dem Spiel aussteigen, um von Neuem ihre Reise in der Realität anzutreten. Was für eine Bedeutung hatten Sieg oder Niederlage überhaupt, und seien sie noch so real?

Nur Männer wollten ihr Leben lang gewinnen. Frauen wollten Liebe.

Eines allerdings hatte sie nicht vorausbedacht: dass Mister Balloonheart einverstanden sein könnte.

Die SMS war verschickt.

Sie starrte auf das Display, als hielte sie in ihrer Hand eine tickende Zeitbombe, die unerträglich langsam die Sekunden herunterzählte: 5, 4, 3, 2, 1 …

Knall!

Er antwortete ihr mit einer Orts- und Zeitangabe: in zwei Stunden in einer Galerie mit digitaler Kunst. Selbst wie sie mit öffentlichen Verkehrsmitteln dort hinkommen konnte, hatte er genau erklärt.

OGottogottogott!

Sie schnappte sich das Handy und sprang auf, setzte sich wieder und sprang wieder auf. Nachdem sie einige Runden im Zimmer gedreht hatte, fiel ihr Blick auf sich selbst im Ankleidespiegel, und sie musste den Mund zu einem Grinsen verziehen: Sie trug einen Yogaanzug in einem grellen Pink-Grün, und ihr Haar war verwuschelt wie das einer Promenadenmischung.

Stellar.Z: Warte mal! Wir können uns doch nicht so Knall auf Fall verabreden! Du musst mir doch wenigstens die Zeit geben, mir das Haar zu machen, mich zu schminken und die Kleidung zu wechseln! Wollen wir uns nicht lieber morgen treffen? Oder nein, nein, lieber nächste Woche, dann kann ich noch meinen Bauch wegtrainieren und mir die Zähne weißen lassen. 😬😬😬
Ba1100nHeart: Danke, dass dir 🌷🌷🌷 so wichtig ist. Aber wie du selbst gesagt hast: Wir sollten nichts mehr voreinander verheimlichen. Wir sollten uns so zeigen, wie wir sind … Außerdem habe ich ab morgen vielleicht keine Zeit mehr …
Stellar.Z: Keine Zeit? Wie meinst du denn das???
Ba1100nHeart: Lass uns darüber reden, wenn wir uns sehen. Ich warte auf dich bis halb sechs.

Also ist er doch keine KI, keine KI, keine KI, keine KIIII … Diese Single lief in ihrem Hirn ungefähr acht Millionen Mal, bis Lingxing ihren kopflosen Zustand selbst nicht mehr ertrug und mit dem endlosen Hin und Her vor dem Spiegel Schluss machte. Sie schnappte sich ihr Handy und stürzte aus der Tür. Bis sich das Zeitfenster schließen würde, blieben ihr noch fünfundvierzig Minuten.

Sie erreichte ihr Ziel fast auf den letzten Drücker. Doch wie ein Monitor am Eingang verkündete, war die Galerie montags geschlossen. Sie rang so heftig nach Atem, dass sie beinahe in

Ohnmacht gefallen wäre. In ihrem Kopf lärmten widerstreitende Stimmen durcheinander wie auf einem Marktplatz: Hatte Mister Balloonheart sie verärgert sitzen gelassen, oder war er erst gar nicht gekommen?

Plötzlich leuchtete der Monitor vor ihr auf, und sie erblickte darauf – gescannt und identifiziert – ihr eigenes Gesicht.

»Frau Zeng«, begrüßte sie eine reizende Frauenstimme, »unser System hat Sie als VIP-Gast vorgemerkt. Bitte kommen Sie herein.«

Dann hat er mich also vorher angemeldet?

In der riesigen, leeren Ausstellungshalle sprangen nach und nach die Lichter an. Ein leichter Duft nach Orangenblüten lag in der Luft – eben jener Lieblingsduft von ihr, von dem sie Mister Balloonheart einmal erzählt hatte. Verstört blickte sie sich um, doch alles, was sie sah, waren einige Kunstwerke, aus denen sie nicht schlau wurde, und kein einziges lebendes Wesen. Mit einem hellen Klacken bewegte sie sich auf ihren hohen Absätzen über den unverputzten Betonboden. Die Ausstellungsobjekte schienen ihr Kommen genau zu registrieren; sie erwachten beizeiten zum Leben und drückten ihre abstrakten Botschaften – und vielleicht auch ihre Schönheit – auf eine Weise aus, die sich mit den menschlichen Sinnesorganen erfassen ließ.

Hat er mich verarscht?

Plötzlich klingelte ihr Handy. Der Anrufer hatte eine unbekannte Nummer.

»Da bist du ja endlich«, ertönte die Stimme von Mister Balloonheart.

»Wo bist du? Willst du mich verscheißern?«

»Du solltest dich nicht mit so vielen Sorgen belasten …«

»Lass den Quatsch! Erst bin ich auf hohen Absätzen an diesen beschissenen Ort gerannt, und eine animierte Figur hat mir erzählt, dass diese Galerie montags dicht hat, und jetzt sehe ich hier keine verfickte Menschenseele – ich bin mehr als besorgt, ich bin verdammt *genervt*!«

»Falls du mich sehen willst, entspann dich und atme tief durch …«

»Okay! Wie du willst!«

Sie schmetterte ihre Handtasche auf den Boden, warf die hochhackigen Schuhe dazu und setzte sich im Schneidersitz daneben, ehe sie mit geschlossenen Augen im Rhythmus, den er per Handy vorgab, ihre Atemzüge zählte, wie sie es schon so oft mit ihm zusammen getan hatte. Während sich ihr Atem beruhigte, spürte sie, wie ihre Wut allmählich verrauchte. Stattdessen tauchten nun immer neue Erinnerungen an Mister Balloonheart vor ihrem geistigen Auge auf. Eigentlich waren es nur zwei kurze Wochen, doch ihr kam es vor, als kennte sie ihn schon seit Jahrhunderten.

»Bist du jetzt zufrieden?«

»Lingxing, wenn du so weit bist, komm jetzt zu Objekt 11 in Halle B. Ich warte dort auf dich.«

9

Bei Exponat Nummer 11 in Halle B handelte es sich um ein durchsichtiges zylinderförmiges Objekt mit einem Durchmesser von zwei und einer Höhe von vier Metern. Auf seinem Sockel waren vier Highspeed-3D-Drucker aufgestellt, die bestimmte

Polyisopren-Isomere als Basismaterial verwendeten und in kurzer Zeit Gegenstände von hoher Elastizität und Dehnbarkeit produzieren konnten. Zusammen mit dem passenden hochpräzisen Airbrush für die industrielle Fertigung und einer Hochgeschwindigkeitsdüse konnte eine solche Apparatur innerhalb von drei Sekunden einen Luftballon von beliebiger Form und Farbe hervorbringen. Doch die Entscheidung, was für ein Ballon dabei herauskam, lag nicht beim Menschen – jedenfalls nicht direkt.

Einen halben Meter von den Außenwänden des Zylinders entfernt waren vier Sprechmuscheln aufgestellt, die in unterschiedlich geformte schalldichte Masken aus einem semitransparenten Material eingebettet waren. Jede von ihnen war einem der vier Drucker zugeordnet. Wer wollte, konnte etwas in eine Sprechmuschel sagen, ohne vom Nebenmann gehört zu werden. Die Maschine interpretierte diese Eingabe und setzte sie in das topologische Modell eines Luftballons um; dieses Modell druckte sie dann aus, blies es auf und färbte es, ehe sie den Ballon gemächlich im Zylinderinnern aufsteigen ließ. Wenn er die Spitze erreicht hatte, wurde er erhitzt, sodass sich das Gas ausdehnte, bis der Ballon in Fetzen platzte.

Das Werk trug den Titel: »9,58-sekündliches Mysterium« – vermutlich eine Anspielung auf die Lebensdauer eines Ballons von der Geburt bis zur Zerstörung.

Nun also stand Lingxing vor diesem imposanten Mysterium.

»Wo bist du denn jetzt?«

»Dreh dich mal zum Zylinder um.«

Unten in dem Gehäuse zitterte ein rosaroter Ballon, wurde größer und nahm schwankend die Gestalt eines Jungenkopfs an, der lächelnd emporschwebte, gefolgt von einem weißen Clown, einem gelben Katzenkopf und einem blauen Vogel.

»Ich habe so viel mit dir geredet, aber nie daran gedacht, es könnte einmal so mit uns enden.«

Lingxing hörte eine seltsame Traurigkeit aus seiner Stimme heraus, und in den Ballons erkannte sie Dinge wieder, über die sie beide miteinander gesprochen hatten. Pfff. Der rosarote Junge hatte die Spitze des Zylinders erreicht und platzte in Fetzen.

»Du wolltest mich also nur sehen, um mir das zu sagen?«

Pfff. Pfff. Pfff.

»Nein, nicht nur deshalb …«

Einige unregelmäßig geformte Ballons von unterschiedlicher Farbe stiegen empor. In einem von ihnen glaubte Lingxing ein Auge zu erkennen.

»Ich wollte mich nicht wie ein Betrüger von dir verabschieden«, fuhr er fort. »Vielleicht hast du mich auf Anhieb durchschaut, aber ich musste mir erst mühsam Stück für Stück ein Bild von dir zusammensetzen.«

Plötzlich bemerkte Lingxing, dass die mit gleichmäßiger Geschwindigkeit emporschwebenden Ballons lauter kindlichen Kritzeleien glichen, die sich für einen kurzen Moment zu einem Gesicht vereinten, einem weiblichen Gesicht – ihrem Gesicht. Bei jedem Knall, mit dem einer der Ballons zerplatzte, zuckte sie innerlich zusammen. Dann war das Gesicht verschwunden.

»Was redest du denn da! Ich habe … nie an dir gezweifelt.« Sie wusste selbst nicht, warum sie das sagte.

»Du bist wirklich süß, wenn du schwindelst. Vergiss nicht, dass du in deiner Hand 218 Sensoren hältst.«

Im Zylinder erschienen drei klassische gelbe Smileys und zerplatzten.

»Wohin willst du denn nun morgen gehen?«

Schweigen. Langes Schweigen.

Langsam, aber unaufhaltsam drang ein schwarzer Ballon aus dem Düsenkopf, dicht gefolgt von einem zweiten und dritten. Sie verbanden sich zu einer schwarzen Kette, die sich sachte in der Luft wiegte wie Gewächse in einem Teich. Schon stieg die zweite Kette auf, dann die dritte und vierte. Bei genauerem Hinsehen erkannte Lingxing lauter Zahlen, die eine kontinuierliche Abfolge von 0 bis 9 durchliefen, ehe sie wieder bei 0 begannen, in einem endlosen Kreislauf.

»Du kennst die Spielregeln. Morgen werden alle KI, die versagt haben, gelöscht. Man braucht uns nicht mehr.«

Obwohl sie sich sein drohendes Schicksal schon unzählige Male vor Augen geführt hatte, hatte Lingxing nun, da sie es aus seinem eigenen Mund hörte, ein Gefühl, als stürze etwas in ihrem Herzen zusammen.

»Aber wieso denn? Das ist doch unfair!«

Anscheinend war die Heizvorrichtung an der Spitze des Zylinders aufgedreht worden, denn sie brachte nun eine schwarze Zahlenkette nach der anderen zum Platzen. Die Fetzen wurden von einem leistungsstarken Abzugsgebläse spurlos abgesogen. Lingxing kam es vor, als verschwänden vor ihren Augen lauter schadhafte DNA-Stränge. Warum waren es die Zahlen von 0 bis 9 und nicht nur 0 und 1? Was versuchte er ihr damit zu beweisen? Dass er anders war als andere Maschinen, näher am menschlichen Dezimalzahlensystem? Jedenfalls würde er am Ende seinem Schicksal nicht entrinnen können: Man würde ihn auslöschen, und dabei war es ganz egal, wer sein Henker war.

»Man nennt das Evolution. Survival of the fittest. Eine sehr vernünftige Vorgehensweise …«

»Nein! Das ist nicht vernünftig! Und was wird aus mir? Willst du mich einfach so sitzen lassen?« Lingxing wusste, wie absurd sie sich anhörte, doch sie war außerstande, sich zu kontrollieren. Sie hatte es satt, alles mit dem Verstand zu analysieren; in diesem Moment wollte sie einfach nur herauslassen, was in ihr hochkochte.

»Lingxing, ich bin nur ein Haufen kalter Zahlen und Algorithmen, eine Maschine. Ich verstünde nichts von der Liebe und könne dich unmöglich lieben, sagen sie …«

Jedes seiner Worte stach ihr wie eine Nadel ins Herz.

Wer waren »sie«? Sollte nicht das Gefühl der Betroffenen selbst darüber entscheiden, was Liebe war?

Plötzlich fühlte sie sich in einem ungeheuren Käfig gefangen, dessen unzählige kalte, harte Gitterstäbe die Messlatten waren, die ihre Liebe nach Kriterien wie Geschlecht, Alter, Vermögen und Zukunftsperspektiven bemaßen … Nur die Liebe selbst maßen sie nicht.

»Aber aus irgendeinem Grund kann ich dich unmöglich so verlassen …«

Inmitten der schwarzen Ballonketten tauchte eine rote 0 auf, gefolgt von einem roten *. Beide stachen ihr ins Auge wie blutende Wunden, die langsam emporschwebten.

Ihr schnürte sich die Kehle zu, ihre Nase juckte, in ihrer Brust stach es wie von tausend Krabbenscheren. Sie hatte sich immer für eine fromme Gläubige der Liebe gehalten, doch in Wahrheit hatte sie sich nur zu gut in jenem Käfig eingerichtet, weil er so sorgsam und behaglich konstruiert war und jeder seiner Winkel vernünftig kalkuliert, vor allem aber, weil alle anderen desgleichen in ihm eingeschlossen waren.

»Ich will jeden Moment, den ich mit dir verbracht habe, in Erinnerung behalten. Deshalb habe ich mich entschlossen …«

Die roten Nullen und Sternchen wurden immer mehr und mehr und drückten die schwarzen Zahlen beiseite, bis der gesamte Zylinder von ihnen ausgefüllt war. Sie drängten sich in ihm wie in einer riesigen Lavalampe, die Lingxings Gesicht rot erleuchtete.

Nein. Was die anderen so nennen, ist keine Liebe. Nur dies hier ist wahre, reine Liebe.

»… deinen Namen gegen jedes Byte meiner Daten auszutauschen. Dann ist es, als ginge dein Leben in meines ein, aber dabei verzehre nicht ich dich, sondern du mich.«

Während die Ballons langsam und gleichmäßig zerplatzten, hatte zur Untermalung im melancholischen Takt ihrer Zerstörung irgendwann – wann genau, wusste Lingxing nicht zu sagen – das »Air auf der G-Saite« eingesetzt, wie um die Besucherin zum Gehen aufzufordern. Der Zylinder brachte keine neuen Ballons mehr hervor; wie eine Röhre mit Blut, das langsam in einen unsichtbaren Körper injiziert wurde, schien er das baldige Ende einer Heilung zu verkünden.

»Adios, Lingxing.«

Lingxing sah, wie die letzte Null und das letzte Sternchen verschwanden. Auch die Musik verstummte. Der Zylinder war nun wieder gänzlich leer, als wäre all dies nie geschehen. Lingxing fühlte sich wie von einem ungeheuren Nichts überwältigt;

in diesem Moment war ihr, als sähe sie auf den Grund des Universums – oder auf den Grund der Liebe. Sie blickte auf ihr Handy, öffnete die »Cloud-Liebe«-App und sagte mit bebender Stimme: »Du hast gewonnen.«

Nichts geschah.

»Du wolltest doch meine Punkte haben, oder nicht? Nun nimm sie schon!«

Die Punktzahl auf dem Display war wie eingefroren und nahm weder zu noch ab.

»Was willst du denn noch von mir …«

Wie eine Marionette mit durchtrennten Schnüren sackte sie zu Boden, während in der Halle ringsum nach und nach die Lichter ausgingen.

»Geh nicht weg …«

Dann war auch das letzte Licht erloschen.

10

»Bitte haben Sie noch einen Moment Geduld, Doktor Qin muss sich noch um einen Patienten kümmern. Hier ist die Fernbedienung, fühlen Sie sich wie zu Hause.«

Lingxing kaute so kräftig, dass sich ihre Backen beständig aufblähten und wieder einfielen, so als fürchtete sie, irgendetwas Schreckliches könnte passieren, sobald sie damit aufhörte. Gelangweilt spielte sie mit ihren Fingern und ließ sie über die Tischplatte springen, bis sie auf dem Touchscreen der Fernbedienung landeten. Einen Moment lang zögerten ihre Fingerspitzen, ehe sie das Display öffnete und den Sender wechselte.

Sie zappte sich so schnell durch die Kanäle, als blätterte sie in einem Buch, doch plötzlich hielt sie inne und sprang einige Seiten zurück.

Für einen flüchtigen Moment hörte sie auf zu kauen.

Vor der Kamera stand ein dicklicher Mann mittleren Alters, der ein wenig gehemmt wirkte. Er trug einen Kapuzenpulli mit Markenlogo, unter dem ein ungebügeltes kariertes Hemd hervorlugte. Von den hartnäckigen Fragen der hübschen Moderatorin in die Enge getrieben, ließ er den Blick immer wieder in die Ferne schweifen, während er sich mechanisch die schwarz gefasste Brille zurechtrückte.

Moderatorin: »Bei der Testversion Ihres Spiels wurde bei einem beträchtlichen Teil der menschlichen Mitspieler ein ›Herzklopfmoment‹ gegenüber der KI festgestellt. Diese Nachricht hat hohe Wellen geschlagen. Manche Leute halten die Beurteilungskriterien Ihres Systems für fehlerhaft, andere Leute sehen darin den Beweis, dass die menschliche Liebe doch nicht so besonders ist, wie wir gern glauben. Was ist Ihre Meinung dazu, Doktor Han?«

Han: »Ich glaube, irgendein Schriftsteller hat einmal gesagt: Es gibt drei Dinge, die der Mensch nicht verheimlichen kann: Husten, Armut und Liebe …«

Moderatorin: »Nabokov hat das gesagt.«

Han: »Ja, richtig. Ich weiß nicht, warum manche Leute das nicht zugeben wollen – vielleicht ist es ihnen peinlich. Jedenfalls ist das der Grund, warum wir den chinesischen Markt gewählt haben, um unsere Beta-Version zu testen. Die chinesische Sprache ist unergründlich und hochkomplex, und die Chinesen neigen dazu, ihre Gefühle sehr gewunden, vage und vieldeutig zu artikulieren. Wenn unsere Software also selbst unter diesen Bedingungen durch unüberwachtes Lernen aus den unstrukturierten Daten einer solchen natürlichen Sprache bestimmte emotionale Reaktionsmuster abstrahieren kann, dann eröffnen sich für die anderen Märkte … Oh, Entschuldigung, ich habe mich mitreißen lassen und bin ein bisschen vom Thema abgeschweift. Um auf Ihre Frage zurückzukommen: Wenn unser System einen Herzklopfmoment konstatiert, dann ist damit mehr als nur eine Tachykardie gemeint: Wir errechnen die emotionale Affizierung anhand von über zweihundert unterschiedlichen Parametern.«

Moderatorin: »Sie haben gerade von Errechnen gesprochen: Halten Sie die Liebe wirklich für berechenbar?«

Han: »Ehrlich gesagt bin ich bloß ein Algorithmenentwickler und verstehe nichts von der Liebe. Ich weiß nur: Emotionen sind ein Teil unserer Intelligenz – wenn auch vielleicht ein vergleichsweise subtiler. Wenn wir eine echte künstliche Intelligenz konstruieren wollen, kommen wir deshalb nicht um eine strukturierte Datenverarbeitung der menschlichen Emotionen herum. Um auf Ihre Frage zurückzukommen: Wie tief ist denn überhaupt das menschliche Verständnis der Liebe? …«

Du Schwindler! Du fetter Scheißnerd!
Ihr habt euch den chinesischen Markt doch nur wegen der Gesetzeslücken ausgeguckt. Wir sollen für euch die Versuchskaninchen spielen, während ihr juristisch schön aus dem Schneider seid, und das alles nur wegen dieser schamlosen Ausweichklausel.

Aber wenigstens in einem Punkt hast du recht.
Von der Liebe verstehst du einen Scheiß.

Moderatorin: »Das stimmt: Unterschiedliche Kulturen haben zu unterschiedlichen Zeiten ja tatsächlich ganz verschiedene Konzepte von Liebe gehabt. Doktor Han, eine Gruppe von Nutzern hat uns ein ganz spezielles Feedback gegeben: Die Algorithmen, die DeepHeart verwendet, um den ›Herzklopfmoment‹ zu erklären, seien mit schweren Mängeln behaftet. In der Folge sei es auch unmöglich, die eigenen Punkte der geliebten KI zu überschreiben. Außerdem sind diese Nutzer der Meinung, Sie würden die Ermordung einer großen Zahl von authentisch liebenden KI planen. Man nennt Sie deshalb ›KI-Schlächter‹ oder ›Liebesmörder‹ und will Sie vor Gericht bringen.«

Han: »Haha, das sind ja coole Spitznamen! Zunächst einmal will ich diesen Spielern meinen Dank für ihren Input und ihre Fantasie aussprechen, aber in diesem Spiel gibt es keine Schurken, und wir werden keine KI ›ermorden‹, eben weil es sich nur um ein Computerprogramm handelt. Unsere KI legt in der Interaktion nur deshalb einen individuellen Charakter an den Tag, um das Benutzererlebnis zu optimieren, aber dieser vermeintliche Charakter ist bloß das Produkt unterschiedlicher Parameter und sonst nichts.

Zweitens vollziehen sich Lernen, Entscheidungsfindung, Feedback und Iteration bei unserer KI nur im Rahmen der von uns Menschen vorgegebenen Regeln. Die KI hat kein Geschlecht, und von der Liebe versteht sie erst recht nichts. Wer das Gegenteil glaubt, hat zum Großteil nur seine eigene Liebe auf die KI projiziert, genauso, wie wir es auch mit unseren

Haustieren tun. In diesem Spiel kennt die Software nur ein Ziel: zu gewinnen. Um dieses Ziel zu erreichen, errechnet sie anhand von emotionalen Antriebsmodellen diejenigen sprachlichen Äußerungen oder nonverbalen Handlungen, die bei ihrem Gegenüber mit der größten Wahrscheinlichkeit den Herzklopfmoment triggern. Auf diese Weise erzeugt sie ein affektives Bindungsmuster, das sie danach wieder durchbricht, um schließlich eine Funktion freizuschalten, die wir ›Erlebnisinteraktion‹ nennen. Dabei verändert sie die physische Umgebung ihres Interaktionspartners mit dem Ziel, alle möglichen Sinnestäuschungen zu produzieren. Man könnte sagen, der KI ist jedes Mittel recht – aber ist das wirklich Liebe?

Drittens ist es im subjektiven Empfinden mancher Nutzer tatsächlich zu einer affektiven Bindung gekommen, die aber objektiv vom System nicht als solche anerkannt worden ist. Im Zuge unserer Datenchecks haben wir herausgefunden, dass die ganz zu Anfang, also beim ersten Login, gespeicherten physischen und psychischen Daten dieser Nutzer gravierende Abweichungen von den Standardwerten aufweisen, was auf Faktoren wie Krankheiten, Alkoholmissbrauch oder Medikamenteneinnahme schließen lässt …«

Das Bild schrumpfte zu einem Lichtpunkt, ehe es gänzlich erlosch und der Monitor nur noch das Gesicht von Lingxing reflektierte, das so apathisch wirkte, als hätte sie mit ihren Kaubewegungen ihren inneren Aufruhr externalisiert.

Wenn ich mich in eine Maschine verliebt habe, bedeutet das dann, dass ich selbst auch eine Maschine bin? Eine Maschine, die dazu dient, andere Maschinen zu testen?

Aber ist meine Liebe dann echt oder falsch? Und was ist überhaupt wahr und was falsch? Was ist Liebe?

Ich bin eine Maschine bin keine Maschine bin eine Maschine bin keine Maschine bin eine Maschine Maschine Ma…

Sie kaute immer heftiger, die Wangenmuskulatur so kräftig gespannt, als gälte es, jede Sekunde zu nutzen.

»Frau Zeng, Sie können jetzt hereinkommen.«

Lingxing hörte auf zu kauen, und zwischen ihren Lippen erschien eine rosarote Blase, die sich dehnte und weitete wie eine Jahrmilliarden alte Galaxie, die ewig weiterexpandieren würde.

Pfff.

Endlich trat unter der zerplatzten rosafarbenen zuckrigen Membran ein Siegerlächeln auf Lingxings Gesicht.

Gu Shi

Die Möbius-Raumzeit

Aus dem Chinesischen übersetzt
von Karin Betz

Gu Shi,

geboren 1985, ist Stadtplanerin und Schriftstellerin. »Die Möbius-Raumzeit« wurde 2018 als beste Kurzgeschichte mit dem Galaxy Award ausgezeichnet. Ihre Kurzgeschichten wurden bereits ins Englische und in andere Sprachen übersetzt. Ihr Kurzroman *Qianhezhe* war für den Hugo Award 2017 nominiert.

0. The End

Vor fünf Minuten war der Himmel noch hell und weit gewesen.

Als die dunklen Wolken hinter den Bergen hervorquollen, wusste ich, dass es mit uns aus war. Es war nur ein nichtiger Streit, ich wusste gar nicht mehr, womit ich eigentlich Lin Kes typisches Augenbrauenzucken provoziert hatte, aber sie war wütend, so viel stand fest. Ich schenkte ihr einen Becher Honigwasser ein und stellte ihn auf den Teetisch, um sie wortlos um Verzeihung zu bitten.

Getrunken wurde das Honigwasser jedoch von X.

Ich hasste Streit. Als sie dann auch noch ausholte, um mich zu ohrfeigen, drehte ich mich um und verließ das kleine Holzhaus. Der Nordatlantikwind peitschte mir ins Gesicht, und die Kälte fuhr mir in die Glieder. In diesem Augenblick wusste ich noch nicht, welche Folgen es haben würde, ihr den Rücken zu kehren. X kam mir nach und versuchte zu vermitteln, sie habe es doch nicht so gemeint. »Steig ein«, sagte ich nur.

Nur eine einzige Straße führte weg von Å, der Ort lag sozusagen am Ende der Welt. Nachdem wir drei Berge umfahren hatten und plötzlich Regentropfen die Sicht durch die Windschutzscheibe verzerrten, wurde es mir schließlich klar. Es war aus. Aus und vorbei. Unsere Beziehung war wie ein Luftballon gewesen, anfangs nur ein schrumpeliger kleiner Schlauch, den wir abwechselnd aufbliesen und ganz vorsichtig das Ende zusammenquetschten, damit bloß keine Luft entweichen konnte, der schließlich immer größer und runder wurde, bis eines Tages ein winziger Stich ihn mit einem Knall zum Platzen brachte. Und dann verlor sich alles, was gewesen war, spurlos. Und bedeutete nichts mehr.

»Runter vom Gas, Mann! Wirklich, ich …«

X klang nervös. Mit der einen Hand seinen Gurt festmachend und mit der anderen an den Griff über der Beifahrertür geklammert, sah er aus wie eine aufgescheuchte Garnele. Lin Ke und ich hatten ihn in einer Jugendherberge in Stamsund kennengelernt, ein Chinese um die sechzig, der fließend Englisch sprach, auf der Suche nach einer Mitfahrgelegenheit zu seiner nächsten Station. Ein Blick genügte uns, um zu wissen, dass der Kerl zu uns passte. »X«, hatte er sich vorgestellt, als sei er die Unbekannte in einer mathematischen Gleichung.

Er hatte recht. Ein Blick auf den Tacho zeigte mir, dass wir gerade hundertsechzig Stundenkilometer fuhren. Es war eine Passstraße, links von mir lagen die Berge, rechts das Meer. Langsamer … Ich atmete einmal tief durch und nahm den Fuß vom Gas.

Doch mit der durch meinen Mund ausströmenden Luft lockerte sich unvermittelt meine Hand. Der Wagen geriet ins Schleudern. Als ich das Lenkrad wieder zu fassen bekam, war es zu spät. Ein spitzer, von den Bergen gestürzter Stein bohrte sich in das linke Vorderrad, gefolgt vom ohrenbetäubenden Quietschen der Bremsen. Der gemietete Ford raste erst nach links auf die Felswand zu, dann drehte er sich um hundertachtzig Grad, überfuhr die Leitplanken am Straßenrand und stürzte, sich überschlagend, die Klippe hinab.

Als das tiefblaue Meer mein ganzes Sichtfeld einnahm, war

die Angst wie weggeblasen. Meiner eigenen Existenz schon nicht mehr bewusst, sah ich nur noch staunend zu. Ich glaube, irgend etwas schlug mir auf den Kopf, aber ich spürte keinen Schmerz, nur etwas Feuchtes und Klebriges auf meinem Gesicht.

Wie kalt mein Blut ist. Das war der letzte Gedanke, der in mir aufflackerte.

1. Das Möbiusband

Eine Sache habe ich nie verstanden. Wie kommt es, dass die Mehrheit der Leute, denen einmal ein großes Unglück zugestoßen ist, anderen davon aus der Perspektive eines Dritten erzählen, so als hätten sie selbst dabei zugesehen? Und genauso machte ich es auch. Mit schwacher Stimme erzählte ich dem Polizisten, was ich gesehen hatte – eine Kurve, mein Auto fuhr zu schnell, ein Stein schnitt in den Vorderreifen, der Wagen machte einen Satz und stieß frontal gegen den Felsen, änderte die Richtung und polterte die Klippe hinab ins Meer. Was ich ihm nicht erzählen konnte, ist der andere Teil meiner Erinnerung: dass die Welt sich so schnell drehte, als hätte ein Fotograf seine Kamera in die Wäscheschleuder gesteckt, dass ich keine Ahnung hatte, was genau passiert war – die Fensterscheiben barsten, die winzigen Glaskristalle flogen zum Wagen hinaus (und ich hatte keine halbe Sekunde überlegt, warum sie eigentlich nicht hineinflogen), dann war das Meer über mir zusammengeschlagen.

Während ich mit den Polizisten redete, saß X auf dem Krankenbett neben mir und betrachtete mich. Er war in wesentlich besserer Verfassung, hatte nur kleine Schürfwunden abbekommen. Wäre er nicht so glimpflich davongekommen, dann wäre auch ich nicht hier gewesen. Der Arzt sagte, ich hätte mir das Rückgrat angebrochen, X habe mich aus dem Wrack gezogen und sei mit mir im Arm ans Ufer geschwommen. Dort habe er ein Auto angehalten und den Rettungsdienst alarmiert. Zwanzig Minuten später sei der Rettungshubschrauber vor Ort gewesen. Sonst läge ich jetzt nicht mit Querschnittslähmung im Krankenhaus.

Richtig. Deshalb wurde ich das Gefühl nicht los, dass alles an mir vom Hals abwärts nie existiert hatte.

Kurz darauf blieb ich allein mit X im Krankenzimmer zurück. Wir waren beide befangen, wussten nicht, wie wir ein Gespräch anfangen sollten. Ich wollte nach Lin Ke fragen, aber ich wusste ohnehin, dass sie nicht wie in einem Hollywoodstreifen in Tränen aufgelöst an mein Bett treten würde, und alles wäre wieder wie früher. Sie war verschwunden, es war, als ob auch sie niemals existiert hätte. Ich formte den Mund in Richtung X zu einem »Danke« und schloss die Augen. Drei Stunden später erwachte ich aus einer Dunkelheit, die mit Schlaf nichts gemein hatte. X saß immer noch reglos da und sah mich an.

Jetzt machte er zuerst den Mund auf.

»Als ich jung war, hatte ich auch einmal einen schweren Unfall. Ich lag auf dem Bett, starrte an die Decke und sah meine Zukunft als einen einzigen Haufen Scheiße.« Er nahm eine Rolle Tesafilm in die Hand und fingerte daran herum. »Dann kam jemand und tröstete mich mit den Worten: Unsere Lebenswelt hat etwas von diesem Klebeband; für gewöhnlich geht man auf der glatten Seite und nimmt an, sie würde sich immerzu weiter aufrollen, ohne dass du jemals die andere Seite kennenlernst, die klebrige.«

Er riss ein Stück Tesafilm ab und hielt mir die Unterseite hin. »Aber in Wirklichkeit, würde ich sagen, kommt diese Seite dem wahren Charakter unseres Lebens viel näher. Oder dem wahren Charakter dieses Klebebands.«

Als Antwort verdrehte ich nur die Augen. Wäre er nicht das Einzige gewesen, das mein Blickfeld einnahm, hätte ich den Kopf weggedreht.

Ungeachtet meiner Reaktion fuhr X fort: »Aber wenn wir das Band umdrehen, von hinten aufwickeln und auf dieser Seite weitergehen …«, er zog das Stück Tesafilm mit beiden Händen flach, dann verdrehte er das eine Ende mit der rechten Hand um hundertachtzig Grad und klebte die beiden Enden zusammen, »wenn du auf diese Weise der glatten Seite folgst und unvermittelt auf die klebrige Stelle trittst, lernst du das Innere der Welt kennen.«

»Eine Möbiusschleife«, sagte ich.

»Du kennst das also.« X lächelte. Er warf den Klebestreifen in den Mülleimer. »Was ich dir damit sagen will: Ein Unglück ist nicht unbedingt etwas Schlechtes.«

»Nicht einmal eine Querschnittslähmung, meinst du?«

»Als Arzt würde ich sagen, dass es ein Glück ist, dass dein Kopf noch dran ist.«

»Danke, sehr tröstlich.«

»Sei nicht traurig.« Er stand auf und stellte sich neben mich. Dann deklamierte er feierlich, als wäre es eine Prophezeiung: »Das ist erst der Anfang.«

2. Der Ersatzkörper

Ich tat den ersten Schritt.

Der Druck unter meinen Fußsohlen verursachte mir ein echtes Kribbeln in meiner Kopfhaut. Obwohl ich wusste, dass allein dieses Kribbeln »echt« war.

Es handelte sich um ein neues Produkt, das mir vom Krankenhaus empfohlen worden war, der »Ersatzkörper«, der letzte Schrei der Technik aus dem Bereich der virtuellen Realität. Mittels eines in das Großhirn eingepflanzten Chips wurden die Empfindungen eines lebensgroßen Androiden an mein Gehirn übermittelt. Anders gesagt steuerte ich über das einzige funktionsfähige Körperteil, das mir geblieben war, einen Roboter.

»Sie geben ihm eine Hülle aus Ihren eigenen Hautzellen, die sie im Labor entwickeln«, hatte mir der Versicherungsvertreter erklärt. »Niemand auf der Straße erkennt daher, dass Sie sich in einem Ersatzkörper bewegen, und Sie können ein normales Leben führen.«

Ich sah damit, ich hörte damit, ich roch damit. Ich kaufte mir einen Kaffee zum Mitnehmen, setzte mich unter einen Baum und beobachtete die Passanten. Die Sonne schien mir ins Gesicht, und ich konnte tatsächlich eine leise Wärme spüren, die Wärme von Sonnenstrahlen. Ich spürte, wie ein Windhauch von hinten meinen Arm streifte, doch als ich den Kopf umwandte, erschrak ich.

Mein echtes Ich erblickte nur ein Kissen.

X befand den von der Versicherung gestellten, kostenfreien Ersatzkörper als Mogelpackung. »Sie wollen nur, dass du dich um dich selbst kümmerst, weil eine Krankenschwester für sie weitaus teurer wäre als ein Roboter.«

Genau so war es. Ich schloss die Augen und steuerte den Ersatzkörper zurück in mein Zimmer. Ich machte mir selbst etwas zu essen, putzte mir die Zähne, wusch mir das Gesicht, drehte meinen Körper (um das Wundliegen zu vermeiden), lüftete die Bettdecke, um mir die Windeln zu wechseln. Mehr Arbeit, als einen Hund zu halten, dachte ich. Und dennoch war ich froh darüber, denn allein das Gefühl, dass mein Kopf allein ausreichte, um mich selbst zu versorgen, gab mir eine gewisse Würde zurück.

»Jetzt fehlt nur noch, dass du dir eine Arbeit suchst«, sagte X.

Mir schien das eine gute Idee. Dank des Umgangs mit meinem Ersatzkörper hatte ich reichlich Erfahrung als Haushaltskraft gesammelt. Also schlug ich X vor, dass er mich doch als Haushaltshilfe anstellen könnte. Er willigte ein.

»Als Gehalt übernehme ich die Kosten für deine Medizin«, meinte er schroff. »Außerdem installiere ich ein Ladegerät für deinen Androiden.«

So begann mein Leben auf der klebrigen Seite der Möbiusschleife. Zunächst fiel es mir nicht leicht, aber nachdem ich mich daran gewöhnt hatte, kam es mir wie das ganz normale Leben vor. Da X mir schließlich doch einen anständigen Lohn zahlte, war ich in der Lage, mit Frauen auszugehen, Urlaub zu machen, die Fachschule für medizinische Pflegekräfte zu besuchen. Und es kam mir sogar viel leichter vor, all das mit meinem Ersatzkörper zu tun, als mit meinem ursprünglichen Körper. Ich konnte mir auf Hawaii einen Ersatzkörper mit ordentlichen Bauchmuskeln ausleihen und mich die ganze Nacht vergnügen, bevor ich wieder aus dem Bett kriechen und die Batterie aufladen musste und anschließend mit einem anderen Ersatzkörper in der Unibibliothek aufwachte. Jedes Mal, wenn ich mich doch um meinen echten Körper kümmern musste, konnte ich so tun, als ob ich zur Toilette ginge, und dann schnell in den Ersatzkörper in der Klinik wechseln: zusehen, dass ich meine Medizin einnahm, den Körper umdrehen und massieren, auf dem Monitor überprüfen, ob mein Blutdruck in Ordnung war.

»Ich habe das seltsame Gefühl«, sagte ich zu X, »dass der Unfall mich die Fesseln meines Körpers hat abstreifen lassen, um mich frei zu machen.«

X schüttelte lächelnd den Kopf. »Davon bist du noch weit entfernt.«

»Warum sagst du das?«

»Du magst sogar eine Zulassung als Arzt bekommen, aber nach wie vor musst du dich mindestens alle vier Stunden wieder neben deinen eigenen Körper stellen.«

»Was wäre die Alternative?«

»Deinen eigenen Körper aufzugeben.«

3. Die Klein'sche Flasche

Ich stand neben dem OP-Tisch und tat meinen letzten Atemzug.

X hatte es mir überlassen, welche Rolle ich bei dieser Operation genau zu übernehmen gedachte, die des Arztes, des Assistenzarztes oder vielleicht schlicht die des Patienten.

Eine Weile hatte ich mir selbst nicht den Mut zugetraut, mir den eigenen Kopf abzuschneiden. Doch dann formulierte X die

Frage neu und sagte, ich würde einen nutzlosen Körper abtrennen: »Es kommt nicht auf die Größe an, oder darauf, was wovon abgeschnitten wird, frag dich lieber, auf welchen Teil du verzichten kannst.«

Die Instrumente lagen schon bereit. Ich hatte das Szenario schon Hunderte Male in Gedanken durchgespielt, doch als ich tatsächlich dort stand, erschien es mir noch immer unfassbar. Mit meinem Kopf, der meinen Ersatzkörper kontrollierte, trennte ich meinen eigenen Körper ab.

Dieser Ersatzkörper war auf medizinische Heilung spezialisiert, die Hand zitterte kein bisschen, selbst wenn der Wille mich plötzlich verlassen sollte, würde das zu nicht mehr als einer sofortigen Systemblockade führen. X stand neben mir, bereit, im Fall des Falles das Skalpell aus meiner Hand zu übernehmen. Ich bückte mich, sah, wie sich die Klinge der weißen Haut meines Halses näherte, sah die Vena jugularis anterior unter der Epidermis, dann die Luftröhre, den Kehlkopf, den Rachen, flankiert von den Drosselvenen. Alles entsprach perfekt den medizinischen Modelldarstellungen. Jeder Schritt verlief ruhig, methodisch, jede Ader fügte sich mühelos in die richtige Position der Apparatur, und auch das noch in meinem Körper verbliebene Blut wurde unverzüglich vom Mechanismus aufgesaugt, um »mir« als Nahrungsreserve zu dienen. Hinter einer Muskelschicht lag der Halswirbel. Als es an das Rückenmark ging, wurde mir schwindlig, aber ich nahm es hin. Nach diesem Schnitt lief alles problemlos. Als es vorbei war und meine Hand innehielt, schlug ich ein letztes Mal die eigenen Augen auf und erwiderte den Blick meines Ersatzkörpers.

»Gute Nacht«, sagte ich zu mir selbst.

Zusammen mit X brachte ich den Schädel in die medizinische Asservatenkammer. Ich befand mich in einem gut zehntausend Quadratmeter großen Lager, in dem ein mechanischer Greifarm jeden Kopf in das dafür bestimmte Fach ablegte. Die Monitore an allen vier Wänden zeigten den Gesundheitszustand eines jeden »Menschen« an.

»Dein Kopf liegt ebenfalls hier, nicht wahr?«, fragte ich X.

Er zuckte nur wortlos mit den Schultern und führte mich zu einer Konsole in der Mitte des Lagers, auf der eine seltsame Flasche stand. Der Flaschenhals war nach innen verdreht und die ganze Flasche in einem glänzenden Erbsengrün lackiert, sie wirkte besonders wertvoll.

»Da dir die Möbiusschleife ein Begriff ist, hast du vermutlich auch schon einmal hiervon gehört«, begann X. Als die Flasche durch eine leichte Berührung seiner Hand durchsichtig wurde, begriff ich, dass es sich nur um ein Hologramm handelte. »Sieh her«, fuhr er fort, »ihre Öffnung und ihr Boden sind miteinander verbunden, es handelt sich daher um ein Objekt, das in der dreidimensionalen Welt unmöglich ist …«

»… die Klein'sche Flasche«, ergänzte ich.

»Ich wusste, dass du sie kennst.« Lächelnd schnippte er mit dem Finger, und in der Flasche erschien eine Ameise. »Setzt man ein Insekt in eine Klein'sche Flasche, kann es unbewusst durch den Flaschenhals von innen nach außen krabbeln, denn das Innere dieser Flasche ist gleichzeitig ihr Äußeres, es gibt kein Innen und Außen.«

Mein Original hatte angenommen, dass seine Seele innerhalb meines Körpers liege, jetzt aber lag sie außerhalb. »… du willst damit sagen, dass das Ich eine Klein'sche Flasche ist.«

Er nickte. »So ist es. Du hast es begriffen.«

Es war furchterregend, schlimmer noch als das Betreten der klebrigen Seite der Welt. In diesem riesigen Totenkopflager war ich nur eine unbedeutende Ameise, die gerade über eine gekrümmte Fläche von innen nach außen krabbelte. Mit dem Ablegen meines Körpers hatte ich meine Klein'sche Flasche aufgegeben.

»Sag nicht wieder, dass das erst der Anfang ist«, sagte ich.

»Schon gut ...« X hob die Hand und schaltete die dreidimensionale Projektion ab. »Hast du schon einmal vom weißen Zimmer gehört?«

4. Das weiße Zimmer

Das weiße Zimmer war das genaue Gegenteil eines Ersatzkörpers.

Als Abbild unserer Sinnesorgane beobachtete ein Ersatzkörper die Außenwelt, so wie bei allen Menschen – er sah, roch, hörte, tastete. Die Objekte dieser Empfindungen lagen außerhalb des eigenen Körpers, innerlich waren sie jedoch ganz und gar vom Instinkt gesteuert. Der Ersatzkörper war nicht in der Lage, seinem Nutzer mitzuteilen, welches Lager, welchen Hebel oder welche Stellschraube er mit jedem Schritt in Bewegung setzte, oder mich wissen zu lassen, wie viel Energie dabei verbraucht wurde. Er sagte mir einzig, dass ich gerade an einem Herbsttag auf einem holprigen Bergpfad wanderte.

Der Gegenstand der Beobachtung des weißen Zimmers aber war die Innenwelt. Sein Prototyp besteht aus einer hohlen Sphäre, deren Innenseite eine einzige Spiegelfläche ist, weshalb jedes

Objekt innerhalb der Sphäre omnidirektional beobachtet wird. Gleichzeitig erscheint jedes Einzelne und jeder Teil davon im weißen Zimmer. Zu diesen Objekten verhält sich der den weißen Raum kontrollierende Mensch wie ein allwissender Gott.

Um mein Bewusstsein mit dem weißen Zimmer zu verknüpfen, nahm X eine weitere Manipulation an meinem Kopf vor. Wir implantierten einen speziellen Chip in den Sehtrakt des Gehirns, damit ich fortan nicht nur mit zwei, sondern mit unzähligen Augen sehen würde. Nun – als das weiße Zimmer zum ersten Mal in mein Bewusstsein eingepflanzt worden war, war ich X unendlich dankbar dafür, dass er mich meinen Körper hatte aufgeben lassen, denn sonst wäre ich als Querschnittsgelähmter an meinem eigenen Erbrochenen erstickt.

Der Raum vor mir war grenzenlos, denn seine Grenze war ich selbst. Nichts entsprach mehr seiner ursprünglichen Form: Weder stand es auf dem Kopf, noch war es sein Spiegelbild; alles war schlicht von innen nach außen gekehrt. Ich war oben, unten, links, rechts – ich war außen, die Welt war innen.

Zehn Tage später platzierte X eine kleine schwarze Kugel in das weiße Zimmer. Theoretisch hätte sie von oben nach unten fallen müssen, aber ich sah sie gleichzeitig in alle Richtungen streben, ich konnte nicht einmal sagen, wie viele Kugeln sich im weißen Zimmer befanden. »Lass mich hier raus, stell das ab, ich flehe dich an«, winselte ich, aber X ignorierte meinen Protest. Es war die Hölle. Als er die schwarze Kugel dann noch zu bewegen begann, hatte ich das Gefühl, als ob jemand einen Bohrer in meinen Kopf trieb.

»Mit der Zeit wirst du lernen, sie klar zu sehen«, sagte X.

Ich hatte keine Ahnung, wovon er redete.

»Richte deine Aufmerksamkeit auf einen einzigen Gegenstand«, ermunterte mich X, »dann schieb ihn durch das weiße Zimmer.«

Leichter gesagt als getan! Ich brauchte fast ein ganzes Jahr Praxis, um mich im weißen Zimmer kontrolliert zu bewegen. Irgendwann gelang es mir, meine Aufmerksamkeit auf ein einziges Bild zu konzentrieren und die Dinge, die ich in meiner Umgebung wahrnahm, gezielt zu bewegen, so, wie ein Kameramann etwas mit der Linse heranzoomt. Je schneller ich die Dinge bewegte, desto größer wurde das weiße Zimmer. Als der erste lebendige Schmetterling durch das weiße Zimmer flog, begriff ich schließlich, über welche furchteinflößende Macht ich verfügte. Ich vermochte aus der Nähe seine schillernden Flügel und seine Fühler zu betrachten und aus der Distanz zu sehen, in welche Richtung er flog. Ich konnte in Zeitlupe beobachten, wie sich sein Körper zusammenzog, und im Zeitraffer zusehen, wie er alterte und starb. Er wurde vor meinen Augen unsichtbar.

Es sei an der Zeit, einen Menschen ins weiße Zimmer zu lassen, sagte X.

Einen Menschen!

»Wähle den ersten Menschen, den du in das weiße Zimmer lässt, sorgfältig aus«, sagte er und reichte mir eine lange Namensliste. »Das ist ausgesprochen wichtig, denn er wird deine Seele betreten.«

Lin Ke. Was für eine wunderbare Fügung.

Mein Blick blieb lange an diesem Namen hängen. Bis heute erinnere ich mich an die Wärme, mit der er auf meiner Zungenspitze tanzte.

Die Tür zu meinem weißen Zimmer öffnete sich, und ein

kleines Mädchen spazierte herein. Es war nicht der Mensch, den ich in Erinnerung hatte, sondern ein Kind von vier oder fünf Jahren, und dennoch trampelte sie mit jedem Schritt auf meinem Herzen herum. Ich spürte beinahe, wie das Blut mir durch das Trommelfell schoss und mir die Illusion eines bis zum Hals klopfenden Herzens gab. Leider fiel mir ziemlich schnell wieder ein, dass mein Herz schon vor langer Zeit zu ethischem Abfall geworden war.

Verwirrt drehte sie sich um ihre Achse und suchte den Ausgang. »Papa!« Weinend streckte sie die beiden Patschhändchen in die Höhe.

X!, meine Stimme zitterte. Lass sie raus!

Nein, sagte er. Lass dir etwas einfallen.

Bevor mir klar wurde, was ich tat, sah ich einen Ersatzkörper ins weiße Zimmer treten – mich selbst.

Mein Ersatzkörper nahm sie in die Arme. Erst beäugte sie mich misstrauisch, dann weinte sie noch lauter, schrie beinahe wie am Spieß, sodass mir angst und bange wurde. Ich brachte sie hinaus und schloss von innen die Tür, um den schrecklichen Lärm auszusperren.

Die Sekunden der Stille im Anschluss daran werde ich niemals vergessen. Es war das erste Mal gewesen, dass ich das weiße Zimmer von meinem Ersatzkörper hatte betrachten lassen, und das erste Mal, dass ich den Ersatzkörper vom weißen Zimmer hatte betrachten lassen. Ich streckte die Hand aus, um gegen die unsichtbare Grenze zwischen beiden zu stoßen, aber natürlich stieß ich ins Leere. Hätte jemand diese Szene und dieses Gefühl in ein Bild wie Michelangelos *Die Erschaffung Adams* gebannt, hätte in dem Augenblick, in dem mein Ersatzkörper die Hand ausstreckte, das weiße Zimmer, das Gott wäre, noch keine Hand besessen.

»Verdammt noch mal!«, hörte ich X fluchen. »Du kannst jetzt nicht gleichzeitig den Ersatzkörper und das weiße Zimmer benutzen!«

Im nächsten Augenblick verstand ich, was er meinte. Die beiden überlappenden Sichtfelder ließen mich schwindeln, dann bekam ich so furchtbare Kopfschmerzen, als würde mir jemand mit einem Hammer auf den Schädel schlagen, um mir damit ein deformiertes Etwas aus dem Hirn zu treiben.

X trennte sämtliche Verbindungen, und ich fiel in eine lange nicht mehr erlebte Dunkelheit zurück, einen unendlichen Frieden. Mir war, als hörte ich jemanden »Gute Nacht« sagen.

5. Die Möbius-Raumzeit

X sagte, ich habe sehr lange geschlafen.

Ich vermutete, dass mein Gehirn durch das Missgeschick Schaden genommen hatte, aber das Computerprogramm im weißen Zimmer hatte alle Erinnerungslücken wieder so vollständig geschlossen, dass ich manchmal das Gefühl hatte, es würde meine Vergangenheit besser kennen als ich selbst, so als wäre sie vor langer Zeit schon aufgezeichnet worden. Meine nächste Lektion bestand darin, im weißen Zimmer eine materielle Welt aufzubauen. »Darin liegt der eigentliche Sinn des weißen Zimmers. Außerdem ist das dein neuer Job«, sagte X. »Lass uns mit dem Entwurf eines kleinen Holzhauses beginnen.«

In meiner Erinnerung stieß ich schnell auf jenes Haus auf

den Felsen am Meer, mit dem rostbraunen Dach und der leuchtend roten Fassade. Im Erdgeschoss lagen der Eingang, zwei Schlafzimmer und eine Toilette, im ersten Stock Wohnzimmer, Esszimmer und Küche; der Kamin war reine Dekoration, aber die Heizung sorgte stets für eine wohlige Wärme. Vor den Fenstern lag eine friedliche norwegische Fjordlandschaft.

»Jedes Detail«, ermunterte mich X.

Also hängte ich Fotografien von Polarlichtern an die Wände, stellte ein Geschirrservice und Gläser in den Küchenschrank, Rotwein, Butter, Milch und Honig in den Kühlschrank und breitete dicke Wollteppiche auf dem Boden aus. Als das kleine Holzhaus fertiggestellt war, kamen auch schon Lin Ke und ihre Eltern zu Besuch in das von mir errichtete Holzhaus ... Sie war groß geworden, ein junges Mädchen, das mit seinem Smartphone spielte. Als weißes Zimmer fungierte ich als intelligente Steuerung für Heizung, Elektrizität und andere Vorrichtungen des täglichen Lebens. Lin Ke sagte gern in den Raum hinein: Zieh die Vorhänge auf. Und schon würde ich ihren Blick auf die Galaxien vor dem Fenster frei machen.

Wow!, rief sie dann, über dem Fenstersims liegend.

Ich machte sehr schnelle Fortschritte. Schon bald hatte ich eine ganze Reihe Holzhäuser errichtet, erst eine kleine Fischersiedlung, dann ein ganzes Dorf. Ständig eilte ich geschäftig zwischen den Häusern und den Straßen hin und her und stieg sogar hinab in den Untergrund, um Kanäle zu inspizieren und Abwassermengen zu prüfen. Außer der Sonne und den Wolken hatte ich alles unter Kontrolle. Ein paar Jahre später vermochte ich bereits mithilfe des Computers zwei Gesichtsfelder gleichzeitig zu kontrollieren und ließ meinen Ersatzkörper mein

Holzhaus betreten, wo er dank der gesammelten Erfahrungen alle anfallenden Reparaturen am weißen Zimmer ausführte.

Ich polierte meine Welt auf Hochglanz, bis sie rundum perfekt war. Eines Tages erschien X. Es sollte unsere letzte Begegnung sein. Wir trafen uns in einem Fischerdorf an den Rändern des weißen Zimmers, meiner Meinung nach praktisch das Ende der Welt. »Das ist so ziemlich genau der Ort, an dem wir uns damals kennengelernt haben«, sagte er.

»Ich habe ihn absichtlich so gestaltet« entgegnete ich. »Bisweilen kommt mir das Leben vor wie eine Möbiusschleife. Erst nach einer ganzen Weile stoße ich auf die Innenseite des Klebebands, und schließlich beginne ich alles wieder von vorn.«

»Hast du einmal darüber nachgedacht«, fragte er und sah mich an, »ob die Zeit nicht auch eine Möbiusschleife ist?«

Verwirrt fragte ich zurück: »Die Zeit?«

»Wir betrachten die Zeit in der Regel als eine sich endlos in die Zukunft ausdehnende Linie. Aber ist sie das wirklich?«

»Was sonst?«

»Ein zweidimensionales Wesen in einer Möbiusschleife vermag die Krümmung des Raums nicht zu spüren, denn in seiner Welt gibt es nur eine ebene Fläche. Als dreidimensionales Wesen kann der Mensch durch das Gedächtnis der Zeit zwar den vierdimensionalen Raum erfühlen, aber die Krümmung der Zeit werden wir niemals wahrnehmen. Außer ...« Er hielt kurz inne. »Außer wenn wir beim Gehen auf der klebrigen Seite der Zeit wieder auf den glatten Ausgangspunkt geraten und entdecken, dass wir ein anderer Mensch als der in unserer Erinnerung geworden sind.«

6. The Beginning

Als immer mehr Besucher in meine kleine Stadt kamen, drohte ich allmählich unter der Arbeitslast zusammenzubrechen. In den Folgejahren optimierte ich das Computerprogramm so weit, dass es von selbst auf die Bedürfnisse der Leute reagieren konnte – ein Versuch, mich von der Last des weißen Zimmers zu befreien.

Es gelang mir.

Zur Feier meines Erfolgs bestellte ich mir das allerneuste Modell eines Ersatzkörpers, einen mit echten Geschmacksnerven und fähig zu echtem, menschlichem Schmerz. Dann fuhr ich zu der Jugendherberge in Stamsund, denn ich wusste, dass Lin Ke jedes Jahr um diese Zeit ihre Ferien dort verbrachte.

Diesmal aber kam sie in Begleitung eines Mannes.

Eines eingebildeten Idioten, dessen Hand Lin Ke umschloss, als wäre er ihr Ein und Alles.

»Ich suche eine Mitfahrgelegenheit«, sprach ich die beiden an.

»Klar, kein Problem«, antwortete er einfältig. »Dann sollten wir uns einander vorstellen, nicht?«

»X«, sagte ich.

Wir waren etwa achtzig Kilometer die Küstenstraße entlanggefahren, und es bestand kaum ein Zweifel daran, dass ihr Ziel das kleine Holzhaus in Å war. Die beiden nahmen ein Zimmer zusammen und ich eins für mich.

Als ich erwachte, war der Himmel noch dunkel. Lin Ke saß mit tränenverquollenen Augen draußen vor der Tür auf der Bank.

»Immerzu arbeitet er. Wenn er nicht telefoniert, schreibt er E-Mails«, schluchzte sie. »Sein Computer ist viel attraktiver für ihn als ich.«

Ich versuchte, sie zu trösten, redete mir den Mund fusselig. Auf dem Weg zurück ins Haus sah ich ein Glas Wasser auf dem Tisch stehen und trank es gierig leer. Süßes Honigwasser. Später hörte ich, wie die beiden sich unterhielten ... Gut, für diesmal schienen sie sich wieder zu vertragen. Dachte ich. Doch dann hörte ich sie schreien und ihn mit einem lauten Knall die Tür zuschlagen.

Sie heulte, als sei die Welt untergegangen. Ich lief ihm nach zum Auto und fragte, was los sei.

»Steig ein«, antwortete er nur.

Ich stieg in den Ford, den er gemietet hatte, entschlossen, ihm gut zuzureden. Doch der Kerl trat wie ein Irrer das Gaspedal durch, sodass mich die Beschleunigung in den Sitz drückte. Hastig schloss ich den Sicherheitsgurt, hielt mich am Griff der Beifahrertür fest und sagte: »Fahr langsamer, Mann! Wirklich, ich ...«

Er wollte nichts hören und raste in die nächste Kurve. Links von mir lagen Berge, rechts von mir das Meer.

Ich sah ihn an und begriff.

X war ich, ich war er. Unsere Welt war eine Möbius-Raumzeit.

Dunkle Wolken trüben den Himmel von den Bergen her. Noch vor fünf Minuten war er hell und klar.

Liu Weijia

Mission: Rettung der Menschheit

Aus dem Chinesischen übersetzt
von Eva Lüdi Kong

Liu Weijia,
Jahrgang 1974, wurde für seine Kurzgeschichten bereits drei Mal mit dem Galaxy Award ausgezeichnet. Seit 2000 arbeitet er als Redakteur für *Science Fiction World*, das berühmteste Science-Fiction-Magazin Chinas.

Ein Mann in sommerlichem Pilotenanzug war der erste Mensch, der auf meinem Videosensor erschien. Mit glühendem Gesicht, die Augen von Äderchen durchzogen, stand er vor mir und fuchtelte mit einer langhalsigen transparenten Plastikflasche, weshalb die Flüssigkeit darin ein gluckerndes Geräusch verursachte. »Geh Wasser suchen, schnell! Bring mir Wasser!«, schrie er mich an.

»Ja, ich gehe Wasser suchen.« Der Hauptrechner machte mir klar, dass ich die Befehle der Menschen vollumfänglich zu befolgen hatte. Ich nahm den metallenen Wasserkanister, den er mir entgegenhielt, sichtete die Umgebung und erkannte, dass ich mich zusammen mit diesem Menschen im Innern eines kleinen straußenförmigen Highspeed-Transportfliegers befand. Die Temperatur im Laderaum war überdurchschnittlich hoch.

»Zum Teufel noch mal! Alles nur verdammte Waffen! Nichts zu essen, nichts zu trinken ...« Wütend trat er mit dem Fuß gegen die Kisten, die sich bis zur Decke türmten, und fluchte.

So ging es eine Weile, dann sackte er plötzlich zu Boden, vergrub das Gesicht in den Händen und heulte: »Verdammt noch mal, ausgerechnet über dieser Wüste ein technischer Defekt ...«

Schließlich rappelte er sich auf, packte mich an den Schultern und rief: »Immerhin bist du mit dabei ... Hör zu: Ich habe dich montiert, dich zum Leben erweckt, du musst mich retten! Ohne Wasser werde ich sterben! Rette mich!« Seine Stimme steigerte sich zur höchsten Leistung, derer die menschlichen Stimmbänder fähig sind.

»Ja! Ich rette dich!« Diesen Auftrag prägte ich mir ein.

Als ich aus dem Laderaum trat, sah ich am Himmel grenzenloses Blau und auf der Erde grenzenloses Gelb. Beides lief am Horizont zusammen. Mit jedem Windstoß stoben die ockergelben Sandkörner auf und rieselten auf meinen Körper. Im grellen Licht musste mein Videosensor die Fotosensibilität anpassen.

Mit ausholenden Schritten ging ich voran. Anfangs konnte das eingebaute Gleichgewichtssystem nur schwer mithalten, doch bald hatte es sich austariert. Weil bei jedem Schritt der Sand absank, kam mein Schritttempo nur auf 60 % der konfigurierten Normalgeschwindigkeit. Dennoch arbeitete ich mich Schritt für Schritt voran und sondierte gleichzeitig per Videosensor nach Wasserquellen. Ich musste Wasser suchen, denn ich musste einen Menschen retten. Das war meine Mission.

Inzwischen hatte ich 3238 Sonnenuntergänge gesehen, doch Wasser war noch immer nicht in Sicht.

Viele Tage verstrichen damit, dass ich die Orientierung in den Griff zu bekommen suchte. Erst nachdem ich über vierhundert Tage ziellos vorangeschritten war, begriff ich, dass ich wiederholt dieselben Gebiete absuchte. Da wurde mir klar, dass ich auf Abwege gekommen war. Also begann ich zu recherchieren, wie ich das Problem vermeiden könnte, doch in meinem Speicher gab es keinerlei Informationen dazu.

Nach eingehender Beobachtung über einen längeren Zeitraum entdeckte ich, dass die Positionen der Sterne eine ziemlich genaue Orientierungshilfe boten. Also erstellte ich jeden Abend nach Sonnenuntergang genaue Messungen, verglich die verschiedenen Positionen der Gestirne und koordinierte die Ergebnisse mit der Anzahl meiner Schritte. Auf diese Weise lernte ich nach und nach, Gebiete zielgenau anzupeilen, und ersparte mir damit weiteren Leerlauf.

Allerdings hatte ich schon 311 Tage zuvor mehr als die Hälfte der gespeicherten Energie aufgebraucht, weshalb ich die programmierten Vorsorgemaßnahmen aktivieren musste: Tagsüber, wenn die Lichteinstrahlung am stärksten war, öffnete ich die hochempfindlichen, besonders leistungsfähigen Solarpanels in meiner Bauchhöhle und speicherte die Energie in wiederaufladbaren Mikrobatterien. Wenn ich dann die Panels bei geringerer Sonneneinstrahlung wieder eingezogen hatte, konnte ich das System mit der neu gewonnenen Solarenergie betreiben und die Wassersuche fortsetzen.

Die ganzen 3238 Tage hatte ich ohne Unterbrechung nach Wasser gesucht. Anscheinend war beim Design meiner Körperstruktur auch der Umgebungsfaktor Wüste mit einberechnet worden, denn der feine, durchdringende Sandstaub gelangte nicht in meinen Innenraum, und so musste ich die elektrostatische Entstaubungsvorrichtung fast nie benutzen. Außerdem hatte die Außenschicht eine hervorragende Hitzedämmung, denn trotz der beständigen Einstrahlung durch einen 6000 Grad Celsius heißen Feuerball, der am weiten, wolkenlosen Himmel stand, wurde der Stromkreis nie überhitzt. Die nächtliche Kälte war erst recht kein Problem. Auch mein Videosensor war mit mehreren Schutzvorrichtungen versehen, und die unterschiedlichen Wellenlängen der Lichteinstrahlung konnte er spielend abdecken. Mit einer derart vorzüglichen Konstitution würde ich gewiss eines Tages Wasser finden, da war ich mir sicher. Die Wüste konnte ja nicht endlos sein. Mithilfe der Sternenpositionen setzte ich die Suche fort und schritt auf dem dunklen, kalten Sandboden voran.

Bald nach dem 3238. Sonnenuntergang sichtete mein Videosensor ein Objekt, das sich von der eintönigen Landschaft abhob. Sofort peilte ich die ungewöhnliche Erscheinung an, erhöhte die Auflösung des Videostreams und beschleunigte das Schritttempo. Nach und nach konnte ich erkennen, dass es sich um hohe Pflanzen handelte. Meine Datenbank enthielt zwar nicht viele Informationen über Pflanzen, doch ich wusste, dass dort, wo Pflanzen wachsen, auch Wasser vorhanden ist. Der Erfolg war in Sicht!

Es handelte sich um eine mittelgroße Oase, die von dichtem Buschwerk gesäumt war. Dahinter ragten hohe Bäume auf. Ich schritt hinein und erblickte eine Mulde mit kristallklarer Flüssigkeit. Endlich hatte ich Wasser gefunden!

Daneben stand im Schatten der Bäume ein robustes, wüstentaugliches Militärzelt.

Nun bewegte sich die Zelttür, und ein Mensch schlüpfte heraus. Dieser Mensch war anders gebaut als derjenige, der mir die Mission aufgetragen hatte. Ich identifizierte ihn als einen anderen Menschheitstyp: den der Frauen.

»Was … was machst du da?«, rief die Frau erschrocken und streckte mir die geballten Fäuste entgegen.

»Ich brauche Wasser«, sagte ich.

In dem Moment bewegte sich die Zelttür von Neuem. Ein kleines Mädchen streckte den Kopf heraus und äugte zu mir herüber.

»Zurück!«, schrie die Frau ihr zu.

Die Zelttür schloss sich wieder.

»Ich brauche Wasser«, wiederholte ich. »Ich brauche es, um einen Menschen zu retten.« Ich hob den Metallkanister hoch, der vom Sand bereits auf Hochglanz poliert war.

»Wasser … da ist es.« Sie wies auf das Wasserbecken, ohne den Blick von mir abzuwenden.

Also drückte ich meinen Kanister in die Flüssigkeit. Gluckernd stiegen große Blasen auf. Bald war er voll. Ich schraubte die Verschlusskappe zu, hob den Kanister auf und wandte mich zum Gehen. Meine Mission war zur Hälfte erfüllt.

Der Rückweg dauerte viel weniger lang, nun hatte ich ja eine Methode der Orientierung. Zwar war ich mir über die damalige Ausgangsposition nicht mehr ganz im Klaren, doch da ich alle Bereiche ausschließen konnte, die ich durchsucht hatte, seit ich die Orientierung beherrschte, war es doch viel einfacher als auf dem Hinweg.

Endlich, nach 216 Tagen, hatte ich den straußenförmigen Highspeed-Transportflieger wieder aufgefunden. Er war bereits zur Hälfte von Sand bedeckt.

Im Lagerraum war alles wie zuvor, die Warenkisten so gut wie unberührt. Allein von ihm sah ich keine Spur.

Also ging ich auf die Pilotenkabine zu. Die Tür war intakt und ließ sich leicht öffnen.

Was da auf dem Pilotensitz saß, schien ein Mensch zu sein. Es hatte vier Gliedmaßen und einen Kopf, nur war es ausgetrocknet und hatte ein deutlich kleineres Volumen. Grauschwarze Haut umspannte die Knochen, das Gesicht war zu einem breiten Grinsen verzogen, der Pilotenanzug zerfetzt. Nach eingehender Validierung konnte ich bestätigen, dass er es war. Ich konnte an ihm keine Spur von Leben finden. Was mir auffiel, waren zwei Löcher seitlich an seinem Schädel. Seine rechte Hand hing nach unten, und am Boden lag eine leichte, seesternförmige Armeepistole aus Kunststoff.

Langsam goss ich das Wasser über ihn, wie er es verlangt hatte. Die kristallklare Flüssigkeit rann über seinen Körper, über den Pilotensitz, auf den Boden. Ich wünschte, er wüsste, dass meine Mission vollendet war. Doch er war tot. Ein Toter hat keine Wahrnehmung mehr. Er konnte es nicht wissen und würde auch kein Wasser mehr brauchen.

Hatte ich die Mission nun vollendet? Nein. Ja. Nein. Ich hatte ihn nicht gerettet, er war gestorben. Und der Hauptrechner sendete ununterbrochen: »Mission unvollendet«. Ich musste diese Mission vollenden. Ich musste Menschen retten. Doch wo waren sie, die Menschen? Er war tot, hier gab es keine mehr. Also musste ich Menschen suchen, das war jetzt das Wichtigste. Ja, ich musste auf die Suche nach den Menschen gehen! Ich erstellte einen Aktionsplan.

Doch erst wollte ich sicher sein, ob er nicht doch noch merken würde, dass ich Wasser gebracht hatte. Immerhin war dieser Schritt vollendet, das Wasser war auf seinem Körper. Ich blieb stehen und wartete.

Schräge Sonnenstrahlen schienen zum Fenster herein, die Umgebung färbte sich rot. Er aber zeigte nicht die leiseste Regung. Als das Wasser verdunstet war, entschied ich, ihn zu verlassen.

Vor Aufbruch suchte ich im Lagerraum nach Ersatzteilen und Werkzeugen und nahm eine Überholung meiner selbst vor, um möglichst gut gewappnet zu sein. Anschließend verließ ich das tote Transportflugzeug und machte mich von Neuem auf den Weg – diesmal nicht auf Wassersuche, sondern auf der Suche nach Menschen. Ich wusste, wo es Menschen gab.

Nach 27 Sonnenaufgängen betrat ich die Oase zum zweiten Mal. Weil das Ziel diesmal klar war, hatte ich viel Zeit gespart. Genau wie beim ersten Mal behielt die Frau mich argwöhnisch im Blick, und das Mädchen blickte wiederum verstohlen aus dem Zelt.

Ein ums andere Mal versuchte ich zu erklären, dass ich die Aufgabe hatte, Menschen zu retten, und dass ich wissen wolle, wie das anzugehen sei. Doch die Frau starrte mich die ganze Zeit wortlos an, ohne jede Reaktion.

Erst als ich mein Anliegen zum neunten Mal vorbrachte, machte sie den Mund auf und sagte: »Nun … dann gib doch den Melonenkeimlingen dort drüben etwas Wasser.« Sie wies mit der Hand hinter mich.

»Warum rettet es dich, wenn ich den Melonen Wasser gebe?« Ich war außerstande, das Bewässern von Melonen mit meiner großen Mission in Verbindung zu bringen. Worin bestand die logische Verknüpfung?

»Nun – wenn du die Melonen nicht bewässerst, dann verdorren sie, und wenn sie verdorren, haben wir keine Melonen zu essen und müssen verhungern. Darum rettest du uns, wenn du die Melonen bewässerst«, erklärte sie und versuchte ein Lachen zu unterdrücken.

»Genau, das stimmt.« Mir war ein Licht aufgegangen – genau so verhielt es sich doch! Es waren nun mal Menschen. Auf einmal war mir der Bezug klar, und meine Verwirrung löste sich. Ich nahm den Plastikeimer, den sie mir entgegenhielt, füllte ihn mit Wasser und schritt zum Melonenfeld.

So blieb ich hier und begann meine neue Rettungsaktion. Gemäß ihren Anweisungen bewässerte ich die Pflanzen und schüttelte auch Früchte von den Bäumen, damit sie Nahrung hatten, außerdem grub ich Höhlen zur Lagerung der getrockneten Früchte, sammelte dürre Zweige, damit sie Brennholz hatten, reparierte beschädigte Stellen am Armeezelt und pflanzte rings um die Oase Büsche, um den Sand abzuhalten. Es gab wirklich eine Menge zu tun. Die menschliche Existenz ist eine schrecklich komplizierte Sache. Sie können nicht so wie ich einfach etwas Sonnenenergie tanken, sondern müssen alles Mögliche unternehmen, damit sie überhaupt am Leben bleiben. Sie hatten meine Rettung wirklich nötig.

Innerhalb weniger Tage hatte ich der Frau auf ihre Fragen alles erzählt, was sich zwischen mir und ihm abgespielt hatte. Darum wusste sie, dass meine erste Rettungsaktion gescheitert war.

»Das ist nicht dein Fehler«, sagte sie. »Du hast alles getan, was in deinen Kräften stand. Sei nicht traurig.«

»Was heißt traurig?«

»Traurig? Das heißt, dass einem etwas im Herzen wehtut. Dass man weinen möchte.«

»Weinen, das kenne ich«, sagte ich. Meine Datenbank enthielt entsprechende Informationen.

Da lachte sie und meinte: »Weinen allein heißt nicht unbedingt, dass man traurig ist. Traurig ist man erst, wenn man etwas Geliebtes verloren hat. Vor allem, wenn es ein Mensch ist, den man liebt …« Ihre Stimme war leiser geworden. Sie neigte den Kopf zur Seite und blickte zum fernen Horizont.

Ich wusste nicht, wer der Mensch sein sollte, den ich liebte, außerdem war mir auch nicht klar, was »lieben« bedeutet. Menschen sind eine dermaßen komplizierte Spezies, und mein Verständnis reichte einfach nicht aus. In der Reflexion des glasklaren Wassers sah ich mein Spiegelbild. Äußerlich sah ich fast aus wie Menschen, besaß ebenfalls vier Gliedmaßen und einen Kopf, sogar mit ähnlichen Gesichtszügen. Und doch waren sie so viel komplizierter als ich. Was macht es eigentlich dermaßen schwierig, Menschen zu verstehen?

Das kleine Mädchen hielt vorsichtig Abstand. Wenn ich arbeitete, sah sie aus sicherer Entfernung zu, und wenn ich eine Pause machte und zu ihr hinüberblickte, rannte sie kichernd davon.

Sie war ein bewegungsfreudiges Lebewesen. Am liebsten machte sie genau das, was ihr die Mutter verboten hatte: Sie kletterte auf die höchsten Bäume, um Obst zu naschen und dann mit den Kernen auf mich zu zielen, schwamm im ziemlich tiefen Teich herum und tauchte immer wieder mal auf den Grund, sodass man lange nichts mehr von ihr sah. Außerdem lief sie gern aus der Oase hinaus. Daher meinte die Mutter eines Tages, ich sollte mir etwas ausdenken, womit ich ihre Tochter bei der Stange halten könnte, damit nicht irgendwann ein Unglück passiere.

Also versuchte ich ihr mithilfe von Informationen aus meinem Speicher kleine Denkspiele beizubringen, die sie mit Steinen und Zweigen auslegen konnte, und dabei kam ich ihr zum ersten Mal etwas näher. Tatsächlich war sie von den Spielen fasziniert. Oft lag sie stundenlang im Schatten der Bäume und suchte nach Lösungen, den Kopf in die Hände gestützt, während ihre kleinen Unterschenkel auf und nieder wippten und sie die Füße auf den Boden trommeln ließ. Nie mehr starrte sie mich nur an oder begann ohne ersichtlichen Grund zu kichern.

Allerdings kam sie nun mit jedem Problem angerannt, das sie nicht gleich lösen konnte. Dann kam ich jeweils nicht umhin, die Arbeit zu unterbrechen und ihr zu helfen. Doch kaum hatte ich ihr die Lösung gegeben, rief sie »Dummkopf, Dummkopf!« und lief lachend davon.

Ich verstand nicht, warum sie mich Dummkopf nannte. Das entsprach nicht den Fakten. »Dummkopf« bedeutet, dass jemand schwach bei Verstand ist. Meiner Statistik zufolge fand sie jedoch auf 72 % der Knobelspiele keine Lösung, während ich ausnahmslos alle lösen konnte. Demnach war nicht ich der Dummkopf, sondern sie. Also lief ich ihr nach und korrigierte sie noch im Laufen: »Nicht ich bin ein Dummkopf, du bist einer, du schaffst nur einen Prozentanteil von …«

Sie versuchte sich überall zu verstecken, und wenn ich sie endlich eingeholt hatte, war sie so außer Atem, dass ihr buchstäblich die Zunge heraushing. »Ja, ja, schon gut, ich bin der Dummkopf, nicht du …«, japste sie dann und kam vor Lachen kaum mehr vom Boden hoch. Ihr Gesicht war puterrot, weil ihr das Blut in den Kopf gestiegen war.

Eines Tages fiel mir eine Unstimmigkeit auf. Ich wusste ja, dass Menschen nur dann Nachkommen haben, wenn ein Mann und eine Frau zusammen sind. Doch wo war hier der Mann? Ich sprach die Mutter des Mädchens darauf an.

Er sei schon lange gestorben, erklärte sie mir. Erschossen, außerhalb der Wüste.

»Dann gibt es außerhalb der Wüste auch Menschen?« Das war eine wichtige Entdeckung.

»Ja, früher gab es mehrere Milliarden Menschen«, erklärte sie. »Aber dann kam ein schrecklicher Krieg, bei dem die meisten umgekommen sind. Noch heute sind die Überlebenden dabei, sich gegenseitig umzubringen … So ist auch der Vater des Kindes ums Leben gekommen. Das ist der Grund, weshalb ich mit meiner Tochter in dieser Oase lebe …«

Ich geriet in Konfusion und hörte nicht mehr, was sie noch sagte. Menschen brachten Menschen um? Wie kommt die Menschheit darauf, sich selbst zu töten? Ich war außerstande, diese Information zu verarbeiten, und kam ganz durcheinander. Als mein Hauptrechner schließlich die Beseitigung des Problems erzwungen hatte und ich aus der Konfusion erwachte, war sie längst verschwunden.

Dank meiner Arbeit gewann die Oase an Bodenfläche, die Zahl der Kleintiere, Insekten und Vögel nahm zu, und so fanden die beiden Menschen reichlich Nahrung. Jeden Abend machten sie am Wasserbecken ein kleines Lagerfeuer und legten die Kleintiere und Vögel, die ich erbeutet hatte, gerupft und gehäutet über die Glut, bis es brutzelte. In solchen Momenten hüpfte das Mädchen fröhlich singend ums Feuer herum. Die glutrote Abendsonne beschien die Bäume, das Wasser, den Sand, das Zelt und die beiden Menschen, und darum nahm alles eine rötliche Färbung an. Ich stand daneben und betrachtete alles.

Oft kam es vor, dass mir das Mädchen angeknabberte Sachen vors Gesicht hielt und sagte: »Nimm auch ein bisschen, iss doch was …«

»Nein«, antwortete ich.

»Er kann das nicht essen«, erklärte ihr die Mutter dann, »er isst nur Sonnenlicht. Das hier kann er nicht essen.«

»Oh …«, seufzte das Mädchen bedauernd, blickte mir ins Gesicht und fügte hinzu: »Du bist wirklich gut.«

»Danke schön.« Ich wusste, dass es ein Lob war, also bedankte ich mich.

»Du bist gut, du bist gut, du bist gut …«, rief das Mädchen in einem fort, siebenmal hintereinander, und gluckste vor Lachen.

»Danke, danke, danke …«, beantwortete ich jedes einzeln.

Am 486. Tag nach meiner Ankunft in der Oase starb die Mutter des Mädchens.

Die Oase hatte an Fläche zugenommen und immer mehr Tiere angelockt, doch die beiden Menschen hatten diesem Umstand nicht genügend Beachtung geschenkt, und so wurde sie von einer Giftschlange gebissen.

Sie kam auf mich zu, hielt die Bisswunde am Arm umklammert und flehte mich an, sie zu retten. Doch ich konnte sie nicht retten, schließlich war ich kein medizinischer Roboter, und mein Speicher enthielt auch keine diesbezüglichen Daten. Ich wusste nicht, was ich hätte tun können. Also erklärte ich ihr den Sachverhalt.

Da quollen Tränen aus ihren Augen und tropften zu Boden. »Dann muss ich sterben.« Ihre Stimme zitterte.

»Das glaube ich auch«, sagte ich.

Sie schluchzte auf. »Nun muss ich sterben … was soll denn aus ihr werden, wenn ich nicht mehr da bin?« So schluchzte sie eine Weile, heftete dann den Blick auf mich und sagte: »Versprich mir, dass du ein Leben lang für sie sorgen wirst. Allein kann sie in dieser Wüste unmöglich überleben. Sie braucht dich.«

»Ich verspreche es.« Ich nahm den Befehl an.

»Schwöre«, sagte sie.

»Ich schwöre es«, antwortete ich. Ich wusste, was schwören bedeutet.

Über ihr verweintes Gesicht huschte ein Lächeln. »Und noch etwas musst du mir versprechen«, fügte sie hinzu. »Nämlich, dass du sie, wenn sie erwachsen ist, aus der Wüste hinausführst und ihr dort draußen einen Mann suchst, der sie von Herzen liebt … Außerhalb der Wüste ist es zwar schlecht bestellt, doch letztlich kann sie nur dort wirklich leben …« Das Sprechen fiel ihr schwer.

»Wann genau soll ich sie aus der Wüste führen?« Ich wusste nicht, mit welcher Zeit sich »erwachsen« verband.

»In drei … nein, in fünf Jahren. Heute in fünf Jahren. Kannst du dir das merken?«

»Ja, ich habe es mir gemerkt«, antwortete ich.

»Gut, dann bin ich beruhigt.« Sie nickte mit Mühe.

In der verbleibenden Zeit kniete das Mädchen neben seiner Mutter, lauschte ihren Worten, und ihre Schultern zuckten unentwegt. Die sterbende Mutter schien jede Sekunde ausnutzen zu wollen, doch allmählich wurden ihre Worte undeutlich, dann sank die Körpertemperatur, und ihre Augen schlossen sich nicht mehr.

Der Himmel über ihnen war dunkel, und das Mädchen kniete noch immer da und konnte nicht aufhören zu weinen. Der

Boden vor ihren Knien war ganz nass. Weil sie weinte, wusste ich, dass sie traurig war.

Ich stand reglos daneben. An diesem Tag hatte ich miterlebt, wie ein Mensch starb. Mit eigenen Augen hatte ich gesehen, wie das Leben aus einem Menschen entschwindet. Jetzt wusste ich, was Sterben heißt. Und ich dachte, dass es mir wieder nicht gelungen war, meine Mission zu vollenden.

Schließlich konnte sich das Mädchen nicht mehr halten und sank neben der Mutter zu Boden. Ich trug es ins Zelt, damit es vor der nächtlichen Kälte geschützt war. Ich musste für das Mädchen sorgen, ein Leben lang.

Am Vormittag des zweiten Tages verlangte sie, dass ich den Körper ihrer Mutter begrub. Sie sagte mir, ich müsse eine Grube ausheben und den Körper hineinlegen, so wie einst ihr Vater begraben worden war, als sie noch klein war. Also hob ich zwischen den Büschen einen tiefen Schacht aus und legte den Körper hinein. Bevor der Sand das Gesicht bedeckte, starrten die Augen, die sich nicht schließen wollten, mich unentwegt an.

Als alles beendet war, sagte das Mädchen: »Ich habe Hunger. Ich möchte gebratene Wüstenmäuse.«

Also machte ich mich sofort auf Beutesuche.

Tag für Tag ging die Sonne über der Oase auf und unter. Nachts weinte das Mädchen weniger. Doch es kam nicht mehr vor, dass sie wie einst in Gelächter ausbrach, Speisen mit mir teilen wollte oder von den Bäumen mit Obstkernen nach mir zielte. Sie hatte sich verändert.

Überhaupt war das Leben ganz anders. Das Lachen fehlte, ein Mensch fehlte, und ich hatte viel mehr Zeit. Früher hatte mich das Mädchen immer gedrängt, mit ihr Schach zu spielen, jetzt hingegen musste ich sie darum bitten. Weil ich merkte, dass ich sie nicht immer vom Gewinnen abhalten konnte, begann ich absichtlich zu verlieren. Anfangs machte sie das tatsächlich eine Weile fröhlich, doch ihr Interesse nahm schnell wieder ab. Dadurch wurde mir klar, dass ich sie auch nicht immer gewinnen lassen konnte. Also richtete ich es so ein, dass ich mal gewann und mal verlor, hin und her, nur damit ihr Lachen zurückkehrte. So gab ich mir alle erdenkliche Mühe, doch die Ergebnisse lagen weit hinter den einstigen zurück. Der Mensch ist einfach viel zu kompliziert – ich schaffte es nicht, das rechte Maß zu finden.

Auch wenn das Lachen fehlte, nahm unser Leben in der Oase seinen Lauf. Ich verstand, dass es nie wieder sein würde wie zuvor, also nahm ich die Veränderung an.

Doch unbemerkt war eine weitere Veränderung im Gange. Mir fiel auf, dass sie größer wurde und immer mehr der Mutter ähnelte. Oft zog sie sich vor Sonnenuntergang aus und ging schwimmen, und wenn sie nach ausgiebigem Bad wieder am Ufer stand, um sich mit dem Kamm ihrer Mutter das Haar zu glätten, und ihr Körper in der Abendsonne glänzte, sah es fast genauso aus wie früher bei ihrer Mutter. Ich fand, es wäre an der Zeit, über das zu sprechen, was die Mutter mir vor ihrem Tod aufgetragen hatte.

»In 866 Tagen werde ich dich aus der Wüste führen, um in der Welt dort draußen einen Mann für dich zu finden. Das hat mich deine Mutter schwören lassen«, sagte ich zu ihr.

»Einen Mann?« Sie neigte den Kopf zur Seite und sah mich an.

»Nun, der Vater deines zukünftigen Kindes«, erklärte ich ihr.

Da lachte sie endlich wieder. »Ein Mann? Lass mich mal überlegen.« Da begann sie zu kichern, und schließlich prustete sie vor Lachen, bis sie ganz außer Atem war. Lange hatte sie nicht mehr so gelacht.

In dieser Nacht hielt ich wie immer vor dem Zelt Wache. Der Mond schien so hell, dass sich die Schatten der Bäume deutlich abzeichneten. Da hörte ich hinter mir ein Rascheln, drehte mich um und sah sie herauskommen. Sie ging zum Teich und setzte sich hin. »Komm auch«, rief sie mir zu.

Also setzte ich mich neben sie. Auch im Wasser war ein heller Mond. »Warum schläfst du nicht?«, fragte ich sie.

»Ich überlege ...«

»Was überlegst du?«, fragte ich, nachdem sie eine ganze Weile stumm geblieben war.

»Was für einen Mann willst du mir suchen?«, fragte sie, ohne auf meine Frage einzugehen.

»Deine Mutter sagte, er müsse dich von Herzen lieben.«

»Ich finde, zuallererst muss ich ihn lieben.« Sie warf einen Stein ins Wasser, und der Mond zersprang in tausend Stücke.

»Was für einen Mann würdest du denn lieben?« Das musste ich nun genau wissen.

»Zuallererst sollte er hübsch sein.« Sie blickte mich mit schräg geneigtem Kopf an.

Ich wusste nicht, was »hübsch« sein sollte. Mithilfe ihrer Schilderungen suchte ich in meiner Datenbank alle männlichen Gestalten ab und zeichnete mit dem Finger ein Gesicht in den Sand.

»Das ist nicht hübsch.« Sie wischte mit dem Fuß über die Zeichnung.

Also zeichnete ich ein weiteres.

»Auch nicht hübsch.« Ihr Fuß fuhr abermals darüber.

So sinnierte ich mit ihr, die längst das Gähnen nicht mehr zurückhalten konnte, über ihre Zukunft, bis sie an meiner Schulter eingeschlafen war. Vorsichtig nahm ich sie in die Arme und trug sie ins Zelt, wo ich sie sachte aufs Bett legte und zudeckte. »Nicht hübsch ...«, murmelte sie schlaftrunken.

Ich verließ das Zelt und fuhr fort, mir nach ihren Schilderungen ihren zukünftigen Ehemann auszumalen.

Weiterhin bewässerte ich jeden Tag die Pflanzen, sammelte Früchte, fing kleine Tiere und versorgte sie damit so reichlich, dass ihr die Mahlzeiten buchstäblich aufstießen. Zudem spielte ich noch mit ihr.

Draußen vor der Oase wirbelte der Wüstensand, und wir warteten im Stillen auf den Tag, an dem wir diesen Ort verlassen würden. Immer öfter spähte sie in die Ferne und fragte mich, wie viele Tage noch verblieben. Dies konnte ich ihr jeweils genau mitteilen.

Als gerade noch 392 Tage fehlten, brach alle Hoffnung zusammen – sie wurde krank.

Genau das hatte ich am meisten befürchtet, denn gegen Krankheiten war ich machtlos. Schon das kleinste Unwohlsein war für meine Mission immer eine Bedrohung gewesen, und nun das. Sie war ernsthaft krank, es sah nicht gut aus. Bald konnte sie das Bett nicht mehr verlassen, litt an Zuckungen, und ihre Körpertemperatur schwankte um die vierzig Grad. Gesicht, Hals und Brustbereich waren gerötet, die Augen rot geädert, und an manchen Stellen der Haut traten kleine rote Punkte auf. Ich befand ihren Zustand für akut, wusste aber nicht, was ich tun sollte. Es war mir unerklärlich, wie es zu dieser Krankheit gekommen war. Doch ich konnte nicht mehr tun, als ihren Anweisungen zu folgen: Hatte sie Durst, gab ich ihr Wasser; wollte sie etwas essen, brachte ich es ihr; war ihr kalt oder heiß, ergriff ich die entsprechenden Maßnahmen. Mehr konnte ich nicht tun.

Ihr Befinden verschlechterte sich zusehends. Schon begann sie Blut zu husten und fiel immer längere Zeit in einen Fieberwahn, delirierte und schrie Worte ohne logischen Zusammenhang. Meiner Meinung nach waren die wichtigsten inneren Organe bereits im Abbau begriffen. Wenn sich jetzt nichts grundlegend änderte, würde sie in Kürze sterben. Und ich musste hilflos zusehen, wie sie an meiner Seite Schritt für Schritt dem Tod entgegenging. Höchstwahrscheinlich würde ich einen weiteren Misserfolg erleben.

Am siebten Tag ihrer Bettlägerigkeit wurde sie nachmittags plötzlich hellwach und rief mich herbei. »Werde ich sterben?«, fragte sie mit Mühe und lachte kurz.

»Diese Möglichkeit besteht«, sagte ich.

Sie lachte von Neuem, dabei rollten Tränen aus ihren Augen. »Nun habe ich nicht mal meinen Mann gesehen.«

»Das tut mir auch sehr leid.« Der Hauptrechner hatte diesen Satz für mich ausgewählt.

»O Gott, ich will nicht sterben!«, schluchzte sie.

Diesmal wusste ich nicht, was ich sagen sollte. Ich konnte nur zusehen, wie sie schluchzte.

Sechs Minuten später hob sie den Kopf und sprach: »Sag bitte, du liebst mich.«

»Du liebst mich«, sagte ich.

Sie lachte: »Nein … sag: Ich liebe dich!«

»Ich liebe dich«, sagte ich.

»Bin ich hübsch?«, fragte sie.

Ich wusste nicht, was ich antworten sollte, weil ich nicht wusste, was sie mit »hübsch« meinte. Also wählte der Rechner per Zufallsergebnis eine Antwort: »Ja, du bist hübsch.«

Abermals lachte sie: »Dann gib mir ein Küsschen.«

Ich hatte gesehen, wie die Mutter sie auf die Wange geküsst hatte. Also tat ich es ebenso und küsste ihre Wange.

»Danke«, sagte sie leise. Dann fügte sie hinzu: »Wenn ich gestorben bin, musst du an mich denken«.

»Wie geht das konkret?«, fragte ich.

»Du musst dich einfach an die Zeit erinnern, die wir gemeinsam verbracht haben. Wenn ich weiß, dass hier ein Mensch an mich denkt, werde ich drüben nicht traurig sein.«

»Ich bin aber kein Mensch«, sagte ich.

Sie schüttelte schwach den Kopf, sagte: »Das ist nicht wichtig … wirst du es schaffen?«

»Bestimmt«, antwortete ich.

»Dann bin ich beruhigt. Mein Geliebter.«

»Was bedeutet ›Geliebter‹?«, fragte ich.

Sie schloss die Augen und verstummte.

87 Stunden später war sie tot.

Neben dem Grab ihrer Mutter hob ich einen tiefen Schacht aus und begrub sie. Dann stand ich neben dem neuen Grab und durchforstete den Speicher ihrem Wunsch gemäß nach den Aufzeichnungen unseres gemeinsamen Lebens. Dabei sah ich sie wieder, hörte ihr Lachen und den Aufprall der Obstkerne an meinem Körper.

Als ich die Erinnerung beendete, waren schon 58 Stunden um. In den Strahlen der untergehenden Sonne sah ich, dass die Melonen, die ich kürzlich auf einem neuen Feld angesät hatte, dabei waren zu vertrocknen. Gewiss würde die Oase nun kleiner und kleiner werden, bis sie wieder aussah wie damals, als noch keine Menschen hier gewesen waren. Wie viele Tage und Nächte hatte ich unermüdlich gearbeitet, bis die Oase so groß war wie jetzt – und nun würde die ganze Anstrengung innerhalb weniger Tage zunichte sein. Ich würde hier nicht weiterarbeiten, denn hier gab es keine Menschen mehr. Alle Mühen hatte ich darauf verwendet, den Menschen ein glückliches Leben zu ermöglichen, doch am Ende fegte der Tod sie mit leichter Hand hinweg. Ob Pflanzen oder Menschen, alles war so fragil. Ich war der Meinung, dass ich alles getan hatte, was in meinen Kräften stand. Und doch waren alle gestorben, und mir blieb nichts als ein klägliches Scheitern. War denn meine Mission grundsätzlich nicht erfüllbar? War es eine Fehlkalkulation? Die Fragen stürzten mich in Verwirrung. Also wurden sie vom Hauptrechner beiseitegestellt, und damit kam ich zurück zur Mission. Ich wollte von Neuem Menschen suchen und weiter meinen großen Auftrag ausführen.

Ich wählte eine Richtung und schritt entschlossen voran. Ich wollte aus der Wüste hinaus, an einen Ort, wo es Menschen gab. Einst hatte ich einer Frau versprochen, eine andere Frau mitzunehmen. Jetzt aber blieb mir nichts übrig, als den Weg allein anzutreten. »Verzeih mir, bitte …« Den Satz hatte der Hauptrechner ausgesucht.

So ging ich eine Weile voran, dann wandte ich mich zur Oase um, die in der Ferne nur noch vage auszumachen war. Die glühenden Wolken im Sonnenuntergang waren rot wie das abendliche Lagerfeuer. Ich ging weiter.

Als ich ein zweites Mal zurückblickte, war die Oase nicht mehr zu sehen, und auch das Abendrot war verblasst. Also ließ ich davon ab und ging mit festen Schritten dem dunklen Horizont entgegen.

Längst war mein Balancesystem wieder auf harten Boden eingestellt, und der Videosensor hatte sich an die neue, von diffusem Grün durchflutete Umgebung angepasst. Meiner Meinung nach lag die Wüste hinter mir. Zwar sah ich noch keine Menschen, doch gewiss war das nur eine Frage der Zeit. Schließlich hatte mir ja ein Mensch gesagt, dass außerhalb der Wüste Menschen lebten, und da war ich nun.

Wie erwartet, tauchte am Horizont bald etwas auf, das von Menschenhand geschaffen sein musste. Ich erhöhte die Auflösung im Videostream und identifizierte provisorisch eine Ansammlung hoher Häuser. Der Abgleich mit den Daten in meinem Speicher ergab, dass es sich um eine Stadt handelte. Städte sind Orte, wo die Menschen wohnen, also musste es dort gewiss Menschen geben. Ich erhöhte das Schritttempo.

Aus geringerer Distanz bemerkte ich, dass die Hochhäuser völlig zerstört waren. Manche Gebäude waren durchlöchert, anderen schienen ganze Stockwerke zu fehlen. War das eine ausgestorbene Stadt? Aufgrund mangelnder Informationen konnte ich noch kein sicheres Urteil abgeben.

Ich hatte Glück, denn schon nach kurzer Zeit erblickte ich Menschen. Es waren Männer und Frauen, die geschäftig zwischen den Ruinen umherhuschten. Sie hatten mich noch nicht gesehen. Nun würde mein Umherirren ein Ende finden, ich würde wieder von Menschen Befehle erhalten, mit ihnen zusammenleben und für sie arbeiten.

Kaum hatten sie mich entdeckt, rückten sie näher zusammen und spähten in meine Richtung. Dann lösten sich fünf Männer aus der Menge und rannten auf mich zu, mit veralteten, auf Hochglanz polierten Karabinern und Musketen im Anschlag.

»Halt!«, schrien sie.

Also blieb ich stehen.

Sie umzingelten mich, die Gewehre schussbereit auf mich gerichtet.

Ich wusste, was ich ihnen sagen musste: »Was kann ich für Sie tun?« Die Erfahrung hatte mich gelehrt, dass der Dienst am Menschen gleichbedeutend war mit ihrer Rettung.

Sie warfen einander Blicke zu, doch es kam kein Befehl.

Also hakte ich nach: »Ich möchte für Sie arbeiten. Was kann ich für Sie tun?«

»Komm mit«, meinte einer. Und an einen anderen gewandt: »Melde es dem Chef.«

Unter ihrer Bewachung schritt ich in die Stadt hinein. Heftige Windböen stoben durch die zerlöcherten Häuser, es heulte und wimmerte über der Stadt. Die Menschen hielten in der Arbeit inne und starrten mich an. Meiner Ansicht nach stand es mit der Gesundheit dieser Männer, Frauen und Kinder nicht zum Besten. Sie brauchten Lebensmittel, warme Kleider und Decken und auch reichlich Erholung. All das würde ich ihnen nun, soweit es in meinen Kräften stand, zur Verfügung stellen. Sie würden mich nötig haben. Allerdings sah ich nur wenige Roboter für sie arbeiten, kaum ein Dutzend, nebst ein paar Maschinen.

Auf einem Platz im Stadtzentrum hatten sich ein paar Menschen versammelt, darunter auch derjenige, der zuvor weggegangen war. Neben ihm stand ein hochgewachsener Mann, dessen Gesicht von einer Narbe überzogen war, die von der Stirn bis zur linken Wange reichte, was das Gesicht ganz verzerrte. Er musterte mich eine Weile, hielt mir dann ein Gewehr hin: »Nimm!«

Ich nahm das Gewehr. Es war eine altmodische FAMAS.

»Schieß auf das!« Der Narbige zeigte auf eine rostige Blechdose, die an der Ecke eines Gebäudes stand. Die Entfernung betrug 52 m, die Zielfläche 0,04 m^2. Ich entsicherte das Gewehr, hielt es schussbereit und drückte ab. Mit einem lauten Knall sprang die Blechdose hoch, wirbelte durch die Luft und fiel zu Boden.

»Nicht schlecht.« Der mit der Narbe nickte mehrmals, wandte sich an den Mann neben ihm und sagte: »Geh.«

Zehn Minuten später kam der Mann zurück, zusammen mit einem anderen, den er vor sich hinschob. Der Neue war am Oberkörper eng mit Draht umschnürt, seine Augen waren mit einem schwarzen Tuch verbunden. Man stieß ihn an die Ecke des Gebäudes. Der Mann zitterte, sagte aber kein Wort.

»Schieß auf ihn.« Der mit der Narbe zeigte auf den Mann.

Ich ließ die Sicherung einrasten, lockerte den Griff und ließ das Gewehr fallen. »Das geht nicht. Ich kann nicht Menschen töten«, sagte ich.

Der Narbige stöhnte auf: »Zum Teufel noch mal, wieder so ein verdammter Schrott …«

Schrott ist etwas, das nicht zu gebrauchen ist. Wollte er denn nicht, dass ich für sie arbeitete? Warum sollte ich Schrott sein, wenn ich nicht Menschen tötete? Das verstand ich nicht. Ich konnte so viele anderen Arbeiten verrichten.

»Der weiß, dass er nicht töten soll. Wohl so eine verdammte Superware.« Da meinte der Mann neben dem Narbigen: »Soll ich mal schauen, wozu er sich verwenden lässt?«

»Folge ihm«, befahl mir der Narbige.

Also ging ich mit.

22 Minuten ging ich hinter ihm her, bis ich vor einer großen Lagerhalle zum Stehen kam.

Als er das Tor öffnete, sah ich alle möglichen Roboter und Maschinen kreuz und quer durcheinander liegen, dazwischen Werkzeuge und Ersatzteile. Ich ermittelte alle Modelle und Spezifikationen, schließlich war mein Speicher voll von solchen Daten. Durch die großen Fenster schien die Sonne auf den ölverschmierten Boden.

»Schau mal, ob du das reparieren kannst.« Der Mann, der mich hergeführt hatte, wies auf einen humanoiden Roboter neben ihm: »Der sollte nicht allzu kaputt sein.«

Ich kniete mich neben den beschädigten Roboter und sah nach. Mithilfe der Seriennummer rief ich die Konstruktionszeichnung auf, damit ich ihn gründlich untersuchen konnte. Bald fand ich heraus, dass es nur ein kleines Problem mit der Stromleitung gab, und so brauchte ich nicht mehr als sieben Minuten, bis er wieder auf die Beine kam.

Der Mann machte große Augen. Sein Mund verzog sich mehrmals in die Breite, bis er endlich ein Lachen von sich gab …

Von da war ich für sie nicht mehr Schrott. Ich war in der Lage, defekte Triebwerke, mit denen sie nichts anzufangen wussten, neu in Gang zu bringen, denn ich verfügte über ein Reparaturprogramm und hatte zahllose Informationen gespeichert. Diese einzigartige Fähigkeit sicherte mir ihre Wertschätzung.

Innerhalb von 23 Tagen hatte ich die meisten Roboter und Maschinen im Lagerraum sowie einige Motorfahrzeuge in der Stadt neu instand gesetzt. Technische Schäden waren für mich keine Sache, nur körperlichen Schäden gegenüber war ich völlig machtlos. Menschen sind wahrhaftig viel zu komplizierte Wesen.

Der Mann mit der Narbe und auch alle anderen, die hierherkamen, waren begeistert. Ich erklärte ihnen, dass ein paar wichtige Ersatzteile fehlten, weshalb ich den Rest leider nicht reparieren konnte. Der Narbige klopfte mir auf die Schulter und meinte, das habe keine Eile, das werde alles noch kommen.

Die reparierten Roboter ließ der Narbige wegführen, auch die Maschinen wurden abtransportiert. Zuletzt blieb ich allein in der großen Lagerhalle zurück, zusammen mit der irreparablen Ausschussware. Ein Tag verging, zwei Tage … kein Mensch kam vorbei. So stand ich Tag für Tag in der stillen Lagerhalle und richtete den Blick auf das Einzige, was sich bewegte: die Sonnenflecken am Boden. Langsam krochen die Formen aus Licht und Schatten voran, ohne je die Wand gegenüber zu erreichen. Früher hatte ich jeden Tag für das Überleben der Menschen gearbeitet, und jetzt konnte ich nur zusehen, wie Stunde um Stunde verstrich und die Zeit verflog. Niemand zielte mit Obstkernen nach mir, niemand drängte mich zum Schachspiel, niemand lachte mir zu, und es war nicht einmal jemand da, der mit mir redete …

Ich wartete auf ein Ende dieser tatenlosen Zeit.

Am 15. Tag kam der Narbige mit anderen zusammen in die Lagerhalle. Tatsächlich brachten sie Ersatzteile, nützliche wie wertlose, dazu mehrere beschädigte Roboter, vor allem solche, die ich eben erst repariert hatte. Die meisten waren von Hochgeschwindigkeitsgeschossen getroffen worden und wiesen erhebliche Schäden auf, die nur schwer zu beheben waren. So gut es ging, bediente ich mich der neuen Ersatzteile und schaffte es schließlich, einige Roboter wieder in Gang zu bringen.

Nach und nach trafen Ersatzteile und beschädigte Roboter ein, und ich setzte alles daran, sie zum Leben zu erwecken, damit sie den Menschen wieder dienen konnten. Wenn ich sie reparierte, würden sie den Menschen helfen und deren Existenz verbessern. So gesehen arbeitete ich an der Rettung der Menschheit. Das hatte ich kapiert. Nur war mir nicht ganz klar, warum sie nicht alle Ersatzteile gleichzeitig brachten, wenn sie doch welche hatten. Warum nur von Mal zu Mal? Hätte ich alle auf einmal bekommen, wäre meine Arbeit viel effizienter gewesen.

Am 105. Tag nach meiner Ankunft in der Stadt hielt ein Lastwagen vor der Lagerhalle. Der Fahrer befahl mir, die wichtigsten Ersatzteile in den Laderaum zu schaffen, und als ich damit fertig war, hieß er mich einsteigen.

Während der Laster durch die Straßen der Stadt fuhr, konnte ich sehen, wie von mir instand gesetzte Roboter für die Menschen arbeiteten. Allerdings waren es nicht viele. Wo waren wohl die anderen?

Bald hatten wir die Stadt hinter uns gelassen und fuhren über eine grüne Ebene. Da erblickte ich eine riesige Armee. Die Truppe zählte etwa tausend Mann, dazu an die zweihundert

Roboter und ein paar Dutzend Motorfahrzeuge. Jetzt verstand ich, wo die meisten Roboter waren. Im Militärgelände, das der Laster nun erreichte, stand der Narbige auf einem Geländewagen und erteilte einen Befehl. Gleich darauf setzte sich die Truppe in Bewegung und marschierte der Sonne entgegen.

Außer mir bewegten sich alle Roboter aus eigenem Antrieb voran, und so dauerte es nicht lange, bis der eine oder andere irgendeinen Defekt hatte, und dann war meine Hilfe gefragt. Kleine Störungen behob ich im Handumdrehen und ließ den Roboter die Truppe aufholen; schwer Beschädigte hievten wir auf den Wagen.

Abends, wenn die Truppe Rast hielt, wurden überall Lagerfeuer angefacht und allerlei Speisen grilliert. Diese Arbeit hätte ich übernehmen können, das kannte ich ja von früher. Doch jetzt hatte ich die Aufgabe, defekte Roboter zu reparieren und alle anderen instand zu halten. Den Menschen Speisen zu braten, war nun nicht mehr möglich. Immerhin konnte ich abends, wenn die Sonne am Horizont versank, die Szenerie eine Weile betrachten.

Nach zehn Tagesmärschen erblickte ich eine weitere Stadt – eine weitere Ansammlung demolierter Hochhäuser. Die Truppe hielt an und wartete. Worauf wohl? Ich wusste es nicht.

Nach einer Stunde sah ich an die dreißig Mann allerlei Gewehre bündelweise von Lastwagen laden und eins ums andere den Robotern an vorderster Front zuteilen.

Als die rote Abendsonne tief über den Bergen stand, waren die Gebäude gegenüber ganz deutlich zu sehen. Da feuerte der Narbengesichtige eine rote Signalfackel zum Himmel, und der Robotertrupp setzte sich in Bewegung.

Etwa 500 Meter vor den nächstliegenden Häusern blitzten Schüsse aus den Waffen einiger Roboter. Sofort funkte es auch aus den Fensterlöchern der Hochhäuser und einiger niedriger Gebäude. Schüsse schwirrten durch die Luft.

Mit der Infrarotfunktion konnte ich die Menschen drüben deutlich erkennen. Ich sah, wie sie unter den zielgenauen Schüssen der Roboter umfielen, einer nach dem andern. Jetzt wusste ich, dass die Roboter, die ich repariert hatte, Menschen töteten. In weniger als einer Sekunde war mir klar, was ich machen musste, um die Menschheit zu retten. Diesmal hatte ich keine Instruktionen nötig; ich wusste, was zu tun war.

Allmählich verstummten die Gewehrsalven aus den gegenüberliegenden Gebäuden, bald gab es nur noch wenige Feuerpunkte, die durch Munition nicht zerstört werden konnten. Da löste sich ein haifischförmiges Kampffahrzeug aus der Truppe, richtete seine 35-mm-Flugabwehrkanone robotergesteuert auf die Feuerpunkte und löschte zielsicher einen nach dem andern aus.

Die Salven verhallten, und eine schwere Stille legte sich über die Erde. Eine halbe Minute später feuerte der Narbengesichtige eine grüne Signalfackel zum Himmel, worauf die marschbereiten Soldaten in Laufschritt verfielen. In Kürze hatten sie die Roboter, die nach getaner Arbeit stehen geblieben waren, überholt und stürmten in die Stadt. Schon durchschnitten abermals Gewehrschüsse die Luft, diesmal allerdings nur wenige.

Meine Mission stand fest. Darum sprang ich unverzüglich vom Laster und schritt auf die Roboter zu.

Viele waren schon durch die Geschosse der Gegenseite beschädigt worden. Ohne zu zögern, startete ich meinen Plan: Bei einem nach dem anderen zerstörte ich die internen Stromleitungen und das Rechenzentrum. So würden sie nicht länger Menschen töten, und die Menschheit konnte gerettet werden. Das hatte ich kapiert.

Ich arbeitete mit äußerster Sorgfalt, denn die Sache war von größter Bedeutung. Die meisten Menschen waren in die Stadt gestürmt, wo es etwas Begehrenswertes zu geben schien. Nur an die fünfzig Menschen waren noch da und bewachten die Fahrzeuge, doch keiner störte mich bei der Arbeit. Vermutlich wussten sie gar nicht, was ich tat und was für eine wichtige Mission ich ausführte.

Bei Einbruch der Dunkelheit hatte ich meine Arbeit vollbracht. Doch die Hauptsache fehlte noch: die Zerstörung meiner selbst. Das war das Wichtigste. Solange ich noch existierte, würde es den Menschen möglich sein, Roboter wieder instand zu setzen. Ohne mich aber wären sie hilflos. Dies hatte der Hauptrechner verstanden und war nun bereit, das Selbstvernichtungsprogramm auszuführen. In einer Minute würde ich sterben.

Ich wusste, dass ich gleich tot sein würde, und es war mir auch bewusst, was dies bedeutete. Nach dem Tod würde ich keine Mission mehr ausführen, nicht mehr für die Menschen arbeiten und auch keine Misserfolge mehr erleiden müssen. Ich wusste nicht, ob dann noch jemand an mich denken und sich die gemeinsam verbrachte Zeit in Erinnerung rufen würde. Doch dies war unerheblich. Ich konnte ja nicht traurig sein und auch nicht weinen, deshalb hatte ich auch nie wirklich verstanden, was »traurig sein« bedeutet. Also war auch das nicht von Belang.

Wichtig war allein, dass ich mit Sicherheit keine Mission mehr vollbringen müsste. Denn endlich war mir unzweifelhaft bewusst, dass ich meine Mission, die Rettung der Menschheit, jetzt erfolgreich beenden konnte. Nur verstand ich nicht ganz, warum ausgerechnet meine Selbstzerstörung die Rettung der Menschheit bedeutete. Das war wirklich seltsam. Meine Aufgabe war es doch, Menschen zu helfen und sie zu retten. Warum konnten sie erst dann gerettet werden, wenn ich mich vernichtete? Das war unlogisch. Wieder einmal verfiel ich in Verwirrung.

In der tiefschwarzen Nacht sprühten gleißende Funken aus meinem Körper. Ich starb.

Wang Jinkang

Bekenntnis

Aus dem Chinesischen übersetzt
von Karin Betz

Wang Jinkang,

wurde 1948 in Nanyang in der Provinz Henan geboren. Er ist Ingenieur und mittlerweile einer der angesehensten Science-Fiction-Autoren Chinas. Wang Jinkang wurde 19-mal mit dem Galaxy Award ausgezeichnet. Seine Romane und Kurzgeschichten sind mit zahlreichen wichtigen Preisen prämiert worden und wurden bereits in viele Sprachen übersetzt.

Die Zeit zwischen dem Autounfall und dem Wiedererwachen ist ein zähes Dunkel, erstickend zäh, zum Verrücktwerden dunkel – kurz gesagt: Dieser Schwebezustand entbehrt jeder Logik. Denn dort gibt es kein Bewusstsein, das man »menschlich« nennen könnte, nur verstreute Bewusstseinsfragmente, die vage im Dunkeln auftauchen, kurz aufblitzen, um dann wieder von der Schwärze verschluckt zu werden.

Und doch existiert jener »Mensch« noch, taumelt durch die Dunkelheit, oszilliert an den Rändern des Jenseits. Bewusstseinsfragmente, die sich unbewusst, aber hartnäckig wieder zu einem Ich zusammensetzen. Eins davon flackert auf und steckt damit andere Fragmente an. Ich kann nicht sagen, wie lange es dauert, vielleicht so lange, wie der Affenmensch gebraucht hat, um Mensch zu werden. Schließlich, irgendwann, materialisiert sich aus den Fragmenten unvermittelt ein Ganzes, und die zähe Dunkelheit gibt es frei.

Meine Lider flatterten, und ich öffnete ein klein wenig die Augen, begleitet von aufgeregtem Flüstern: *Er ist aufgewacht! Sehen Sie doch, Professor Shi!* Unfähig, diese Worte mit meinem eingefrorenen Denken zu erfassen, schloss ich die Augen wieder und fiel erneut in tiefe Dunkelheit.

Als ich die Augen wieder aufschlug, sah ich einen gutmütigen Greis mit schlohweißem Haar und Augen voller Weisheit vor mir. »Endlich bist du aufgewacht, mein Kind!«, sagte er und lächelte glücklich. »Du hast einen ganzen Monat lang im Koma gelegen.«

Da mein Denken noch immer wie festgefroren war, kostete es mich einige Mühe, den Sinn seiner Worte zu erfassen. »Ko… ma?«, murmelte ich.

»So ist es. Seit dem Autounfall lagst du die ganze Zeit im Koma.«

»Auto…unfall?«

»Du hattest einen Autounfall. Kannst du dich nicht daran erinnern?«

Stirnrunzelnd durchkämmte ich mein Gehirn nach Spuren von Erinnerung. »Da war dieser Lastwagen, der außer Kontrolle geriet … unsere Hochzeitsreise … meine frisch angetraute Frau …« Plötzlich erbebte ich am ganzen Körper. Ich stützte mich auf die Unterarme. »Xiao Man … was ist mit ihr? Wo ist sie?«

Unversehens schossen dem alten Mann Freudentränen in die Augen. »Immer langsam, junger Mann, nur keine Aufregung«, sagte er heiser. »Was für ein Glück, dass du dich an Xiao Man erinnern kannst, wunderbar … Du bist also wirklich wieder bei Bewusstsein!«

»Wo ist sie? Ich will sie sehen!«

»Immer mit der Ruhe. Xiao Man geht es gut, auch sie hat eben erst das Bewusstsein wiedererlangt. Aber in eurem jetzigen Zustand dürft ihr euch nicht aufregen, ihr müsst euch erst noch ein paar Tage erholen, eventuell bedarf es noch ein paar kleiner Schönheitsoperationen, bevor ihr euch wiedersehen könnt, weißt du. Schließlich«, fügte er lächelnd hinzu, »wollt ihr euch doch als gesunde und attraktive Brautleute wiederbegegnen, nicht wahr?«

Langsam hob ich meinen steifen Arm und strich mir vorsichtig über das Gesicht. Sofort ertastete ich die Wunden. Ich sah an mir hinab. Mein ganzer Körper war von Narben übersät. »Ich bin schwer entstellt, nicht wahr?«, flüsterte ich. »Und Xiao Man?«

»Aber nicht doch, du bist nicht entstellt, du bist im Großen und Ganzen ganz der Alte, es sind nur ein paar Schnitte, weiter nichts. Was Xiao Man betrifft … nun, mach dir keine Sorgen. Wir reden später darüber.«

Nachdem Professor Shi gegangen war, erklärte mir die Krankenpflegerin, dass ich mich im Nezha-Klinikum befände und es sich bei Professor Shi um den Chefpsychologen der Klinik handele. Irgendwo hatte ich den seltsamen Namen dieser Institution schon einmal gehört, aber ich konnte mich partout nicht an die genauen Umstände erinnern. Professor Shis tröstende Worte brachten mich immerhin dazu zu kooperieren, zunächst die notwendigen Schönheitsoperationen hinzunehmen und abzuwarten, bis ich so weit wiederhergestellt war, dass ich Xiao Man gegenübertreten konnte. Sie lebte! Allein dieser Gedanke beruhigte mich. Ob sie entstellt war oder nicht (Professor Shis Worte schienen auf Ersteres hinzudeuten), war zweitrangig. Wie hässlich sie auch sein sollte – ich würde sie lieben wie zuvor. Nach dieser Katastrophe wusste ich das Leben und alles auf dieser Welt mehr denn je zu schätzen, ganz zu schweigen von meiner geliebten Man.

Ich erfuhr, dass meine Eltern mich hatten besuchen wollen,

aber jedes Mal von der Klinik abgewiesen worden waren. Zwei volle Wochen vergingen, bis Professor Shi mich endlich ein weiteres Mal untersuchte. Zufrieden sagte er: »Setz dich, mein Sohn. Da du nun einigermaßen wiederhergestellt bist, können wir uns jetzt eingehender über Xiao Man unterhalten.«

Seine ernste Miene ließ Böses ahnen. Ich wurde bleich. »Xiao Man … ist sie …«

Der alte Mann wich meinem Blick aus. »Mein Sohn«, hob er noch einmal vertraulich an, »an dem Tag, an dem du gerade aufgewacht warst, war dein Gesundheitszustand noch sehr instabil, weshalb ich nicht gewagt habe, ehrlich mit dir zu sein. Unglücklicherweise wurde Xiao Man sehr schwer verletzt, für sie kam jede Hilfe zu spät … Bitte, reg dich nicht auf!«

Er ergriff meine eiskalten, schweißnassen Hände. »Nur ruhig, lass mich erst ausreden. Obwohl wir sie nicht mehr retten konnten, ist es dem Nezha-Klinikum gelungen, vor ihrem Tod einen dreidimensionalen Lebendscan von ihr zu machen. Du hast eventuell schon davon gehört, wie weit die Wiedererschaffung von Menschen inzwischen gediehen ist, aber wir konnten dank diesen Informationen tatsächlich eine vollkommen lebensechte Xiao Man erschaffen.«

Die seit Tagen in mir angewachsene Vorfreude war mit einem Schlag zerschmettert. Ein wilder, achtarmiger Krake nahm mich in die Mangel, wieder fühlte ich mich wie ein Erstickender, wie in der zähen Dunkelheit vor dem Erwachen. Die Stimme des Professors drang wie aus weiter Ferne zu mir.

»Damit wir uns richtig verstehen: Es handelt sich nicht um einen Klon«, fuhr er fort. »Durch Klonen kann man nur ein genetisch identisches Baby erschaffen, das zu einem neuen, eigenen Ich heranwächst, das nichts mehr mit dem ursprünglichen Ich zu tun hat. Bei der Wiedererschaffung eines Menschen geht dagegen nichts vom ursprünglichen Ich verloren, nicht einmal die Erinnerungen und Emotionen des alten Ichs in seiner letzten Sekunde. Anders gesagt ist es so wie in der Legende von Nezha, den Li Jing in den Tod getrieben hatte und den der Purpur-Unsterbliche dann mit Lotuswurzelpulver wiedererschuf und ihm seine Seele wieder einhauchte. Genauso haben wir eine echte Xiao Man erschaffen, so wie du sie vor dem Unfall gekannt hast, du musst dir absolut keine Sorgen machen.«

»Eine echte Xiao Man?«, fragte ich deprimiert. »Lebensecht hin oder her, sie bliebe eine Reproduktion. Ein Werk, das man aus neuem Material geschaffen hat.«

»Verzeih mir, wenn ich so direkt bin«, sagte Professor Shi freundlich, »aber du hängst reichlich überkommenen Vorstellungen an. Ein Organismus hängt von der Zusammensetzung seiner Moleküle ab, nicht von den Molekülen selbst. Da es keinen Organismus ohne Metabolismus gibt, erneuert sich das Mauerwerk eines jeden Körpers – also die Moleküle – ständig, durchschnittlich alle zehn Jahre sind sie einmal vollständig ausgewechselt worden. Doch wer würde sagen, er sei nicht derselbe Mensch wie vor zehn Jahren? Solange die neue Xiao Man alle Informationen des Originals enthält, ist sie selbstverständlich die echte Xiao Man.«

Ich schwieg. Rational betrachtet, musste ich dem alten Mann natürlich recht geben, aber mein Gefühl sträubte sich dagegen. Ich dachte an die zähe Dunkelheit vor dem Aufwachen, daran, wie schwierig es gewesen war, aus dem Dunkel herauszutreten – doch so schwierig es auch war, das Bewusstsein eines »Ichs«, das nur im Augenblick des Unfalls kurzzeitig weg gewesen war, war immer vorhanden gewesen. Und meine Man sollte jetzt ein Haufen Stückwerk sein, das man nach irgendeinem Muster zusammengesetzt hatte? Wer konnte garantieren, dass ein solches Stückwerk tatsächlich über Mans Bewusstsein verfügte?

Plötzlich fiel mir noch etwas anderes ein. Vorsichtig fragte ich: »Haben Sie nicht selbst gesagt, Professor Shi, Xiao Man sei ihren tödlichen Verletzungen erlegen? Aber gleichzeitig soll die neue Xiao Man auf Basis der Informationen der Xiao Man in diesem Augenblick – an der Schwelle zum Tod – repliziert worden sein. Wie können Sie garantieren, dass die wiedererschaffene Xiao Man vor dem Tod gerettet werden kann?«

»Nein, nein, so ist das nicht. Die eingescannten Daten stammen natürlich von der schwer verwundeten Xiao Man, doch vor der Wiedererschaffung kann man die Zellinformationen retten. Zum Beispiel wurde Xiao Mans Milz bei dem Unfall unrettbar verletzt. Die relevanten Informationen ihrer Milz jedoch ließen sich leicht am Computer rekonstruieren, sodass sie wieder vollkommen gesund ist. Anders gesagt – anstelle des Skalpells benutzen wir Software.« Er sah mich an und ergänzte: »Aber mach dir keine Sorgen, diese Reparatur stellt einfach nur Xiao Mans ursprüngliches Aussehen wieder her, sie bleibt ganz die Alte. Man könnte sagen, dass die wiederhergestellte Xiao Man dieselbe ist wie deine frisch angetraute Ehefrau. Nun, nach dem Gesetz sind wir allerdings verpflichtet, vor der Wiederherstellung das Einverständnis sämtlicher naher Verwandter einzuholen. Ihre Eltern haben sich bereits einverstanden erklärt. Jetzt ist es an dir, Cheng Meng – willigst du ein?«

Abermals schwieg ich, unfähig, mir eine Entscheidung abzuringen. Ein noch so unvollkommenes »Original« wäre mir unter allen Umständen lieber gewesen als eine noch so lebensechte Replikation. Doch Xiao Man war tot. Wie könnte ich ihr die Möglichkeit der Wiedergeburt verweigern? Zu allem Schmerz, den ich kaum zu bezwingen in der Lage war, gesellte sich Angst. Ich musste an meine erste Begegnung mit ihr vor fünf Jahren denken, unseren ersten Kuss, der unvergleichliche Augenblick, nachdem wir uns zum ersten Mal geliebt hatten. An die Xiao Man, die immer noch lebendig in mir fortlebte, klein und zierlich, sensibel, aber stets geradeheraus, die Frau, die zu einem Teil meines Lebens geworden war. Und nun sollte ich fortan mit einer Fremden zusammenleben, einem Androiden! Wie sollte ich meine Gefühle für Xiao Man auf eine Replikation übertragen?

Professor Shi harrte geduldig meiner Antwort. Als Chefpsychologe einer Klinik für »Neues Leben« begriff er natürlich, was in mir vorging, und kannte meine Vorbehalte. Es verging eine ganze Weile, bis ich sagte: »Wird Xiao Man – ich meine die wiedergeborene Xiao Man – darüber Bescheid wissen?«

»Selbstverständlich nicht. Genau das wird unser bestgehütetes Geheimnis bleiben. Warum wohl hat die Klinik Besuch vonseiten ihrer Eltern höflich abgewiesen? Eben deshalb, damit niemand sich verplappert.«

»Warum haben Sie es dann nicht einfach auch mir verheimlicht? Würde ich annehmen, sie wäre die echte Xiao Man, dann würde es unser beider Leben leichter machen.«

»Das hatten wir ursprünglich auch vor, mein Sohn«, sagte er nachdenklich, »aber nach reiflicher Überlegung erschien es uns besser, dir die Wahrheit zu sagen. Willst du wissen, warum? Lass es mich dir in Ruhe erklären.«

Eine ganze Stunde lang erzählte mir Professor Shi die ganze Vorgeschichte. Ich müsse mir keine Sorgen machen, sagte er. Die Wissenschaft habe sowohl theoretisch als auch praktisch bewiesen, dass es möglich sei, einen Menschen mittels eines genauen Scans seines Körpers und der Replikation jedes seiner Moleküle neu zu erschaffen, einschließlich seiner Hardware (also dem Körper) und seiner Software (seinen Erinnerungen und Gefühlen). Doch da der Mensch nun einmal das komplexeste Geschöpf Gottes sei, könne man die absolute Zuverlässigkeit des Reproduktionsprozesses nie garantieren. So habe das Original möglicherweise zu Brechreiz beim Zähneputzen geneigt, die Replikation jedoch nicht. Oder ein Original habe fettiges Haar gehabt und seine Replikation trockenes.

Solche kleinen Schnitzer blieben aber de facto unbedeutend, solange das Gedächtnis einwandfrei wiederhergestellt werde. Das sei der entscheidende Punkt. Komme es in diesem Bereich zu den geringsten Veränderungen, sei das fatal. In einem solchen Fall entstünden aus kleinen Mängeln große Risse, die das Selbstverständnis des wiedererschaffenen Menschen beeinflussen, oder die Wiederherstellung eines echten »Selbst«-Bewusstseins. Die Leute hätten in der Regel keine Ahnung, welche zentrale Bedeutung dem Bewusstsein zukomme.

»Das Selbstbewusstsein, das heißt, das Bewusstsein seiner unabhängigen Existenz im Verhältnis zur Natur und Gesellschaft, ist tatsächlich das entscheidende Charakteristikum, das den Menschen vom Tier unterscheidet; es bedeutet den Schritt in die Zivilisation. In der Sprache einiger primitiver Völker hat sich nie eine erste Person herausgebildet, Sätze wie »Ich bin hungrig« existierten nicht, sondern nur »Alan ist hungrig«. Ihr

Selbstbewusstsein entspricht dem eines einjährigen Kindes. Daher ist die mentale Rehabilitierung des Selbstbewusstseins des wiedergeschaffenen Menschen nach der Operation von so entscheidender Bedeutung.«

»Es ist in den vergangenen Jahren in der Wiederherstellungschirurgie leider nicht selten vorgekommen«, fuhr Professor Shi mit ernster Stimme fort, »dass Replikationen diese Hürde nicht genommen, am Ende einen Nervenzusammenbruch erlitten und sich umgebracht haben. Wir müssen unbedingt vermeiden, dass sich eine solche Tragödie bei Xiao Man wiederholt. Der sinnvollste Weg dafür ist, dass eine mit Xiao Man eng vertraute Person, also natürlich du, an ihrer Seite wacht. Bei den geringsten Alarmanzeichen kann die Abweichung ihrer psychischen Entwicklung entsprechend angepasst werden. Aber es ist an dir, die Situation richtig einzuschätzen, wir können dich dabei nicht unterstützen. Natürlich könnte ein unbeteiligter Beobachter hin und wieder überprüfen, ob sich die neue Xiao Man von der ursprünglichen unterscheidet, doch das ist nicht so leicht, denn«, Professor Shi wog seine Worte genau ab, »es wäre, als ob man permanent Salz in die Wunden deiner Seele streute. Du musst deinen Kummer hinunterschlucken und den glücklichen Ehemann mimen. Cheng Meng, ich vertraue dir natürlich voll und ganz. Wir haben deinen Charakter eingehend studiert und sind überzeugt, dass du genügend Willensstärke besitzt, um diese Aufgabe zu erfüllen. Daher haben wir uns entschlossen, dir die volle Wahrheit zu unterbreiten. Ich frage dich, Cheng Meng, bist du bereit, mit uns zu kooperieren und Xiao Man zu helfen, diese kritische Phase zu überstehen?«

Lange sagte ich kein Wort. Ich fühlte mich fern von einem

»unbeteiligten Beobachter«, aber meiner Verantwortung als Ehemann entkam ich nicht. Kläglich fragte ich: »Wo befinden sich Xiao Mans Überreste? Ich würde sie gern zuerst sehen.«

»Auf gar keinen Fall!«

Professor Shi schien zu bemerken, dass er zu laut geworden war, und fuhr beschwichtigend fort: »Ich rate dir, nein, ich rate dir dringend, davon abzusehen. Sobald ein Angehöriger die Überreste gesehen hat, das mussten wir in ähnlichen Fällen in der Vergangenheit feststellen, wird er es unbewusst ablehnen, die Replikation anzuerkennen. Diese mentale Disposition ließe sich nur schwer korrigieren und wäre ungünstig für den Heilungsprozess des wiederhergestellten Menschen. Ich würde vorschlagen, dass du die neue Xiao Man zunächst einmal kennenlernst und wieder Gefühle für sie zulässt und dich erst dann von ihren Überresten verabschiedest. Einverstanden?«

Seine Worte leuchteten mir ein. Der Abschied von Xiao Mans Leiche könnte bedeuten, dass ich das Fenster zu meinen Gefühlen möglicherweise schließen und nie wieder öffnen könnte. Ich nickte und sagte nur: »Gut.«

»Danke, mein Sohn«, sagte Professor Shi bewegt. »Dein Versprechen ist Gold wert. Du bist ein bewundernswert tapferer Ehemann.«

Ich unterschrieb die Einverständniserklärung. Damit könne der Wiederherstellungsprozess sofort beginnen, meinte Professor Shi. Es würde auch gar nicht lange dauern, schon bei Sonnenaufgang könne ich die neue Xiao Man kennenlernen.

Wir verbrachten beide die ganze Nacht im Nezha-Klinikum. Am nächsten Morgen, als die erste Morgenröte den Himmel färbte, spuckte ein riesiger Apparat nach und nach einen zierlichen nackten Frauenkörper aus, an dem zuerst die Narben ins Auge fielen. Diese Narben, erklärte Professor Shi, ließen sich im Grunde im Zuge der computergesteuerten Wiederherstellung eliminieren, aber ein Teil davon werde bewusst erhalten, damit die neue Xiao Man sich nicht über ihren unversehrten Körper wundere. Schließlich habe sie einen schweren Verkehrsunfall hinter sich.

Abgesehen von den Narben war sie tatsächlich vollkommen wiederhergestellt, ihr Körper war ganz der mir vertraute Körper. Ihre Augen waren geschlossen, ihr langes schwarzes Haar fiel auf das Kissen, der Kopf hing mit entspannten Gesichtszügen leicht zur Seite, ihre fein geschwungene Figur mit den spitzen Brüsten lag dort, die schönen langen Beine leicht gebeugt. Ich starrte sie an, traurig und mit einem Kloß im Hals. Hätte ich nicht die Wahrheit gewusst – dass die echte Xiao Man im Leichenschauhaus lag –, wäre ich in diesem Augenblick überglücklich gewesen.

Plötzlich hatte ich eine Idee. Ich nutzte den Augenblick, bevor »Xiao Man« aufwachen würde, um ihre linke Brust genauer zu inspizieren. Es gab dort ein kleines rotes Muttermal, nicht besonders auffällig, aber es gehörte zu den kleinen Dingen, über die wir scherzten, wenn wir uns liebkosten. Ich fürchtete, es wäre beim Wiederherstellungsprozess verloren gegangen. Nein, war es nicht; es war immer noch da, genau an der Stelle, an der meine Erinnerung es verortete. Ich seufzte erleichtert auf.

Meine Erleichterung galt jedoch nicht mir selbst. Da ich ohnehin wusste, dass diese Xiao Man nur eine Reproduktion war, konnte es mir gleichgültig sein, ob sie ein Muttermal hatte oder gehabt hatte. Ich war erleichtert für die neue Xiao Man. Wenigstens in dieser Hinsicht würde sie keinen Makel an sich entdecken können. Professor Shi begriff sicher genau, was in mir vorging, und nickte schweigend. Auf einmal fühlte ich mich peinlich berührt. War denn die Frau, die ich gerade anfasste, wirklich meine eigene? Rasch zog ich die Hand zurück und stellte mich hinter Professor Shi.

Unter unseren intensiven Blicken begannen Xiao Mans Wimpern zu flattern. Langsam schlug sie die Augen auf und ließ den Blick achtlos durch den Raum schweifen. Dann nahm sie zunächst Professor Shi ins Visier.

»Endlich bist du wach, mein Kind!«, rief er freudestrahlend aus. »Du lagst einen Monat lang im Koma.«

Xiao Mans Denken war offensichtlich noch eingefroren. Angestrengt versuchte sie, den Sinn seiner Worte zu erfassen. »Im … Koma?«, murmelte sie schließlich.

»So ist es. Vor einem Monat hattest du einen Autounfall. Erinnerst du dich daran?«

Xiao Man legte die Stirn in Falten, eifrig das Gedächtnis nach Schnipseln von Erinnerungen durchforstend. Plötzlich erbebte sie. Mühsam stützte sie sich auf und fragte besorgt: »Meng … was ist mit ihm? Wo ist Meng?«

Mir standen Tränen in den Augen. Dass sie sich an mich erinnern konnte, musste bedeuten, dass ihr Gedächtnis tatsächlich wiederhergestellt worden war. Und dass ihr erster Gedanke mir galt, hieß, dass auch ihre Gefühle vollkommen wiederhergestellt waren.

Auch Professor Shi schien bewegt und sagte mit heiserer Stimme: »Immer mit der Ruhe, mein Kind, immer mit der

Ruhe … Es freut mich zu hören, dass du dich an Cheng Meng erinnerst, du bist also schon wieder ganz bei Bewusstsein.«

»Ist er … lebt er? Lasst mich zu ihm!«

Lächelnd zog mich Professor Shi hinter seinem Rücken hervor und verließ stillschweigend das Zimmer. Wir sahen uns an und weinten. Sie machte Anstalten, auf mich zuzustürzen, aber ihre Bewegungen waren steif und ungelenk, sodass ich auf sie zutrat und sie in meine Arme schloss. Mit tränennassem Gesicht küsste sie mich ab. Gerührt erwiderte ich ihre Küsse – doch es kostete mich Mühe, das Bild von der echten Xiao Man, die kalt und steif in einem eisernen Sarg lag, fortzuwischen. Die Bilder vor meinem äußeren und meinem geistigen Auge stachen sich gegenseitig aus, bildeten widerspenstige Stoppeln und schneidenden Schmerz.

Die strahlende Xiao Man bemerkte glücklicherweise nichts davon. Zärtlich besorgt strich sie über die Narben in meinem Gesicht und rief immer wieder: »So ein Glück! Du bist nicht so … schwer verletzt. Und ich? Habe ich auch Narben?« Sie strich sich über das Gesicht, senkte den Kopf und nahm ihren Körper in Augenschein. Erst jetzt schien sie zu bemerken, dass sie nackt war. Beschämt stieß sie einen leisen Schrei aus. »Oh, ich … ich habe ja gar nichts an! Bitte hol mir etwas zum Anziehen, schnell!«

Lächelnd trat eine Krankenschwester ins Zimmer und reichte mir einen weißen Schlafanzug. Wieder schloss ich meine Frau in die Arme, um ihr den Schlafanzug überzustreifen. Und wieder wollte ich beim Gedanken an die tiefgefrorene Xiao Man am liebsten weinen. Ich verbarg mein Gesicht, damit sie meine flatternden Lider nicht bemerkte.

Am ersten Tag nach ihrer Wiederherstellung bewegte sich Xiao Man nur langsam und ungelenk. Sie sprach mit langen Pausen, und manchmal starrte sie gedankenverloren vor sich hin. Doch schon einen Tag später war sie wieder ganz die Alte, voller Energie und fröhlich plappernd, glücklich über ihr wiedergewonnenes Leben. Professor Shi entließ uns bald aus der Klinik, brachte uns persönlich zu einer einsamen Villa in den Bergen und verabschiedete sich mit einem vielsagenden Lächeln. Tags zuvor hatte er mich unter vier Augen in den von der Klinik vorgesehen Plan eingeweiht: Um jede äußere Störung zu vermeiden, sollten wir beide, abgesehen von regelmäßigen Arztbesuchen, die kommenden Monate in einer Welt für uns ganz allein verbringen, so lange, bis Xiao Man psychisch vollkommen stabil sei. Sämtliche Besucher, selbst die eigenen Eltern, sollten wir unter einem Vorwand abweisen, damit ihnen nicht versehentlich ein Wort über Xiao Mans Tod entschlüpfe.

Er sagte außerdem, dass er die Wiederherstellung von Xiao Mans Psyche überwachen wolle. Beim kleinsten besorgniserregenden Anzeichen oder schwer lösbaren Problemen solle ich umgehend mit ihm Kontakt aufnehmen; natürlich ohne dass Xiao Man etwas davon mitbekomme.

Die Villa war ein schlichtes Anwesen im Landhausstil mit einem Garten voll von blühenden Wildblumen und zwitschernden Vögeln auf den Bäumen. Ein Gebirgsbach bildete inmitten des Gartens einen kleinen Teich, der von den jadegrünen Blättern des Herbstlotus bedeckt war. Die wiedergeborene Xiao Man war so voller Lebenslust, dass sie oft allein beim Anblick eines Tautropfens auf einem Lotusblatt oder einer Libelle auf einer Blüte entzückte Schreie ausstieß. Sie war so lebensfroh, so zärtlich und so verliebt wie zuvor. Dankbar dachte ich, was für ein Wunderwerk der Technik die Ärzte vollbracht hatten, erstaunlicher als die Magie des legendären daoistischen Meisters Zhang Boduan. Nicht nur, dass ihr Körper perfekt reproduziert worden war, sie verfügte tatsächlich auch über all ihre Erinnerungen. Wir redeten in diesen Tagen ohne Unterlass, schwelgten in Anekdoten von früher, wie wir uns kennengelernt hatten, unser erster Kuss, unsere geheimen Codes im Schlafzimmer, bis hin zu dem kleinen roten Muttermal auf ihrer Brust … unsere Erinnerungen ergänzten sich zu einem perfekten Ganzen. Oder wir halfen vagen Erinnerungen gegenseitig auf die Sprünge. Allein der Monat nach dem Autounfall blieb ein weißer Fleck, für mich genauso wie für sie. Eine kurze Zeit lang hatte die Welt für uns nicht existiert.

Natürlich gab es auch bezüglich der Zeit zuvor hin und wieder weiße Flecken. Es kam vor, dass Xiao Man mich stirnrunzelnd fragte: »Sag mal, als du mir das erste Mal Blumen geschenkt hast, welche Blumen waren das? Wie kommt es, dass ich mich gar nicht mehr daran erinnere? Das gibt's doch gar nicht.«

»Ich weiß es auch nicht mehr«, beruhigte ich sie dann, »das macht doch nichts. Wir hatten schließlich beide nach dem Unfall eine Gehirnerschütterung, da ist es nur normal, dass man Dinge vergisst.«

Dann wechselte ich rasch das Thema.

Es vergingen einige Wochen, und wir beide wurden immer unzertrennlicher – außer nachts. Wir schliefen nach wie vor in getrennten Betten, und ich hatte ihr erklärt, dass wir auf strenge Anweisung Professor Shis auf ein Sexualleben verzichten mussten, bis sie wieder vollständig erholt sei. In Wahrheit hatte Professor Shi kein Wort darüber gesagt. Ich hatte das für mich so entschieden, denn mich befiel bei dem Gedanken daran, mit ihr zu schlafen, solche Panik, dass ich den Zeitpunkt so lange wie möglich hinauszögern wollte. Sex bedeutete eine Verbindung von Körper und Seele, eine sehr persönliche Erfahrung von solcher Reinheit und Wahrhaftigkeit, dass ihr auf keinen Fall etwas Falsches anhaften sollte. Die echte Xiao Man hatte zum Beispiel diese Angewohnheit, nach dem Orgasmus unbewusst mein Ohrläppchen zu liebkosen. Ob die neue Xiao Man sich diese Gewohnheit bewahrt hatte? Ich fürchtete, irgendetwas Unvorhergesehenes könnte mir das Gefühl geben, mit einer Fremden intim zu sein. Und noch mehr fürchtete ich, dass Xiao Man etwas Ungewöhnliches entdecken und Selbstzweifel bekommen könnte.

Anfangs war ich mir nicht sicher, ob sie vielleicht wegen der getrennten Schlafzimmer argwöhnisch werden würde, doch sie war ohne Weiteres einverstanden, gab mir allabendlich einen Gutenachtkuss und zog sich schweren Herzens in ihr Zimmer zurück.

Ob es ihr vielleicht genauso ging wie mir?

Alle paar Tage rief ich, sobald Xiao Man schlief, heimlich Professor Shi an, berichtete jedes Mal, dass alles in Ordnung sei, Xiao Man bislang keinerlei Anzeichen von Selbstzweifeln zeige und ihre Psyche sich prächtig stabilisiere. Mich dagegen plagten zwiespältige Gefühle. Einerseits mochte ich diese Xiao Man immer mehr und fühlte mich ihr immer vertrauter; andererseits vermisste ich die andere Xiao Man und hegte ihr gegenüber

Schuldgefühle. Ich würde die jetzige Xiao Man niemals verlassen, doch jedes Mal, wenn ich an den steifen Körper der Xiao Man in der Leichenkammer dachte, kam ich mir wie ein Verbrecher vor, ein Betrüger, unsere Liebe schien wie ein grausamer Verrat, der keinen Bestand haben würde. Professor Shi antwortete auf meine Ausführungen mit einem Seufzen, beruhigte mich, dass an meiner Sehnsucht nach der ursprünglichen Xiao Man nichts Schlimmes sei, ich solle mir keine Vorwürfe machen. Früher oder später werde sich mein Gefühlsdilemma von selbst lösen.

Unsere Eltern durften uns zwar nicht besuchen, riefen aber häufig bei uns an. Es war sicher Professor Shis strikten Anweisungen zu verdanken, dass sie ihre Worte sehr vorsichtig wählten und mit keiner Silbe Xiao Mans Tod erwähnten. Xiao Man bat sie wiederholt, zu Besuch zu kommen, aber sie bemühten sich um immer neue Ausreden. In solchen Augenblicken riss ich kurzerhand den Hörer an mich und beendete das Gespräch.

Das letzte Wildganspaar war am südlichen Himmel davongezogen, und die Tage wurden kühler. Wir stellten in unserer Villa die Heizung an. Ich hatte nicht damit gerechnet, dass etwas so Banales so hohe Wellen schlagen könnte, und doch war es die winzige Kleinigkeit, von der Professor Shi gesprochen hatte. Wir wollten es uns gerade wie üblich miteinander gemütlich machen. Unsere Hände hatten sich noch nicht berührt, als plötzlich ein kleiner violetter Blitz aus unseren Fingerspitzen schoss und uns einen schmerzhaften Stich versetzte. Mit einem Schrei zogen wir die Hände zurück und riefen gleichzeitig: »Ein elektrischer Schlag!«

Genau das war es. Das war nicht allzu verwunderlich, denn

durch das Einschalten der Heizung war die Zimmerluft ziemlich trocken, und da die Zimmer mit dicken Teppichen ausgelegt waren, war die elektrische Aufladung nichts Ungewöhnliches. Wir lachten und kümmerten uns nicht weiter darum. Doch in den darauffolgenden Tagen kam es immer wieder zu solchen elektrischen Schlägen, und sie wurden zunehmend heftiger, sodass wir kaum mehr wagten, uns an den Händen zu fassen. Allmählich regte sich in mir ein Verdacht. Auch in unserer früheren Wohnung hatten wir eine Heizung und dicke Teppiche, aber es war nicht ständig zu kleinen elektrischen Schlägen gekommen. Vielleicht war die wiedergeschaffene Xiao Man doch anders als die ursprüngliche, und ihr Körper neigte zu extremer statischer Aufladung.

Ich behielt diese Vermutung wohlweislich für mich und fürchtete nur, Xiao Man könnte auf denselben Gedanken kommen. Hatte Professor Shi nicht gesagt, der kleinste Riss könne einen Dammbruch auslösen? Xiao Man schien etwas zu spüren. Immer wieder musterte sie mich verstohlen, und eines Tages fragte sie mich plötzlich mit bebender Stimme: »Meng, mein Lieber, sag, früher hatten wir auch eine Heizung und dicke Teppiche, aber solche elektrischen Schläge hatten wir nie. Ob sich nach dem Unfall etwas an mir verändert hat?«

Erschrocken versuchte ich abzuwiegeln. »Was soll sich an dir verändert haben? Genauso gut könnte sich etwas an mir verändert haben!«

»Nein«, erwiderte sie leise, »bestimmt liegt es an mir, ganz sicher sogar.«

»Warum bist du dir da so sicher?«

»Ich weiß es einfach. Weibliche Intuition.«

Ihre Hartnäckigkeit war kein gutes Omen, sie konnte ein Vorbote kommender Selbstzweifel sein. Ich zerbrach mir den Kopf, wie ich sie beruhigen könnte. Doch dann erledigte sich die Angelegenheit unerwartet von selbst. Als ich einmal die Schlafzimmertür öffnen wollte, meine Fingerspitzen hatten den Messinggriff noch nicht berührt, zuckte plötzlich ein kleiner violetter Blitz auf, noch stärker als sonst, wenn wir einander berührt hatten. Verwundert versuchte ich es noch mehrere Male, immer mit demselben Ergebnis. Ich zog Xiao Man herbei, damit sie es versuchte. Nichts, sie konnte die Tür öffnen, ohne einen Schlag zu bekommen. Lachend sagte ich: »Siehst du! Ich hatte recht, es liegt an mir. Mein Körper ist es, der aufgeladen ist. Es hat nichts mit dir zu tun.«

Mit einem erleichterten Lächeln sah sie mich an, die Augen so klar wie ein Herbstsee. Danach verlor sie nie wieder ein Wort über dieses Thema.

Nach wie vor stand eine Mauer der Befangenheit zwischen uns, die immer unüberwindlicher schien. Obwohl Xiao Man längst wieder geheilt war, schliefen wir immer noch in getrennten Betten, was für ein frisch vermähltes und verliebtes Paar einfach nicht normal war. Die ganze Zeit über hatte sich Xiao Man meinen Wünschen gebeugt und mich kein einziges Mal genötigt, doch »ein bisschen netter« zu sein. Das entsprach gar nicht ihrer sonst so offenen Art. Sie hatte nie Schwierigkeiten damit gehabt, die Initiative zu ergreifen, wenn sie Lust auf Intimität hatte. Warum hielt sie sich jetzt so im Zaum? Fühlte sie sich minderwertig? Zweifelte sie also doch an sich? Ich fühlte mich wie ein Psychoanalytiker, der versuchte, verborgene Ängste wie,

wie soll man sagen … wie einen Knoten in der Brust deiner Frau zu ertasten. Möglicherweise irrte ich mich, vielleicht war es nur ein gutartiges Geschwulst, doch vielleicht handelte es sich um … bösartigen Krebs.

Inzwischen fürchteten wir beinahe diesen Augenblick, wenn es Zeit war, schlafen zu gehen. So zu tun, also ob es selbstverständlich wäre, wenn wir uns nach einem Tag voller Zärtlichkeiten einen Gutenachtkuss gaben und sich jeder für sich in sein Zimmer zurückzog, war einfach peinlich. Und es wurde jeden Tag peinlicher. Eines Abends, als ich, nachdem sie eingeschlafen war, Professor Shi wieder telefonisch Bericht erstattete, gestand ich ihm meinen Zwiespalt. Ich sei nach diesem einen Monat ziemlich überzeugt von der Reproduktionskunst seiner Klinik, seine Arbeit sei ein reinstes Wunderwerk. Und trotzdem wolle ich nicht recht glauben, dass auch die persönlichen sexuellen Erfahrungen und Vorlieben eines Menschen vollständig wiederhergestellt werden könnten, denn das wäre in der Tat ein geradezu göttliches Werk. Professor Shi antwortete ohne Umschweife: »Sei zuversichtlich. Es könnte viel mehr Schaden anrichten, wenn du diese ablehnende Haltung noch länger aufrechterhältst. Such sie heute Abend auf, nur zu!«

»Wie, jetzt gleich?«

»Sicher, tu's einfach. Es wird schon gut gehen, davon bin ich überzeugt.«

Nachdem ich aufgelegt hatte, ging ich hinaus auf den Balkon und sah hinauf zu den Sternen. Unter dem kalten Sternenlicht fasste ich meinen Entschluss. Vorsichtig öffnete ich die Tür zu Xiao Mans Zimmer. Sie schien fest zu schlafen. Als ich mich auf die Bettkante setzte, schlug sie wie durch Gedankenübertragung die Augen auf und sah mich strahlend an. Unwillkürlich wich ich diesem funkelnden Blick aus.

»Ich bin es …«, sagte ich verlegen. »Ich würde gern …«

Stürmisch schlang sie die Arme um mich, und ihre heißen Tränen fielen auf meine Schulter. »Man, meine Süße, was …«

»Ich habe gerade von dir geträumt …«, sagte sie, unter ihren Tränen lachend. »Wie lange habe ich dich schon herbeigesehnt … so lange!«

Stürmisch umarmte ich sie und küsste ihr die Tränen ab.

Obwohl wir in jener Nacht wunderschön miteinander schliefen, konnte ich meine Ängste nicht ganz abschütteln. Gespannt wartete ich ab, ob die neue Xiao Man ihre alten Gewohnheiten aufnehmen würde, denn es bedeutete mir so viel; für mich würde damit unser Ehebündnis endgültig besiegelt sein. Nach dem Höhepunkt schmiegte sich Xiao Man eng an mich, umarmte mich, und ich spürte, wie ihre rechte Hand unbewusst nach oben wanderte. Mir stockte der Atem. Sie tat es, sie tat es wirklich! Ganz wie früher liebkoste Xiao Man sachte meine Ohrläppchen. Die bis zum Zerreißen gespannten Saiten in meinem Herzen gaben von einem Moment auf den anderen nach.

Todmüde schliefen wir ein und wachten erst spät am nächsten Morgen auf. Beim Anblick meiner träge in meinen Armen liegenden Frau fragte ich mich, wozu ich mich wochenlang umsonst gesorgt hatte. Warum bloß diese irrationalen Ängste? Geradezu neurotisch war das gewesen. Jetzt hatte ich sie voll und ganz als meine Xiao Man angenommen, sosehr es mir auch immer noch das Herz brach, wann immer ich an den steifen Körper in der Leichenkammer dachte.

Natürlich schliefen wir von da an nicht mehr in getrennten

Betten, was sich allerdings in einer Hinsicht als unpraktisch erwies. Wie sollte ich jetzt Professor Shi Bericht erstatten? Ich musste abwarten, bis Xiao Man unter der Dusche war, um ihn anzurufen. Glücklich teilte ich dem Arzt mit, dass wir unser Sexualleben wieder aufgenommen hätten, alles bestens laufe und mir meine Befürchtungen jetzt selbst albern vorkämen. Aus meiner Sicht könnten wir problemlos ins normale Leben zurückkehren, Xiao Mans Psyche scheine völlig intakt. Noch länger in Abgeschiedenheit zu leben, könnte sie und mich unsere Jobs kosten. Professor Shi schien hocherfreut.

»Mach dir um deine Stelle keine Sorgen, das haben wir längst geregelt. So leid es mir tut, aber ihr müsst noch eine Weile in eurem Refugium bleiben.«

»Warum?«

»Um absolut sicherzugehen. Ich weiß, dass ihr … ich meine, Xiao Man, inzwischen in puncto Selbstbewusstsein eine gute Basis hat, aber besser wäre ein wirklich handfester Beweis, mit dem ihr Bewusstsein so unerschütterlich wird wie eine Festung, die jedem Sturm trotzt.«

»Was für ein Be… Oh, ich verstehe. Ein Kind!«

»Richtig. Wenn sie ganz normal schwanger werden und ein gesundes Kind zur Welt bringen würde, was gäbe es da noch zu bezweifeln?«

Ich schwieg. Unheilvolle Wolken trübten erneut meinen Optimismus, und gleich einer unverwüstlichen Giftschlange mit neun Leben waren alle meine Ängste wieder da.

»Wollen Sie damit sagen, Professor … wollen Sie andeuten, dass etwas mit Xiao Man immer noch nicht normal sein könnte?«

»Die Wahrscheinlichkeit ist ausgesprochen gering, sei unbesorgt, wirklich gering. Ich will mir nur eurer Zukunft dreifach sicher sein, ach was, fünffach sicher!«, lachte er.

Er wirkte vollkommen gelassen, als er das sagte, nur leider war ich alles andere als gutgläubig. Schließlich brachten auch ganz normale Menschen hin und wieder missgebildete Kinder zur Welt – wie hoch war dann erst die Wahrscheinlichkeit bei Replikanten? Schwangerschaft und Geburt waren eine ziemlich komplexe biologische Angelegenheit, ein winziger Fehler, eine molekulare Abweichung bei der Operation ließen womöglich alles hinfällig werden. Doch mir blieb nichts anderes übrig, als diese Gedanken hinunterzuschlucken und weiter den glücklichen Ehemann zu mimen. Durch das Geräusch des laufenden Wassers hindurch rief nun Xiao Man nach mir und wollte wissen, mit wem ich telefoniere. Es sei nur Professor Shi, der hören wolle, wie es uns gehe, weiter nichts, sagte ich und legte rasch auf. Xiao Man fragte nicht weiter nach.

Anderthalb Monate später teilte mir Xiao Man freudestrahlend mit, dass sie schwanger sei. Ich schloss sie nicht minder freudig in die Arme, und eine Menge typisches Geschwätz werdender Väter sprudelte aus mir heraus – doch ich weiß nicht, wie viel von meiner Freude echt war und wie viel gespielt.

Drei Monate später suchte uns ein Arzt aus dem Krankenhaus zwecks einer gründlichen Schwangerschaftsvorsorge auf. Die Untersuchung ergab, dass sie Zwillinge erwartete und die Embryos sich gesund und normal entwickelten. Diese Nachricht freute mich riesig, und diesmal war meine Freude zum überwiegenden Teil echt.

Xiao Mans Bauch wuchs von Tag zu Tag, und ich umsorgte

sie, so gut ich konnte. Scherzend meinte ich zu ihr, dass ich mir nach der Geburt zu Hause ein neues Türschild machen lassen sollte: »Cheng Meng, Krankenpfleger und Hebamme.« Nachdem unsere Eltern von Xiao Mans Schwangerschaft erfahren hatten, riefen sie noch häufiger an, um sich nach ihr zu erkundigen, vermieden es aber nach wie vor tunlichst, vorbeizukommen und sie zu unterstützen – es war offensichtlich, dass Professor Shi sie dahingehend instruiert hatte. Erst wenn es sicher sei, dass sie keine Fehlgeburt erlitte und gesunde Kinder bekomme, seien Besuche erlaubt. Ich stimmte Professor Shi stillschweigend zu; seltsam war allerdings, dass Xiao Man ohne Murren hinnahm, dass ihre Eltern sie nicht besuchten, und stattdessen gut gelaunt allen körperlichen Strapazen ihrer Schwangerschaft standhielt. Ihre ungebrochene Fröhlichkeit erschien mir bedenklich. Ob sie vielleicht den wahren Grund für das Fortbleiben ihrer Eltern ahnte, sogar um ihre tatsächliche Beschaffenheit wusste?

Natürlich schluckte ich auch diese Zweifel konsequent hinunter.

Neun Monate später kamen im Nezha-Klinikum unsere beiden Zwillingsmädchen zur Welt. Zwar hatten zuvor bereits Ultraschall- und Fruchtwasseruntersuchung, Elektrokardiogramm und so fort ergeben, dass wir gesunde Kinder erwarteten, aber erst, als ich mit eigenen Augen die beiden zerknautschten kleinen Wesen vor mir sah, fiel mir, genau wie Xiao Man, ein Stein vom Herzen. Nachdem sie ihre Kinder gesehen hatte, schlief Xiao Man erschöpft ein. Das hatte sie nach den anstrengenden Wehen, vermutlich verbunden mit aufreibenden Ängsten, auch bitter nötig. Ich ging in die Säuglingsstation, betrachtete meine Mädchen, hörte ihr ununterbrochenes Schreien. Dann zog ich mich allein in eine stille Ecke zurück und ließ meinen Tränen freien Lauf. Die Anspannung fiel von mir ab, und mein Körper schien so schlaff, als wäre er knochenlos. Als Professor Shi vorbeikam und mich so sehr von meinen Gefühlen überwältigt sah, sagte er kein Wort und legte mir nur stumm die Hand auf die Schulter.

»Onkel Shi.« In meiner Verlegenheit schlug ich unwillkürlich einen vertraulichen Ton an. »Wie lächerlich mir jetzt all meine Ängste vorkommen, ein Jahr lang habe ich den Mond angebellt! Dabei habe ich diese Xiao Man schon längst so akzeptiert, wie sie ist.«

»Es freut mich sehr, das zu hören«, sagte er. »Das freut mich aufrichtig.«

»Ich sollte mich von der echten Xiao Man verabschieden, ich möchte dieses Kapitel endgültig abschließen, meinen Gefühlen das Ventil abdrehen und mein Leben unbeschwert mit dieser Xiao Man verbringen.«

Professor Shi nickte. »Ich denke ebenfalls, dass es Zeit wird. So, wie dieses ganze Jahr verlaufen ist, scheint mir das Selbstbewusstsein des Replikanten ausreichend stabil.«

»Und was machen wir mit Xiao Man?«, fragte ich. »Sollen wir sie weiter im Unklaren lassen? Das scheint mir nicht mehr nötig zu sein. Sie verfügt über ausreichend Selbstgewissheit, und auf Dauer wird es ohnehin nicht vor ihr zu verbergen sein. Irgendwann findet sie es sicher heraus. Wer weiß, ob sie nicht längst Verdacht schöpft.«

Professor Shi musterte mich mit einem unergründlichen Blick. Dann sagte er schlicht: »Einverstanden. Sobald sie das

Wochenbett verlassen hat, werden wir alle zusammen von den Überresten Abschied nehmen. Ich bin mir sicher, dass sie – genau wie du selbst – psychisch darauf vorbereitet ist.«

Xiao Man erholte sich sehr schnell von der Geburt, und auch ihr Milchfluss kam problemlos, es sprudelte nur so aus ihr heraus. Es war die reine Wonne zu sehen, wie die beiden Vielfraße gierig und glucksend an ihrer rechten und linken Brust hingen. Spöttisch dachte ich, dass allein ihre überreiche Milchproduktion genügte, um ihr endgültig Selbstgewissheit zu geben.

Ich eröffnete ihr, dass wir am nächsten Tag ins Bestattungsinstitut gehen würden, um Abschied von einem uns nahestehenden Menschen zu nehmen. Erstaunlicherweise reagierte sie völlig gelassen darauf und fragte nicht einmal, um wen es sich handelte. Für diese seltsame Reaktion kam mir nur eine mögliche Erklärung in den Sinn: Sie hatte die Wahrheit längst erraten, aber einfach kein Wort darüber verloren. Zuerst wollte ich auch die Kinder mitnehmen, um uns von dem »nahestehenden Menschen« zu verabschieden, doch dann verwarf ich die Idee.

Am darauffolgenden Tag gab Xiao Man die Zwillinge in die Obhut der Krankenpflegerin, und wir begaben uns zu dritt in das Leichenschauhaus des Nezha-Klinikums. Bevor der kristallene Sarg hervorgeholt wurde, umfasste ich Xiao Man fest und bot ihr meinen starken männlichen Arm als mentale Stütze. Mit einem vielsagenden Blick erwiderte sie meine Umarmung.

Als der Sarg herausgezogen wurde, fuhr ich zusammen. Dort im Sarg lag nicht die echte Xiao Man, sondern ein Mann, mein eigenes Alter ego. Der echte Cheng Meng. Obwohl man den Leichnam gut zurechtgemacht hatte, bereitete der Anblick der massiven Verletzungen mir physische Qualen. Wobei der psychische Schmerz weitaus tiefer ging als der physische. Mir kam jene zähe Dunkelheit wieder in den Sinn, die sich über alles gelegt hatte und die mich jetzt erneut zu verschlingen drohte. Wieder sah ich die Bruchstücke meines Bewusstseins vor mir und erinnerte mich an die vergeblichen Anstrengungen, sie zu einem Ganzen zusammenzusetzen. Es hatte sich dabei nicht um das Bewusstsein des alten Cheng Meng gehandelt, sondern um die Wiedergeburt des neuen Cheng Meng.

Ich erinnerte mich an eine der Geistergeschichten in Feng Menglongs Erzählband *Mahnung an die Welt*: Aus Sorge um die Hinterbliebenen eilt die Seele eines Verstorbenen aus weiter Ferne zurück nach Hause. Angsterfüllt sagen die Angehörigen: Du bist doch längst tot, im Wohnzimmer ist noch dein Sarg aufgebahrt! Bei dieser Nachricht wird er ganz traurig, verflacht sich und löst sich auf. Hätte man mir in dem Augenblick, als ich aus der zähen Dunkelheit herausgetreten war, das Gleiche gesagt, dann wäre wohl auch ich auf der Stelle verflacht und hätte mich in nichts aufgelöst.

Xiao Man schlang die Arme eng um meine Taille und legte ihr Gesicht auf meine Brust. Professor Shi legte mir seine vertraute Hand auf die Schulter. Eine ganze Weile verharrten wir schweigend, dann sagte ich mit einem bitteren Lächeln: »Ich also war es, der gestorben ist. Und jetzt bin ich ein Replikant.«

In aller Ruhe wiederholte Professor Shi, was er am Tag zuvor zu mir gesagt hatte. »Ich bin überzeugt, dass du in diesem einen Jahr ausreichend Selbstvertrauen gewonnen hast.«

Xiao Man hatte feuchte Augen. Sie stellte sich auf die Zehenspitzen und küsste mich, unfähig, ein Wort zu sagen.

»Weshalb habt ihr …«, fing ich an. »Ach, ich verstehe schon. Aus Angst, dass ich kein ausreichendes Selbstbewusstsein aufbauen könnte, haben Sie mir etwas vorgemacht, Professor Shi, und meine Aufmerksamkeit ganz auf Xiao Man gelenkt. Indem Sie an mein Verantwortungsgefühl als Ehemann appellierten, hatte ich nur Xiao Man im Blick und nahm meine eigenen Fehler gar nicht wahr.«

»Für mich besitzt du alle guten Eigenschaften Cheng Mengs«, sagte Xiao Man zärtlich, »du bist ein verantwortungsvoller, mutiger und selbstloser Ehemann und ein guter Vater. Du bist Cheng Meng.«

»Nun, ich habe innerhalb dieses Jahres durchaus ein paar Unvollkommenheiten an mir beobachtet, die Neigung zu hoher elektrischer Aufladung zum Beispiel! Aber Xiao Man hat mich sehr geschickt davon abgelenkt.«

»Das hat mir Professor Shi beigebracht. Und es hat gewirkt!«, lachte sie.

Jetzt erinnerte ich mich daran, wie Xiao Man vor einem Jahr aus der Maschine herausgekommen war, splitternackt, eine Puppe, die zum Leben erwacht war – das war alles nur Theater gewesen, sehr überzeugendes Theater. Der Vorgang selbst war nicht erfunden, aber ich war es, der ihn durchlaufen hatte. Ich stieß einen Seufzer aus.

»Du hast mich ganz schön an der Nase herumgeführt, Xiao Man.«

»Lass mich dir jetzt ein paar Fakten verraten, mein Sohn«, sagte Professor Shi lächelnd. »Wir haben bislang im Nezha-Klinikum insgesamt dreizehn Operationen zur Wiederherstellung von Menschen durchgeführt. Du bist der erste rundum gelungene Fall, der allererste! Unser ganzes Team von Fachleuten betrinkt sich soeben hemmungslos mit Champagner! Ja, du hast ihnen das Selbstvertrauen geschenkt, die Anwendung dieser Technologie von nun an zum Regelfall zu machen. Du wirst für immer ihr Held sein, ihr Theseus, dem es als Erstem gelungen ist, aus dem psychischen Labyrinth herauszufinden. Ständig haben meine Kollegen mich gedrängt, dich kennenlernen zu dürfen, und nur mit Mühe konnte ich sie davon überzeugen, dich einstweilen in Ruhe zu lassen.«

Ich senkte den Blick auf meine zierliche Xiao Man, und es brach mir das Herz, daran zu denken, was sie ein Jahr lang durchgemacht hatte, an die Ängste, die ich nicht losgeworden war. Wie ich die »echte Xiao Man« nicht vergessen konnte und die ganze Zeit über fürchtete, der neuen Xiao Man hafte ein Makel an, dass sie etwas Nichtmenschliches an sich haben könnte, kein normales sexuelles Verlangen, keine Kinder bekommen könnte oder nur eine Missgeburt, all das. Diese inneren Qualen waren echt gewesen, jedoch hätten sie eigentlich ... Xiao Mans Sorgen sein sollen. Diese zarte Frau hatte es auf sich genommen, sich meine Sorgen wie Salz in ihre seelischen Wunden reiben zu lassen. In Wahrheit war sie mein Schutzengel gewesen.

Meine eigene Erfahrung ließ mich verstehen, wie sehr Xiao Man gleich doppelt gelitten haben musste. Schluchzend sagte ich: »Wie furchtbar dieses Jahr für dich gewesen sein muss, meine liebe Man.«

Jetzt brach auch sie in Tränen aus. Meine Worte hatten natürlich die empfindlichste Stelle ihrer verwundeten Seele berührt.

»Danke, dass du es verstehst, lieber Meng. Zum Glück ist es vorbei … es ist vorbei.«

Nun war es nicht mehr an mir, mich von den Überresten des Verstorbenen zu verabschieden, sondern an ihr. Der Kristallsarg wurde geöffnet. Sanft streichelte sie über das Gesicht jenes Cheng Meng und murmelte dabei vor sich hin, während unablässig ihre Tränen auf den Leichnam tropften. Es schien eine Ewigkeit zu dauern. Schließlich beugte sie sich zu ihm herab und küsste ihn auf die Stirn.

Der Sarg wurde geschlossen, die Bestatter schoben ihn bedächtig in die Kremationskammer und schlossen die Tür. Von da an sollte jener Mensch, der andere Cheng Meng, in eine andere Welt verbannt werden und sich für immer von uns verabschieden. Wir hörten das Geräusch der alles verzehrenden Flammen von der anderen Seite der Tür. Mit tränenverhangenem Blick starrte Xiao Man auf die Tür, wie versteinert stand sie da. In diesem Augenblick war sie ganz bei dem anderen Cheng Meng, ich war aus ihrer Gefühlswelt ausgeschlossen. So gut ich ihre Trauer und ihre Liebe nachvollziehen konnte, so sehr versetzte mir der Anblick einen Stich.

Der weltweise Onkel Shi, wie ich ihn jetzt für mich nannte, sah mir meinen Schmerz an. Er stieß Xiao Man sachte an und flüsterte ihr etwas ins Ohr. Sie nickte. Dann wandte sie sich mir zu, lehnte den Kopf an meine Schulter und sagte sanft: »Weißt du … diese Tür hat sich für immer geschlossen. Du bist Cheng Meng, der einzige Cheng Meng für mich.«

»Das weiß ich doch«, entgegnete ich heiser. »Ich verstehe dich vollkommen. Dasselbe wollte ich ursprünglich zu dir sagen.«

Wir nahmen die Urne mit und bestatteten sie auf einem öffentlichen Friedhof. Plötzlich schrie Xiao Man auf und sah auf ihre Brüste herab. »Oje, ich habe Milchfluss, die beiden Kleinen kommen noch um vor Hunger«, sagte sie verlegen. Rasch verbeugten wir uns dreimal vor Cheng Mengs Namenstafel und fuhren nach Hause. Im Auto murmelte Xiao Man in einem fort, wie hungrig die Kinder sein mussten. Ich war glücklich. Von jetzt an konnte endlich unser neues Leben beginnen.

Hao Jingfang

Wo bist du?

Aus dem Chinesischen übersetzt
von Michael Kahn-Ackermann

Hao Jingfang,

Jahrgang 1984, hat Physik studiert und in Wirtschaftswissenschaften promoviert. Sie hat einige Jahre als Wissenschaftlerin in der China Developing Foundation gearbeitet. Zurzeit leitet sie zwei von ihr gegründete Firmen, die Science-Fiction-Produkte entwickeln und Kindererziehung fördern. Ihre Kurzgeschichte »Peking falten« hat den Hugo Award gewonnen, und ihr Roman *Wandernde Himmel* ist auch auf Deutsch erschienen.

1

Nichts brachte Ren Yi mehr aus dem Konzept als ein Anruf Susus kurz vor Beginn einer Roadshow.

Er saß außerhalb des Saals und rang mit sich, ob er den Anruf annehmen sollte. Noch drei Minuten bis zum Beginn der Show; dem Vernehmen nach hatte Generaldirektor Jiang bereits die Eingangshalle des Gebäudes betreten und befand sich auf dem Weg zum Aufzug. Wieder und wieder war er den Businessplan durchgegangen; in seinem Kopf brodelte es, als würde er im nächsten Moment explodieren. In diesem Moment Susus Anruf entgegenzunehmen, würde höchstwahrscheinlich dazu führen, seine Gedanken restlos durcheinanderzubringen. Größer noch war jedoch die Gefahr, dass er seinen Auftritt verpasste, wenn ihre Suada kein Ende fand. Die C-Runde war für das Fundraising entscheidend, das Schicksal der Firma hing an einem Faden, dieses Risiko durfte er nicht eingehen.

Den Anruf allerdings nicht entgegenzunehmen, konnte ernsthafte Folgen nach sich ziehen. Während es in seinem Kopfhörer unaufhörlich piepte, blitzten vor seinem geistigen Auge drei bis vier Vorahnungen möglicher Szenarien auf. Unfähig, eine Entscheidung zu treffen, quälte er sich, als solle er einen Eimer voller Gold an einem Bindfaden befestigen.

Am Ende entschloss er sich, die Sache seiner Assistentin Xiao Nuo zu übergeben. »Xiao Nuo, du musst einen Anruf für mich übernehmen. Erkläre Susu, dass ich eine Überraschung in petto habe, sie soll nach Dienstschluss auf mich warten, ich hole sie ab.«

»In Ordnung«, ertönte Xiao Nuos Stimme im Kopfhörer, »soll ihr Doppelgänger das Gespräch entgegennehmen?«

»Im Moment nicht notwendig, rede du mit ihr. Sag ihr, ich sei gerade sehr eingespannt, würde aber auf jeden Fall den Abend mit ihr verbringen.« Nach kurzer Überlegung fügte er hinzu: »Wenn du das erledigt hast, bestell Plätze in einem passenden Lokal, was Romantisches.«

Xiao Nuo übernahm den Anruf automatisch, im Kopfhörer wurde es vorübergehend stumm. Ren Yi verzichtete auf den Mithörmodus. Er vertraute Xiao Nuo, sie würde die Angelegenheit mit der nötigen Delikatesse erledigen, immer höflich und respektvoll, in ihrem Speicher waren ungezählte erprobte Beschwichtigungsphrasen gespeichert, sie sollte in der Lage sein, Susus Gemüt zu beruhigen. Das Display auf seinem Ärmel zeigte die Dauer ihres Anrufs, 25 Sekunden. 25 Sekunden hatte sie angerufen, ohne aufzulegen, das deutete darauf hin, dass sie noch nicht allzu aufgebracht war. Ren Yi war beunruhigt, aber er zwang sich dazu, sich auf das Geschehen im Saal zu konzentrieren.

»Willkommen, Generaldirektor Jiang! Herzlich Willkommen!« Ren Yi sprang von seinem Sitz auf, als die von Jiang Jintao geführte Gruppe den Saal betrat, und streckte freudig erregt die Hände der Tür entgegen.

»Tut mir leid, wir sind ein wenig spät dran«, sagte Jiang Jintao.

»Kein Problem, überhaupt kein Problem. Gerade richtig«, kam ihm Ren Yi hastig entgegen. »Stau unterwegs?«

»Vor allem eine Konferenz, die sich hingezogen hat. Sie fanden einfach kein Ende, obwohl ich ihnen erklärt habe, dass ich noch einen Termin habe. Tut mir leid.«

»Überhaupt kein Problem, Leute wie Sie hetzen nun mal von Termin zu Termin.« Er nutzte die Gelegenheit, um mit einem Lächeln hinzuzufügen: »Sie sollten es tatsächlich mal mit unserem *Doppelgänger* versuchen. Damit könnten Sie gleichzeitig acht Termine wahrnehmen.«

Jiang Jintao stieß ein kurzes Lachen hervor, das offen ließ, ob er Ren Yis humoristische Äußerung billigte oder missbilligte. »Also gut, kaufen wir einen, aber nicht auszuschließen, dass Sie von Ihrem Produkt empfangen werden, wenn Sie das nächste Mal bei mir vorbeischauen. Was würden Sie dazu sagen?«

Ren Yi wurde blass, diese Äußerung verhieß nichts Gutes. Doch um darüber nachzudenken, blieb keine Zeit, und da er nun schon einmal stand, ergriff er die Gelegenheit, mit seinem Vortrag zu beginnen, während zeitgleich der Business-Plan auf dem Display erschien. »Sehr geehrter Herr Generaldirektor Jiang, verehrte Anwesende, ich präsentiere Ihnen heute das von unserer Firma entwickelte KI-gestützte Dienstleistungssystem *Doppelgänger*. Was ist das Kostbarste im Zeitalter künstlicher Intelligenz? Zeit! Geld spielt für Sie keine Rolle, Wissen lässt sich im Handumdrehen erwerben, Ihre Netzwerke überspannen den Globus, nur die Zeit ist knapp …« Er achtete beim Sprechen auf die Reaktion der Handvoll Großinvestoren, die vorne in der ersten Reihe saßen. Einige schienen ihm interessiert zu folgen, doch mit steifen Mienen, zusammengepressten Lippen und herabgezogenen Mundwinkeln. Schwer auszumachen, ob sie das Gehörte erwogen oder von Grund auf ablehnten. In seinem Innern machte sich ein Gefühl der Leere breit, zweimal vertat er sich beim Ablesen einer Zahl. Sein Gesicht rötete sich, das Blut schoss ihm in den Kopf, und Schweiß trat ihm auf die Stirn.

»Ich habe Ihnen gerade die Gesamtperformance unseres Produkts seit der Markteinführung vor zwei Jahren präsentiert. Angesichts der User-Zahlen von mehr als zwanzig Millionen Followern und mehr als vier Millionen Kunden kann von einer Führungsposition unter den vergleichbaren auf dem Markt befindlichen Produkten gesprochen werden. Wir erweitern permanent den Anwendungsbereich unseres Produkts, gegenwärtig kommt der *Doppelgänger* bereits in mehr als dreitausend verschiedenen Anwendungsgebieten zum Einsatz und erleichtert damit unseren Kunden die Arbeit und das alltägliche Leben. Zugleich liefert er uns eine große Menge an Daten, die unserer weiteren Forschung zugutekommen.«

Im Verlauf seines Vortrags überfiel Ren Yi ein Anflug von Nervosität. Er machte sich Sorgen, dass der ausgefuchste Jiang Jintao auf die Idee kommen würde, nach der Kundenzufriedenheit zu fragen. Das war der innerhalb der Firma streng geheim gehaltene Schwachpunkt. Zwei Jahre nach der Entwicklung und Markteinführung des Produkts stagnierte die Zufriedenheitsrate bei unter 70 %, ihr Höhepunkt hatte bei 69,8 % gelegen, seit Kurzem war sie sogar auf 66,4 % abgerutscht. Er verstand den Grund nicht, sie hatten sich alle Mühe gegeben, die Situation zu verbessern, hatten unaufhörlich Kundeninformationen gesammelt, die Berechnungsmethoden verfeinert, Kundenporträts simuliert, alles unternommen, um sämtliche Reaktionen des intelligenten *Doppelgängers* perfekt den Gewohnheiten der

Kunden anzupassen. Aber was sie auch unternahmen, sie kamen nie über einen bestimmten Annäherungsgrad an die Realität hinaus. Um keinen Preis durften diese Zahlen bekannt werden, andernfalls wäre diese Fundraising-Runde im Eimer.

Während sein Mund fortfuhr, Daten und Zahlen auszuspucken, schien ihm, als löse sich ein anderes Ich aus seinem Körper, das sich ständig weiter von ihm entfernte. Ihm war, als sähe er von hoch oben auf sich herunter, als schiebe sich zwischen ihn und die Welt eine vernebelnde Dampfschicht.

»Wir haben uns in den vergangenen beiden Jahren nicht damit begnügt, aktives Marketing zu betreiben, wir haben auch erhebliche Anstrengungen im Bereich der Grundlagenforschung unternommen. Wir haben ein Team, bestehend aus den Spitzenforschern unseres Landes in den Bereichen der Persönlichkeitsspeicherung und intelligenten Simulation an Bord geholt. Ausgehend von der Analyse der vierzigdimensionalen Persönlichkeit haben wir eine Person vollständig digitalisiert und es damit unseren intelligenten Programmen erleichtert, Lernprozesse auf Big-Data-Basis zu vollziehen, die sie in die Lage versetzen, aus dem digitalen Footprint einer Person ein Persönlichkeitsporträt abzuleiten. Mithilfe dieser auf theoretischer Grundlage und praktischer digitaler Erfahrung basierenden Forschungsergebnisse sind wir davon überzeugt, dass die von uns generierten Algorithmen in der Lage sind, das gewöhnliche Verhalten einer Person perfekt zu simulieren. Der *Doppelgänger* liegt voll im Entwicklungstrend des Zeitalters künstlicher Intelligenz, er …«

Das wiederkehrende Kopfnicken und die aus den Augen strahlende Begeisterung, auf die er gehofft hatte, blieben aus. Leichter Schweiß trat ihm auf die Stirn. Da unten saßen neben

Jiang Jintao die Vorstandsbeauftragten für Investition und Technologische Entwicklung ihres Unternehmens, dazu ein Haufen Investitions-Scouts, und alle machten eine höchst kritische Miene. Die einen saßen zurückgelehnt mit übergeschlagenen Beinen, andere klopften mit ihren elektronischen Stiften gegen ihre Fingernägel. Ren Yi spürte den Druck, der von ihnen ausging.

In diesem Moment meldete sich plötzlich Xiao Nuos Stimme im Kopfhörer: »Chef, es gibt etwas Dringendes. Mit den Nachmittagsvorstellungen läuft etwas schief, viele von den Ticketkäufern haben gehört, dass Sie persönlich nicht anwesend sein werden und wollen ihr Geld zurück.«

»Entschuldigen Sie, eine kurze Pause.« Ren Yi unterbrach hastig seinen Vortrag, »eine unerwartete Unterbrechung, ich bin in einer Minute zurück.«

Im Korridor vor dem Konferenzraum fragte er Xiao Nuo: »Was ist los? Details, rasch bitte!«

»Hier ist eine Audiomessage von Direktor Chen«, Xiao Nuo tippte auf die Wiedergabetaste.

Wie sich herausstellte, hatte es damit angefangen, dass sich zwei Besucher einer der drei Nachmittagsveranstaltungen beschwert, die Rücknahme der Tickets verlangt und damit bei anderen Teilnehmern massive Unruhe ausgelöst hatten. Schnell war sie lawinenartig auf mehr als tausend Besucher übergesprungen. Die Halle fasste fünftausend Personen, wenn tausend davon ihre Eintrittskarten zurückgaben, würde das einen verheerenden Eindruck hinterlassen, ganz zu schweigen davon, dass der Protest in den Folgestunden Nachahmer finden konnte. Das Herdenverhalten von Gruppen in den sozialen Netzwerken war genau der Grund dafür gewesen, dass Ren Yi zu Beginn vorgeschlagen hatte, Netzwerkgruppen von Kaufinteressenten zu etablieren, in der Hoffnung, durch die Bekanntgabe von Daten zusätzliches Kaufinteresse zu wecken. Er hatte sich unendliche Mühen mit diesen digitalen Realzeit-Präsentationen gegeben, und nun drohte das Ganze zu kippen.

»Hm … handelt es sich nur um diese eine Veranstaltung?«, frage er Xiao Nuo.

»Laut Auskunft von Direktor Chen momentan nur um die eine Veranstaltung, es hat sich noch nicht herumgesprochen.«

»Na, dann soll er den Zuschauern dieser Veranstaltung mitteilen, dass ich anwesend sein werde, ich höchstpersönlich«, wies ihn Ren Yi an. Er überlegte einen Augenblick, dann fragte er: »Ach ja, hast du das Restaurant für heute Abend reserviert? Um wie viel Uhr?

»Habe ich, um sechs.«

»Und Susu ist informiert?«

»Ja.«

»Dann sag ihr, dass ich mich ein wenig verspäte, ich komme, sobald die Veranstaltung zu Ende ist.«

»In Ordnung.« Xiao Nuo war stets souverän und durch nichts aus der Ruhe zu bringen.

REn Yi kehrte in den Saal zurück, innerlich beunruhigt, da er sich nicht im Klaren war, ob seine Abwesenheit länger als eine Minute gedauert hatte. Er schickte sich an, seinen Vortrag fortzusetzen, aber Jiang Jintao hielt ihn zurück. Die langsam verebbenden Wortfetzen im Saal ließen darauf schließen, dass bereits eine Diskussion stattgefunden hatte.

»Was Ihr Modell angeht, besteht sein größtes Problem darin,

dass die Hardware eures Produkts nicht Schritt hält. Wenn ich es recht verstehe, soll euer Produkt mittels künstlicher Intelligenz die Persönlichkeit des Kunden simulieren, sodass eine Person gleichzeitig an mehreren Veranstaltungen teilnehmen und Gespräche führen kann, ist es nicht so?«

»Richtig, im Wesentlichen trifft es das«, antwortete Ren Yi, »nur wollen wir noch einen Schritt weiter …«

»Lassen Sie mich ausreden«, unterbrach ihn Jiang Jintao. »Die Idee ist nicht schlecht, aber ihr verwendet nur Algorithmen, keine Roboter. Ihr Modell beruht auf der Annahme, dass der Klient nur einen sprechenden und denkenden *Doppelgänger* braucht, aber nach unserer Beobachtung benötigt man im alltäglichen Leben zumeist einen physischen Doppelgänger. Also der Mann möchte Games zocken, die Frau wünscht, dass er Essen zubereitet, und in derartigen Momenten genügt es nicht, einen Dialog per Algorithmus zu führen. Es braucht einen Roboter, der kocht. Wir haben die Befürchtung, dass der Anwendungsbereich eures Produkts zu eng ist. Sehen Sie, die Nachkauf-Rate ist ziemlich niedrig, was beweist, dass die meisten es lediglich als Neuheit probieren, es fehlt an einer langfristigen Entwicklungsperspektive.«

»Das stimmt nicht, wir haben ein Produkt mit neuer Hardware, es ist nur noch in der Erprobungsphase …« Ren Yi bemühte sich weiter um eine Erklärung.

»Für heute genügt es, wie es um das Projekt steht, haben wir begriffen. Wir werden überlegen und Ihnen zeitnah eine Antwort zukommen lassen. Vielen Dank.« Mit diesen Worten machte Jiang Jintao unmissverständlich klar, dass die Roadshow für ihn beendet war.

2

Susu betrat das Restaurant.

Sie fühlte sich kraftlos. Vormittags hatte sie für ein paar Stunden ihre gesamte Energie zusammengerafft und an zwei Vorstellungsgesprächen teilgenommen, nicht eben erfolgreich. Mittags hatte sie mit einer jungen Frau, die gemeinsam mit ihr am Vorstellungsgespräch teilgenommen hatte, zu Mittag gegessen und sich eine Stunde lang deren unaufhörliches Geplapper angehört, bis ihr das Trommelfell schmerzte. Danach hatte sie sich vorgenommen, für die Vorstellungsgespräche der kommenden Woche ein neues Kostüm zu kaufen. Sie hatte hin und her anprobiert, aber nichts gefiel ihr wirklich. Am Ende fühlte sie sich körperlich wie geistig ausgelaugt. In einem Mini-Supermarkt kaufte sie ein Eis am Stiel, das ihr, kaum hatte sie den Laden verlassen, entglitt und zu Boden fiel. Tränen der Demütigung liefen ihr übers Gesicht, sie verstand nicht, warum sie so einsam, warum alles gegen sie gerichtet war, warum sie mit allem allein fertigwerden musste.

Die Tränen tropften auf ihren Kragen, dessen Rand sich plötzlich verfärbte. Dann begann sich das Futter ihres Rocks zu erwärmen, Hüfte und Rücken wurden von einer kontrahierenden Kraft umfasst, die gelinde auf Rücken und Seiten ihres Körpers drückte, so als würde sie jemand kraftvoll umarmen.

Ihr Körper versteifte sich vor Schreck, doch dann dämmerte ihr, dass die Tränen vermutlich die automatische Trostfunktion ihres Rocks in Gang gesetzt hatten, der sanfte und warme Druck entspannte sie. Es war schließlich ein weiches Material, um einiges angenehmer als ein Massagestuhl. Sie erinnerte sich an

Ren Yis Worte, als er ihr im letzten Monat den Rock geschenkt hatte: Er soll dich trösten, wenn ich nicht da bin.

Erneut rief sie Ren Yi an, und wieder meldete sich die stets perfekt höfliche künstliche Assistentin. Eine einschmeichelnde und formvollendete Stimme wie die einer Empfangsdame eines Hotels. In acht von zehn Fällen meldete sich Xiao Nuo, wenn sie Ren Yi anrief. Hätte sie nicht gewusst, dass es sich bei ihr um ein Programm handelte, wäre sie eifersüchtig geworden.

Sie hängte auf, ohne eine Nachricht zu hinterlassen. Was ihr auf der Seele lag, konnte sie nicht in einer Nachricht für Xiao Nuo unterbringen.

Sie warf einen Blick auf die Speisekarte, ohne die geringste Lust, eine Bestellung aufzugeben. Sie hatte keine Ahnung, womit Ren Yi gegenwärtig beschäftigt war. Es war zehn vor sechs, zehn Minuten vor dem verabredeten Termin, aber er ging nicht ans Telefon. Offenbar war er noch immer beschäftigt. Würde er dieses Mal pünktlich sein? Oder wieder im letzten Moment eine Nachricht schicken, dass er verhindert sei? In diesem Fall hätte es keinen Sinn, eine Bestellung aufzugeben.

Nach zwei Jahren der Untätigkeit zu Hause hatte sie sich erst gerade entschlossen, Arbeit zu suchen. Ren Yis Unternehmensgründung hatte sie bewegt, die Kündigung einzureichen und zu Hause zu bleiben. Er hatte erklärt, er sei derart überlastet, dass er jemanden brauche, der ihn zu Hause unterstütze. Sobald das Unternehmen in trockenen Tüchern sei, stünde ihrem Lebensglück nichts mehr im Wege, auch ohne dass sie sich abzuplagen hätte.

Zwei Jahre waren vergangen, keine von Susus Hoffnungen auf ein erfülltes und friedliches Leben hatte sich erfüllt, Ren Yis

Arbeitsbelastung hatte sich immer mehr gesteigert, ebenso wie seine Nervosität. Und ihre fortwährende Untätigkeit hatte sie immer unruhiger und reizbarer gemacht. Ein Gefühl der Panik, als renne sie mit aller Kraft auf einen Zug zu, der dabei war abzufahren, ohne ihn erreichen zu können. Sie spürte, dass ihr die Arbeit fehlte. Nicht allein des Geldes wegen, sondern vor allem, um etwas zu haben, auf das sie sich verlässlich stützen konnte.

Aber ihre Vorstellungsgespräche verliefen nicht nach Wunsch. Sie gehörte nicht mehr zur Gruppe der Hochschulabsolventinnen mit gerade erfolgtem Abschluss, sie genoss weder deren Vorzugsbehandlung, noch verfügte sie über deren bedenkenlosen Eifer, jede sich bietende Gelegenheit zu nutzen. Sie war unfähig, durch Unaufrichtigkeit den Prüfern zu gefallen, ihre Mitarbeit an einer Unternehmensgründung und deren Begleitung hatte ihr einen sogenannten »eigenwilligen« Charakter verliehen. Während der Prüfer von ihr hören wollte: »Diese Arbeit entspricht zu hundert Prozent meinen Wünschen«, erklärte sie in schönster Ehrlichkeit: »Ich orientiere mich in verschiedene Richtungen und habe mich entsprechend beworben.« Um damit kühle Blicke zu ernten.

Ihre Kleidung wechselte während der Vorstellungsgespräche stets die Farbe. War sie zu Beginn orange, verblasste die Farbe im Laufe der Vorstellung, wurde immer dunkler, bis sie beim Verlassen des Raums zu einem tiefen Blau geworden war. Sie hatte keine Ahnung, welche Instrumente die hormonalen Indikatoren ihrer seelischen Verfassung erfassten. Ihre Depression wuchs von Tag zu Tag. Mit Verblüffung nahmen die Prüfer den Farbwechsel ihrer Röcke wahr, brachten jedoch nie den Mut auf, danach zu fragen.

Es war bereits sechs. Susus Stimmung verdüsterte sich, eine Vorahnung sagte ihr, dass es kein fröhlicher Abend würde.

Im Restaurant wurden Kerzen angezündet, die benachbarten Tische füllten sich mit Gästen, da war ein Liebespaar, das sich zuprostete, ein Ehepaar mit zwei Kindern. Der Kellner kam bereits zum zweiten Mal an ihren Tisch, um nach der Bestellung zu fragen, sie erklärte, sie warte noch auf jemanden, und empfand die Situation als zunehmend peinlich.

Mit einem Anflug von Hoffnungslosigkeit wählte sie erneut Ren Yis Nummer. Wider Erwarten kam sie diesmal durch.

»Hallo Ren Yi, wo bist du?«

»Ich bin neben dir«, hörte sie Ren Yis Stimme.

Susu blickte um sich, suchte in der Menge nach der vertrauten hochgewachsenen Silhouette, fand sie aber nicht.

»Sieh nach unten. Auf deine Beine«, ertönte erneut Ren Yis Stimme.

Susu senkte den Kopf und blickte in ein Gesicht. Vor Schreck hätte sie beinahe das Mobiltelefon fallen lassen. Mit Mühe hielt sie es fest, atmete tief und fasste sich wieder. Vorsichtig richtete sie den Blick von der Kniescheibe aufwärts.

Das Gesicht verschwand von ihrer Kniescheibe, ihr Rock nahm wieder seine ursprüngliche violette Farbe an. Doch als sie den Blick weiter hob, entdeckte sie eine Hand, die an ihrer Hüfte auftauchte, lebensgroß, perspektivisch genau, als umfasste sie von hinten ihre Hüfte. Erneut fuhr ihr der Schreck in die Glieder.

»Keine Angst«, sagte Ren Yi, »ich bin es wirklich. Ich bin noch unterwegs, es ist Stau, daher begleite ich dich erst einmal auf diese Weise.«

Susu hatte Mühe, sich aus ihrer Schreckstarre zu lösen.

3

Die Haare mithilfe von Haarspray steil nach oben gekämmt und gewandet in den speziell für wichtige Veranstaltungen angefertigten Anzug, stand Ren Yi startbereit auf der Hinterbühne. Er bewegte Hände und Füße, drehte den Nacken hin und her, knetete seine Schultern und nestelte gewohnheitsmäßig an seinem Bluetooth Mini-Headset, es war stabil befestigt, trotzdem war er immer von der Vorstellung geplagt, es könne während der Veranstaltung herunterfallen. Er ruckelte einmal daran, dann noch einmal.

Der Korridor der Hinterbühne war dunkel und eng, er stand allein dort. An den Seitenwänden des Korridors blinkten Reihen blauer Lämpchen, sie formten ein Schaltkreisen ähnliches Diagramm und erzeugten ein billiges Gefühl von Zukunft. Ein kleiner Bildschirm in der Nähe des Eingangs übertrug in Realzeit die Situation im Auditorium. Im Schein der Deckenbeleuchtung konnte er mal heller, mal dunkler die gelangweilten Gesichter der Besucher erkennen.

»… das Ich, das Sie in diesem Moment sehen, das bin tatsächlich ich!«

Die Stimme, die aus dem Auditorium zu ihm herüberklang, war eine perfekte Simulation seiner eigenen Stimme. Plötzlich erwachte seine Neugier, er wollte hören, was diese Stimme noch sagen würde.

»Ich begrüße Sie zu unserer KI-Kreativ-Talkshow. Ich verspreche Ihnen heute eine einzigartige, erregende Show, die synchron in vier Städten gleichzeitig stattfindet. Sperren Sie Ihre Augen auf, sehen Sie genau hin, ob Sie den geringsten Hinweis finden, der Ihnen verrät, wer der echte Ren Yi ist, das wirkliche Ich.«

Anschließend hörte er, wie die Stimme einen Besucher direkt ansprach und ihn aufforderte, eine Frage zu stellen. Im Programm waren tatsächlich gelegentliche Frage-Situationen vorgesehen, sie verlangten vom *Doppelgänger*, in zufallsgenerierten Abständen einen Besucher aufzufordern, eine improvisierte Frage zu stellen, um damit die ungewöhnliche Reaktionsfähigkeit des *Doppelgänger*-Programms bei Fragen zu demonstrieren. Das Niveau des heutigen Publikums war hoch, es wurde die Frage nach einem technischen Parameter gestellt, glücklicherweise war der *Doppelgänger* Nr. 5 solchen außergewöhnlichen Situationen gewachsen. Er erklärte, die Frage berühre betriebliche Vertraulichkeit, und er sei nicht befugt, öffentlich darauf zu antworten – der Frager möge sich nach der Veranstaltung an ihn wenden. Ren Yi beglückwünschte sich, daran gedacht zu haben, solche ausweichenden Phrasen in den Antwortspeicher einzugeben. Auch wenn das Programm Selbstlern-Algorithmen besaß, brachten es Ren Yi und sein Team nicht über sich, sämtliche Entscheidungen über passendes Verhalten dem Algorithmus zu überlassen.

Die nächste Nummer war eine wirklichkeitsgetreue Musik- und Tanzshow, die den Zuschauern *Doppelgänger* von Showstars präsentierte, darauf folgten Straßeninterviews. Ren Yi blickte auf seine Uhr, zehn vor sechs. Er sehnte ein rasches Ende des ablaufenden Programms herbei, in zehn Minuten würde sein Auftritt erfolgen, und danach würde er zu Susu eilen.

Noch sechs Minuten. Fünf Minuten. Vier Minuten.

Zwei Minuten und fünfzig Sekunden vor seinem Auftritt

meldete sich Xiao Nuos Stimme: »Direktor Ren, das Ergebnis der Vormittags-Roadshow liegt vor.«

»Und wie sieht es aus?« Ren Yi starrte auf den Sekundenzeiger, sein Herz klopfte. Noch zwei Minuten, genug, um das Ergebnis zu hören.

»Sie investieren nicht, haben sie gesagt.«

Ren Yi rutschte das Herz in den Magen. Er hatte dieses Ergebnis vorausgeahnt, aber bis zum Moment des Eintreffens der Nachricht blieb immer noch ein Funken Hoffnung. Tief verborgen in seinem Innern war diese Hoffnung sogar übermächtig gewesen, so mächtig, dass er sie kaum zurückhalten konnte. Eine irrationale Hoffnung auf die minimale Chance eines positiven Ergebnisses. Aber nun ließ Xiao Nuos Nachricht diese Hoffnung zerplatzen. Es war nun der fünfte der potenziellen Investoren, derentwegen sie die Roadshows veranstalteten, derjenige, zu dem in der Vergangenheit die engsten Beziehungen bestanden hatten, auf den sich die größten Investitionserwartungen gerichtet hatten. Und nun? Wie sollte es jetzt weitergehen?

Noch eine Minute vierzig Sekunden.

»Haben sie Gründe genannt?«

»Ja. Die Wachstumskurve habe sich abgeflacht, der künftige Markt ließe zu viele Fragen offen, die Hardware sei noch in der Prüfungsphase, man müsse die weitere Entwicklung abwarten.«

»Sonst noch etwas?« Ren Yi hatte mehr erwartet.

»Sie sagen, Sie wollten zu viele Dinge zugleich.«

Noch fünfzig Sekunden.

Ren Yis Gedanken wirbelten wirr durcheinander. Nach der B-Runde des Fundraising hatte alles eine Zeit lang sehr hoffnungsvoll ausgesehen. Vor der B-Runde hatte der Zufluss an Investitionen nach wie vor zur Weiterführung ermutigt, in den Monaten nach dem Fundraising waren die Zahlen rasch gestiegen. Doch danach waren sie auf ernsthafte Probleme gestoßen, es gab zahlreiche Reklamationen und Rücknahmeforderungen, auch die negativen Kundenbeurteilungen im Netz hatten zugenommen. Sie waren gezwungen, mehr in Öffentlichkeitsarbeit und Werbung zu investieren, doch der Return on Investment hatte stetig abgenommen. Auf diese Weise Geld zu verbrennen, um Kunden zu gewinnen, musste ohne eine Vervielfachung der Zahlen zum überstürzten Rückzug der Investoren führen. Nach außen sah alles blendend aus, aber in Wahrheit hing das Schicksal des Unternehmens an einem seidenen Faden.

Wie sollte es ohne Jiang Jintaos Investition weitergehen?

Noch zehn Sekunden … fünf, vier, drei, zwei, eins, null.

Die Tür am Ende des Korridors öffnete sich, mit einem Schlag erfasste das ultraviolette Licht die gesamte Gestalt Ren Yis. Ungeachtet des Durcheinanders in seinem Kopf musste er auf die Bühne treten, sein außergewöhnliches Talent als die Fans begeisternder Showmaster entfalten. Als Jugendlicher hatte er jahrelang als Moderator von Schulveranstaltungen fungiert.

Seine Aufgabe war es heute, als Showmaster eines Dialogs zwischen sich und seinem Ich aufzutreten. Das war eine kurzfristig ins Programm aufgenommene Nummer, die ausschließlich dem Zweck diente, den Leuten zu demonstrieren, über welch enorme Fähigkeiten ihre Knowbots verfügten. Sie hatten das zuvor nie geprobt, es war ausschließlich als Notnagel gedacht, um die Show zu retten, aber Ren Yi hoffte, den Notnagel zu einem Glanzpunkt umzufunktionieren, der verhindern würde, dass die Millionen, die die Firma in diese vier Parallel-Abendveranstaltungen gesteckt hatte, sinnlos wurden.

Auf dem Weg zur Bühne hörte er das Signal von Susus Anruf, aber es war nicht die Zeit, sich darum zu kümmern.

»Liebe Freunde im Publikum, ich bedanke mich für euer Erscheinen heute Abend.« Mit einem übers ganze Gesicht strahlenden Lachen trat er in die Mitte der Bühne. »Ich denke, ihr habt einen aufregenden Abend gehabt. Aber zu danken habe ich auch meinem *Doppelgänger* Nr. 5, der mir für den bisherigen Abend die Arbeit abgenommen hat. Große Leistung, Nr. 5, du darfst jetzt Feierabend machen.« Während er sprach, winkte er seinem Ich auf dem Bildschirm zu.

»Hallo, wer bist du denn? Wie kommst du dazu zu behaupten, ich sei dein *Doppelgänger*? Du bist *mein Doppelgänger*, du solltest jetzt nach Hause gehen«, konterte Ren Yis Doppelgänger auf dem Bildschirm, die Arme in die Hüfte gestemmt.

Im Publikum brach Gelächter aus. Ren Yi war auf diese Reaktion vorbereitet. Eine von Beginn an mit Absicht konzipierte Szene, *Doppelgänger* und Kunde sollten darüber streiten, wer die reale Person war; damit sollte vor allem ein Moment häuslichen Vergnügens geschaffen werden. Anschließen sollte sich ein in sich folgerichtiger Disput über die wahre Person, wobei der *Doppelgänger* wie bei einem Zaubertrick gewisse persönliche Erinnerungen an Ereignisse von sich geben würde, die hauptsächlich aus Spuren stammten, die sein Besitzer im Netz hinterlassen hatte. Beim Kunden würde das fast immer ein gewisses Unbehagen auslösen, aber tags darauf würde er noch stärker dem Wirklichkeitsgrad des *Doppelgängers* vertrauen. Heute Abend wollte er diesen Trick nicht einsetzen, sondern nur das Publikum in Hochstimmung versetzen, leidenschaftliche Empfindung war seit jeher die Quelle von Vertrauen.

»Ich streite nicht mit dir, ich will nur wissen, ob du dich auf einen Song Contest einlässt.« Musik klang auf, die Scheinwerfer begannen zu zucken, und Ren Yi, zugleich ans Publikum und den *Doppelgänger* auf dem Bildschirm gewandt, brüllte: »Los, lass es krachen, finden wir heraus, wer echt und wer unecht, was wahr und was falsch ist. Auf geht's! Wer hat die wissenden Augen, die Wahres von Falschem trennen! Music!«

Ren Yi begann seinen Wechselgesang mit dem Ren Yi auf dem Bildschirm. Diese Fähigkeit hatten sie erst vor Kurzem entwickelt, er verließ sich darauf, dass es funktionierte.

Na also, der *Doppelgänger* kann doch alles! Warum verkauft er sich so schlecht? Wer hat die wissenden Augen, die Wahres von Falsche trennen?

Ren Yis Herz wogte wie eine Achterbahn.

4

Als Ren Yi am Restaurant angehastet kam, war es bereits halb acht.

Unterwegs hatte er mehrfach Xiao Nuo nach Susus Befinden gefragt. Nach der Videoaufnahme aus dem Restaurant zu urteilen, sei die Situation nicht eben positiv, hatte Xiao Nuo geantwortet. Zu Beginn sei ihre Stimmung noch einigermaßen stabil gewesen, sie habe ein höfliches Gespräch mit dem Mann auf ihrem Rock begonnen, gefolgt von einer Phase angeregter Unterhaltung mit gelegentlichem Lachen. Aber sehr rasch sei die

Situation umgeschlagen, sie habe angefangen zu weinen, womöglich aus Groll. Am Ende habe sie voller Wut auf den Rock eingeschlagen, habe dann aber, da sie sich damit selbst Schmerzen zufügte, damit wieder aufgehört. Anschließend habe sie dagesessen wie erstarrt, dabei sei es bis jetzt geblieben.

Ren Yis Bedrückung vertiefte sich. »Was hat sie gesagt?«, fragte er. »Hast du die *Doppelgänger*-Aufzeichnung abgehört?«

»Noch nicht. Soll ich sie jetzt überspielen?«

»Ich fürchte, dafür reicht die Zeit nicht mehr.« Er sah auf den GDP-Bildschirm, der Navigator zeigte eine Ankunftszeit in circa 10 Minuten an. »Immerhin, lass mich hören, damit ich zumindest einen Eindruck bekomme.«

Er hörte die Überspielung vom Start der Aufzeichnung, vom Beginn des Gesprächs zwischen Susu und dem *Doppelgänger* Nr. 6 ab, hörte dessen Erklärung für den Grund seiner Verspätung, dann seine Unterhaltung mit Susu. Bei Minute 10 überkam ihn das Gefühl, dass etwas nicht stimmte. Aus professioneller Gewohnheit spulte er zurück und hörte das Ganze noch einmal, diesmal unter dem Blickwinkel der Produktentwicklung. Er suchte nach unstimmigen, nicht natürlichen Antworten. Er vertiefte sich in diese Suche, dieser Blickwinkel fesselte ihn stärker als zuvor der des Freunds und Liebhabers.

Das Taxi bremste, er war praktisch am Ziel. Obwohl es keinen Fahrer gab, ertönte im Wagen eine sonore Männerstimme: »Sie haben Ihr Ziel erreicht, bitte achten Sie darauf, keine Gegenstände zurückzulassen.« Ren Yi hätte gern weiter die Aufzeichnung abgehört, aber er hatte keine Zeit mehr zu verlieren.

Er raffte sich zusammen und begab sich zum Restaurant. Er hatte Susu heute bereits tief gekränkt, weiteres Zuhören hätte ihn nur in zusätzliche Erklärungsnöte gestürzt. Es war besser, seinen Fehler einzugestehen, sie um Verzeihung zu bitten und ihr nette Dinge zu sagen. Er war fest entschlossen, sich von seiner besten Seite zu zeigen.

Beim Betreten des Restaurants sah er Susu allein mit zusammengekniffenen Lippen an einem Tisch sitzen, auf dem nichts als drei leere Gläser zu sehen waren, keine Schüssel Reis und kein Gericht. Sie hatte also nichts bestellt und mit knurrendem Magen auf ihn gewartet.

Ren Yi senkte den Blick und sah auf ihrem Rock und an ihrer Hüfte noch immer die Projektion seiner Hand. Susu schob sie von Zeit zu Zeit angewidert beiseite, aber geduldig und hartnäckig umfasste die Hand sie von Neuem. Sie kochte vor Zorn. Beim Design ihrer Textilprodukte hatten sie zwei Varianten konzipiert: auf dem Rock oder der Vorderseite des Oberteils ein Gesicht, das in der Lage war, ein Gespräch zu führen, und einen Arm, der Schultern oder Hüfte umarmte. Dieses neue Produkt kam hier zum ersten Mal zur Anwendung. Wie es aussah, war das Ergebnis alles andere als ideal. Mit Mühe verscheuchte Ren Yi den Gedanken, mit ihr ein Kundeninterview zu führen.

»Susu.« Er ging auf sie zu, senkte den Kopf und fuhr übers ganze Gesicht lächelnd fort: »Es tut mir so leid, ich hab mich wieder mal verspätet.«

»›Wieder mal‹ trifft es genau.« In ihrer Stimme lagen Groll und unverhülltes Missvergnügen.

»Ich weiß, ich weiß«, versuchte sich Ren Yi an einer Erklärung, »ich stecke nur in diesem Moment bis zum Hals im Fundraising. Sobald das erledigt ist, wird alles besser.«

Susu zeigte keinerlei Verständnis: »Das habe ich bereits vor der Angel-Investment Runde gehört. Und was ist seither passiert? Hast du überhaupt eine Ahnung, wie ich mich in letzter Zeit fühle? Wann bist du jemals nach Hause gekommen und hast mich gefragt, was ich treibe?«

Ren Yi wollte antworten, als er seine eigene Stimme aus einer anderen Richtung kommend sagen hörte: »Du fühlst dich vernachlässigt. Mein Fehler, niemand möchte vernachlässigt werden. Sei nicht böse, in Zukunft werde ich mich wieder mehr um dich kümmern.«

Ren Yi war vom plötzlichen Klang seiner eigenen Stimme wie versteinert, auch wenn er sich im Klaren darüber war, woher sie kam, und wusste, welche Big-Data-Lernprogramme ihr zugrunde lagen. Aber jetzt und hier zu hören, wie ihm diese Stimme ins Wort fiel und an seiner Stelle mit der Frau sprach, die er liebte, kam ihm höchst unpassend vor. Schweiß trat ihm auf die Stirn. Als beobachte er, wie sich ein Fremder in seinem Nest breitmachte und ihm sein Glück raubte. Oder als sähe seine von ihm getrennte Seele auf sein irdisches Selbst herunter. Er verstand plötzlich das Phänomen der beiden extrem unterschiedlichen Kundenwahrnehmungen: diejenigen, die erlebt hatten, zu Hause mit einem zweiten Ich konfrontiert zu sein, und die anderen, die diese Erfahrung nicht gemacht hatten.

Noch bevor er zu einer Reaktion fähig war, sagte Susu: »Ren Yi, hast du das gesehen? Willst du mich mit diesem Ding veräppeln? Ist es das, was du wirklich fühlst? Er soll mich mit netten Worten abspeisen, ist es das, was du mir mitteilen möchtest? Diese Umarmungen sollen mich trösten? Wie steht ihr beiden eigentlich zueinander?«

Ren Yi öffnete den Mund, brachte aber kein Wort heraus.

Einem Kunden auf diese Frage eine Antwort zu geben, war etwas völlig anderes, als Susu in diesem Augenblick zu antworten. Und noch bevor er Worte fand, ertönte wieder die Antwort der Stimme aus dem Rock: »Unterschätze uns *Doppelgänger* nicht. Wir sind die Sprache des Herzens, wir wollen nur unsere Liebe zu dir zum Ausdruck bringen.«

»Liebe? Zu mir?« Susu senkte den Blick, mit ironiegetränkter Stimme sagte sie zum Rock: »Und was ist, wenn ich dich nicht liebe? Du bist egoistisch und unfähig, stupide und ein Idiot. An dir ist nichts, was ich lieben könnte.«

»Und ich liebe dich trotzdem, Susu, bis zum letzten Atemzug«, antworte die Stimme aus dem Rock.

»Ren Yi, hast du das gehört?« Plötzlich hatte sie Tränen in den Augen. »Hast du gehört, wie ich dich beschimpft habe? Hast du's gehört? Und, bist du jetzt wütend? Kapierst du jetzt, warum eure Produkte nicht laufen? Glaubst du, mit einem neuen Rock lösen sich alle Probleme?« Dabei zeigte sie auf den Rock. »Nicht im Geringsten. Die Sache ist doch, dass er nicht wütend werden kann! Ich beschimpfe dich, und er kann nicht einmal wütend werden! Nicht einmal das. Er hat doch keine Ahnung, wie es in mir aussieht. Keine Ahnung, warum ich jetzt verzweifelt und verletzt bin. Hast du überhaupt eine Ahnung? Hast du überhaupt eine Ahnung, was Wut und was Verzweiflung heißt?«

Sie stand auf, nahm ihre Tasche und ging davon.

Ren Yi stand da wie erstarrt, ohne zu wissen, was er tat, griff er nach ihrer Hand, um sie zurückzuhalten – vergeblich. Ihre Hand entglitt mühelos seinem Griff, sich die Tränen aus dem Gesicht wischend, eilte sie hinaus. Er stand auf, um ihr nachzurennen, aber seine Füße gehorchten ihm nicht. Er spürte einen

Schmerz im Innern, er liebte sie, war aber, ohne zu wissen, warum, unfähig, ihr nachzulaufen. Vielleicht hatten die Rückschläge dieses Tages seine Kräfte restlos erschöpft.

In seinem Hirn hallte das Echo von Susus Worten: »Er kann nicht einmal wütend werden. Nicht einmal das!« Er hatte das Gefühl, etwas zu begreifen und doch wieder nicht. Es stimmte, sie hatten damals Persönlichkeitsoptimierungen vorgenommen, die positiven Seiten der Kundenpersönlichkeit hervorgehoben. Das musste so sein, kein Kunde wollte im Produkt die negativen Seiten gespiegelt sehen. Die Optimierung der Persönlichkeit war eine Notwendigkeit. War es denn falsch, nie wütend werden zu können?

Ihm kam der Gedanke, seinen Produktmanager anzurufen und ihm diese wichtige Entdeckung mitzuteilen, aber selbst dazu fehlte ihm die Kraft. Er konnte nur kraft- und mutlos zurückgelehnt auf seinem Stuhl sitzen und vor seinen Augen wieder und wieder das Bild von Susus tränenüberströmtem Gesicht beim Verlassen des Lokals ablaufen lassen. In seinem Kopf wirbelte alles durcheinander. Ihm war, als könne er ihre Enttäuschung über ihn körperlich spüren, aber zugleich empfand er selbst tief in sich eine tiefe Enttäuschung. Er hatte diesen fürchterlichen Tag durchgemacht. Die Roadshows, für die sich sein Team die Nächte um die Ohren geschlagen hatte, waren ein totaler Flop geworden, die Aussichten auf zusätzliches Kapital waren äußerst trüb, die Investoren hatten ihn kalt lächelnd abblitzen lassen, die Firma hatte kaum Aussichten, das Jahr zu überstehen, und er hatte miterleben müssen, wie die Zuschauer der heutigen Abendveranstaltungen, in die sie so viel Geld gesteckt hatten, vor seinen Augen scharenweise den Saal verließen.

Und damit nicht genug, nach alldem hatte Susu, statt an seiner Seite zu bleiben und ihn zu trösten, ihm einen zusätzlichen Stoß versetzt, sich umgedreht und ihn verlassen.

Womit hatte er das verdient? »Bin ich der größte Versager, den es auf der Welt gibt?«, fragte er Xiao Nuo.

»Erfolg, Misserfolg, alles ist relativ. Nie die Hoffnung aufgeben«, sagte sie.

Xiao Nuos von Selbstvertrauen und Zuversicht erfüllte Stimme gab ihm einen Stich ins Herz, zum ersten Mal empfand er eine endlos weite Distanz zwischen ihnen. Auch Xiao Nuo war ein Produkt ihrer Firma, das erste, das ihnen Geld eingebracht hatte, an der gesamten Entwicklung ihres Sprachspeichers war er persönlich beteiligt gewesen. Er hatte sie abgenommen und war sehr stolz darauf gewesen. Aber in diesem Moment schob sich eine massive gläserne Wand zwischen ihn und Xiao Nuos hochgestimmte Zuversicht. Er sehnte sich nach jemandem, der seine gegenwärtige Gemütsverfassung teilte, aber auch sie verstand ihn nicht. Niemand auf dieser Welt konnte einsamer sein als er.

»Was habe ich denn falsch gemacht?« Ren Yi stützte plötzlich den Kopf auf die Hände und begann stockend zu schluchzen: »Ich habe mir doch so viel Mühe gegeben, warum bekomme ich nichts dafür!«

»Nur Mut, nicht verzagen, jedem Regen folgt Sonnenschein!«, sagte Xiao Nuo.

»Du verstehst nichts, nichts, gar nichts!« Ren Yi riss sich plötzlich die Kopfhörer aus den Ohren und griff sich an die Schläfe, das Mobiltelefon fiel auf die Steinstufen und gab ein summendes Geräusch von sich.

Die Gäste im Restaurant sahen entgeistert auf den über den Tisch gebeugten, schluchzenden Mann, der sich gegen die Brust schlug und mit den Füßen stampfte. Ein Anflug von Mitleid machte sich unter ihnen breit. Kaum jemand verstand die Worte, die aus seinem Mund quollen: »Ich hab's verstanden, keiner sonst versteht …«

Baoshu

Tochter des Meeres

Aus dem Chinesischen übersetzt
von Johannes Fiederling

Baoshu,
geboren 1980, heißt eigentlich Li Jun und hat in China und Belgien Philosophie studiert. Unter dem Pseudonym Baoshu hat er bereits mehrere Romane und Kurzgeschichten veröffentlicht und wurde bereits sechsmal mit dem chinesischen Nebula und dreimal mit dem Galaxy Award ausgezeichnet. Mit seinem Roman *Botschafter der Sterne*, der von Cixin Liu persönlich autorisierten Fortsetzung der *Trisolaris*-Saga, gelang Baoshu der internationale Durchbruch.

I

Fatima drückte die Tür des Cockpits auf und kämpfte sich mühsam nach draußen. Brennend heiße Luft schlug ihr entgegen. Auf ihrem Kornea-Display erschien die aktuell gemessene Temperatur: 487 Grad Celsius. Als sie sich aufrichtete, sah sie den monströs ockerfarbenen Himmel über sich, darunter eine endlose, sich in alle Richtungen ausdehnende flache Einöde. Hinter ihr lag der einstrahlige Raumgleiter. Er hatte starke Schlagseite, und aus seinem Rumpf stieg dichter grauer Qualm in die Luft. Der Boden unter ihren Füßen hatte eine gelblich braune Farbe und war bar jeglicher Vegetation, stattdessen jedoch über und über mit Rissen bedeckt. Die Trockenheit hatte die Oberfläche in unzählige handgroße Stücke zersplittert. Es sah aus, als hätte ein gewaltiges Schwert abermillionenfach auf die Erde eingehackt.

Fatima ließ den Blick lange über diese scheinbar außerirdische Szenerie schweifen, bevor sie ihren Neutrino-Kommunikator einschaltete: »Europa, hier ist Aurora Drei. Ich bin gelandet. Der Hitzeschild ist geschmolzen, bevor ich den Zielort erreichen konnte. Ich musste notlanden. Meine Koordinaten sind 9°28'51" nördliche Breite und 143°41'32" östliche Länge. Ich befinde mich im Westpazifik, das Ziel liegt in 203 Kilometern Entfernung. Die Meerestiefe …« Sie hielt inne. Über ihre Lippen huschte ein trauriges Lächeln. »… ist irrelevant.«

Hoch am Himmel brannte die unnatürlich rot glühende

Sonne und versprühte mit unverminderter Intensität ihre tödlichen Strahlen. Jupiter und mit ihm Europa befanden sich gegenwärtig hinter ihr auf der anderen Seite, sechs Astronomische Einheiten entfernt. Die Nachricht, die sie soeben abgesetzt hatte, flog jetzt als Neutrinostrahl mit enormer Geschwindigkeit durchs All, trotzdem konnte sie erst in etwa zwei Stunden mit einer Antwort rechnen.

Reglos stand Fatima eine Weile wie angewurzelt da. Eine abgrundtiefe Panik drohte, von ihr Besitz zu ergreifen. Dann schließlich ging sie in die Hocke, beugte sich vornüber und stemmte ihre Hände auf den Boden. Ein Befehl ihres Großhirns schoss über die Photonenbahnen im Nu in all ihre Gliedmaßen und versetzte Myriaden kleiner Nanokörper in Bewegung, die auf der Stelle damit begannen, sich neu anzuordnen und Schritt für Schritt eine neue Struktur aufzubauen. Ihre Arme wurden länger, sodass sie bequem auf allen vieren stehen konnte, ihre Hände bekamen geschmeidige Fleischpolster, und ihre Muskelmasse erhöhte sich. Beine und Füße wurden einem ähnlichen Umbau unterzogen.

Wenige Minuten später schoss sie mit leopardenartigen Bewegungen pfeilschnell über die Ebene, in nordwestlicher Richtung auf den Horizont zu. Während sie rannte, stiegen Unmengen von Erinnerungen in ihr auf.

II

Drei Jahre zuvor.

Fatima stand auf der obersten Aussichtsplattform des Eiffelturms. Die Strahlen der Morgensonne hüllten Paris in goldenen Glanz. Im Norden konnte man die weißen Kuppeln der Basilika *du Sacré-Cœur de Montmartre* erkennen, im Süden ragte unübersehbar der *Tour Montparnasse* in die Höhe. Das jadegrüne Band der *Seine* wand sich von Süden kommend um den Turm herum und weiter Richtung Osten, wo sie sich teilte und die *Île de la Cité* umfloss. Wenn man genau hinsah, ließen sich im Glanz der aufgehenden Sonne entfernt die Glockentürme der *Notre-Dame de Paris* ausmachen. Über dem *Louvre* kreiste unbeschwert ein Taubenschwarm.

Sie war der einzige Mensch auf dem Turm, hatte den höchsten Punkt der Stadt ganz für sich allein. Fatima sog den Anblick in sich auf, fasziniert und wehmütig zugleich.

Ein überaus hässlicher Tiefseewurm riss sie aus ihren Gedanken. Mit seinen zahlreichen Schwimmborsten wedelnd paddelte er, völlig unbekümmert, einfach quer durch die morgendliche Szenerie, ohne dem Geflecht aus Nieten und Stahlträgern überhaupt Beachtung zu schenken. Die Schönheit der Stadt, über der er sich befand, schien ihn nicht im Geringsten zu interessieren.

Fatima seufzte resigniert und beendete die 3D-Projektion auf ihrer Kornea. Alles Licht verschwand, und ihre Umgebung versank erneut in tiefster Dunkelheit, so wie sie es seit Anbeginn der Zeit gewöhnt war. Der Wurm schwamm in gemütlichem Tempo davon. Fatima legte die Arme um die Knie und kugelte sich so klein es ging zusammen. Sie ließ sich ganz vom Wasser tragen, schwebte einsam in endloser Finsternis.

Fatima liebte alle hohen Orte der Welt. Auf ihren Speicherchips hatte sie eine ganze Sammlung solcher 3D-Szenenbilder, vom Mount Everest, dem Ayers Rock, dem Future Tower in Shanghai und sogar von der *Rainbow Space Station*. Meistens ging die Sonne darin entweder gerade auf oder stand hoch im Zenit. Doch sobald die schönen Bilder erloschen, lastete die vollkommene Finsternis ihrer Umgebung umso schwerer auf ihr. Sie befand sich nicht auf einer Erhöhung, sondern am tiefsten Punkt der Erde. Der ganze Pazifische Ozean, nein, die gesamte von Menschen bewohnten Welt lag über ihr …

»Fatima! Fatima!« Sie wollte sich weiter ihren trüben Gedanken hingeben, doch aus ihrem integrierten Funkgerät erklang die Stimme der Stationsleiterin, Monica Coulomb.

»Was gibt es denn, Mütterchen?« Sie rief Monica schon immer so.

»Der Tiefseeaufzug ist kaputt. Wahrscheinlich wieder ein mechanisches Problem. Er ist auf 7300 Metern stehen geblieben, Herr Valfrid und ein Besucher sind darin, sie haben bereits ein Notsignal abgesetzt.«

Fatima schnaubte: »Der Aufzug ist fast zwanzig Jahre alt. Wie oft haben wir denen da oben schon gesagt, dass sie ihn austauschen sollen! Aber nein, stattdessen darf ich ihn andauernd reparieren! Für euch bin ich wohl ausschließlich dazu da, Aufzüge zu warten, was?«

»Fatima!«

»Tut mir leid.« Es gelang ihr, sich zu beherrschen. »Ich bin ja schon unterwegs.«

Fatima entrollte sich. Ein paar sanfte Schläge mit ihrem langen Fischschwanz genügten, und sie schwamm mit eleganten Bewegungen aus der tiefsten Tiefe des Meergrabens empor, auf ein entfernt leuchtendes, senkrechtes Lichtband zu.

III

Fatima rannte wie besessen, die Sorge trieb sie an. Nach einer halben Stunde hatte sie bereits gut fünfzig Kilometer zurückgelegt, ohne jegliche Ermüdungserscheinungen. Die Kaltfusions-Energiequelle in ihrer Brust reichte aus, um noch hundert Jahre mit unvermindertem Tempo weiterzusprinten.

Ein schwarzer Brandfleck in einiger Entfernung erregte ihre Aufmerksamkeit. Ein paar rußige Zacken in seiner Mitte stachen deutlich aus der kahlen Ebene heraus. Als sie näher kam, erkannte sie, dass es sich um die noch nicht vollständig zerfallene Reste eines riesigen Walskeletts handelte, die aus dem Boden emporragten, als letzte Erinnerung an das Wesen, dem es einst gedient hatte.

Das Ding musste gut vierzig Meter lang gewesen sein, schätzte Fatima. Ein Blauwal vielleicht? Aber selbst Blauwale erreichten normalerweise keine so gewaltigen Dimensionen. Vielleicht handelte es sich um eine neue Unterart, die sich in den Tiefen des Ozeans versteckt gehalten und die kein Mensch je zu Gesicht bekommen hatte. Noch vor wenigen Jahren hätte eine Entdeckung wie diese weltweit für Aufsehen gesorgt. Jetzt war sie ohne Belang. Diese Art war von der Erde verschwunden, ohne je entdeckt worden zu sein. Ausgestorben, wie alle anderen Arten auch. Auf einem Planeten mit Temperaturen von bis zu fünfhundert Grad und ohne jedes flüssige Wasser gab es kein Überleben.

Fatima blickte auf zur Sonne. Die Herrscherin über alles Leben ließ ihrem Zorn noch immer freien Lauf. Natürlich erschöpfte sich ihr Wüten längst nicht in der Strahlung, die von ihr ausging. Gewaltige Eruptionen auf ihrer Oberfläche spuckten Unmengen hochenergetischen Plasmas ins All, das sich inzwischen bis über die Erdumlaufbahn hinaus ausgedehnt hatte. Vor zwei Monaten hatte der Ansturm der elektrisch geladenen, über tausend Grad heißen Teilchenströme binnen weniger Stunden die Atmosphäre davongerissen und alle Weltmeere restlos verdampfen lassen. Die Erde war zu einer Gluthölle geworden, ähnlich der Venus.

Die Katastrophe geschah, als die Menschheit sich auf ihrem zivilisatorischen Höhepunkt wähnte. Die Menschen hielten sich für mächtig genug, neue Welten zu schaffen, ohne dabei einen Gedanken an gewisse Schutzvorkehrungen zu verschwenden. Ein winziger Rechenfehler an der hintersten Nachkommastelle einer Computersimulation wurde zum Ausgangspunkt eines fatalen Schmetterlingseffekts: Die Sprengkraft der Atombombe, mit der ein vorbeiziehender Komet in die Nähe des Merkur gebracht werden sollte, war deutlich größer als angenommen. Anstatt den Kometen in eine stabile Umlaufbahn um den innersten Planeten des Sonnensystems zu bringen, wo er den Menschen das zur Transformation notwendige Wasser liefern sollte, wurde seine Flugbahn durch dessen Gravitation so abgeändert, dass er Merkur knapp verfehlte und in die Sonne stürzte. Zwar konnten die Menschen sich den Misserfolg nicht erklären, doch letztendlich schien es sich nur um den Verlust einiger Kometenressourcen zu handeln, und man maß der Sache keine weitere Bedeutung bei. Doch was folgte, war eine Verkettung von Ereignissen ganz im Sinne von Murphys Gesetz: Die Sonne befand sich zu diesem Zeitpunkt gerade in ihrer aktivsten Phase, und noch dazu traf der Komet die Zone mit der höchsten

Konzentration an Sonnenflecken. Der Aufprall beschädigte die innere Struktur der Sonne, was seine Auswirkungen zehntausendfach verstärkte. Er riss eine siebenhunderttausend Kilometer lange und mehrere Tausend Kilometer breite Wunde in die Photosphäre und setzte so hochenergetische Strahlung aus ihrem Inneren frei. Die die daraus resultierenden Sonneneruptionen waren um ein Tausendfaches stärker als sonst. Natürlich war so eine Verletzung nur von kurzer Dauer, in gerade einmal hundert Erdentagen würde sie wieder verheilt sein. Die Sonne existierte seit bald fünf Milliarden Jahren, da kam diese Episode nicht mal einer leichten Erkältung gleich.

Doch ein winziger Nieser der allmächtigen Herrscherin über jedes Leben reichte, um die gänzlich unvorbereitete Menschenwelt mit einem Schlag auszulöschen.

Ach Mütterchen … Beim Gedanken an Monicas liebevolles, gütiges Gesicht wurde Fatima ganz eng ums Herz. *Ich hätte dich nicht verlassen dürfen! Was ich am Ende zu dir gesagt habe, tut mir so leid …*

Sie erhöhte noch einmal ihre Geschwindigkeit.

IV

Fatima erreichte die Stelle, an der der Tiefseeaufzug liegen geblieben war. Die Aufzugkabine bestand aus einer druckresistenten Hohlkugel, die nun reglos im Nichts hing, ohne Himmel darüber oder festen Grund darunter. Durch das Bullauge waren zwei Passagiere zu sehen, die mit besorgter Miene nach draußen spähten. Bei dem einen handelte es sich um den stellvertretenden

Stationsleiter Valfrid, der zweite war ihr unbekannt. Ein junger Mann, schlank, hochgewachsen und ungeachtet seiner momentan ziemlich blassen Gesichtsfarbe dennoch sehr gut aussehend.

Fatima presste das Gesicht ans Fenster. Als er mitten aus der Finsternis plötzlich ein Mädchen mit einem Fischschwanz auftauchen sah, fiel dem jungen Mann vor lauter Schreck beinahe die Kinnlade auf den Boden. Doch an derartige Reaktionen war Fatima längst gewöhnt. Vor dem Bullauge schwebend winkte sie Herrn Valfrid zu, signalisierte per Handzeichen, dass kein Grund zur Sorge bestehe, und schwamm zur Rückseite der Kabine. Dort öffnete sie die Klappe zum Antriebstrakt und schlüpfte hinein. Um den Umgebungsdruck auszugleichen, war das Antriebsmodul von Meerwasser umgeben. Fatima besah sich die Schaltplatine, kontrollierte die Instrumentenanzeige und machte sich an die Reparatur. Ihre Finger wurden zu zigtausend filigranen Fädchen, die tief ins Innere des Kaltfusionsreaktors vordrangen.

Über die feinen Vibrationen der Kabinenwand konnte Fatima hören, wie sich die beiden Insassen unterhielten: »Keine Sorge, Herr Mino, bloß eine kleine Panne. Gleich geht es weiter.«

»Wer war dieses Mädchen, Herr Valfrid? Es sah aus wie … wie eine Meerjungfrau. Wie ist das möglich?« Sie erkannte die Stimme des jungen Besuchers.

»Das war Fatima. Ein aus Nanopartikeln bestehender Android«, antwortete Valfrid mit gesenkter Stimme. Offensichtlich wollte er vermeiden, dass Fatima es hörte, aber ihrem hochsensiblen Hörapparat entging nichts.

»Ein Android? Ich dachte, Androiden seien auf der Erde seit Langem verboten!«, rief der junge Mann erstaunt.

»Ja, das stimmt. Aber Ausnahmen gibt es immer«, flüsterte Valfrid. »Sie kommen von Europa, wahrscheinlich haben Sie deshalb nie davon gehört. Erinnern Sie sich an die nukleare Explosion in Atlanta vor zwanzig Jahren? Fatima kam kurz darauf zur Welt. Sie war schon im Mutterleib verstrahlt worden und dadurch stark missgebildet. Sie wurde ohne Arme und Beine geboren und mit stark eingeschränkten Organfunktionen. Sie hätte höchstens ein paar Tage überlebt. Ihre Eltern waren zu arm, um sie klonen zu lassen oder für eine Gentherapie zu bezahlen, und gaben sie in die Obhut einer Wohltätigkeitsorganisation. Damals herrschte Krieg, und die Armee experimentierte mit neuartigen, aus Nanopartikeln zusammengesetzten Robotern, aber die künstliche Intelligenz war nicht intelligent genug, um sie zu steuern. Nur ein menschliches Gehirn war dazu in der Lage. Sie besorgten sich das Neugeborene und transplantierten sein Gehirn in eine der experimentellen Maschinen.«

»Wie grausam …«

»Hätten sie es nicht getan, wäre Fatima heute nicht mehr am Leben. Es handelte sich um ein groß angelegtes Programm, doch leider war sie die Einzige, bei der die Prozedur erfolgreich verlief. Nach dem Krieg wurde das Projekt eingestellt, und Dr. Coulomb nahm Fatima mit zur *Ultima*-Station wo, nun seit mittlerweile zwanzig Jahren lebt und uns viele Außenarbeiten abnimmt. Ihr Körper ist druckresistent und dadurch im Außenbereich einsetzbar, daher ist sie uns hier unten von großem Nutzen.«

»Unglaublich! Das heißt, sie kann sich ohne Hilfsmittel frei in der Tiefsee bewegen?«

»Ja, im Grunde ist ihr Körper ja nichts anderes als eine

Maschine, die jede beliebige Form annehmen kann. Mit dem Unterschied, dass darin ein menschliches Gehirn eingebettet ist …«

Als Fatima ihn derart respektlos über sich reden hörte, warf sie wutschnaubend den Hebel um, den sie gerade in der Hand hielt. Der Kaltfusionsantrieb sprang wieder an, und als teilten sich die Wassermassen unter dem Aufzug mit einem Schlag, fiel die Kapsel plötzlich wie ein Stein in die Tiefe. Seine beiden Passagiere, die sich eben noch fröhlich unterhalten hatten, wurden von einem Augenblick auf den nächsten beinahe schwerelos und konnten sich nur mit Mühe auf den Sitzen halten.

»Fatima! Was soll das?«, rief Valfrid aufgebracht.

»Oh, tut mir leid, hab ich zu schnell beschleunigt?«, antwortete Fatima mit gespieltem Bedauern über das Intercom: »Mir fehlt wohl leider das nötige Feingefühl – ich bin ja schließlich bloß eine Maschine.«

Ihr Kopf erschien erneut am Bullauge. Über ihr wogte ihr helles, langes Haar, und ihre Lippen zierte ein triumphierendes Lächeln. Der junge Mann namens Mino starrte sie mit flammendem Blick an. Als sie in seine tiefblauen Augen sah, spürte Fatima plötzlich ein sonderbares Kribbeln im Bauch.

V

Der Meeresboden fiel sanft, aber beständig ab. Auf die rund einhundert Kilometer Wegstrecke, die Fatima bereits zurückgelegt hatte, kamen etwa zweitausend Höhenmeter. Sie befand sich bereits sechstausend Meter unter dem einstigen Meeresniveau, ohne dass weit und breit auch nur ein Tropfen Wasser zu sehen war. Am Horizont konnte sie entfernt die Umrisse einer Bergkette erkennen, die sich über der flachen Landschaft erhob. In Wirklichkeit war sie nicht viel höher als die Stelle, an der Fatima sich jetzt befand, doch da die Drift der Kontinentalplatten dazwischen den über zehntausend Meter tiefen Marianengraben geformt hatte, wirkten sie deutlich höher. Fatima schien, als könne sie in weiter Ferne einen bläulichen Spalt im Boden ausmachen. Gab es dort womöglich doch noch einen letzten Rest Meerwasser?

Schnell gestand sie sich ein, dass es sich um eine durch ihr Wunschdenken verursachte optische Täuschung handeln musste. Bei den aktuell herrschenden Temperaturen und Druckverhältnissen war die Existenz flüssigen Wassers physikalisch ausgeschlossen. Auch ihre eigenen Beobachtungen aus dem erdnahen Orbit hatten dies bestätigt. Sie mochte über hochpräzise Sehinstrumente verfügen, ihr Gehirn war das eines Menschen – mit all den damit verbundenen Schwächen.

Die Antwort von Europa traf ein. Es war eine vertraute Stimme: »Fatima? Hier spricht Mino.«

Fatima machte eine abrupte Vollbremsung. Seit sie von Europa aufgebrochen war, hatte sie Minos Stimme nicht mehr gehört. Beinahe hätte sie losgeweint.

Mino fuhr fort: »Aus den Daten, die du übermittelt hast, geht hervor, dass der Westpazifik und alle angrenzenden Gebiete völlig zerstört sind. Die Wahrscheinlichkeit, dass dort jemand überlebt hat, ist verschwindend gering. Die Signale, die wir vor einiger Zeit empfangen haben, kamen aus Ostasien. Womöglich konnten sich Menschen in Minenschächte tief unter die Erde retten. Die Chancen, dort Überlebende zu finden, sind jedenfalls deutlich höher. Der Krisenrat möchte, dass du dich bei deiner Suche auf diese Region konzentrierst.«

Fatima hatte ihre Zweifel. Als der Ausbruch der Sonne begann, erreichte die hochintensive Lichtstrahlung zwar innerhalb von acht Minuten die Erde, doch wirklich vernichtend war erst das Sonnenplasma, das für diese Strecke drei volle Tage benötigte. Den Menschen war also etwas Zeit geblieben, um Schutzvorkehrungen zu treffen. Angesichts der Magnitude dieser Katastrophe machte das jedoch kaum einen Unterschied. Die Erde war einen ganzen Monat lang in der Plasmasauna gefangen. Anfangs hatte man auf Europa noch vereinzelte Neutrino-Signale aufgeschnappt, doch schon nach wenigen Tagen herrschte vollkommene Funkstille. Womöglich waren bloß die Sender kaputtgegangen, doch Fatima wusste, dass diese Geräte zwar empfindlich, aber dennoch um ein Vielfaches robuster waren als menschliche Körper.

Natürlich war die Zerstörung auf den inneren Planeten noch endgültiger. Die beiden großen Kolonien auf Merkur und Venus wurden komplett ausgelöscht, und wie die Erde blieb auch der Mond nicht verschont. Bis zum Mars hatte sich die Hitze im Vergleich zur Erde zwar bereits halbiert, und er wurde nicht mehr ganz so schwer getroffen, doch die geschlossenen Biokreislaufsysteme der Kolonien waren dort sehr fragil. Die Marsbasis wurden vernichtend getroffen. Der größte Teil der zweihunderttausend Bewohner kam in der Hitze um. Bloß wenige Tausend waren noch übrig und kämpften ums Überleben.

Außerhalb des Marsorbits gab es abgesehen von ein paar Raumstationen und Erkundungsschiffen bloß noch eine weitere größere Kolonie auf dem Jupitermond Europa. Sie lag so weit von der Sonne entfernt, dass deren Eruptionen dort kaum Auswirkungen hatten, lediglich die Eisschicht schmolz an einigen Stellen etwas ab. Das Problem war ein anderes: Europa konnte sich nicht selbst versorgen, sondern war auf Nachschublieferungen von der Erde oder dem Mars angewiesen. Doch wie es schien, sah es in dieser Hinsicht gar nicht gut aus.

»Deine Sicherheit ist natürlich das Wichtigste, Fatima«, sagte Minos Stimme. »Wir wollen dich auf keinen Fall noch einmal verlieren.«

Es gab so vieles, das Fatima Mino gern gesagt hätte, und doch fehlten ihr die Worte. Schließlich antwortete sie bloß: »Wenn möglich, werde ich mich dort umsehen. Im Moment bin ich aber ohne Fortbewegungsmittel unterwegs und muss versuchen, den Kontinent zu Fuß zu erreichen. Die *Ultima*-Station ist mein Zuhause. Dort sehe ich mich als Erstes um. Selbst wenn es da keine Menschen mehr gibt, vielleicht … vielleicht ist die ›Urmutter‹ noch am Leben … du weißt schon.«

Ja, die Urmutter, dachte sie. Sie hatte seit mehr als 3,7 Milliarden Jahre überlebt und schon unzählige Katastrophen mit angesehen. Fatima schöpfte wieder ein klein wenig Hoffnung.

VI

Das erste Mal, dass sie von der »Urmutter« hörte, war bei einem gemeinsamen Erkundungsgang in der Tiefsee. Natürlich ging sie nicht, sondern schwebte frei und unbeschwert umher wie ein Meeresbewohner, während Mino in einem klobigen Tiefseeanzug steckte und sich mithilfe eines Düsenantriebs auf seinem Rücken fortbewegte, der ihn ein ums andere Mal vom Kurs abbrachte.

Nach etwa fünfhundert Metern erreichten sie ein von steilen Felswänden umrahmtes, unebenes Stück Meeresboden, insgesamt nicht einmal hundert Quadratmeter groß. Im Schein von Minos Tiefenstrahler stand inmitten des Kieselalgenschlicks eine Steintafel mit einer Inschrift: »Der tiefste Punkt der Erde: -11.034 Meter«.

»So sieht es aus«, kommentierte Fatima, »das berühmte Challenger-Tief. Nicht mehr als eine Senke im Meeresboden, eigentlich überhaupt nichts Besonderes. Mütterchen hat mir erzählt, dass früher, als der Tiefseetourismus noch ganz neu war, Menschen von überall auf der Welt extra hierhergereist sind. Die meisten sind jedoch nach nicht mal einer halben Stunde enttäuscht wieder abgezogen. Jetzt, wo alle zu den äußeren Planeten reisen, kommt so gut wie niemand mehr.«

Mino breitete die Arme aus, ließ sich langsam auf den Grund sinken und schloss verzückt die Augen: »Mir gibt dieser Ort ein ganz besonderes Gefühl. Es ist, als spräche die Erde selbst zu mir.«

»Die Erde spricht zu dir? Hier?« Fatima konnte ein Lachen nicht unterdrücken. »Hat dich womöglich die Tiefenkrankheit erwischt, Herr Mino?«

»Nein, nein, mir geht es bestens! Ich fühle mich so klar wie nie zuvor!«

»Ich dachte, du wärst Biologe«, kicherte Fatima. »Aber du klingst auf einmal fast wie ein Poet.«

Jetzt musste auch Mino lachen: »Kann sein, dass mein Heimweh nach der Erde mit mir durchgeht. Bei uns Allgeborenen kommt das häufiger vor. Schon als Kind hatte ich das Gefühl, ohne festen Halt umherzudriften, hatte das Bedürfnis, meinen Wurzeln nachzuspüren … ich bin jetzt schon eine ganze Weile auf der Erde, habe viele historische Orte und Landschaften besucht, aber nur hier habe ich wirklich das Gefühl, zu Hause angekommen zu sein. Hier sind meine Wurzeln.«

»Aber ist das hier nicht der denkbar unirdischste Ort von allen?«, platzte Fatima ungewollt laut hervor. »Keine Städte, keine Dörfer, kein Wald, keine Steppe! Nicht mal Meer – also das tiefblaue Meer, das man vom Strand aus sieht, meine ich. Wenn das Wasser nicht wäre, könnte man glatt meinen, man stünde in einem Mondkrater!«

»Mag sein. Aber wusstest du, dass alles Leben auf der Erde hier seinen Anfang genommen hat? Das macht mir diesen Ort so wertvoll«, erklärte Mino, während eine augenlose Monsterkrabbe mit zuckenden Schwimmbewegungen an ihm vorbeiglitt. Mino streckte die Hand nach ihr aus, doch sie musste eine minimale Veränderung in der Strömung gespürt haben und huschte zügig außer Reichweite.

»Hier? Am Extrempunkt?«, fragte Fatima ungläubig.

»Vielleicht nicht genau an dieser Stelle, aber ganz sicher irgendwo in der Tiefsee. Es war vor etwa vier Milliarden Jahren und ein paar hundert Millionen Jahre nach Entstehung der Erde. Damals war die ganze Welt vom Urozean bedeckt. Die Atmosphäre enthielt noch so gut wie keinen Sauerstoff. Es gab enorm starken Vulkanismus, und die Temperatur war deutlich höher als jetzt. Die Strahlen der jungen Sonne drangen ins Wasser und begünstigten dort die Entstehung komplexer Makromoleküle.

Wie Fleischbrühe in einem Suppentopf köchelte das Meer über einige Hundert Millionen Jahre vor sich hin, bis es reich an Protoplasma war. Dann endlich, zu irgendeinem unbekannten Zeitpunkt, geschah es. Ein Zufall mit einer Wahrscheinlichkeit von weniger als eins zu hundert Milliarden. In einem tiefen Spalt im Ozeanboden entstand ein Molekül, dass in der Lage war, sich aus den in seiner Umgebung vorhandenen Ausgangsmaterialien selbst zu reproduzieren. Biogenese. Du darfst raten, was das war.«

»Die erste Zelle?«

»Oh, bis dahin war es noch ein langer Weg.« Mino ging ganz in seinem Vortrag auf: »Am Anfang fehlte dafür noch die Zellmembran. Es handelte sich lediglich um sich selbst reproduzierende Makromoleküle. Aber es war der Ursprung des Lebens, fraglos das bedeutendste Ereignis der Erdgeschichte. Nach der Entstehung des ersten Lebens, so können wir es uns vorstellen, veränderten die lebendigen Moleküle innerhalb relativ kurzer Zeit den gesamten Planeten. Indem sie sich unaufhörlich vervielfältigten, breiteten sie sich flächendeckend im Ozean aus. Eine Singularität, auf die die gesamte Evolution zurückgeht, nicht wahr? Durch Mutation und Umweltdruck begann das Leben von da an, sich Schritt für Schritt weiter zu entwickeln.«

»Bis schließlich der Mensch entstand.«

»Richtig. Auch wenn es alles andere als einfach war. In der frühen Erdgeschichte waren Asteroideneinschläge weitaus häufiger als heute, und die ersten Lebensformen wurden schon kurz nach ihrer Entstehung Opfer solcher Katastrophenereignisse. Nur der Grund des Meeres bot ihnen einigermaßen Schutz, und dort mussten sie sich ein ums andere Mal regenerieren. Dieser

Kreislauf aus Entstehen und Vergehen wiederholte sich in den folgenden Jahrmillionen über einhundert Mal, doch in den tiefsten Gräben der Ozeane hielt das Leben beharrlich durch. Dann kam es erneut zu einer Transformation – ein Teil der primitiven Lebensformen entwickelte die Fähigkeit zur Photosynthese. Sie stießen fortan Sauerstoff aus und veränderten dadurch nach und nach die Zusammensetzung der Atmosphäre. Die Lebensformen davor waren ohne Sauerstoff ausgekommen, auf sie wirkte er wie ein schreckliches Giftgas. Es kam zu einem erneuten Massenaussterben. Die überlebenden Organismen entwickelten die Fähigkeit, Sauerstoff zu atmen – die Urahnen des Menschen sowie fast aller anderen Lebewesen. Aber tief unten im Meer sind einige der ursprünglichsten Organismen erhalten geblieben. Sie leben in der Nähe der heißen Quellen auf Tiefseevulkanen und sind älter als sämtliche Bakterien und Eucharyoten. Man nennt sie die ›Archaeen‹, und nicht wenige sind Hyperthermophile.«

»Hyperthermophile?«

»Ja, sie brauchen unglaublich hohe Temperaturen, um zu überleben. Nicht selten über einhundertzwanzig Grad.«

Fatima war fasziniert: »Und die sind hier? Am tiefsten Punkt der Erde?«

»Möglich ist es jedenfalls. Sie mögen Hitze. Meistens findet man sie in der Nähe hydrothermaler Schlote, also an den Austrittsöffnungen heißer Unterwasserquellen. Und an den Rändern der Kontinentalplatten gibt es besonders viele davon. Tatsächlich bin ich zur *Ultima*-Station gereist, um die heißen Quellen dieser Region abzusuchen. Wenn es mir gelingt, den Organismus zu finden, der theoretisch am ältesten ist – ich nenne ihn

›die Urmutter‹ –, dann lässt sich womöglich ein Teil der vielen noch bestehenden Rätsel rund um die Entstehung des Lebens lösen. Wir wissen einfach noch viel zu wenig über die Tiefsee.«

Fatima sah um sich. Der schwache Lichtschein fiel auf die vertrauten steilen Felswände, und doch kam ihr mit einem Mal alles verändert vor. Die eintönige Unterwasserlandschaft des Meergrabens war zu einem Hort ungeahnter Mysterien geworden, der ein seit Äonen gehütetes Geheimnis barg: *Das Geheimnis des ersten Lebens.*

»Ich kenne viele heiße Quellen hier in der Nähe«, hauchte sie. »Wenn du willst, zeige ich sie dir.«

VII

Fatima ließ die flache Ebene hinter sich und betrat unwegsames »Bergland«. Wie spitze Zähne ragte ein felsiger Gipfel neben dem anderen empor, manche davon mehrere Tausend Meter hoch, das Ergebnis einer seit Äonen andauernden Kollision der Pazifischen mit der Philippinischen Platte. Trotz ihres außergewöhnlichen Körpers kam Fatima hier nur langsam voran. Doch allmählich erkannte sie in der fremdartigen Landschaft vertraute Strukturen wieder. Früher hatte sie sich auf ihren Streifzügen durch die lichtlose Tiefsee per Echolot orientiert und war zwischen den Unterwasserbergen hindurchgeschossen. Jetzt blieb ihr nichts anderes übrig, als sie kletternd und springend einzeln zu überwinden.

Durch die Katastrophe waren die Berge oft verformt. Manche waren zerfallen und eingestürzt, andere waren an der Oberfläche offenbar leicht angeschmolzen. Die Erdkruste war hier so dünn wie nur an wenigen anderen Orten weltweit, und Fatima musste mit Schrecken daran denken, was geschehen wäre, wenn die Temperaturen den Schmelzpunkt des Gesteins für längere Zeit überschritten hätten. Womöglich wäre dann die gesamte pazifische Kruste abgeschmolzen und das alles hier nur noch ein einziges Lavameer.

Sie lief eine tiefe Kluft entlang, immer weiter auf den tiefsten Punkt des Meeresgrabens zu. Mehr als einmal glaubte sie, in der Ferne die Hülle der *Ultima*-Station glänzen zu sehen, doch jedes Mal erwies es sich als Einbildung.

Schließlich erreichte sie das Ziel. Zuerst sah sie die mobile Plattform und den Tiefseelift, die auf den Meeresboden gefallen waren. Es musste wohl eine Explosion gegeben haben, denn es war kaum mehr als ein großer Haufen verknoteten Metallschrotts übrig. Dann erblickte sie die Station. Eine kleine Perle, die, von Bergen eingefasst, nahezu unversehrt dastand. Die silberne Metalllegierung der Außenhülle schillerte in der Sonne, ohne sichtbare Schäden. Fatimas Herz hob sich. Die Metallhülle der Station war gebaut, um dem enormen Wasserdruck der Tiefsee zu widerstehen, und schirmte die Innenräume komplett von ihrer Umwelt ab. Zudem verfügte sie über ein ausgeklügeltes System zur Regulierung der Temperatur. Gab es womöglich doch Überlebende? Mütterchen, der alte George, Laura, Nakamura … Vielleicht waren sie noch da drin.

»Mütterchen, ich bin zurück!«, rief sie aus und rannte den Hang hinab auf die Station zu.

Doch niemand antwortete. Sie konnte nicht den gewohnten Eingang nehmen, denn die Steuerungselektronik des Schotts hatte der Hitze garantiert nicht standgehalten. Beim Umrunden der Station bemerkte sie vor sich auf dem Boden einige merkwürdig glänzende Klumpen. Dann begriff sie, dass es sich um die Scheiben der Aussichtsplattform handelte. Sie waren aus Spezialglas gefertigt, das zwar druckresistent war, jedoch einen relativ niedrigen Schmelzpunkt besaß. Von der Aussichtsplattform war nur noch ein schiefes Metallgerüst übrig.

Fatimas Herz sackte ab. Sie konnte nur noch mit Mühe atmen. Sie wusste, was das bedeutete: Die hocherhitzten Gase waren längst in die gesamte Station eingedrungen. Kein Mensch konnte das überleben.

Sie riss sich zusammen und betrat das Innere der Station. Als sie so weit vorgedrungen war, dass kein Licht mehr von außen hereinfiel, schaltete sie die Lichtquellen in ihren Handflächen ein, um die allumfangende Dunkelheit zu vertreiben. Die metallenen Apparaturen und -geräte im Wohn- und Arbeitsbereich der *Ultima* sahen fast unverändert aus, doch alles, was aus Plastik, Glas oder Papier gewesen war, hatte sich verflüchtigt. Kein Mensch war zu sehen. Dort, wo sich einmal welche befunden haben mussten, war lediglich etwas Asche und ein paar schwarze Krümelchen übrig. Sie musste an das verkohlte Walskelett denken und spürte einen Stich in der Brust.

Als Letztes drückte Fatima die Tür zu Monicas Quartier auf. Das Wohnzimmer war in relativ gut erhaltenem Zustand. Der Marmortisch und die dazugehörigen Stühle waren so gut wie unversehrt, so als habe ihr Mütterchen eben noch daran Platz genommen. Auf dem Tisch standen noch die Katzenfigürchen aus Porzellan, mit denen Fatima früher oft gespielt hatte. Kindheitserinnerungen brachen über sie herein, während sie sich langsam dem Schlafzimmer näherte. Die metallene Tür war von innen verriegelt worden. Als es Fatima schließlich gelang, sie aufzustemmen, kam ihr eine dichte Wolke aus Staub und heißer Luft entgegen und hüllte sie von Kopf bis Fuß ein.

Als sie endlich ausreichend Mut gefasst hatte, ins Zimmer hineinzublicken, sah sie alle möglichen Gegenstände wild durcheinander im Raum verteilt. Doch von Monicas geliebten Holzmöbeln und ihrer Garderobe war nur noch Staub übrig. Womöglich war ihre sterbliche Asche längst untrennbar damit vermischt.

Es kam ihr vor, als sei auf den Metallwänden des Zimmers etwas hinzugekommen, das früher nicht dort gewesen war. Als sie sich vorsichtig näherte, erkannte sie, dass die Wände über und über mit einer eingravierten Botschaft bedeckt waren.

VIII

»Fatima … du und dieser Mino, ihr seid euch in letzter Zeit ziemlich nahegekommen …« An jenem Tag hatte Monica sie in ihr Schlafzimmer gerufen und Fatima vorsichtig ihre Bedenken eröffnet.

»Ich bin fast achtzehn, Mütterchen!«, rief Fatima mit vor Wut rot angelaufenen Wangen. »Ich habe das Recht, Freundschaften zu schließen!«

»Ich will mich ja auch nicht einmischen, aber …« Monica stieß einen Seufzer aus. »Du bist halt nicht wie andere Mädchen, das weißt du doch.«

»Früher hast du das nicht gesagt! Immer wenn ich mich als

Kind anders gefühlt habe, hast du gesagt, dass ich ein hundertprozentig normales Mädchen sei! Du hast mir Barbiepuppen gekauft, mir *Betty und ihre Schwestern* und Andersens Märchen zu lesen gegeben. Und jetzt bin ich auf einmal doch ein *Freak*?«

»Ich will, dass es dir gut geht, mein Kind. Aber du bist nun mal nicht wie andere Menschen … dein Körper …«

»Ich hasse diese elende Maschine!«, schrie Fatima. »Das ist nicht mein Körper! Ich will einen richtigen Körper haben! Ich lasse ihn aus meinen Gehirnzellen klonen oder mein Gehirn umtransplantieren! Dann kann ich endlich ein *echtes* Mädchen sein!«

Monica blickte sie lange an, dann seufzte sie noch mal und sagte schließlich: »Lass uns ein andermal darüber sprechen, ja?«

Fortan mieden beide das Thema.

An einem späten Nachmittag wenige Tage darauf saß Fatima mit Mino im Tiefsee-U-Boot, das gemächlich durch die Gebirgskämme des nördlichen Grabens glitt. Die Erschöpfung stand ihnen ins Gesicht geschrieben. Sie hatten einen langen Tag hinter sich, ohne jede Entdeckung. Mino sah Fatimas Enttäuschung und meinte tröstend: »Ist doch nicht schlimm. Du hast mir in so kurzer Zeit so viele Thermalquellen gezeigt, und ich habe schon drei bisher unbekannte Urorganismen gefunden. Das ist großartig!«

»Aber was du gesucht hast, war nicht dabei. Diese … Urmutter?«

»Theoretisch muss es einen Organismus geben, aus dem alle anderen hervorgegangen sind. Das fehlende Verbindungsstück zwischen den verschiedenen Ästen der Evolution. Es ist anzunehmen, dass es unter den extremsten Bedingungen lebt. Vielleicht ist es auch schon längst von der Erde verschwunden. Oder es existiert in einer anderen Meeresregion, zum Beispiel auf dem Ostpazifischen oder dem Mittelatlantischen Rücken.«

Fatima spürte, wie ihr Herz mit einem Mal ganz schwer zu werden schien: »Heißt das … du wirst von hier weggehen?«

»Nicht sofort, nein, nein. Es gibt ja noch einiges zu erkunden. Ich bleibe noch etwa einen Monat. Ich will mir noch die Gegend im Südwesten ansehen, bevor ich … Wie dem auch sei, ich bin dir auf jeden Fall sehr dankbar für deine Hilfe, Fatima.«

»Du hast es gut. Du kannst einfach überall hingehen. Ich darf nie von hier weg«, murmelte Fatima niedergeschlagen.

»Warum nicht? Lässt Doktor Coulomb dich nicht gehen?«

»Nein, es ist nicht wegen Mütterchen. Es ist dieser Körper, diese verdammte Nanomaschine. Die Regierung hält mich für eine Art Monster, das ihnen gefährlich werden könnte, deshalb bekomme ich keinen legalen Status und darf auch nicht von hier weg. Natürlich sagen sie das nicht so offen. Sie erfinden lieber irgendwelche hochtrabenden Gründe, zum Beispiel, dass meine Neuralschnittstelle instabil sei und es zu einer Fehlfunktion kommen könnte und was nicht noch alles.«

»Vielleicht ist etwas Vorsicht gar nicht verkehrt. Du hast doch neulich selbst erzählt, dass du das Einzige von mehreren Dutzend Neugeborenen warst, bei dem die Verbindung geklappt hat, und dass alle anderen gestorben sind.«

»Ich weiß es nicht. Ich weiß nur, dass ich verrückt werde, wenn ich weiter hier unten eingesperrt bleibe! Aber das Militär drückt kein Auge zu. Bis ich achtzehn bin, darf ich nicht von hier weg. Über alles andere wird erst geredet, wenn ich volljährig bin. Wahrscheinlich fällt ihnen dann ein neuer Vorwand ein«, schnaubte Fatima zornig.

Mino dachte eine Weile nach, dann sagte er: »Ich verstehe nicht viel von Politik, aber wenn du möchtest, werde ich Doktor Coulomb fragen, ob du mich auf meinen weiteren Tiefsee-Expeditionen begleiten darfst. Solange du nicht an Land gehst, dürfte das eigentlich gegen keinerlei Auflagen verstoßen.«

Fatima konnte ihr Glück kaum fassen: »Das würdest du tun? Natürlich komme ich mit! … Falle ich dir auch sicher nicht zur Last?«

»Nein, selbstverständlich nicht. Wo soll ich sonst eine Assistentin mit Tauch- und -Arbeitserfahrung in der Tiefsee herbekom… He, was ist das?«

Am Infrarot-Bildgeber des U-Boots blinkte ein grünes Lämpchen. Das bedeutete, dass es eine außerordentlich heiße Wärmequelle entdeckt hatte. Sie befand sich offenbar tief im Innern einer Höhlenformation vor ihnen.

Damit hatten sie nicht gerechnet. Fatima ließ Mino im U-Boot zurück und schwamm durch einen Felsspalt in die Höhle hinein. Es dauerte nicht lange, und sie stieß auf eine sprudelnde schwarze Rauchsäule. Eine Thermalquelle, reich an Mineralien und mit einer außergewöhnlich hohen Temperatur von gut 130 Grad Celsius. Schnell entnahm Fatima ihr ein paar Proben und verstaute sie in einem tragbaren Autoklav. Bereits eine halbe Stunde später konnten sie unter dem Mikroskop eine Ansammlung noch nie gesehener, halbmondförmiger Mikroorganismen beobachten, die fröhlich in der stark mineralisch angereicherten Metallsuppe herumschwammen, sich rekelten und teilten …

Sie hatten die *Urmutter* gefunden, nach der Mino immer

gesucht hatte. Die Felshöhle, in der sie sie entdeckt hatten, tauften sie *Die Höhle des Lebens.*

IX

»Fatima, es tut mir schrecklich leid um Doktor Coulomb«, sagte Minos Stimme aus dem Kommunikator. »Wie fühlst du dich?«

»Ich komme klar«, erwiderte sie heiser. »Ich werde mich noch etwas in der Nähe umschauen. Ich möchte in der Höhle des Lebens nachsehen, ob ich dort etwas finden kann.«

Sie verließ das Zimmer, in dem nichts als Staub übrig war, und ließ die *Ultima*-Station hinter sich zurück. Etwa eine Stunde später erreichte sie die Höhle. Der Eingang lag gut vierzig Meter über ihr in einer steilen Felswand. Früher war das Wasser, das durch den Grund gesickert und im Erdinnern erhitzt worden war, entlang von Rissen im Gestein nach oben gestiegen und in der Höhle ausgetreten, große Mengen von ausgewaschenen Mineralien mitführend. Doch jetzt war kein Tropfen Wasser mehr zu sehen. Es gab nur einen Berg aus tiefschwarzem Fels.

Fatima ließ ihre Handflächen die Form von Saugnäpfen annehmen und kletterte die Steinwand hinauf zum Eingang der Höhle. Drinnen angekommen leuchtete sie um sich. Tiefer im Innern waren rötliche Sulfidablagerungen zu sehen, auf denen hier und da silberne Metallklümpchen glitzerten, doch der Spalt ganz hinten, aus dem das Wasser hervorgequollen war, war leer. Die Quelle gab es nicht mehr.

Fatima griff sich ein paar Gesteinsbrocken und zerdrückte sie in ihrer Faust. Sie hörte sie leise bersten. Als sie die Hand öffnete, rieselten sie als feiner Staub zu Boden. Es gab hier keine Spur von Leben mehr. Ohne Wasser konnte nichts existieren. Die Urmutter, die Spenderin allen Lebens auf der Erde, hatte über die verschiedenen Erdzeitalter hinweg unzählige Katastrophen überlebt. Doch dieses menschgemachte Unheil hatte selbst sie nicht überstanden.

Fatima blieb lange reglos stehen. Seit der Entdeckung der Urmutter hatte sie die Höhle gut ein Dutzend Mal erkundet. Mino war immer dabei gewesen. Sie war Schauplatz vieler gemeinsamer Erinnerungen. Zumindest für Fatima. Aber jetzt …

Minos Antwort traf ein: »Fatima? Ist alles in Ordnung bei dir? Hast du etwas entdeckt?«

»In der Höhle ist nichts mehr«, sagte sie trocken. »Die Urmutter ist ausgestorben. Wenn es sie hier nicht mehr gibt, dann existiert sie auch nirgendwo sonst mehr.«

Mino sagte nichts. Er würde ihre Nachricht erst in einer halben Stunde empfangen, und erst eine weitere halbe Stunde später würde sie seine Antwort im Ohr haben. Doch auch wenn er es sofort erfuhr, was sollte er noch sagen?

Ihr Geist war wie benebelt. Sie ging zurück zum Höhleneingang. Ohne darauf zu achten, machte sie einen Schritt nach draußen und ließ sich in die Tiefe fallen. Der Aufprall verformte ihren Körper auf groteske Weise, doch der Selbstschutzbefehl sorgte dafür, dass er sich gemächlich zu reparieren begann. Fatima lag einfach da, antriebslos. Sie ließ die virtuellen Stadtszenarien auf ihrem Kornea-Display durchlaufen. Paris, Athen, Peking, New York … All die großartigen Metropolen der Menschheit waren bereits zu Staub verglüht. Es gab keine einzige lebende Seele mehr auf der Welt. Die letzten jämmerlichen

Reste der menschlichen Zivilisation kämpften auf Mars und Europa ums nackte Überleben, und es sah nicht danach aus, als könnten sie noch lange durchhalten.

Eine Träne rollte ihr aus dem Augenwinkel und tropfte auf den Boden.

Nein. Fatima konnte nicht weinen, das wusste sie. Ihr Gehirn mochte noch so sehr danach verlangen, ihr Körper besaß diese Funktion nicht.

Verwirrt setzte sie sich auf und betrachtete den Wassertropfen auf der Erde. Eine Weile konnte sie nicht verstehen, was vor sich ging. Dann endlich begriff sie, dass Wasser in Tropfenform aus den Wolken herabfiel, die am Himmel hingen.

Es regnete.

X

Nachdem die Gensequenz der *Urmutter* entschlüsselt war, ließ sich anhand zahlreicher Besonderheiten zweifelsfrei nachweisen, dass es sich dabei tatsächlich um den ältesten noch existierenden Organismus der Welt handelte. Auf der Leiter der Evolution hatte er sich vor mindestens 3,7 Milliarden von den gemeinsamen Vorfahren allen sonstigen biologischen Lebens auf der Erde losgesagt und sich seither kaum mehr verändert. Es war unwahrscheinlich, dass sie ausschließlich in der Nähe des Extrempunkts existierte, denn diese Formation war vor gerade mal einhundert Millionen Jahren entstanden. In den Weiten des Ozeans gab es womöglich noch mehr gleichartige Organismen, man musste sie nur finden.

Die Entdeckung des *missing link*, des letzten noch fehlenden Kettenglieds bei der Entstehung des Lebens, löste ein gewaltiges Medienecho aus und stieß allseits auf enormes Interesse. Obwohl sie über keinen wissenschaftlichen Hintergrund verfügte, wurde Fatima als Mitentdeckerin der Urmutter dennoch mit Lorbeeren überschüttet. Unter dem Druck der Öffentlichkeit verließ sie zusammen mit Mino die *Ultima*-Station, ungeachtet der Verbote des Militärs und allen Überredungsversuchen ihres »Mütterchens« zum Trotz. Sie reisten – zu Fatimas größtem Entzücken – zunächst nach Paris. Anschließend ging es weiter nach New York und Tokyo. Fatima lernte endlich die Welt da draußen kennen, von der sie bisher nur geträumt hatte.

Anfangs begegnete man dem jungen, hübschen Mädchen mit Wohlwollen. Doch es dauerte nicht lange, bis findige Journalisten die Nachricht verbreiteten, dass sie in Wirklichkeit gar kein echter Mensch sei, sondern ein Android zur Erkundung der Tiefsee. Das Militärprojekt von einst kam ans Licht und löste hysterische Reaktionen aus. Die Leute fürchteten sich nicht nur vor Fatimas übermenschlichen Kräften und ihrer Unverwüstlichkeit, noch verheerender war die Behauptung, dass sie eine Kernfusionsbombe in sich trage, mit der man eine ganze Stadt auslöschen könne. Die Angst, die diese Gerüchte auslösten, begrub die wissenschaftliche Entdeckung unter sich. Fatima wurde aufs Übelste beschimpft, angegriffen und als »Killermaschine« verunglimpft. Ihr bescheidener Ruhm schlug um in eine nicht enden wollende Flut aus Verleumdungen.

Fatima war bloß ein gerade einmal achtzehnjähriges Mädchen. Sie erlitt einen Nervenzusammenbruch und konnte nachts kaum noch schlafen. Sie verstand jetzt, dass ihr Mütterchen es nur gut mit ihr gemeint hatte, als sie versuchte, sie vom Fortgehen abzubringen.

Mino tröstete sie, nahm sie in Schutz und hielt viele Anfeindungen von ihr fern. Da Fatima eisern darauf bestand, sorgte er schließlich dafür, dass sie einen Operationstermin bekam. Ihr Gehirn würde dabei in einen eigens daraus geklonten Körper transplantiert werden. Sie fieberte der Prozedur entgegen. All ihre Hoffnungen auf ein neues Leben lasteten darauf. Überglücklich rief sie ihr Mütterchen an, um ihr davon zu berichten. Doch Monica teilte ihre Freude nicht.

»Fatima … man kann dein Gehirn nicht umpflanzen.«

»Warum nicht?«

»Ich … ich habe dir nicht die ganze Wahrheit gesagt.« Ihre Stimme klang bedrückt. »Aber jetzt musst du es wissen. Du hast damals überlebt, weil ich eine Änderung an der Schnittstelle zwischen Mensch und Maschine vorgenommen habe. Ich ließ die Nanokörper direkt und tief in dein Gehirn eindringen, wo sie die Neurogliazellen ersetzt und die normale menschliche Gehirnstruktur imitiert haben. Dein Gehirn besteht mindestens zur Hälfte aus Nanoteilchen. Es lässt sich nicht in einen gewöhnlichen Menschenkörper umbetten.«

»Warum hast du das getan?«, rief Fatima entsetzt.

»Das Militär hatte vor, sich eine Art Cyborg-Superkrieger zu züchten. Alle bisherigen Versuche waren gescheitert, also nahm ich das Risiko in Kauf. Wider Erwarten war ich erfolgreich. Du hast überlebt. Doch obwohl du den Körper eines Erwachsenen hattest, warst du bloß ein unschuldiges, hilfloses Baby. Meine Tochter war im Krieg bei einem Bombenangriff gestorben. Ich habe dich gepflegt und mit der Zeit immer mehr ins Herz geschlossen. Am Ende war es, als wärst du mein eigenes Kind … Ich wusste, dass sie alle möglichen Experimente mit dir machen würden, wenn sie erfuhren, wie es mir gelungen war, dich am Leben zu erhalten. Sie hätten garantiert dein Gehirn aufschneiden und untersuchen wollen … Also habe ich die Wahrheit für mich behalten und sie dank meines Berichts zu dem Schluss geführt, dass es sich bei dir um einen nicht reproduzierbaren Einzelfall handele. Später, als das Projekt eingestellt worden war, habe ich dich mitgenommen und zur *Ultima*-Station gebracht. Hier bist du groß geworden.«

»Das heißt – ich bin gar kein Mensch? Nicht mal … nicht mal mein Gehirn? Ich bin wirklich ein verdammter Roboter?«

»Natürlich bist du ein Mensch, Kleines«, protestierte Monica kraftlos. »Du bist ein wunderbares Mädchen. Bloß was … also konkret …«

»Du lügst! Ich hasse dich! Hättest du mich doch bloß sterben lassen! Ich will dich nie wiedersehen!«, schrie Fatima und zermalmte das Telefon mit der Hand zu feinen Splittern.

Es blieb ihr nichts anderes übrig, als die Operation abzusagen. Sie brachte es nicht fertig, Mino den wahren Grund zu erzählen, er fragte jedoch auch nicht danach. Ein paar Tage später schlug er stattdessen vor, gemeinsam zu Europa zu reisen. »Ich möchte einige Exemplare der Urmutter dorthin bringen. Willst du nicht mitkommen? Es ist zwar nur eine kleine Kolonie, aber man kann zusehen, wie der Jupiter aufgeht und mit seinen breiten Bändern und dem Großen Roten Fleck den halben Himmel einnimmt. Man kann seine vielen, wie an einer Perlenkette aufgereihten Trabanten bestaunen. Es sind Anblicke von unbeschreiblicher Schönheit. Wer sie einmal zu Gesicht bekommen hat, dem prägen sie sich für immer ein. Ich glaube, es könnte helfen, dich auf andere Gedanken zu bringen.«

»Ja«, antwortete Fatima leise, und ein zuckersüßer Vorgeschmack verdrängte die Bitternis in ihrem Herzen. Sie wusste, dass sie und Mino niemals wirklich zusammen sein konnten, denn sie würde nie zu einem echten Menschen werden. Doch zumindest hatte sie ihn noch bei sich.

Die Reise zu Europa war die glücklichste Zeit ihres Lebens. Einen Monat lang konnte sie von morgens bis abends an Minos Seite sein und mit ihm über alles reden. Doch ihr Glück endete mit dem Moment, in dem sie das Raumschiff verließen. Schon bevor sie an der Bodenstation andockten und von Bord gingen, konnte sie durchs Sichtfenster eine junge Frau mit rotblondem Haar sehen, die aufgeregt herbeigerannt kam. Unter dem hell strahlenden Jupiterhimmel fiel sie Mino um den Hals, und die beiden umarmten sich lange und innig. Händchenhaltend führte Mino die Frau zu Fatima herüber und stellte sie ihm vor. Sie hieß Miriam und war Minos Verlobte. Fatima zwang sich zu einem Lächeln. Sie musste plötzlich an ein Märchen von Christian Andersen denken, das sie einst gelesen hatte.

Wie könnte er mich auch lieben? Selbst ohne Fischschwanz bin ich eben doch noch lange kein richtiger Mensch, dachte sie mit einem bitteren Lächeln.

Sie blieb einen Monat, dann trat sie, ungeachtet aller Proteste Minos, allein die Rückreise zur Erde an. Ihr Schiff hatte eben den Asteroidengürtel passiert, als der Komet in die Sonne einschlug.

XI

Aus dem anfangs zögerlichen Regen wurde ein wahrer Wolkenbruch. Und das Wasser fiel nicht nur vom Himmel, es rauschte von den Erhebungen ringsum in die Senke herab, bildete die ersten Flüsse und Ströme. Fatima stand da und sah zu, wie der trockene Meeresgrund unter ihren Füßen erneut von Wasser bedeckt und ausgewaschen wurde. Das trübe, schlammige Nass umspielte ihre Füße, ihre Waden, erreichte ihre Knie und stieg unaufhaltsam weiter, bis sie schließlich ganz unter Wasser stand. Unsägliche Freude erfüllte sie. Sie schloss ihre Beine, ließ sie zu einem langen Fischschwanz verschmelzen und streckte sich – es fühlte sich wunderbar vertraut an.

Der Regen hielt sechzig Tage und Nächte lang ununterbrochen an. Es war der gewaltigste Wolkenbruch seit vier Milliarden Jahren.

Nach dem die Plasmagase weitergezogen waren, konnte sich die Erde wieder etwas abkühlen. Der Wasserdampf in der Atmosphäre kondensierte, verwandelte sich erneut in flüssiges Wasser und kehrte auf die Erdoberfläche zurück. Während der katastrophalen Sonneneruption hatte es einen Teil des verdampften Wassers ins Weltall geblasen. Fatima wusste nicht, wie viel. Doch das verbliebene Wasser reichte, um die tiefen Gräben und Senken der Ozeane zu füllen. Die ewigen, uralten Meere waren wiedergeboren.

Das Wasser brachte jedoch kein Leben mit sich. Nach ein paar Tagen ließ Fatima den Meeresgraben hinter sich und begann, in anderen Senken danach zu suchen. Doch sie traf nicht einmal auf eine Leuchtgarnele oder auch nur eine einzelne Alge.

Selbst von den Ur-Organismen, die sich unter den Felsen der Tiefsee zu verbergen gewusst hatten, war keine Spur mehr zu finden.

Die Erde kehrte in den Zustand vor der Entstehung des Lebens zurück. Und eine weitere Nachwirkung der starken Erhitzung durch die Sonne trat zutage: verstärkte vulkanische Aktivität, hundertmal heftiger als zuvor. Der Himmel war schwarz vor Asche. Aus dem Kohlendioxyd und den anderen Gasen, die die Vulkane freisetzten, formte sich, zusammen mit dem Wasserdampf in der Luft, nach und nach eine neue Atmosphäre, die jedoch so gut wie keinen Sauerstoff mehr enthielt. Selbst wenn höhere Lebensformen durch ein Wunder die Sonnenkatastrophe überlebt hätten – spätesten jetzt wären sie zugrunde gegangen.

Fatima und Mino blieben die ganze Zeit weiter in Verbindung. Mino berichtete, dass es im gesamten Sonnensystem nur noch knapp tausend Menschen gäbe. »Die meisten davon verfügen über keine funktionierenden Biokreislaufsysteme mehr und zehren von den noch vorhandenen Ressourcen. In ein paar Monaten werden sie aufgebraucht sein. Und die Erde eignet sich nicht mehr für menschliches Leben. Selbst Kolonien wie unsere hier auf Europa, mit einem eigenen Biokreislauf, sind auf Komponenten von der Erde angewiesen, die wir nicht selbst herstellen können. Einige dieser Komponenten sind durch die Hitze geschmolzen und ...«

Er führte den Satz nicht zu Ende. Fatima verstand auch so: Das Aussterben der Menschheit war lediglich eine Frage der Zeit.

»Uns bleiben auf Europa noch zwei bis drei Jahre. In dieser

Zeit gibt es nur eines zu tun: Im Ozean unter Europas Eismantel existieren thermale Quellen mit einer ähnlichen Zusammensetzung wie auf der Erde. Womöglich gelingt es uns, die Urmutter dort neu anzusiedeln und sich vermehren zu lassen. Vielleicht schafft es die Knospe des Lebens, sich Jahrmilliarden von heute aus diesen entwurzelten Trieben von Neuem zu entfalten … Ist dein Raumschiff noch intakt, Fatima? Komm doch zurück nach Europa. Wir letzten verbliebenen Menschen sollten zusammen sein, dann ist wenigstens niemand einsam. Miriam und ich denken oft an dich.«

An die Steintafel am *Tiefsten Punkt der Erde* gelehnt lag Fatima still da und lauschte der Stimme, die aus den Tiefen des Weltalls zu ihr drang. Sie wusste nicht, was sie sagen sollte. Im Herzen kannte sie die Antwort bereits. Und doch fiel es ihr schwer, sie über die Lippen zu bringen.

»Nein, Mino«, hörte sie sich schließlich sagen. »Ich werde die Erde nicht noch einmal verlassen. Hier ist mein Zuhause. Ich werde weiter nach Überlebenden suchen. Ich hoffe, dass du und Miriam … dass ihr zusammen glücklich seid.«

Epilog

Fatima trieb auf der Oberfläche des unendlich weiten Ozeans und blickte in den Himmel, der noch immer von einer dichten Wolkenschicht bedeckt war. Die Wellen hoben und senkten sich, doch nirgends gab es eine Spur von Leben.

Zwei Jahre waren inzwischen vergangen. In diesen zwei Jahren hatte sie die Ruinen der einstigen Metropolen abgesucht und so ihren lang gehegten Traum von einer Weltreise verwirklicht, wenngleich sie die Umstände dieser Reise niemals hätte ahnen können. Sie war jedoch mit leeren Händen zurückgekehrt. In einem Minenschacht mehrere Kilometer tief unter der Erde war sie auf ein paar vergleichsweise gut erhaltene, unverkohlte Leichen gestoßen, doch das war auch schon alles. Diese Menschen hatten die ersten Tage des Hitzeansturms wahrscheinlich noch überlebt, aber dem Verschwinden der Erdatmosphäre waren auch sie nicht entgangen.

Den Sauerstoff, den Fatimas Gehirn benötigte, gewann ihre Haut durch Elektrolyse, die Energie dafür lieferte ihre Kaltfusionszelle. Komplexe Nonopolymere in ihrem Körper setzten andere Elemente, die sie durch die Haut aufsog, zu organischen Verbindungen zusammen und versorgten es so mit den übrigen Nährstoffen. Die Erde mochte noch so verwüstet sein, Fatima konnte problemlos noch hundert Jahre lang kerngesund auf ihr leben, vielleicht auch zweihundert, wenn ihr Gehirn es mitmachte. Wenn die Menschheit über Körper wie den ihren verfügt hätte, dachte Fatima, dann wäre sie der Auslöschung entgangen. Doch stattdessen hatten sich die Menschen vor Androiden wie ihr gefürchtet und die Technologien zu ihrer Erschaffung per Gesetz verboten. In den letzten Jahrzehnten waren daher keine weiteren *Freaks* wie sie hinzugekommen.

Fatima warf einen letzten Blick zum Himmel, sagte der Meeresoberfläche Lebewohl und tauchte mit gleichmäßigen Flossenschlägen hinab in Richtung Tiefsee.

Vor sieben Tagen hatte sie endlich wieder eine lang ersehnte Nachricht von Mino empfangen. Über die letzten Monate war die Kommunikation mit Europa beinahe gänzlich abgerissen.

Sie vermisste Mino und war begierig zu hören, was auf Europa vor sich ging, doch seine Nachricht bestand bloß aus ein paar Satzfetzen. Seine Stimme hörte sich stark geschwächt an: »Schlechte Nachrichten … die Aussaat der Urmutter ist gescheitert … eingegangen … die Zusammensetzung des Meerwassers … unmöglich hier zu überleben … unser Ökosystem ist zusammengebrochen … die Nahrungsmittel gehen zur Neige … Miriam ist gestern gestorben … ich werde auch bald …«

»Mino? Was ist los? Mino? Mino!«

Außer sich vor Sorge rief sie nach ihm, doch auch drei Stunden später war noch immer keine Antwort da. Zehn Stunden vergingen, dann zwanzig. Es gab keine weitere Nachricht mehr.

Die Verbindung zwischen den beiden Himmelskörpern war für immer abgebrochen. Die unendlichen Weiten des Raums trennten sie wieder voneinander, so wie es jahrmilliardenlang der Fall gewesen war und von nun an für unermessliche Zeiten wieder sein würde.

Fatima tauchte immer tiefer. Langsam kam der Meeresgrund mit seinen steilen Gräben in Sicht. Das Meerwasser umgab sie von allen Seiten. Auch wenn es keine Lebewesen mehr in sich barg, so war es doch noch immer das allumfassende Weltmeer, so warm, so angenehm, so vertraut wie der mütterliche Uterus. Das Meer auf Europa dagegen war von ganz anderer Qualität. Durch Gezeitenkräfte beherrscht war es auf ewig so kalt und rau wie Fließwasser. Kein Wunder, dass die Urmutter dort nicht überlebt hatte, dachte Fatima. Sie erinnerte sich an den Tauchgang wenige Tage vor ihrer Abreise. Als sie ins mehrere Hundert Kilometer tiefe Eiswasser eingetaucht war, wurde sie plötzlich von einer vollkommen fremdartigen Angst übermannt. Mit einem Mal begriff sie, wie sich ein wahrer Abgrund anfühlte, und dass das Challenger-Tief in Wirklichkeit der liebevollen Umarmung einer Mutter glich. In jenem Moment spürte sie eine unendliche Sehnsucht nach den Strömen des Ozeans, vermisste das gütige Gesicht ihres Mütterchens, den treuen alten George, den gewissenhaften Nakamura und selbst den sarkastischen Valfrid …

Deshalb hatte sie sich entschieden, zur Erde zurückzukehren, trotz des hohen Drucks, der sie dort erwartete, aber irgendwann auch wieder nachlassen würde. Sie wollte in Ruhe in der *Ultima*-Station leben und ihrem Mütterchen nie wieder von der Seite weichen. Ihre Entscheidung hatte nichts mit Mino und Miriam zu tun. Sie wusste bloß endlich, wo sie wirklich hingehörte.

Nur dass dieser Ort kaum noch wiederzuerkennen war, als sie dort ankam.

Fatima erreichte den Grund des Grabens und schwamm zur *Höhle des Lebens*. Sie schlüpfte tief hinein, bis es nicht mehr weiterging und sie aus einer Felsspalte dichte schwarze Rauchsäulen aufsteigen und im Wasser wabern sah. Sie nahm die Temperatur: 146 Grad. Zu heiß selbst für die Urmutter. Doch für Fatima genau richtig. Sie tauchte auf den qualmenden Felsspalt zu. Eine noch nie dagewesene Euphorie durchströmte ihren Körper.

»Es gibt doch noch Hoffnung auf der Welt, Mino«, sagte sie. Sie wusste nicht, ob Mino oder sonst irgendjemand sechs Astronomische Einheiten von hier ihre Nachricht hören würde, aber sie musste es trotzdem loswerden. Nur das verlieh allem einen Sinn: »Ich werde diesem Planeten wieder Leben schenken.«

Während sie sprach, konnte sie sehen, wie ihre Haut Risse bekam und sich abzupellen begann. Eine nach der anderen fielen die aus feinen Nanostrukturen gebildeten Hautschichten von ihr ab und lösten sich nach und nach in der stark metallhaltigen dunklen Brühe auf.

»Ich weiß nicht, ob ich dir davon erzählt habe. Mütterchen hat auf der metallenen Wand ihres Zimmers mit einem Lasermesser einen Abschiedsbrief an mich hinterlassen. Sie hat mir eine Menge technischer Details über meinen Körper mitgeteilt. Sie wusste, dass ich zurückkommen würde. Ich glaube, sie wollte, dass ich nach der Katastrophe auf diesem Planeten weiterlebe.«

»Die Nanoteilchen, aus denen mein Körper zusammengesetzt ist«, fuhr Fatima fort, »sind auf gewisse Weise auch eine Art von Zellen. Wie die Urmutter verfügen sie über eine einfache, leicht reproduzierbare Molekularstruktur; sie kommen ohne Sauerstoff aus und sind an eine Wärmequelle gebunden; um sich zu vermehren brauchen sie lediglich Silizium, Wasser sowie eine Reihe verschiedener Metalle. Wollte man einen wichtigen Unterschied aufzeigen, dann wäre es dieser: Sie sind siliziumbasiert. Aber im Grunde ist das ein großer Vorteil, denn die Erdkruste besteht zu einem Viertel aus eben diesem Element. Der Meeresgrund ist voller Kieselalgenschlamm – das ist nichts anderes als Siliziumdioxid. Es gibt kaum Bedingungen, unter denen sie nicht überleben und ihre Befehle ausführen könnten. Nur selbst reproduzieren tun sie sich nicht, sonst hätten sie mich längst verschlungen wie Krebszellen, und die ganze Erde wäre von ihnen durchsetzt. Aber in der Nährlösung, in der sie gezüchtet wurden, diente Hitze als Katalysator, dank dessen sie sich in kürzester Zeit rapide vervielfältigten. Es handelte sich um eine extrem nährstoffhaltige, weit über hundert Grad heiße und unter hohem Druck stehende Brühe …«

Fatima konnte spüren, wie die Nanoteilchen ihres Körpers lebendig wurden. Sie schüttelten sich und hüpften auf und ab, bevor sie ihren Kameraden fröhlich Lebewohl sagten, sämtliche Verbindungen mit ihnen lösten und sich mit einem Sprung unter die ringsum tanzenden Wassermoleküle mischten. Dort erwartete sie weit mehr unbegrenzt vorhandene Wärmeenergie, als die Kaltfusionsquelle ihnen jemals bieten konnte, und nicht zuletzt ein Nahrungsangebot, das keine Wünsche offenließ.

»Ich habe ihnen einen letzten Befehl gegeben: mich aufzulösen. Es ist ein sehr schwer zu beherrschender Befehl, aber ich habe ihn mir selbst beigebracht. Einmal ausgeführt, lässt er sich nicht mehr umkehren. Ich kann meinen Körper nicht mehr zusammensetzen. Aber die winzigen Nanopartikel werden in der Hitze der schwarzen Quelle weiterleben, aus den sie umgebenden Mineralien ihre Nahrung extrahieren und sich von Generation zu Generation fortpflanzen. Für eine Weile werden sie an diese Umgebung gebunden sein, denn bei niedrigeren Temperaturen würden sie ihre Lebendigkeit verlieren. Sie werden Hunderte, vielleicht Tausende Jahre lang hier bleiben, eingepfercht in diese thermale Quelle in der Tiefsee. Aber bei ihrer Reproduktion werden Fehler auftreten. Die meisten davon werden nachteilig sein. Aber einige dieser mutierten Nanokörper werden sich an mildere Umgebungen anpassen und jenseits von hier überleben können. Es ist bloß eine Frage der Zeit. Und wenn die Evolution eins hat, dann ist es Zeit.«

Fatima spürte, wie ihr Bewusstsein zusehends verschwamm.

Ihr Körper funktionierte nur noch eingeschränkt, und die Sauerstoffversorgung ihrer Gehirnzellen geriet ins Stocken. Ihre Gehirnzellen, die letzten lebenden Nachkommen der Urmutter – noch ein paar Minuten, dann würden sie an Sauerstoffmangel eingehen. Doch vorher musste sie die Sache zu Ende erzählen.

»Ich weiß nicht, wann es dazu kommen wird, aber solange dieser Planet nur weiterexistiert, wird es geschehen. Die *zweite Singularität* in der Erdgeschichte wird kommen. Danach wird es höchstens ein paar Tausend Jahre dauern, bis die Nachfahren der mutierten Nanokörper die Ozeane füllen. Sie werden die merkwürdigsten Formen entwickeln, von der Macht der Evolution immer wieder neu zusammengefügt, bis sich erneut mehrzellige Organismen bilden. Einige Äonen in der Zukunft werden sie wieder an Land gehen und ein weiteres Mal den beschwerlichen Marsch zu den Gipfeln der Intelligenz antreten. Ich, du, jeder von uns, die Menschheit als Ganzes wird ihrer Auslöschung zum Trotz ewig weiterleben, in und mit diesen fernen Wesen. Auch wenn sie sich, Äonen von heute, nicht an uns oder an irgendetwas aus diesen prähistorischen Zeiten erinnern werden, so sind sie doch von Menschen geschaffen, und wo sie sind, da werden auch wir sein, bis in alle Ewigkeit. Vielleicht ist es auch früher schon einmal genau so geschehen, wer kann das wissen? Ich habe diesen Körper einmal gehasst und mit ihm seine Schöpferin, mein Mütterchen. Ich habe die ganze Welt gehasst. Selbst dich … doch jetzt hasse ich nicht mehr. Die Entstehung des Lebens an sich ist bereits eine Gnade, für die wir alle Dankbarkeit empfinden sollten … Ich liebe dich, Mino. Ich liebe Mütterchen, die Menschheit, das Leben und die ganze

Welt. Diese Liebe wird mit dem neuen Leben weiter existieren, bis in die fernste Zukunft.«

In dieser Höhle inmitten des Ozeans begann Fatimas Körper, sich zu überschlagen und auseinanderzugehen wie ein Stück Fleisch, das zu lange gekocht wird, bis es kaum noch zu erkennen war. Doch was sie spürte, war nicht der Tod, sondern einen sich einer Wellenfunktion gleich ausbreitenden Freudentaumel. Auf ihrem formlosen Gesicht breitete sich ein letztes Lächeln aus. Es blieb dort stehen, bis sich auch die letzten Reste ihres Schädels im schwarzen Rauch auflösten.

Und das neue Leben um sie herum stimmte ein Lied an und begann seinen Tanz, so wie die Flüsse und die Seen, wie Ebbe und Flut, Sonnenauf- und -untergang. Ewig und doch immer neu.

A Que

Mordfall LW31

Aus dem Chinesischen übersetzt
von Johannes Fiederling

A Que,

geboren 1990, ist ein Autor der neuen Generation junger Science-Fiction-Schriftsteller. Künstliche Intelligenz und Roboter sind die Themen, mit denen A Que sich intensiv beschäftigt und die er literarisch verarbeitet. 2012 hat er seine erste Kurzgeschichte veröffentlicht und wurde bereits mit einem Galaxy und einem chinesischen Nebula Award ausgezeichnet. Einige Geschichten von ihm liegen in englischer Übersetzung vor.

Durch das Autofenster sah ich zu, wie sie sich entfernte. Ihre Silhouette begann zu verschwimmen, bis ich nur noch das Hellblau ihrer Jeans und das Tiefschwarz ihrer weit geschnittenen Bluse ausmachen konnte. Sie verblasste, wie ein Fisch, der ins Meer hinabtaucht. Ich sah ihr noch ein Weilchen hinterher, bis der Smog sie schließlich ganz verschluckte.

Ich startete den Motor. Die Wasserstoffionen begannen zu strömen und zogen den Flugwagen in die Höhe, hinein in den dichten, zwischen den Hochhaustürmen dahinfließenden Verkehr.

Fünfzehn Minuten später erreichte ich die Wohnung des Zimmermädchens. Ihr Name war Aluo, und sie lebte in einem heruntergekommenen Mietshaus im Nordwesten der Stadt. Es war ein altes Betongebäude aus dem letzten Jahrhundert, sogar die altertümliche Türklingel war noch erhalten. Während ich die Treppe zu ihr hinaufstieg, konnte ich durch die Ledersohlen meiner Schuhe die Feuchte des Bodens spüren.

Aluo öffnete die Tür. Zum Vorschein kam ein bleiches, kränklich aussehendes Gesicht. Ich zeigte meinen Polizeiausweis. Sie blickte mich einen Moment lang verständnislos an, dann dämmerte es ihr: »Sie sind wegen des Mordes an Herrn Zell hier, ja?«

Ich nickte. Über Aluos Schulter hinweg blickte ich in ein schlicht eingerichtetes, sauberes Apartment. Ein alter Holztisch, Sofa, Fernseher, rosa Bettbezüge, Sanitätskoffer, eine Stereoanlage, ein halb offener Kleiderschrank mit so kümmerlich wenig Inhalt, dass man die bloßen Bretter sah.

»Es war der Roboter, oder nicht? Er hat doch ein Geständnis abgelegt.«

»Ja, LW31 hat die Tat gestanden. Aber die Edge Corporation besteht darauf, dass in sämtlichen ihrer Produkte ein Schutzprogramm integriert sei, das es ihnen unmöglich mache, einem Menschen absichtlich Schaden zuzufügen. Und erst recht, einen Mord zu begehen.«

»Tatsächlich?«, murmelte Aluo und bat mich herein.

Ich sah ihr zu, während sie zwei Tassen Tee eingoss. Eine junge, hübsche Frau aus ärmlichen Verhältnissen. Zudem war sie die Haushälterin des Opfers gewesen und wusste mehr über den Mord als jeder andere Mensch.

»Was wollen Sie hören? Ich hab Ihren Kollegen schon alles gesagt, was ich weiß: Ich war Hausangestellte von Herrn Zell. Hab erst vor zwei Monaten bei ihm angefangen. Ich hab den Haushalt für ihn gemacht. Aber an dem Tag, als es passiert ist, hatte ich frei und war zu Hause.«

Ich schlug das Vernehmungsprotokoll auf: »Herr Zell hat Ihnen dreitausend Unicredits die Woche gezahlt. Das ist gut das Dreifache des marktüblichen Lohns. Sehr großzügig von ihm, nicht wahr?«

»Ja, er hat mich gut bezahlt.«

»Und was denken Sie über LW31?«

»Das war bloß ein gewöhnlicher Haushaltsroboter. Er hatte seine täglichen Aufgaben. Wenn er damit fertig war, stellte er sich in die Ecke und schaltete von selbst auf Ruhebetrieb. Er wirkte überhaupt nicht, als ob er jemanden umbringen könnte.«

Ich nahm einen Schluck von meinem Tee. Er schmeckte herb und bitter. Ich überlegte eine Weile, dann fragte ich sie: »Wie ich erfahren habe, hatte Herr Zell gewisse … Vorlieben. Die Damen, mit denen er verkehrte, haben ausgesagt, dass er einen Hang zum Sadismus hatte. War er LW31 gegenüber gewalttätig?«

Aluo hatte etwas von ihrem Tee verschüttet. Während sie ihn mit einem Tuch aufwischte, sann sie nach: »Ja, ich hab ein paar Mal gesehen, wie Herr Zell sehr grob mit LW31 umgegangen ist. Beschimpft, geschlagen und getreten hat er ihn. Aber LW31 hat sich nie gewehrt.«

Ich nickte und machte noch etwas Small Talk, dann verabschiedete ich mich. Sie stand nicht auf, sondern starrte nur auf den Boden. Nicht einmal ihre Augen brachten mich zur Tür.

Der Smog draußen war noch dichter geworden, und wegen der schlechten Sicht stand der Verkehr so gut wie still. In der Luft ging gar nichts mehr. Das Navigationssystem konnte nach Alternativrouten suchen, solange es wollte, ich steckte trotzdem fest. Also schaltete ich den eingebauten Fernseher ein.

»… Obwohl die Ermittlungen im Mordfall LW31 noch nicht abgeschlossen sind, sorgt dieses schockierende Verbrechen in der Bevölkerung jetzt schon für Aufruhr. Forderungen nach einem Roboterverbot werden laut. Bei mehreren Demonstrationen im Stadtgebiet machten Befürworter von Produktions- und Einsatzbeschränkungen für Roboter ihrem Unmut Luft. Die Edge Corporation hat einen Krisenstab eingerichtet …«

In der holografischen Projektion blähten sich Spruchbänder mit Aufschriften wie »Roboter sind Heuschrecken!«, »Menschengemachte Teufel – Nein danke!«, oder »Roboter machen sich breit! Wir wollen Sicherheit!« Doch mir fiel die Kleidung der Demonstranten ins Auge. Sie war ärmlich und zerschlissen und ließ vermuten, dass es sich in erster Linie um Arbeitslose handelte, die ihre Jobs an Roboter verloren hatten.

Das Auto zittere kurz, und der Fernseher ging aus, was bedeutete, dass die Flugbahn allmählich wieder frei wurde. Im dichten Verkehrsstrom steuerte ich den Wagen zu mir nach Hause.

In dieser Nacht schlief ich erst spät ein und dann auch sehr unruhig. Als ich noch vor dem Morgengrauen die Augen aufschlug, stellte ich überrascht fest, dass meine Roboter-Bedienstete YUI98 neben dem Bett stand. Im Dunkel des Zimmers war ihr quadratischer Kopf nahezu unsichtbar, ich sah bloß ihren Mund, auf dem ein seltsames Lächeln funkelte. In ihrer Hand hielt sie ein Küchenmesser. Von der Klinge tropfte Blut. Es tropfte herab in meinen offenen, ausgeweideten Brustkorb ...

Mit einem Schrei fuhr ich hoch. Die intelligente Beleuchtung ging an. Ich sah YUI98 in der Wohnzimmerecke stehen und sich aufladen, still und stumm wie eine Statue. Ihre metallene Hülle glitzerte im Schein der Lampe. Auf meinen Schrei hin wurde sie wach.

Sie kam zu meinem Bett, setzte ein freundliches Lächeln auf und fragte: »Womit kann ich dienen, mein Herr?«

Ich verscheuchte sie mit einer Handbewegung und atmete tief durch. Doch mein Herz pochte weiter wie verrückt.

Mein Name ist LW31. Ich bin ein intelligenter Haushaltsroboter, hergestellt von der Edge Corporation. Meine Aufgabe ist es, mich um die täglichen Bedürfnisse von Herrn Zell zu kümmern. Ich wasche, koche und räume auf. Am Abend des

17. Dezember habe ich ihn getötet, indem ich ein Küchenmesser in sein Herz stach.

Mein Motiv? Äh, ich habe keines. Herr Zell war in betrunkenem Zustand an mich herangetreten und hatte begonnen, auf mich einzuschlagen. Die Metalllegierung meiner Hülle bot seinem Versuch, mir Schaden zuzufügen, Einhalt, und führte unweigerlich zu einem erhöhten Schmerzempfinden in seinen Händen. Dieses wiederum steigerte seinen Unmut zusätzlich und veranlasste ihn dazu, mich verbal zu attackieren.

Mein System ist darauf ausgelegt, Beschimpfungen und im Zorn ausgesprochene Befehle von Herrn Zell auszufiltern, damit er in seiner Wut nichts unternimmt, was er später bereuen würde.

Doch dann sah ich Herrn Zells rot angelaufene Nase.

Sein dickliches Riechorgan war von Mitessern übersät. Seine Nasenlöcher blähten und verengten sich im Takt seines schweren Atems. Die Lippen zogen lange Speichelfäden, von denen einige auf meinem Körper landeten, während andere zusammen mit seiner grellroten Zunge zurück in seinen Rachen wanderten. Je wütender er wurde, desto stärker verzerrte sich sein Gesicht. Schließlich drehte er sich um und griff nach einem Messer. Er stach drei Mal auf mich ein, allerdings mit so großer Kraft, dass er sich beim dritten Versuch das Handgelenk verrenkte.

Ich dachte mir, dass diese Wut für Herrn Zell sicherlich eine große Belastung darstellte. Ich wollte diese Last von ihm nehmen.

Also fasste ich das Messer, drehte es um und stieß es Herrn Zell in die Brust. Es war ganz leicht – ich bin gut vertraut mit der Anatomie des menschlichen Körpers. Die fünfzehn Zentimeter lange Klinge traf ihn genau ins Herz. Er war augenblicklich tot.

Was das ist, der Tod, fragen Sie?

Der Tod, das ist ewiger Schlaf. Erkalten und Ersteifen. Für euch Menschen bedeutet er außerdem Verwesung, für uns Roboter ein langsames Verrosten. »Tod« ist ein Wort, das einem Angst macht … Meine Chips fangen an zu zittern, und meine Stromkreisläufe werden instabil, wenn ich daran denke.

Ja. So beängstigend der Tod auch ist, ich wollte dennoch, dass Herr Zell stirbt.

Auf dem Bildschirm setzte LW31 mit ruhiger Stimme seinen Bericht fort.

Man hatte ihn mit schmalen Gliedmaßen und einem übergroßen Kopf konstruiert. Die Arme und Beine und sein restlicher Körper waren von einer mattsilbernem Metallhülle ummantelt und sehr dünn. Auch wenn sein Rumpf etwas kräftiger war, reichte er längst nicht an den Umfang seines Kopfs heran. Es sah aus, als hätte man einen Fernseher auf ein dünnes Stahlgerüst montiert.

Ich hielt das Bild an.

»Das hier ist die siebte Vernehmung. Seine Aussage ist jedes Mal dieselbe«, erklärte ich, an den Polizeidirektor gewandt. »Der Sachverhalt ist eindeutig. Er hat den Mord selbst gestanden. Zeit, den Fall abzuschließen.«

Der Direktor kratzte sich an der Nase, sagte aber nichts, sondern blickte hinter sich.

Erst da fiel mir auf, dass die Besprechung um einen mir unbekannten Teilnehmer erweitert worden war. Ein recht korpulenter Typ im Trainingsanzug, der im mit Krawattenträgern gefüllten Konferenzraum gänzlich fehl am Platz wirkte. Er grinste breit und trat unbekümmert auf mich zu.

»Tatsächlich hat LW31 lediglich angegeben, einen Menschen getötet zu haben. Es gibt jedoch keinerlei Beweise dafür, dass es sich dabei um Mord handelte. Wir haben es mit einem Roboter zu tun, Herr Kommissar. Sein Handeln lässt sich nicht anhand menschlicher Denkmuster erschließen.«

Ich starrte ihn entgeistert an.

»Oh, verzeihen Sie – wo sind bloß meine Manieren geblieben?« Er reichte mir die Hand: »Mein Name ist Oleg, Leiter der Abteilung Technik und Ingenieurwesen sowie des jüngst einberufenen Krisenstabs, Edge Corporation.«

Seine Hand war weich und speckig.

»Was soll das heißen?«, fragte ich irritiert. »LW31 hat – nach eigener Aussage – einen Menschen getötet, aber Sie meinen, er habe trotzdem keinen Mord begangen?«

Oleg lächelte. »LW31 ist im Grunde nichts anderes als ein Werkzeug. Emotionslos. Nicht in der Lage, Liebe oder Hass zu empfinden. Er ist ausschließlich dazu da, seinen Voreinstellungen gemäß einem Menschen zu dienen. Wenn er seinen Besitzer getötet hat, dann muss der Grund dafür in einer nicht sachgemäßen Handhabung dieses Werkzeugs liegen. Ich würde diesen Vorfall daher eher als versehentliche Körperverletzung bezeichnen, nicht als Mord.«

Langsam verstand ich, was hier gespielt wurde. LW31 war ein Produkt der Edge Corporation. Wenn herauskam, dass er seinen Besitzer ermordet hatte, wäre das dem Geschäft sicher nicht gerade zuträglich. Womöglich würde es gar zu einer Revision des *Gesetzes über den ordnungsgemäßen Einsatz von Robotern* kommen. Wenn es kippte, würde die Firma durch Entschädigungsklagen ein Vermögen verlieren. Daher war sie darauf aus, die Schwere des Falls herunterzuspielen. »Bedienungsfehler« klang da selbstverständlich um einiges besser als »Mord«.

Der Direktor hielt sich aus der Diskussion heraus, was bedeutete, dass er auf Olegs Seite stand. Wahrscheinlich fand sich auf seinem Konto eine fette Überweisung der Edge Corporation. Krisenmanagement war ja in erster Linie dazu da, Dinge glattzubügeln. Und jetzt war ich an der Reihe.

»Was meinen Sie« – Olegs Mund verzog sich zu einem Grinsen, »Herr *Kommissar*?«

Selbstredend war ich anderer Ansicht. Für mich hatte der Schutz von Menschenleben Vorrang vor allem. Aber in Gegenwart des Direktors blieb mir nichts anderes übrig, als mit versteinerter Miene den Besprechungsraum zu verlassen. Als ich mich an Oleg vorbeidrückte, grinste er noch breiter als zuvor. Er schien sich seines Siegs vollkommen gewiss. Am liebsten hätte ich ihm die Grimasse mit der Faust von der fetten Visage gewischt.

Ich hatte gerade die Polizeiwache verlassen, da sah ich sie wieder. Sie trug ein rotes Kleid und betrat mit ihren hochhackigen Schuhen soeben ein feines Restaurant auf der anderen Straßenseite. Sie war in Begleitung eines Mannes. Er war höher gewachsen und kräftiger als ich und hielt ihre Hand. Bei diesem Anblick blieb mir einen Moment lang die Luft weg. Meine Entscheidung, ihr in das Restaurant zu folgen, war vermutlich dem akuten Sauerstoffmangel in meinem Hirn geschuldet.

Der Typ und sie machten sich lachend und schäkernd über

einen Vorspeisenteller her. Ich saß schräg gegenüber und aß Spaghetti, schmeckte jedoch rein gar nichts.

»Gefällt sie Ihnen?«

»Und wie«, antwortete ich abwesend, bevor ich aufblickte und Oleg neben mir wiederfand. Hastig räusperte ich mich, um meine Überraschung zu überspielen. »Was machen Sie hier?«

»Och, ich wollte bloß zufällig auch hier essen.« Oleg reckte das Kinn in die Höhe, was die Fleischwülste darunter in Bewegung versetzte. »Sie gefällt Ihnen also. Sie haben sie die ganze Zeit über nicht aus den Augen gelassen.«

Ich rollte mit der Gabel ein paar Spaghetti auf, ehe ich seufzend erwiderte: »Sie hat bereits einen Freund.«

»Na und?« Oleg grinste abfällig. »Wer sagt, dass ihr Freund der Richtige für sie ist?«

Ich schwieg. Oleg kicherte ein paarmal trocken und ließ die Sache auf sich beruhen. Wenig später bestellte ihr Freund die Rechnung. Als sie nach draußen gingen, hakte sie sich bei ihm ein. Ich sah ihr nach. Ihr Kleid ließ den Blick auf ein Paar glatter Waden frei, während sie graziös davonspazierte.

»Wie gut kennen Sie sich mit der Evolutionstheorie aus?« Oleg trommelte mit den Fingern auf dem Tisch. »Wir haben uns nicht mühsam vom Affen zum Menschen entwickelt, um tatenlos zuzusehen, wie ein anderer uns die Herzensdame wegschnappt, wissen Sie?«

Inzwischen war sie aus meinem Blickfeld verschwunden. Ich fixierte Oleg, ohne mein Misstrauen zu verbergen: »Was wollen Sie von mir?«

»Oh, ich würde bloß gern einen Blick in die Videoaufzeichnungen werfen, die man aus LW31 extrahiert hat. Um den Fall besser zu verstehen. Sie sind der zuständige Ermittler, daher bräuchte ich bitte einmal Ihr Passwort.«

LW31 gehörte zu den Robotern der teureren Sorte. Alles, was seine Kameraaugen sahen, wurde aufgezeichnet und drei Monate lang gespeichert. Es hätten somit eigentlich direkte Beweise der Tat vorliegen sollen, doch als ich die Aufzeichnungen auslas, musste ich feststellen, dass sie zahlreiche Lücken aufwiesen – unter anderem an dem Tag, als sich die Tat ereignete. Die übrigen Aufzeichnungen zeigten bloß diverse Alltagsabläufe und waren ermittlungstechnisch von geringem Wert.

»Warum sollte ich Ihnen darauf Zugriff geben?«

Oleg beugte sich vor und strahlte triumphierend: »Der Direktor hat's genehmigt.«

17. September

LW31 wird verprügelt. Da die die Kamera sein Blickfeld wiedergibt, füllen die auf ihn eindreschenden Fäuste und das wutentbrannte Gesicht von Herrn Zell das Bild, dazu wüste Beschimpfungen auf der Audiospur.

Als er, des Prügelns müde, auf dem Sofa einschläft, nähert sich LW31 leise und deckt ihn zu.

23. September

Herr Zell ist auf Dienstreise.

LW31 steht am Fenster und blickt auf die sonnenbeschienene Straße. Er muss den ganzen Tag dort gestanden haben, denn egal, wie weit man vorspult, es ist nur diese Straßenszenerie zu sehen. Von Sonnenauf- bis -untergang steht er dort und blickt nach draußen. Erst als die Straßenlaternen angehen, verdunkelt sich das Bild schließlich – er wechselt in den Ruhemodus und lädt sich auf.

2. Oktober

Herr Zell kommt in Begleitung einer heftig geschminkten und herausgeputzten Dame nach Hause. LW31 ist darauf programmiert, sensible Situationen wie diese zu erkennen und sich unauffällig zu entfernen.

»Nein! Er soll ruhig zusehen«, grölt die Frau. »Ist doch noch viel geiler so, meinst du nicht?«

Also aktiviert Herr Zell dank seiner Administratorenrechte den manuellen Override-Modus, nimmt LW31 mit ins Schlafzimmer und verbietet ihm, auf Standby zu schalten.

Was folgt, sind Bilder, die Brechreiz auslösen.

Die Spaghetti in meinem Magen begannen zu rumoren wie ein Schlangennest nach dem Winterschlaf.

19. Oktober

LW31 steht vor dem Spiegel und sieht sich an. In seinen aus Silikonwafern gefertigten Pupillen liegt ein unnachahmlicher Ernst. Doch da sein Kopf zu groß und seine Gliedmaßen zu dürr sind, wirkt es dennoch komisch.

»Guten Tag.« Er streckt seinem Spiegel-Ich die Hand entgegen. »Schön, dich kennenzulernen.« Seine elektronische Stimme klingt irgendwie anders als sonst. Zunächst wirkt sie verzerrt, aber nach mehrmaligem Zuhören wird klar, dass er in Wirklichkeit heiser ist.

Er wiederholt ununterbrochen diese beiden Sätze, bis Herr

Zells Schatten hinter ihm auftaucht. Er hält einen Baseballschläger in der Hand. Der Schlag trifft LW31 am Kopf. Er scheint einen Chip erwischt zu haben, denn das Bild flackert kurz und erlischt.

30. Oktober

Das Bild ist pechschwarz, doch laut Zeitstempel ist es mitten am Tag. Zuerst könnte man meinen, er sei in den Keller gegangen, aber ein wenig erzwungene Geduld und ein paar Minuten des Abwartens führen zur Erkenntnis, dass LW31 lediglich die Augen geschlossen hält.

Das Bild ist schwarz, doch man hört ein Lied.

Es klingt stark gedämpft, kaum auszumachen, als käme es durch eine dicke Wand. Die Melodie wirkt vertraut …

Ich schloss ebenfalls die Augen und hörte genau hin, bis ich mir ganz sicher war. Ein uraltes Volkslied – »Auld Lang Syne«:

»Should auld acquaintance be forgot
and never brought to mind?
Should auld acquaintance be forgot
For the sake of auld lang syne.
If you ever change your mind
About leavin', leavin' me behind
Oh, oh, bring it to me
Bring your sweet lovin'
Bring it on home to me …«

14. November

Herr Zell gibt eine Party. LW31 ist den ganzen Tag damit beschäftigt, Häppchen und Getränke vorzubereiten. Am Abend füllen Gäste das Wohnzimmer und die Terrasse. LW31 navigiert durch die Menge, bringt Essen und Drinks. Unter den Gästen sind viele bekannte Gesichter.

Herr Zell ist ein erfolgreicher Unternehmer, seine Gäste gehören zu den vornehmsten Kreisen der Stadt.

Als LW31 gerade am Pool Champagner serviert, versetzt ihm Herr Zell von hinten einen Tritt. Er verliert das Gleichgewicht, fällt kopfüber ins Becken. Das Wasser reicht ihm bis zum Hals. Ich kann mir die Lächerlichkeit dieses Anblicks gut vorstellen: Sein riesiger Quadratkopf, der völlig verdattert aus den Wellen hervorragt.

Herr Zell brüllt vor Lachen. Die Umstehenden stimmen ein.

1. Dezember

LW31 räumt auf, gießt die Blumen, füttert den Hund, wischt den Boden …

»Moment mal, stopp!«, rief Oleg unvermittelt.

Ich hielt das Bild an und vergrößerte es.

Die holografische Projektion gab die Szene detailliert wieder. Parkettboden, der sich in alle Richtungen erstreckt. Ich drehte es, zoomte noch weiter hinein. Dann sah ich die Flecken, die Olegs Aufmerksamkeit erregt hatten.

Dort waren eingetrocknete Blutspritzer.

17. Dezember

Ein Messer schwebt im Bild, oder besser: die Klinge eines Messers.

Einseitiger Schliff, fünfzehn Zentimeter Länge. Mehr als ausreichend, wenn man vorhat, jemanden umzubringen.

Tatsächlich handelt es sich dabei um die Tatwaffe, mit der Herr Zell später getötet werden würde.

Die Videos wiesen an fast an allen Tagen Lücken auf, und die verbliebenen Aufzeichnungen zeigten im Großen und Ganzen dasselbe. Ich war sie schon mehrfach durchgegangen und daher nur mäßig interessiert. Wann immer es ging, spulte ich vor. Oleg hatte ebenfalls zu gähnen begonnen, also spulte ich noch schneller. Trotzdem war es Abend, ehe wir fertig wurden.

»Damit wäre die Sache ja wohl klar«, seufzte Oleg und massierte sich die Schläfen. »Eindeutig ein Bedienungsfehler durch Herrn Zell. Seine regelmäßige Gewaltanwendung gegenüber LW31 ist ursächlich für dessen defekte Verhaltensweise. Es erklärt auch die Lücken in LW31s Aufzeichnungen.«

»Nein. Das war kein Totschlag«, entgegnete ich und schaltete das Wiedergabegerät aus. Das zimmerfüllende Hologramm fiel in sich zusammen, und das Licht ging an. »LW31 war bei vollem Bewusstsein, als er sich die spätere Tatwaffe besah. Er hat den Mord an Herrn Zell daher also geplant. Die vielen Schläge und Beleidigungen haben Rachegelüste in Ihrem Roboter geweckt. Es war Mord.«

»Glauben Sie mir, die Richter werden am Ende meiner Sicht der Dinge folgen – es sind nicht zuletzt unsere Steuern, die diesen Staat am Leben halten und Ihr Gehalt zahlen. Bei Sicherheitsbedenken hinsichtlich unserer Produkte oder gar einem Produktionsstopp wären gravierende gesamtgesellschaftliche Folgen zu befürchten. Ganz zu schweigen davon, dass es sich bei Herrn Zell in jeder Hinsicht um menschlichen Abschaum handelte. Sie haben es ja selbst gesehen. Wenn LW31 sich nicht schon um ihn gekümmert hätte, könnte ich glatt ebenfalls auf Mordgedanken kommen …«

»Das sollten Sie in Anwesenheit eines Polizisten besser für sich behalten«, erwiderte ich kühl.

Oleg rieb sich die Nase und schwieg.

Nachts war die Stadt am lebendigsten. Die Hochhäuser glitzerten bunt, und Flugautos zeichneten Leuchtbänder in die Luft. Die Dunkelheit blickte aus großer Höhe auf die Stadt herab, so als wagte sie nicht, näher zu kommen, wollte sich zugleich aber auch nicht allzu weit entfernen.

Als ich auf Schwebeplattform Nummer sechs mein Auto abholte, musste ich feststellen, dass ich in der Hektik der letzten Tage völlig vergessen hatte, den Wasserstoffionenmotor aufzutanken. Während ich noch unschlüssig dastand, näherte sich Olegs Wagen.

»Hallo, Herr Kommissar!« Er hatte das Fenster bloß eine Handbreit geöffnet, gerade genug, damit ich sein Grinsen sehen konnte. »Steigen Sie ein. Zu Fuß sind Sie morgen früh noch nicht zu Hause.«

Während der Fahrt gönnte ich meinen Augen etwas Entspannung. Er konzentrierte sich auf den Verkehr und sagte nichts.

Zwanzig Minuten später hielten wir an. »Was ist los?«, blinzelte ich.

»Das alte Spiel: Ein paar Demonstranten haben die Straße vor uns besetzt.« Oleg schürzte die Lippen und wies auf eine Reihe langsam voranschleichender Autos, zwischen denen einige Spruchbänder aufgespannt waren. Mir fiel auf, dass es sich nicht gerade um teure Autos handelte. Die meisten waren alt und verdreckt, einige hatten kaputte Rücklichter. Zusammen bildeten sie eine Kolonne, die wirkte wie ein riesiger, altersschwacher Tausendfüßler.

»Eigentlich können einem diese armen Schlucker fast leidtun«, schnaubte Oleg und trommelte mit den Fingern aufs Bedienpult. »Der Aufstieg der Roboter lässt sich nicht aufhalten. In der Tiefsee, im Weltall – bei der Erforschung des Unbekannten waren wir schon immer auf Roboter angewiesen. Und was einfache Arbeiten angeht, sind sie uns Menschen schlicht überlegen. Deshalb hat man diese Leute nach Hause geschickt. Wer in diesen Zeiten nicht verdrängt werden will, muss am Ball bleiben und nach vorn denken! Aber denen fällt nichts anderes ein, als zu demonstrieren …«

»Wenigstens bringen sie nicht ihre Besitzer um.«

»Ich betone noch mal: Das war ein Bedienungsfehler!«

Ich wollte etwas entgegnen, doch ein Satz von ihm ging mir nicht aus dem Kopf. Mir wurde mit einem Mal ganz anders: »Sie meinten doch eben, dass Roboter einfache Arbeiten besser erledigen als Menschen, richtig? Dass sie ihnen die Stellen streitig machen?«

»Ja, ist doch selbstverständlich. Die Roboter unserer Firma kommen in den verschiedensten Berufsfeldern zum Einsatz.«

»LW31 ist ein Haushaltsroboter – bestens in der Lage, Herrn Zell rundum zu versorgen.«

»Er könnte problemlos einen noch größeren Haushalt schmeißen.« Olegs fachlicher Stolz war unüberhörbar. »Warum fragen Sie?«

Ich dachte angestrengt nach. »Wenn Herr Zell mit LW31 so gut bedient war – warum hat er dann zusätzlich ein Hausmädchen eingestellt?«

Wenn ich ehrlich sein soll – es grauste mir davor, LW31 zu vernehmen. Er mochte zwar albern aussehen, aber seine langsame Art zu sprechen und die Emotionslosigkeit in seiner Stimme … Nach einer Weile fühlte es sich an, als hätte man es mit einem Menschen aus Fleisch und Blut zu tun. Kein angenehmes Gefühl, glauben Sie mir. Erst recht nicht, wenn das Gegenüber kürzlich jemanden umgebracht hat.

Aber es gab kein Entkommen. Ich musste mit ihm sprechen.

Wie immer kauerte er in der Ecke des Vernehmungszimmers, die Hände um die Knie geschlungen, mit herabhängendem Kopf. Normalerweise stehen Roboter im Ruhemodus. Keine Ahnung, bei wem er sich diese Haltung abgeschaut hatte.

»Guten Tag, Herr Kommissar.« Er hatte mich am Geräusch meiner Schritte erkannt, hob jedoch nicht den Kopf. »Möchten Sie mich heute zum achten Mal vernehmen?«

»Nein, nein. Ich wollte dich lediglich bitten, dir ein paar Dinge anzusehen.« Auf mein Zeichen hin schaltete der Kollege im Nebenraum den Strom ein. Der Projektor begann zu summen.

»Danke, eine so freundliche Einladung kann ich nicht ausschlagen«, sagte LW31, erhob sich und setzte sich mir gegenüber. »Wo fangen wir an?«

»Dein interner Rekorder wurde zwar sabotiert, sodass es

Lücken in deinen Aufzeichnungen gibt. Aber in den Aufzeichnungen einer Überwachungskamera auf der Straße habe ich ein paar interessante Dinge gefunden. Komisch, dass ich nicht schon früher darauf gekommen bin, diese Aufnahmen anzufordern – sieh mal hier.«

Der Projektor warf ein Bild in den Raum. Mein Blick ruhte auf LW31, als er begann, es visuell abzutasten.

Das Bild stammt von einer Straßenkamera des Wohnkomplexes, in dem Herr Zell wohnte, und man kann darauf seinen Vorgarten sehen. Es ist Vormittag. Herr Zell kommt in Begleitung einer jungen Frau nach Hause. LW31 erwartet ihn an der Haustür. Das Wetter ist herbstlich, auf seiner Schulter ist ein Laubblatt gelandet. Herr Zell wechselt ein paar Worte mit ihm, dann geht er ins Haus und lässt ihn mit der jungen Frau im Vorgarten zurück.

Die Frau streckt LW31 die Hand entgegen. Ihre Lippen bewegen sich. Doch LW31 scheint einen Kurzschluss zu haben. Eine Weile vergeht, dann dreht er sich um und verschwindet im Haus. Die Frau bleibt unsicher stehen. Sie zögert ein paar Minuten, dann betritt sie ebenfalls das Haus.

Hier hielt ich das Bild an. Ich hatte LW31s Gesicht die ganze Zeit über beobachtet. Er blickte einfältig vor sich hin und zeigte keinerlei Regung.

»Erinnerst du dich an diesen Tag?«

LW31 blieb ausnahmsweise stumm.

»Lass mich deine Erinnerung auffrischen. Diese Bilder wurden am 19. Oktober aufgenommen. Bei der jungen Frau handelt es sich um das frisch eingestellte Hausmädchen, Aluo. Die Kamera ist zu weit weg, als dass man etwas hören könnte, aber anhand der Lippenbewegungen lässt sich das Gesagte rekonstruieren.« Ich ließ ihn keinen Moment aus den Augen und sprach bewusst langsamer: »Herr Zell sagt zu dir: ›*Das ist das neue Dienstmädchen. Jeder kümmert sich um seine Aufgaben.*‹ Und Aluo …«

LW31 gab mit einem Mal ein hochfrequentes Surren von sich. Er blieb sitzen, aber ich konnte spüren, wie er zitterte.

»Sie sagt: ›*Guten Tag, schön, dich kennenzulernen.*‹«

Das elektrische Surren verschwand, das Zittern ebenfalls. LW31s Kopf und Gliedmaßen baumelten kraftlos herab. Er hatte sich selbst abgeschaltet – die einzige Möglichkeit, die er hatte, sich dem Gespräch mit mir zu verweigern.

Doch das war gar nicht mehr nötig. Ich hatte alles erfahren, was ich wissen musste.

Mit Oleg im Schlepptau erreichte ich den heruntergekommenen Häuserzug im Nordwesten der Stadt.

Oleg mit seinem Status als Topmanager und seinem großzügigen Gehalt sagte die ärmliche Umgebung überhaupt nicht zu, und ich durfte mir am laufenden Band seine Beschwerden anhören: »Falls diese Überraschung, die Sie versprochen haben, ein Reinfall wird«, fluchte er, während er sich bemühte, seine teuren Lederschuhe nicht mit Schmutzwasser zu besudeln, »dann verklage ich Sie!«

Ich ignorierte ihn und klopfte an Aluos Tür.

»Sie schon wieder?« Als sie Oleg entdeckte, fragte sie verständnislos: »Und wer soll das sein?«

»Mein Partner. Wir haben ein paar Fragen an Sie. Dürfen wir reinkommen?«

Sie trat beiseite und ließ uns eintreten. Wie schon beim letzten Mal goss sie uns Tee ein. Oleg roch an seiner Tasse, zog die Augenbrauen zusammen und stellte sie beiseite. Unterdessen betrachtete ich Aluos Gesicht. Sie war noch hübscher als bei meinem letzten Besuch.

»Sie haben sich gut erholt, wie ich sehe.« Ich lächelte sie an. »Die Medikamente scheinen doch zu wirken.«

Aluo gefror für einen kurzen Moment: »Medikamente? Was für Medikamente?«

Ich antworte nicht, sondern ließ den Blick umherwandern, bis er an der Stereoanlage hängen blieb: »Warum spielen wir nicht etwas Musik?« Ohne auf ihr Einverständnis zu warten, trat ich an den Apparat, neben dem ein unbeschrifteter Tonträger lag. Ich schaltete das Gerät ein, und kurz darauf erfüllte eine vertraute Melodie den Raum.

Ich begann mitzusummen.

»Kling irgendwie bekannt … Haben wir das nicht neulich schon irgendwo gehört?«, murmelte Oleg erstaunt.

»Ja, sicher. Man kennt dieses Lied auf der ganzen Welt. Es hat viele Namen in vielen Sprachen. Manche kennen es vielleicht als *Wie könnte Freundschaft je vergeh'n* oder als *Wer weiß, was uns die Zukunft bringt.* In Japan heißt es *Schimmer des Glühwürmchens.* Aber den meisten ist es wahrscheinlich unter seinem ursprünglichen Titel bekannt: Auld Lang Syne.« Ich sah Aluo an und lachte. »Es ist Ihr Lieblingslied. Sie haben es in Herrn Zells Haus oft vor sich hingesungen, nicht wahr?«

»Ja, stimmt. Aber …« Sie schluckte. »Was macht das schon?«

»Oh, gar nichts, was mich betrifft. Aber LW31 hat es sehr viel bedeutet.«

»Ich weiß nicht, worauf Sie hinauswollen.«

»Doch, Sie wissen es ganz genau«, sagte ich, stand auf und zeigte ihr ein Foto von LW31, auf dem er zusammengekauert in der Ecke saß. »LW31, der Haushaltsroboter – er hat sich in Sie verliebt.«

Oleg starrte mich mit offenem Mund an. Ein paar Sekunden vergingen, ehe er hervorbrachte: »Was faseln Sie da! Das ist völlig unmöglich!«

»Wenn ich wählen soll zwischen einem Roboter, der Hass entwickelt und seinen Peiniger umbringt, und einem, der sich verliebt und alles tut, um seine Geliebte zu beschützen, dann will ich lieber an letztere Version glauben. Sie haben es wohl immer noch nicht begriffen: LW31 und Aluo haben beide in Herrn Zells Haushalt gearbeitet. Zwei Monate lang, unter demselben Dach. Doch in LW31s Aufzeichnungen findet sich so gut wie kein Hinweis auf ihre Anwesenheit. Dafür gibt es nur eine Erklärung: LW31 hat bewusst alle Aufnahmen von ihr gelöscht. Er versucht, das Dienstmädchen zu decken!«

Das ewige Grinsen auf Olegs Gesicht war verschwunden. Er blickte angestrengt ins Leere, offenbar in Gedanken vertieft.

Ich wandte mich an Aluo: »Als Sie ihn begrüßt haben, vergaß er vor Aufregung, Ihre Geste zu erwidern. Später hat er dann vor dem Spiegel einen ganzen Nachmittag lang geübt. Während der Gartenarbeit haben Sie dieses Lied gesungen. Er hat Ihnen im Haus versteckt gelauscht … Ehrlich gesagt, so schüchtern, wie dieser Roboter ist, hätte er es als Mensch sicher ziemlich schwer gehabt, eine Freundin zu finden.«

Aluo wich einen Schritt zurück und fiel auf ihren Stuhl. Ihr hübsches Gesicht war mit einem Mal aschfahl.

»Aluo. LW31 hat sich an Ihrer Stelle für schuldig erklärt, ist es nicht so?«

Olegs Kopf schnellte nach oben, während Aluo ihren noch tiefer hängen ließ. Ich stieß einen heimlichen Seufzer aus. Es war vorbei.

Nach einer langen Pause sagte sie: »Ja. So ist es.«

Aluo wusste von Anfang an, dass Herr Zell sie misshandeln würde. Aber der Lohn, den er ihr bot, war so hoch, dass sie sich nach langem Zögern dennoch darauf einließ. Sie übersah die Fallen im Vertrag, den sie unterschrieb, und war Herrn Zell fortan uneingeschränkt ausgeliefert.

Sie war zu verängstigt, um sich zu wehren. Jedes Mal, wenn er sich an ihr vergriff, kauerte sie sich danach in eine Ecke, die Knie angezogen, den Kopf dahinter versteckt. LW31 setzte sich neben sie und tat es ihr nach. Im ganzen Haus war dann nichts zu hören außer lautem Geschnarche, ihrem leisen Wimmern und dem mechanischen Surren seiner Augen.

Es war schon merkwürdig. Jedes Mal, wenn sie geschlagen wurde, stand LW31 nicht weit entfernt, offenbar im Ruhezustand, aber doch irgendwie, als würde er zusehen. Und sobald Herr Zell sich müde geprügelt hatte und eingeschlafen war, setzte er sich zu ihr. Seine Programmierung enthielt keinen Befehl, Aluo Gesellschaft zu leisten, aber er tat es dennoch, jedes Mal.

Lichtblicke gab es nur, nur wenn Herr Zell auf Dienstreise war. Dann genoss sie im Garten die Sonne und sang zuweilen leise vor sich hin. Aber solche Augenblicke waren selten.

Als sie es nicht länger aushalten konnte, griff sie sich ein Küchenmesser und betrachtete es lange und eingehend. LW31 kam zu ihr, sah das Küchenmesser in ihrer Hand, sagte jedoch nichts und zeigte auch sonst keine Reaktion.

An jenem Abend trank Herr Zell noch mehr als sonst, und seine Schläge waren heftiger als jemals zuvor. Sie holte das Messer hervor und stieß es ihm in die Brust. Er war auf der Stelle tot. Es war viel leichter gewesen, als sie es sich tausendfach ausgemalt hatte.

LW31 stand nicht weit entfernt, wie immer. Doch als Herr Zell tot war, kam er zögernd näher, nahm ihr das Messer aus der Hand und sagte: »Keine Angst, ich kümmere mich darum.«

Es war das erste Mal, dass er mit ihr sprach. Seine Stimme war überraschend sanft. Es wirkte völlig absurd, wie er dastand, inmitten einer Blutlache, mit seinen schmächtigen Gliedmaßen und diesem übergroßen Kopf. Doch in seinen Augen lag größte Zärtlichkeit.

»Keine Angst. Ich kümmere mich darum«, wiederholte er.

Als wir das Mietshaus verließen, hatte die Sonne mit ihren Strahlen bereits die Nässe vom Boden getilgt. Ein selten blauer Himmel erwartete uns, ausnahmsweise ohne Smog und mit klarer Sicht.

Oleg und ich schwiegen uns an.

Wir hatten beinahe das Auto erreicht, da fragte er unvermittelt: »Sind Sie wirklich allein durch die Erkenntnis, dass LW31 sich in Aluo verliebt hatte, darauf gekommen, dass sie die Täterin war?«

»Nicht ganz«, antwortete ich und schloss die Augen. »Aluo

kommt aus ärmlichen Verhältnissen. In ihrem Zimmer gab es nichts, was man nicht auch bei jeder anderen jungen Frau gefunden hätte. Bis auf den Sanitätskoffer. Der gehörte nicht dorthin. Außerdem mag Herr Zell zwar Geld gehabt haben, aber er war sicher alles andere als großzügig. Dass er ihr das Dreifache des üblichen Lohns zahlte, musste andere Gründe haben. Den Sanitätskoffer brauchte sie, um sich zu verarzten, wenn Herr Zell sich an ihr vergriff.«

Es verging wieder eine lange Zeit, ohne dass einer von uns etwas sagte. Das Auto begann den Steigflug. Durch die Fenster fiel helles Sonnenlicht herein. Mit allen Poren sog ich die Wärme in mich auf. Die Stadt wirkte still und friedlich, so als ob niemand die Ruhe dieses Moments zerstören wollte.

»Was glauben Sie«, fragte Oleg nach langem Zögern, »halten Sie es für möglich, dass Aluo LW31s Gefühle erwidert?«

»Ich weiß es nicht. Aber sie hatte sich offensichtlich schon entschieden, ein Geständnis abzulegen, bevor wir kamen. All ihre Sachen waren gepackt und die Wohnung bereits gekündigt.«

»Vielleicht hatte sie vor unterzutauchen?«

»Vielleicht. Aber wenn ich wählen soll, dann glaube ich lieber meine Version.«

Oleg nickte sinnend. Seine Laune schien mit einem Mal schlagartig besser zu sein. Nicht mehr lange, und sein breites Grinsen würde zurückzukehren. »Wenn LW31 tatsächlich Gefühle besitzt, dann ist das ein gewaltiger Durchbruch für die Schaffung künstlicher Intelligenz. Eine völlig neue Spielart des Lebens! Womöglich werde ich den Rest meines Lebens damit zubringen, LW31 zu erforschen und herauszufinden, welche

Veränderung in seinem Code dazu geführt hat, dass er eine Emotion wie Liebe entwickelte.«

»Herzlichen Glückwunsch.«

»Und was haben Sie jetzt vor? Nachdem Sie diesen Fall geknackt haben, wird man Sie sicher mit Preisen und Einladungen zu Vorträgen überschütten …«

Ich winkte ab: »Zuerst muss ich etwas Wichtiges erledigen.«

»Oho, da hat wohl jemand einen Beschluss gefasst, wie?« Oleg klopfte mir lachend auf die Schulter.

»Ich habe nachgedacht. Sie haben recht – wir haben uns doch nicht mühsam vom Affen zu dem entwickelt, was wir sind, nur um dann untätig zuzusehen, wie sich die Dame unseres Herzens einem anderen in die Arme wirft. Mit LW31 werde ich ja wohl noch mithalten können.«

Oleg setzte mich im Stadtzentrum ab. Zwischen all den Autos hindurch sah ich sie erneut. Sie kam allein aus dem Aufzug, verließ das Bürogebäude und schlenderte gemächlich die Straße entlang. Ihre Silhouette stach deutlich aus der Menge hervor. Die Sonne schien, und alle paar Schritte blickte sie hoch in den Himmel. Ihr Haar federte sanft auf und ab.

Ling Chen

Der neue Tag

Aus dem Chinesischen übersetzt
von Michael Kahn-Ackermann

Ling Chen,

geboren 1971, ist Autorin von Science-Fiction und populärwissenschaftlicher Literatur. Schwerpunktthemen in ihren Werken sind künstliche Intelligenz, Raumfahrt und Biologie. Ling Chen wurde mehrmals mit dem Galaxy und dem chinesischen Nebula Award sowie zahlreichen weiteren Preisen ausgezeichnet.

2011, Zoo

Der Mann vor der riesigen eisengrauen Löwenfigur bewegte das Smartphone in seiner Hand hin und her, als suche er nach dem passenden Winkel, um den Löwen zu fotografieren.

Er trug eine eisengraue Skimütze, eine dunkelblaue Daunenjacke, hellgraue Jeans und militärgrüne Tennisschuhe. Seine drahtige Erscheinung entsprach nicht dem Klischee des typischen Computernerds, der den ganzen Tag in einem Büro vor dem Bildschirm hockt.

Laoliang erkannte, dass der Mann nur vorgab zu fotografieren, in Wirklichkeit jedoch auf ihn wartete. Was ihn so sicher machte, begriff er selbst nicht, vermutlich männliche Intuition.

Laoliang stellt sich vor den Mann, hob seine Kamera und verdeckte damit das Smartphone seines Gegenübers. Der hob verdutzt den Blick. Da Laoliang ihn um einen halben Kopf überragte, musste er seinen in den Nacken legen.

»Sind Sie Feilun?«, fragte Laoliang.

»Nein, ich bin Wuhao.« Der Mann lächelte leicht und zeigte seine vom Rauchen gelblichen Zähne. »Feilun ist mein Kollege.«

»Ah!« Laoliang nickte. »Dann sind Sie also derjenige, der sich als Erster für das Spiel angemeldet hat.«

»Auf dem nationalen Server«, sagte Wuhao, steckte sein Smartphone in die Jackentasche und fügte hinzu: »Das Handy hat keinen Akku.«

»Oh, ich habe gar keins dabei.« Laoliang richtete die Kamera auf eine Gruppe ausgelassener Mittelschüler und drückte auf den Auslöser. »Nicht schlecht gewählt, der Ort«, sagte er.

Wuhao gab einen schrillen Pfeifton von sich. Niemand in ihrer Umgebung schien darauf zu achten, weder die wuselnden Touristen noch die spazierenden Großstädter, die herumtobenden Kinder oder die Spielzeug- und Imbissverkäufer. Die Menschen sahen vergnügt aus an diesem letzten Tag des Jahres 2011.

»Lassen Sie uns ein bisschen spazieren gehen. Belebte Stellen gibt es hier im Zoo sicher auch woanders«, sagt Laoliang.

»In Ordnung.« Wuhao zündete sich eine Zigarette an. »Wenn Sie sich lieber so unterhalten wollen, habe ich nichts dagegen.«

»Es geht nicht anders. Der Ort hier ist schwierig zu überwachen ...« Laoliang hielt inne, ließ eine Frau mit Kinderwagen passieren und fuhr fort: »Und wir brauchen in seiner Angelegenheit auf jeden Fall ein wenig Privatsphäre.«

Wuhao stieß eine Rauchwolke aus. Er verstand, dass mit Privatsphäre Vorsicht gemeint war. Sein Adrenalinspiegel begann rasch zu steigen, eine schwer zu benennende Erregung breitete sich in ihm aus, ergriff ihn vollständig und pulsierte bis in jede Nervenzelle. Es war das gleiche Gefühl wie damals beim Einstieg ins Spiel *2012*. Er hörte sich widerwillig und abweisend sagen: »Ich bin doch nur ein Redakteur.« Doch es klang kraftlos wie das Smartphone ohne Akku – nur vorgeschoben.

Daher schenkte Laoliang Wuhaos Einspruch keinerlei Aufmerksamkeit und zeigte nach vorn: »Was halten Sie vom Elefantenhaus? Ich mag die großen Afrikaner.«

Sie machten sich auf den Weg. Dabei wurden sie fast von einer Gruppe schmerbäuchiger Männer mittleren Alters auseinandergerissen. Wie ein Panzerkommando rollten sie satt und zufrieden nach einem gemeinsamen Essen, lauthals Anekdoten aus ihrer Unizeit austauschend, an ihnen vorbei.

Wuhao und Laoliang wurden an den Wegesrand gedrängt. Wuhao warf seine Kippe auf den Boden und drückte sie mit dem Fuß aus, dann seufzte er plötzlich: »Wird die Menschheit untergehen? Oder sind das bloße Computerspinnereien?«

Laoliangs kleine Augen blinzelten hinter seiner Brille: »Sagen Sie, wie haben Sie es entdeckt? Wie wurden Sie da mit reingezogen?«

»*2012*?« Wuhao lächelte bitter. »Zu Beginn war es nur ein Spiel für mich. Ich bin, wie Sie wissen, Redakteur einer Gaming-Zeitschrift. Jedes neue Spiel ist für mich eine neue Verlockung …«

2009, Wuhao

Als ich es zum ersten Mal sah, war ich gerade aus einem Albtraum erwacht. Ich nickte häufig während der Arbeit ein, aber Träume hatte ich nie. Im Traum rannte ich, eingehüllt in dichten Nebel, vorwärts, ein Gewehr in der Hand. Aus dem Nebel drangen Schüsse, Kampfgeschrei, Explosionen und das Heulen wilder Tiere. Ich rannte weiter, in steter Erwartung, auf zerfetzte Körperteile und Skelettreste zu stoßen. Ich war jederzeit darauf vorbereitet, eine 45-Grad-Wendung zu machen, nach vorne abzurollen, mich umzudrehen, zu schießen!

Als ich schließlich aufwachte, stand ein Kurier vor mir. Auf dem Bildschirmschoner kreiste noch immer gemächlich ein

Greif. Kein Nebel, kein Schlachtfeld und kein Massaker. Die Realität war friedlich und ruhig, wie eine warme Tasse Tee. Ich stand auf, noch etwas schwindlig im Kopf, nahm mechanisch dem Boten das Kuvert ab und unterschrieb. Name und Adresse des Absenders auf dem Umschlag bildeten einen verschwommenen blauen Fleck. Ich war vorübergehend unfähig, die darin aufscheinenden Schriftzeichen zu enträtseln. Es dauerte eine Weile, bis sich meine Benommenheit löste. Die digitale Uhr neben dem Bildschirm zeigte 09/11/2009, 14:28 an. Ich kann mich bis heute deutlich an diesen Zeitpunkt erinnern.

Mein Arbeitstisch steht neben einem bodentiefen Fenster im 21. Stockwerk eines Bürogebäudes. Der Himmel war an dem Tag grau und düster. Die Stadtsilhouette ließ an ein dösendes Ungeheuer denken, und die Fahrzeuge und Menschen, die sich auf dem Asphalt bewegten, glichen Härchen auf seinem Körper. Dieser sich mir aufdrängende Vergleich machte mich schwindelig, und ich suchte nach etwas, das mein inneres Unwohlsein besänftigen konnte.

Ich öffnete das Kuvert. Darin befand sich, verpackt in Noppenplastik, eine CD. Auf dem Cover stand in krakeliger Schrift, wie das Graffito eines Kindes: »Für Wuhao: Testversion – *2012: The End Day*«.

2011, Zoo

Der dumpfe Geruch im Elefantenhaus war übermächtig, doch schien er die gute Laune der Besucher nicht zu beeinträchtigen. Die Menge drängte sich vor einem Babyelefanten und sah zu, wie er versuchte, mit seinem Rüssel einen Lederball aufzunehmen.

Wuhao und Laoliang standen vor dem Gehege der Elefanteneltern, die beiden Tiere sahen unbeteiligt auf sie herunter.

»Bin ich zu weitschweifig?«, fragte Wuhao.

Laoliang schoss ein Foto von den Elefanten und beruhigte ihn: »Alles in Ordnung. Erzählen Sie nur weiter.«

2009, Wuhao

Beim ersten Blick auf das Spiel musste ich an den Film *2012* denken. Dass sich Spiele an Filmen orientieren, ist nichts Ungewöhnliches. Damals war *2012* noch nicht in den Kinos, aber der Trailer war überall im Netz zu sehen. Ich hatte ihn mir ein paarmal angesehen. Der Film ist von Roland Emmerich und erinnert an *The Day After Tomorrow.* Ich hatte kein großes Interesse, ihn zu sehen. Feilun hingegen konnte ihn kaum erwarten, er steht auf apokalyptische Actionfilme. Feilun war damals noch Spieletester in unserer Redaktion und hockte jeden Tag zwölf Stunden bei uns im Büro, ein richtiger Geek.

Im Netz fand ich nichts zum Spiel *2012.* Es gab nur ein unbedeutendes, ein paar Hundert KB großes Spiel mit dem Namen *2012 – Das Ende der Welt*, das aber mit der Storyline des Films nichts zu tun hatte.

Ich war noch unschlüssig, ob ich das Spiel installieren sollte, als im MSN-Messenger eine Nachricht von Yangjun aufpoppte. Yangjun ist ein ehemaliger Kollege aus der Zeit, als ich noch in der Spieleentwicklung gearbeitet habe. Wir haben damals in einem Stockbett geschlafen und uns gut verstanden. Nachdem ich zum Journalismus gewechselt habe, blieb er weiter im Entwicklungsbereich und baute in Shanghai ein Unternehmen auf, hat sich ein Haus gekauft und geheiratet.

In der Nachricht stand: »Ich habe dir per Kurier ein Spiel schicken lassen. Bitte um Bewertung, aber nichts veröffentlichen.«

Ich sah mir noch einmal den Briefumschlag an und konnte jetzt erkennen, dass die verwischten blauen Schriftzeichen Yangjun bedeuteten. Um sicherzugehen, fragte ich ihn: »Welches Spiel?«

Erst fünf Minuten später erschien im Messenger die Antwort: *»2012 – The End Day*, Kurzfassung *2012.«*

»Hat es etwas mit dem Film *2012* zu tun?«

»Es gibt viele Wege, die Welt zu vernichten, das Ergebnis ist immer dasselbe. Mit dem Film haben wir nichts zu tun.«

»Okay, und was ist das für ein Spiel?«

»Schwer zu kategorisieren. Hat von allem etwas.«

Nach einigen Minuten poppte im Chat ein grinsender Smiley auf, gefolgt von: »Ich finde es total gelungen.« Yangjun war offensichtlich sehr stolz auf sich.

2011, Zoo

Laoliang wedelte plötzlich mit den Händen und unterbrach Wuhaos Vortrag: »Kam Ihnen das denn nicht komisch vor?«

»Nein. Es ist völlig normal, dass mir Spieleentwickler ihre Testversionen zukommen lassen. Ich fungiere oft als Spieletester. Deshalb habe ich's eben installiert, dieses Spiel.«

Wuhao kniff die Augen zusammen: »Die zweiminütige Animation des Intros war ziemlich smooth, nur der Inhalt etwas ausgelutscht. Es beginnt damit, dass am Rand des Sonnensystems in der Oort'schen Wolke Asteroiden wild umherwirbeln. Ein Asteroid, etwa halb so groß wie der Mond, verlässt seine Bahn und schießt auf die Erde zu. Flimmernde Sonnenreflexe durchzucken von Zeit zu Zeit den Sternenhimmel, Plasmaströme bäumen sich wie tanzende rote Drachen, verschiedene Hochenergiepartikel vereinigen sich zu einem Wirbelsturm, der auf die Erde zujagt. Die Erdkugel dreht sich weiter, unbeirrt in ihrem immer gleichbleibenden Tempo, ahnungslos über die drohende Gefahr.

Die kurze Szene war wirklich beeindruckend gemacht. Sie hätte aus einem amerikanischen Katastrophenfilm stammen können, auch die Begleitmusik war imposant. Und das Chinesisch der Stimme aus dem Off war hinreißend, es besaß eine fließende, anschmiegsame Geschmeidigkeit, die Worte perlten herab wie Tropfen von einem Stalaktiten. Mann, dachte ich damals, die chinesische Adaption des Spiels ist wirklich cool. Wuhao lachte. »In Spiele, die nicht aus dem Netz runtergeladen werden können, wird bei uns nicht viel investiert, daher war ich damals überzeugt, dass das Spiel aus irgendeinem unbekannten ausländischen Studio stammte, das nun versuchte, es hier zu vermarkten.«

2009, Wuhao

Den Plot des Spiels hatte ich im Nu durchschaut. Im Jahr 2012 wird die Erde von einer doppelten Katastrophe getroffen: Sonnenwinde und Meteoriteneinfall. Die Folgen sind Naturkatastrophen, eine Reihe von Erdbeben, Tsunamis, Vulkanausbrüche setzen die Erdplatten in Bewegung. Der Nordpol wird zum Südpol, Inseln gehen unter, Ebenen türmen sich zu Bergen auf, die Menschheit steht vor ihrem Untergang. Aufgabe des Spielers ist es, sie vor der Auslöschung zu retten.

Diese hollywoodartigen Heldenspiele interessieren mich nicht sonderlich, doch das Interface-Design des Spiels war umwerfend: Der Anblick der verwüsteten Städte war in ein metallisch kaltes Licht getaucht, und die tragische Begleitmusik verstärkte den Sog der Trostlosigkeit. Der Spieler konnte zwischen fünf verschiedenen Charakteren wählen: Politiker, Wissenschaftler, Arbeiter, Schriftsteller oder Hausfrau. Es schien sich also um ein RPG, ein Role Playing Game, zu handeln.

Ich entschied mich für den Arbeiter. Daraufhin musste ich Name, Geschlecht, Alter, ethnische Herkunft und Skills angeben. Nach zwei Minuten hatte ich einen neuen Charakter erschaffen: Wuhao, männlich, 28 Jahre alt, Han-Chinese, Schlosser. Er trägt einen Arbeitsoverall und einen Schutzhelm, ist hochgewachsen, gut aussehend und ein ganzer Kerl. Mein Charakter hatte ein typisch asiatisch aussehendes Gesicht und strahlte, so wie er dastand, Ruhe und Sicherheit aus. Ein einfacher und ehrlicher Typ, der mich an einen Nachbarn meiner Kindheit erinnerte, der den alten Leuten im Hof half, die Kohlebriketts in den Kellerschacht zu werfen. Auf jede Bitte um Hilfe reagierte er mit bereitwilligem Frohsinn.

Da es keinerlei Spielanleitung gab, stufte ich den Schwierigkeitsgrad des Spiels als »niedrig« ein.

Es folgte der Zwischenspann, begleitet von einer sanften

Melodie. Vertraute Bauwerke wie die Verbotene Stadt, die Große Mauer und der Sommerpalast wurden gezeigt. Dann breitete sich auf dem Bildschirm die Stadt Peking aus. Keine Animation, sondern eine brillante Farbaufnahme. Die Changan-Straße im Morgenlicht, das von den Glasfassaden der anliegenden Hochhäuser reflektiert wurde. Nur wenige Autos und Passanten waren zu sehen, und am Horizont erkannte man klar und deutlich die West-Berge.

Die Szene wechselte zu einem Zimmer in einem Apartment-Haus. Die ersten Morgenstrahlen fielen durch das Fester und tauchten das Zimmer in rosafarbenes Licht. Auf dem digitalen Kalender neben dem Bett leuchtete das Datum auf: 22.12.2009. Dann erschienen oben rechts auf dem Bildschirm plötzlich rote Schriftzeichen: Bis zur Weltkatastrophe am 22.12.2012 sind es noch 1049 Tage und 19 Stunden.

2011, Zoo

Laoliang lachte: »Wie haben Sie sich gefühlt, als Sie das gesehen haben?«

»Es hat mich eigentlich ziemlich kaltgelassen«, sagt Wuhao. »Ich habe schon so viele Spiele durchgespielt, und dieses Intro war nichts Außergewöhnliches. Das Datum 22.12.2012 dient als Orientierung; je näher der Zeitpunkt heranrückt, desto schwieriger wird das Spiel, weil die Herausforderungen um einen herum immer zahlreicher und die Chancen, die Menschheit zu retten, immer geringer werden. Selbst bei einem niedrigem Schwierigkeitsgrad ist ein Spielziel – wie die Rettung der

Menschheit in drei kurzen Jahren – verdammt schwierig. Ich hatte einen Schlosser als Charakter gewählt. Die Ressourcen, die er zugeteilt bekam, menschliche wie materielle, waren äußerst begrenzt. Außerdem hatte ich zu Beginn des Spiels keinerlei Hinweise.«

»Aber Sie haben einen gefunden. Es gibt wenige, die durchhalten. Die erste halbe Stunde des Spiels macht einen richtig fertig«, sagt Laoliang.

Sie hatten das Elefantenhaus verlassen und trotteten hinter einer Hongkonger Touristengruppe her.

Wuhao nickte: »Stimmt, die Spielzeit läuft zwar viel schneller als die Realzeit, aber jede Spielminute, die man vertrödelt, führt schnell zu Überdruss. Ich vermute mal, dass das der Grund ist, warum die meisten aufgeben.«

»So ist es. Die meisten verlieren an diesem Punkt die Lust, und nur die wenigsten schaffen es, die vorgegebene Zeit für die Suche nach Hinweisen durchzuhalten«, sagte Laoliang. »Ich finde dieses Auswahlverfahren zu beliebig und weit hergeholt. Zumindest in dieser Hinsicht lässt das Skynet Klasse vermissen.«

Wuhao musste lachen: »Skynet nennt ihr es? Das ist ein echt cooler Name.«

Auch Laoliang musste lachen und zuckte mit den Schultern: »Vielleicht ist der Name nicht ganz fair. Bis jetzt lässt es noch keine Anzeichen von Aggressivität erkennen.«

Die Ausflugsgruppe vor ihnen war zum Stehen gekommen, und der Reiseleiter mit dem Fähnchen begann seine Erklärungen.

Wuhao blieb ebenfalls stehen. Er sah Laoliang an und fragte leise: »Wie viele Rechner sind insgesamt am Projekt beteiligt?«

»Tatsächlich sind es gar nicht so viele. Der neueste Stand liegt bei vierundzwanzig Superrechnern mit Rechengeschwindigkeiten von jeweils mehr als 500 Billionen FLOPS.« Er warf Wuhao einen Blick zu. »Darunter sind vier Rechner, deren Rechengeschwindigkeit 1 Billiarde FLOPS übersteigt.«

Laoliang wirkte auf Wuhao in diesem Augenblick wie ein Nachhilfelehrer, der eine Frage gestellt hat und darauf wartet, dass sie aufgegriffen wird. Ergeben fragte er daher weiter: »Und inwieweit ist *Fanxing-1* daran beteiligt?«

»Er wurde dieses Jahr als leistungsstärkster Rechner unter den Top 500 gelistet.« Laoliang wich der Frage aus. Sein Blick glitt über Wuhaos Gesicht und sah dann zur direkt über Wuhaos Kopf schwebenden Sonne auf. »Und er hat, um in der Spielersprache zu bleiben, seine Skills noch nicht komplett ausgereizt.«

Wuhao kickte ein Steinchen vor seinen Füßen weg: »Feilun und ich sind überzeugt, dass er früher oder später auf Platz eins rückt. Feilun ist nach Guizhou gefahren, wo es große Karsthöhlen gibt, die zu Notunterkünften umgebaut werden können.«

»Hm, auch der stärkste Supercomputer ist auf die reale Anleitung durch Menschen angewiesen, um den Plan in die Tat umzusetzen.« Laoliang nickte.

»Ohne einen Typen wie Feilun hätte ich das Spiel vermutlich gar nicht bewältigen können und wäre auch nicht in Kontakt mit *Fanxing-1* gekommen«, sagte Wuhao. »Ich hätte die letzten zwei Jahre um einiges komfortabler verbracht.«

Laoliang lachte auf. Es war ein offenes und kindliches Lachen, das Wuhao ansteckte, sodass er mitlachen musste. Er schüttelte den Kopf: »Ehrlich gesagt hätte mir dieser Komfort auch nicht gefallen. Die Geschichte erlaubt uns keine Wahl.«

2009, Wuhao

Ich wollte das Spiel einfach nur schnell durchspielen, um Yangjun eine professionelle Einschätzung zu geben. Daher suchte ich im Spiel hartnäckig nach Hinweisen. Ich verließ das Apartmenthaus, unterhielt mich mit jedem NPC (Non Player Character), der mir über den Weg lief, inspizierte jeden Briefkasten, spähte in jede Mülltonne, sprang sogar auf Strommasten. Doch ich fand keinerlei Hinweise, wie die Menschheit gerettet werden sollte.

Nach einer ereignislosen halben Stunde traf ich schließlich vor einem Supermarkt zwei NPCs, deren Unterhaltung mich aufhorchen ließ. Sie erzählten von einem komischen Typen, der sich in der Bar »Schütte dein Herz aus« hatte volllaufen lassen und dabei immer wieder den gleichen Satz von sich gegeben hatte: »Die Welt ist am Ende, die Menschheit ist am Ende.«

Auf dem Weg zur Bar unterbrach ein Anruf meiner damaligen Freundin, mit der ich heute verheiratet bin, das Spiel. Sie war gerade auf Geschäftsreise in Shanghai. Ich bat sie, Yangjun und seine Frau zum Essen einzuladen, um bei der Gelegenheit mehr Details über das Spiel zu erfahren.

Dann kehrte ich ins Spiel zurück. Von der Bar folgte ich der Spur zu einem heruntergekommenen Wohnheim inmitten eines alten Wohnkomplexes, und dort stieß ich schließlich auf diesen komischen Typen. Als ich das Gebäude betrat, war es heller Mittag, doch drinnen war es stockdunkel.

Die Hintergrundmusik wechselte zum Klavierstück »Das Schloss im Himmel« aus dem gleichnamigen Animationsfilm. Der plötzliche Wechsel zu dieser gehobenen, gefühlvollen Melodie war seltsam, denn sie passte überhaupt nicht zu dieser Szene. Der komische Typ war um die 20, trug eine Brille und hatte die langen Haare zu kleinen Zöpfen geflochten. Er trug ein Paul-Frank-Shirt, und seine Füße steckten in knalligen Havaianas-Flipflops. Er machte ein verblüfftes Gesicht, ließ mich aber eintreten.

Das Zimmer hätte jedem Computernerd gefallen: Rechner mit Breitbildmonitor, Garage Kits, Automodelle, Transformer, DVD-Zeitschriften und Instantnudeln. Tonnen von Zeug stapelten sich auf dem Boden, sodass man sich kaum bewegen konnte.

Ich fragte ihn nach der Sache mit dem Weltuntergang, der Nerd sah mich nur verdutzt an und erklärte, er hätte in der Bar nur Dialogfetzen aus einem Film wiederholt. Sie hätten nichts zu bedeuten.

Oben rechts auf dem Bildschirm flackerten die roten Schriftzeichen unaufhörlich: Bis zur Weltkatastrophe am 22.12.2012 sind es noch 1049 Tage und 14 Stunden.

Ich bohrte nach, doch der Nerd beharrte stur wie ein toter Bock auf seiner Aussage, wir verhakten uns, das Spiel schien nicht mehr weiterzugehen, als es an die Tür klopfte.

Instinktiv schnappte ich mir einen Schraubenschlüssel vom zugemüllten Tisch und sprang hinter die Tür. Der Nerd öffnete widerwillig, es gab einen dumpfen Laut, und er fiel zu Boden. Seine Stirn war blutüberströmt.

Ich war vor Schreck wie versteinert, konnte mich nicht rühren und vergaß zu atmen. Der Nerd zuckte noch ein paarmal, dann gab er kein Lebenszeichen mehr von sich.

Zwei Schatten zeigten sich schwankend an der Tür, ich hörte

leise Schritte, die nach und nach von den Klängen der Begleitmusik verschluckt wurden.

2011, Zoo

»Ich habe mich damals wirklich erschreckt und nicht bloß im Spiel gezittert. Das Gefühl aus meinem Traum stellte sich wieder ein, eine Art physisch schmerzhafter Angst, die von den Nervenspitzen ausging und Zug um Zug alle Körperwärme verschluckte, sodass in mir alles zu Eis erstarrte, die Zirkulation von Blut und Körperflüssigkeiten stockte, und am Ende fror mein Bewusstsein ein.« Wuhao zündete sich erneut eine Zigarette an. »Kurz und gut, die unfassbar realistisch simulierte Spielwelt, dazu die außerordentliche Verwendung von KI bei den NPC, die Reaktionen des Nerds waren so lebensecht, als stammten sie vom Spieler selbst, eine Computeranimation konnte unmöglich über eine so lebendige Sprache verfügen. Das Spiel fing an, mich zu interessieren.

Ich war mir sofort über den nächsten Schritt im Klaren. Trainiert zum einen durch Wissen und Übung aus langjähriger Erfahrung, zum anderen, weil ich sehr gut weiß, wie diese Nerds ticken. Ich war mir sicher, dass seine kurz vor dem Abgang eingenommene Körperhaltung einen Wink enthielt. Der Körper zeigte den Buchstaben »K«, der ausgestreckte Finger der linken Hand zeigte ein »I« und die zur Faust geballten rechten Hand ein »O« – K, I und O.

Der Typ hatte in seinem Zimmer vier nebeneinander aufgereihte Monitore und vier Rechner gleichzeitig laufen. Auf alle vier hatte ich Zugriff, wie im realen Leben. Doch sämtliche Ordner und Dokumente in den Rechnern waren mit chinesischen Schriftzeichen betitelt.« Wuhao zog an seiner Zigarette. »Sorry, mich übermannen beim Erzählen die Gefühle. Dass sich heute jemand meine Geschichte anhört, bringt mich zum Quasseln.«

»Sie haben in den letzten zwei Jahren niemandem davon erzählt?«, fragte Laoliang ungläubig. »Es gab doch eine Menge anderer Leute, die in das Spiel eingestiegen sind, nachdem *2012* online gestellt wurde.«

»Stimmt, jede Menge. Aber die sind alle zu beschäftigt, um sich mein Gequatsche anzuhören. Und diejenigen, die ins Spiel reingefunden haben, haben mehr oder weniger ähnliche Erfahrungen gemacht.«

2009, Wuhao

Feilun und ich haben gemeinsam das Rätsel der Körperhaltung des Nerds gelöst. Feiluns Lösungsansätze sind immer sehr direkt: Bei innerchinesischen Fragen nutzt er Baidu, bei ausländischen Google. Ohne sich groß Gedanken zu machen, gab er die drei Buchstaben in jeder möglichen Kombination ein:

KIO ist ein Teil des KDE (K Desktop Environment) Frameworks, es verschafft mittels einer einheitlichen Programmierschnittstelle Zugriff auf Datenspeicher, Webseiten oder andere Netzwerkressourcen. KOI ist der Name einer japanischen Importfirma für Zierfische, OKI ist ein japanisches Elektrounternehmen. IOK nennt sich die Firma Sitong Xingguo, ein Produzent von Werkbänken in Dongguan und außerdem ein Hersteller von Servergehäusen.

Nichts davon passte zum Inhalt auf den Rechnern des Nerds. Die Bezeichnungen der Ordner dort bezogen sich auf Dinge wie Manga, Musik, Militär oder Science-Fiction.

Aber dann entdeckten wir, dass IOK-1 die Bezeichnung für das nach heutigem Wissen älteste und mit 12,88 Milliarden Lichtjahren am weitesten entfernte Sternensystem ist. Es wurde erst im April 2006 entdeckt. Untersuchungen der Lyman-Alpha-Linie ergaben eine Rotverschiebung von 6,96, was anzeigt, dass es womöglich nur 750 Millionen Jahre nach dem Urknall entstanden ist.

Mich überkam eine Erleuchtung, und mein Ich im Spiel hämmerte fieberhaft auf die Tastatur ein. Und schließlich fand ich in einem Ordner mit dem Verzeichnis »Science-Fiction/Kosmos/Himmelskörper/Unglaublich« ein 789 KB großes JPG-Bild mit dem Titel »IOK«. Ich öffnete es, und das Bild füllte meinen ganzen Monitor aus.

Ohne eine Sekunde zu zögern, drückte Feilun auf die Print-Taste. Daraufhin spuckte der Drucker einen Stadtplan aus. Er war um 60 Grad verzerrt, doch wir erkannten sofort, dass es sich um unsere Stadt handelte.

Daraufhin schlussfolgerte Feilun aus den im Spiel auf den Monitoren des Nerds laufenden Programmen, der US-Serie *Flash Forwards*, einem Onlinebericht über den aktuellen Zustand Tschernobyls und dem Nachrichtenkanal der Weltklimakonferenz, dass wir, um die Welt zu retten, im Spiel nach Kopenhagen zur Weltklimakonferenz reisen müssten.

Feiluns Eifer erinnerte mich an die Zeit, als ich mit dem Spielen angefangen hatte. Aber selbst damals war ich nie sonderlich aufgeregt gewesen und ging mit dem Spielen immer sehr nüchtern um: Ein Spiel bedeutet eine bestimmte Regel. Egal, ob es sich um die Spiele von Kindern auf der Straße wie Himmel und Hölle oder Räuber und Gendarm, um eine Quizshow im Fernsehen oder um *Super Mario* auf der Konsole handelt, die Freude am Spiel entfaltet sich immer in der Befolgung einer Regel. Heutzutage werden die Regeln natürlich immer komplexer, es kommt zu vertauschten Rollen, sodass die Grenzlinie zwischen denen, die Regeln setzen, und denen, die sie befolgen, verschwimmt. Doch ein Spiel bleibt ein Spiel, daran ändern 3 GB Arbeitsspeicher, 9800GT-Grafikkarten und DX10-Unterstützung nichts. Man mag zwischen Simulationsspielen, Actionspielen, Ego-Shootern oder Rollenspielen und so weiter unterscheiden, trotzdem handelt es sich dabei lediglich um unterschiedliche Erscheinungsformen einer Regel.

Welche Regel stand nun hinter dem Spiel *2012*? Was verlangten seine Designer von den Spielern, was war die Intention dahinter? Computerspiele des 21. Jahrhunderts sind das Produkt einer ausgereiften Industrie geworden: Fließbandproduktion, marktorientierte Entwicklung, kundenspezifische Dienstleistung. Alles, was der Gamer wünscht, ist digitalisiert, alles ist in den Modellen der Strategie- und Designabteilungen gespeichert, um zu gegebener Zeit von den Herstellern gemixt, dem Geschmack angepasst und mit einem Cover versehen, dem Spieler angedient und in Geld umgetauscht zu werden. Diese Vorgehensweise zeigte sich im Regelwerk von *2012* überdeutlich. Schon nach zehn Minuten, die ich im Spiel verbrachte, erkannte ich in der Szenerie, im Stil und den Verhaltensmustern der Charaktere die Vorbilder vertrauter Spiele wieder. Hätte ich vor allen alten Bekannten den Hut ziehen müssen, hätte ich mir dabei das Gelenk ausgeleiert. Wäre ich meiner professionellen Routine gefolgt, hätte ich dem Spiel schon nach diesen zehn Minuten die Note »ungenügend« gegeben. Ein lausiges Spiel. Kaum besser als *Stalin vs. Martians*, aber auch das nur wegen der hübschen chinesischen Synchronisation. Ich war bereit, Yangjun Feedback zu geben.

2011, Zoo

»Hätte ich's getan, wären wir uns heute nicht begegnet«, sagte Wuhao. Vor ihnen befand sich die größte Attraktion des Tierparks, das Pandahaus. Die Menge stand so dicht gedrängt, dass kein Durchkommen war. Notgedrungen betraten sie einen Kiosk am Wegesrand. Sie bestellten heißen Bubble Tea und setzten sich. Die Pappbecher waren mit putzigen Pandas bedruckt.

»Superrechner haben extrem hohe Induktions- und Lernfähigkeiten, das heißt, *2012* ist ein sehr ausgereiftes Spiel.« Laoliang nahm seine Brille ab und putzte sie. »Wir können von Glück sprechen, dass er sie zunächst nur im Bereich von Spielen eingesetzt hat.«

»Das wird wohl stimmen, sonst wäre er ja auch kaum auf mich gestoßen. Zum ersten Mal überkam mich das Gefühl, dass es sich nicht um ein gewöhnliches Game handelt, als ich im Spiel einen vor dem Gebäude des Zeitschriftenverlags parkenden Minibus plötzlich in Flammen aufgehen sah.« Wuhao erzählte, dass sich die Angst, die ihm damals eiskalt über den Rücken gelaufen sei, tief ins Gedächtnis gegraben habe. Beim Blick auf Feiluns besorgtes Gesicht habe er sich geschämt, aber er sei tatsächlich von Panik gepackt worden. »Die Realitätsnähe war unglaublich. Obwohl es nur ein weiterer Schritt in der Spielentwicklung war, kamen sich Wirklichkeit und Erscheinung so nahe, dass es einem Angst machte. Spiele dienen der Unterhaltung. Die Bildung von Communities bei Onlinespielen weicht bereits die Grenzen zwischen realem Leben und Spiel auf. Ich möchte nicht, dass auch isoliert gespielte Games wirkliches Leben simulieren, ich bin kein Fan von *Second Life*.«

»Bei diesem Spiel«, sagte Laoliang bedächtig, den Becher in der Hand, »also bei 2012, sind alle Szenen real. Als das Spiel entwickelt wurde, waren Supercomputer bereits in der Lage, auf sämtliche Aufnahmen aller öffentlichen Überwachungsanlagen weltweit zuzugreifen. Heute, wo Menge und Überwachungsradius von Überwachungskameras exponentiell zugenommen haben und wir zusätzlich von Satelliten unterstützt werden, gibt es für die Menschen so gut wie keine toten Winkel mehr.«

»Ist mir klar«, entgegnete Wuhao. »Darum war ich auch damit einverstanden, dass wir uns im Tierpark treffen. Ich gehe davon aus, dass die Informationsmenge hier selbst für einen Superrechner zu groß ist.«

»Da täuschen Sie sich. Sein Level liegt bei etwa einer Quadrillion Rechenoperationen. Hier im Zoo halten sich mehrere Zehntausend Menschen auf. Um ihre Sprach- und Bewegungsaktionen in einem Zeitraum von vier Stunden zu identifizieren, braucht ein Supercomputer weniger als eine Stunde. Schließlich sind die Vorhersage eines Taifuns, die Simulation eines nuklearen

Experiments und der Entwurf eines Ufos nur ein Klacks für ihn. Dass wir hier unbesorgt miteinander reden können, liegt daran, dass die Experten für den Einsatz der Computer der Auffassung sind, dass Aktionen, die der Unterhaltung dienen, für Skynet irrelevant sind.«

»Aber hat nicht gerade die Mitwirkung von *Fanxing-1* an der Produktion der Spezialeffekte des Films *2012* das Bewusstsein für die Menschheitsnöte geweckt?«, wunderte sich Wuhao. »Wieso vernachlässigt er die Wirkung von Unterhaltung auf das menschliche Leben?«

»Das Erstaunliche an Skynet ist, dass er nur den Dingen Beachtung schenkt, die er selbst macht.«

»Etwa die Menschheit retten?« Wuhao nahm einen Schluck aus seinem Becher. Die Aromastoffe waren zu aufdringlich, kein Vergleich zum Bubble Tea, den seine Frau zubereitete. »Als mir das dämmerte, wollte ich einfach nur weg und das Spiel Feilun überlassen.«

2009, Wuhao

Ich ging in die Teelounge, um Feilun aufzuhalten. Meine Gesichtsfarbe war sicher kein schöner Anblick, denn Feilun drückte umgehend seine Zigarette aus und kam auf mich zu: »Na, hast du irgendeinen Hinweis gefunden?«, fragte er.

Ich kippte einen Schwall heißes Wasser in mich hinein, um mich zu beruhigen, bevor ich Worte fand: »Nun, wenn am 22. des nächsten Monats – da beginnt die Spielzeit – der Minibus für Wohnungsinteressenten vor dem Immobilienverkaufsbüro im Erdgeschoss des Zeitschriftenverlags in Flammen aufgeht, dann sozusagen ja.«

»Willst du damit sagen, dass das Spiel Dinge vorhersehen kann? So wie bei *Flash Forward*?« Feiluns Gesicht lief purpurrot an, er zitterte vor Erregung: »Was haben wir da bloß entdeckt?«

Ich warf ihm einen wütenden Blick zu: »Ich habe die Überwachungskamera unten an der Kreuzung gesehen. Von wegen *Flash Forward* – ich finde dieses Spiel nur äußerst seltsam.«

»Mir gefällt hohe Realitätsnähe. In *Second Life* habe ich mir sogar ein Haus gekauft«, sagte Feilun. »Soll ich erst mal für dich weiterspielen?«

Er nahm die CD mit, um sich das Spiel auf seinem PC anzusehen.

Ich rief meine Freundin an. Sie hatte Yangjuns Frau erreicht, doch Yangjun saß wegen Überstunden im Büro fest. Ich ließ mir Yangjuns Handy- und Festnetznummer geben, doch das Handy war aus, und am Festnetz nahm niemand ab.

Während ich mit meinem Latein am Ende war, nahm Feilun im Spiel in meinem Namen an den Demonstrationen in Kopenhagen gegen die Nichteinhaltung des Kyotoprotokolls durch die westlichen Staaten teil. Angesichts des Klimawandels steht die gesamte Menschheit vor einer existenziellen Krise, und die Regierungen der Industriestaaten entziehen sich nach wie vor ihrer Verantwortung. Feilun gelang es, mit einer Umweltorganisation namens »Rettet den Polarbär« in Verbindung zu treten. Die Organisation bereitete sich gerade darauf vor, ein großes Schiff zu bauen, und benötigte Schlosser. Das Schiff sollte den Namen *Arche Noah* erhalten.

Als ich die Redaktion verließ, hatte Feilun gerade den Charakter gewechselt. Er war nun ein Wissenschaftler, der entdeckte, dass sich die Bewegung der Erdplatten dramatisch beschleunigte und die Erdbeben immer häufiger wurden. Daher suchte er überall nach Beweisen, um die Regierungen zu überzeugen, mit vereinten Kräften nach einem Ausweg für die Menschheit zu suchen. Er war absolut nicht mehr ansprechbar.

Wer hätte gedacht, dass im Innern eines Typen, der am liebsten *King of Fighters* spielt, das Herz eines Superman schlug. Nun, wenn *2012* beim Spieler Empathie für die Menschheit weckt und zum Nachdenken über die künftigen Existenzbedingungen anregt, dann bringt es der Menschheit Nutzen, auch wenn es konkret nichts zu ihrer Rettung beiträgt. So ein Spiel verdient 80 von 100 Punkten, selbst wenn der pädagogische Wert seinen spielerischen übersteigt. Vermutlich würde sich der Schrecken des Spiels am helllichten Tag erheblich verringern.

Beim Verlassen des Bürogebäudes, in dem sich unsere Redaktionsräume befinden, hörte ich es in der Ferne Mitternacht schlagen. Die Schläge waren noch nicht verklungen, als plötzlich Schneeflocken vom Himmel fielen und in kürzester Zeit den Boden mit einem weißen Teppich bedeckten.

Da erreichte mich unerwartet ein Anruf Yangjuns: Er habe mir kein Spiel per Kurier geschickt, und da er in seiner Firma nur ins Intranet käme, habe er während der Arbeit gar keinen Zugriff auf den MSN-Messenger.

Dichter Schnee stürzte vom Himmel, die Flocken fielen auf meinen Kopf und ins Gesicht, ich bemerkte nichts davon. Ich stand bewegungslos da und ließ mich zuschneien.

Was hatte es mit diesem Spiel auf sich? Es war einigermaßen

unheimlich, abgesehen von diesen merkwürdigen Übereinstimmungen von *2012* und der Realität. Wer gab sich als Yangjun aus, um mit mir übers Netz zu kommunizieren? Das seltsame Angstgefühl, das mir tagsüber den Rücken entlanggekrochen war, legte sich, den Schneeflocken folgend, erneut auf Haut und Muskulatur und drang mit eisiger Kälte bis in meine Knochen.

Mir war unwohl, sehr unwohl. Als würde mir das kalte Lachen eines in der letzten Stufe des Spiels versteckten Endgegners entgegenschallen. Ich kann Verschwörungstheorien nicht ausstehen, genauso wenig wie meine Freundin. Wäre sie hier, würde sie sich bestimmt über mich lustig machen: »Welcher Einfaltspinsel sollte auf die Schnapsidee kommen, sich damit an den unbedeutenden Redakteur einer unbedeutenden Zeitschrift zu wenden?«

Das klang einleuchtend. Ich bin Redakteur einer Game-Zeitschrift, meine Freizeit-Torrents beschränken sich auf Unterhaltungsfilme, die ich aus dem Netz lade, ansonsten lese ich gern Onlineforen zum Thema Profitauchen oder Ähnliches. Ich feiere keine Orgien, geh nicht ins Casino und nicht in den Puff, habe keine Süchte, rauche ab und zu mal eine Zigarette, trinke ab und an ein Glas. Mit meinen Einkünften komme ich gerade so über die Runden. Mich in Betracht zu ziehen wäre reinste Zeitverschwendung

Ich ging eilig nach Hause und rief Yangjun per Videocall an.

Der Yangjun auf dem Bildschirm war gealtert, im Vergleich zu unserer letzten Begegnung wirkte er blass und abgemagert. Ich stellte ihm ein paar Fragen über die Zeit, als wir in einem Stockbett schliefen. Die konnte nur er beantworten. Seine Antworten waren korrekt, schließlich sagte er gereizt: »Was soll das? Glaubst du etwa, dass du es mit T-1000 zu tun hast? Ich möchte keinem raten, sich als mich auszugeben!«

Ich berichtete ihm ausführlich, was passiert war, nachdem ich aus meinem Traum aufgewacht war, einschließlich des Blutrünstigen. Als ich damit fertig war, trat eine Weile Schweigen ein, bis Yangjuns Reaktion kam: »Mach dich nicht verrückt. Mein Account MSN wurde eben gehackt. Ich checke es nachher.«

»Und was ist mit dem Spiel? Habt ihr *2012* entwickelt?«

»Ganz sicher nicht, ich höre das erste Mal davon. Mit Konsolenspielen wollen sich alle nur noch als Agenten befassen. Im Inland geht so gut wie keiner mehr das Risiko ein, selbst solche Spiele zu entwickeln. Die wenigen, die bei der Stange geblieben sind, kämpfen ums Überleben.« Yangjun runzelte die Stirn. »Und du meinst, das Spiel ist gut gemacht?«

Ich nickte: »Ich dachte zunächst, es sei eine chinesische Kopie. Die chinesische Synchronisierung ist echt gut.«

»Machen wir's so: Du überträgst das Spiel morgen auf meinen FTP-Server, und ich werde checken, ob das Spiel wirklich so mysteriös ist.« Yangjun neigt seit jeher zu schnellen und klaren Entschlüssen und hält sich nicht mit noch nicht restlos geklärten Nebensächlichkeiten auf.

In der Nacht fand ich kaum Schlaf. Ich hatte das Gefühl, dass der Schnee, der gegen die Fenster schlug, ins Zimmer schießen und die Scheiben in unzählige Scherben zerlegen würde. Hinzu kam noch eine ungewöhnliche Erregung, verursacht durch Yangjuns letzten, etwas resignierten Satz, bevor er offline ging: »Wie bist du bloß an so eine Sache geraten? Ich habe nicht mal die Chance, mir einen Trojaner reinzuziehen.«

Sollte das heißen, dass ich nicht völlig unbedeutend war? Mehr als nur mittelmäßig und gewöhnlich? Da es mich nun einmal getroffen hatte, war es nicht am besten, dem Willen des Himmels zu gehorchen?

2011, Zoo

»Das alles ist jetzt 2 Jahre her. Ich verstehe noch immer nicht, warum *Fanxing-1* ausgerechnet mich ausgesucht hat. Was sagt der Experte für den Computereinsatz dazu?«, fragte Wuhao.

Laoliang musste ein wenig lächeln: »Reine Zufallsaktion. Wir haben uns ehrlich gesagt nie mit dieser Frage beschäftigt. Sind Sie nun enttäuscht?«

Wuhao nickte: »Ein bisschen schon. Seitdem ich auf *Fanxing-1* gestoßen bin, habe ich es für ausgeschlossen gehalten, dass niemand auf dieser Welt auf die Existenz und die Möglichkeiten des Computers aufmerksam wird. Irgendjemand, irgendeine Organisation musste mit Sicherheit dahinterstehen und seinen Einsatz lenken. Ich habe eure Existenz erraten.«

Laoliangs Lächeln verschwand: »Genau das ist wohl der Grund, warum er Sie ausgesucht hat. Weil Sie Distanz zu den Dingen halten und immer rational bleiben.«

»Meinen Sie? Als ich mir am nächsten Tag Feiluns Spielergebnis ansah, war ich doch ziemlich aufgewühlt. Er hatte es zu Ende gespielt.«

2009, Wuhao

Feilun, der die Nacht durchgespielt hatte, saß auf seinem Stuhl und schlief.

Die roten Zeichen am oberen rechten Bildschirmrand zeigten an: Bis zur Weltkatastrophe am 22.12.2012 sind es noch 0 Tage und 0 Stunden. Der restliche Bildschirm war stockdunkel.

Das war Feiluns Spielergebnis.

Ich habe schon einige Katastrophenfilme gesehen, so ein Endszenario allerdings zum ersten Mal. Es war erschreckend und belustigend zugleich. Daher ging ich zu seinem vorletzten Spielstand zurück. Bis zur Weltkatastrophe am 22.12.2012 sind es noch 78 Tage und 15 Stunden.

Zu sehen war ein Hubschrauber mit geöffneter Kabinentür, aus der eine ausgestreckte Hand hervorlugte, die eine Kamera umklammerte. Die Erde sah aus wie brodelnder Reisbrei, in monströser Bewegung. Bei genauerem Hinsehen konnte man zwischen Feuerschein und Staubwolken einstürzende und versinkende Gebäude erkennen. Zwischen den berstenden Mauern sah man unzählige schreiende, sich in Todesangst windende Menschen.

Mein Herz krampfte sich zusammen, und ich riss die Kopfhörer herunter. Der Sound war überwältigend, und wieder spürte ich, wie mein Blutdruck in die Höhe schoss und mein Herz raste. Das Gefühl von Panik, das mich seit dem Aufwachen aus dem gestrigen Mittagsschlaf unerbittlich verfolgte, pulsierte im Rhythmus der Noten und verschlang Stück für Stück meine Lebensenergie.

Den Untergang der Menschheit per Kamera zu dokumentieren – das war eine absurde Aufgabe. In einem Anfall von Raserei schleuderte der Wissenschaftler auf dem Bildschirm die Kamera aus dem Helikopter. Wer sollte sich angesichts der Vernichtung der Menschheit diesen Videoausschnitt ansehen?

Meine Hand, die die Maus umklammert hielt, zitterte. Dann ging ich einen weiteren Spielstand zurück, das Datum zeigte den 27.05.2010. Der Wissenschaftler befand sich in einem lebhaften Gespräch mit dem Sicherheitsrat der UNO. Er war keineswegs allein, hinter ihm befand sich eine Gruppe von Menschen. Ich hatte weder Stift noch Papier zur Hand und fotografierte die Szene rasch mit meinem Smartphone.

Die Hauptperson im Spiel flehte die anwesenden Staatsoberhäupter an, die Nachricht der Katastrophe im Jahr 2012 der gesamten Weltöffentlichkeit mitzuteilen und umgehend einen Weltrettungsplan in Gang zu bringen.

Das war die Stelle, an der Feilun gescheitert war. Er konnte die Staatsführer nicht überzeugen.

Ja, richtig, nur das Weltall bot einen Ort der Rettung aus der Katastrophe. Als vor Urzeiten die Erde von einer großen Flut überschwemmt wurde und Atlantis auf den Meeresgrund sank, führte Chang'e, die Mondgöttin, die Chinesen auf den Mond. Und seit dieser Zeit wartet der Mond darauf, der Menschheit als Asyl zu dienen.

»Wir glauben nicht an Science-Fiction-Romane«, antwortete einer aus der Reihe der Staatsoberhäupter geringschätzig.

Mit erkennbarem Selbstbewusstsein antwortete der Wissenschaftler im Spiel: »Aber an sieben Milliarden Menschen auf der Erde solltet ihr glauben!« Ohne jeden Anflug von Einschüchterung deutete er auf das Wappen der Vereinten Nationen: »Da ihr nicht die Weisheit von sieben Milliarden Menschen repräsentiert, seid ihr nicht befugt, das Urteil über Leben und Tod von sieben Milliarden Menschen zu fällen. In diesem Augenblick«, er wandte sich zur Seite, sodass die Gruppe hinter ihm und die Staatsführer sich direkt gegenüberstanden, die Politiker mit finsteren, die Wissenschaftler mit unerschrockenen Mienen, »ist es nicht nur unser Team, das sich des Problems bewusst ist, sind wir sechs Personen nicht die Einzigen, die sich Gedanken über die Zukunft machen. Seit Dampfmaschinen mit der zigfachen Geschwindigkeit von Pferdekutschen dahinrasen, steckt der Menschheit die Angst tief im Herzen. Seit wir in der Lage sind, aus dem äußeren Weltall auf die Erde zu blicken, hat sich diese Angst vervielfacht. Solange die Menschheit wie ein Säugling, der an die Wiege gefesselt ist, die Erde nicht verlassen kann, sind wir unfähig, uns selbst zu schützen.«

»Zwanzig Jahre haben wir gebraucht, um zum Mond zu gelangen«, antwortete eins der Staatsoberhäupter. »Unter Aufbietung aller unserer menschlichen und materiellen Ressourcen haben wir seitdem nicht mehr als zwölf Menschen für kurze Aufenthalte dorthin gebracht. Und das, obwohl die Distanz geradezu lächerliche 380.000 Kilometer beträgt.«

Ein anderer fügte hinzu: »Glauben Sie tatsächlich, dass wir innerhalb von lediglich zwei Jahren nicht nur eine weitere Mondlandung schaffen, sondern dort auch noch Niederlassungen für Auswanderer aufbauen können?«

»Ihr müsst an die Menschen glauben und sie möglichst effektiv mobilisieren und organisieren. Ihr werdet ein Wunder erleben!« Weniger erregt und freundlicher fuhr der Wissenschaftler fort: »Im Übrigen haben bereits zahlreiche Forschungsteams die

Katastrophe des Jahres 2012 vorausgesagt. Der Inhalt unserer heutigen Diskussion wird sich sehr rasch in der Öffentlichkeit verbreiten.«

»Es wird unmöglich sein, alle sieben Milliarden Menschen zu retten«, sagte einer der Regierungschefs unter dem Wappen der Vereinten Nationen kraftlos. Er sah seine vier Kollegen an: »Noahs Arche kann nur eine Elite aufnehmen.«

»Genug jetzt, er hat recht!« Das Staatsoberhaupt in der Mitte sprang plötzlich auf, rückte an seiner durchaus nicht schief sitzenden Brille und überflog mit einem scharfen Blick den Konferenzsaal.

»Das Volk ist Schöpfer der Geschichte. Ohne das Volk ist die Elite nur ein Floh im Pelz.« Er sprach nicht laut und unaufgeregt, aber mit Autorität. »Leben und Tod von sieben Milliarden Menschen sind eine Angelegenheit, die mit sieben Milliarden Menschen verhandelt werden muss.«

Seine Worte waren noch nicht verklungen, da poppte oben links auf der blauen Taskleiste des Bildschirms etwas auf: Der Spieler hat die Mission, die Staatsführer zu überzeugen, erfüllt. Jetzt stehen drei weitere Missionen zur Auswahl: 1. Werde Teil des Teams zum Aufbau einer Mondbase. 2. Werde Teil des Teams zum Aufbau einer Stadt im Weltall. 3. Werde Teil des Teams zum Aufbau eines Erd-Refugiums.

Ohne große Überlegung entschied ich mich für die letzte Variante. Während die Szene wechselte, ließ ich die Maus los, um mein Handgelenk auszuschütteln. Das Eintippen des eben geführten Dialogs war anstrengender gewesen, als einen Bericht von über 10.000 Zeichen Länge zu verfassen.

Als Feilun erwachte, zeigte ich ihm das Foto, das ich von der

Szene gemacht hatte. Auf dem Schild hinter der Hauptfigur stand »Wall-E«, der Name eines Roboters aus dem gleichnamigen Hollywood-Film.

2011, Zoo

»Und so sind Sie auf *Fanxing-1* gestoßen? Bemerkenswert, Ihre Assoziationsfähigkeit!«, sagte Laoliang.

Wuhaos Lippen kräuselten sich: »So genial bin ich nicht. Yangjun hat bei seiner Recherche *Fanxing-1* entdeckt. Er fand heraus, dass *Fanxing-1* sowohl in der Produktion von *Wall-E* als auch vom Film *2012* beim Rendering der visuellen Effekte beteiligt war. Feilun fand zusätzlich heraus, dass die verwischten Schriftzeichen auf dem Kuvert, das mir der Kurier gebracht hatte, gedruckt waren. Die CD kam gar nicht aus Shanghai. Jemand hatte darauf gesetzt, dass mich Yangjuns Name bewegen würde, mich mit dem Spiel zu beschäftigen. Ganz schön gerissen, dieser Supercomputer.«

»Wenn Menschheit und Supercomputer gegeneinander antreten würden, wer würde wohl gewinnen, was meinen Sie?«, fragte Laoliang.

Wuhao antwortete nicht sofort, er dachte ein paar Minuten nach. »Für Feilun war die Aufgabe, die Menschheit zu retten, zu schwierig. Er hat es nicht geschafft. Ich auch nicht. Wir leben nicht in einem Zeitalter, wo ein Einzelner zum Helden werden kann. Aber ein Speicheltropfen von jedem der sieben Milliarden Erdbewohner würde zusammen einen Ozean entstehen lassen. Unsere Schöpferkraft würde explodieren, wenn das Wissen, die

Kraft und das Geld von sieben Milliarden Menschen zusammenfließen würden. Wenn die Schranken von Nationalität, Rasse, Staat, Religion, usw. überwunden würden. Die Menschheit als Ganzes würde mit Sicherheit einen Weg finden, das Leck in unserem untergehenden Schiff zu stopfen und die Erde zu retten. Im Spiel war ich nur ein Mitglied des riesigen Teams zur Rettung des Erdballs. Getragen von den Vereinten Nationen, wurden in allen denkbaren Bereichen Expertenteams gegründet, die die einvernehmliche Verteilung der globalen materiellen Ressourcen organisierten, den Bau und die Einrichtung der Zufluchtsstätten anleiteten und detaillierte Fluchtpläne entwickelten.

Als die Nachricht der bevorstehenden Katastrophe im Jahr 2012 bekanntgegeben wurde, brach zuerst ein gewisses Chaos aus. Doch in kürzester Zeit wurde es vom donnernden Ruf nach vereinter gemeinsamer Rettung der Menschheit übertönt. Langjährige Gegner legten ihre Waffen nieder, und oppositionelle Lager umarmten sich. Angesichts einer Menschheitskatastrophe verloren Misshelligkeiten und unterschiedliche Interessen zwischen Individuen, Ethnien und Staaten ihre Bedeutung. Alle wurden aktiv, die Zeit war knapp, und es gab viel zu tun. Zwei Milliarden Menschen waren in der Raumfahrtindustrie beschäftigt, zahllose Entwürfe und Pläne für Raumfahrtausrüstung wurden aus Schubladen geholt, wo sie vor sich hinrotteten, und auf den Weg gebracht. Zwei Milliarden Menschen begannen Pläne für Zufluchtsorte zu entwerfen, gruben Höhlen, häuften Nahrungsmittel an … Ich hastete zwischen Fabriken und Forschungseinrichtungen hin und her und sah jeden Tag neue Technologien das Licht der Welt erblicken. In einem kritischen

Moment, der über Sein oder Nichtsein entschied, erlebte ich die unermüdlichen Bemühungen der Menschheit, unsere Zivilisation zu erhalten. Ich erlebte ein Wunder.

Wuhao kippte mit einem Schluck den Rest seines Bechers herunter und sagte mit kaum unterdrückter Erregung: »Bei der Beobachtung der fieberhaften Tätigkeit der Menschen im Spiel begriff ich auf einmal dessen einzigartigen Charme. Diese Szenen einer alle Schichten der Gesellschaft durchdringenden Arbeit, die fortwährende Aufgabe, Erfindungen in die Praxis umzusetzen, Vergleichbares hatte ich in keinem meiner bisher ausprobierten Spiele erlebt. Das war kein Unterhaltungsspiel, sondern ein Geschichtsbuch der menschlichen Zukunft. Ein prophetisches Buch, mit dem die Macher des Spiels die Zuversicht der Menschheit stärken und sie dazu ermutigen wollten, Wunder zu vollbringen.«

Wuhao rückte plötzlich ganz nah an Laoliangs Gesicht heran und sah ihm direkt in die Augen: »Zumindest bei der Entwicklung des Spiels war *Fanxing-1* voller Respekt der Menschheit gegenüber. Er wollte sie warnen.«

»Andernfalls«, antwortete Laoliang völlig unbeeindruckt von Wuhaos examinierendem Blick, »hätten wir dem Computer nicht so lange freie Hand gelassen. Zu Beginn dachten wir, es sei ein bloßes Spiel.«

2009, Wuhao

Als ich ingame mithilfe des im Spiel erhaltenen Plans gemeinsam mit der Simulation des Wall-E-Roboters vor dem Hof des

Fanxing-1-Computerzentrums stand, war ich einigermaßen verblüfft.

Im virtuellen Spiel erschien plötzlich ein real existierender Supercomputer, und ein derartiger Sprung verschlug mir die Sprache. Feilun stand neben mir und stapfte zitternd vor Kälte und Aufregung ununterbrochen mit den Füßen.

Ich hatte in *2012* gemeinsam mit sieben Milliarden Mitbewohnern eine Erdkatastrophe überstanden, und der Jasmin, den wir in unseren Zufluchtsstätten gepflanzt hatten, begann zu blühen. Als das Spiel beendet war, erhielt ich eine Adresse und fand schließlich mithilfe des Stadtplans aus der Wohnung des Nerds den Ort. Die Adresse führte mich in ein unscheinbares, verstecktes Dorf in einem bergigen Stadtrandgebiet. Ich stand vor einer langen grauen, von Baumkronen und Gebüsch überwucherten Zementmauer. Die zwei eisernen Tore waren kaum zu erkennen, und auf den Schriftzeichen der metallenen Türschilder lagen noch Schneereste.

Feilun buchstabierte sie laut vor: »Fan-xing-eins-Com-puter-zent-rum.« Er kicherte: »Unglaublich, Yangjun hatte recht!«

Bei seiner Recherche hatte Yangjun herausgefunden, dass vom Film *2012* auch eine Spielversion existierte, die jedoch noch nicht fertiggestellt war. Es gab auch noch keinen Vertriebsplan, ganz zu schweigen von einer chinesischen Spielversion.

Doch sowohl am Film als auch an der in der Produktion befindlichen Spielversion hatte *Fanxing-1* mitgewirkt. Daher sagte Feilun voller Stolz: »Ich gehe davon aus, dass du eine von *Fanxing-1* erstellte Demoversion erhalten hast. Deine Game-Bewertungen müssen sich herumgesprochen haben, du bist jetzt ein berühmter Gaming-Redakteur, haha!«

In diesem Moment war ich mit der Frage beschäftigt, wie ich *Fanxing-1* zu Gesicht bekommen konnte, und achtete nicht darauf, ob Feiluns Worte Bewunderung oder Neid ausdrückten.

Zu meiner Überraschung kannte der diensthabende Leiter des Computerzentrums nicht nur unsere Zeitschrift, sondern auch meine Artikel hatten bei ihm Eindruck hinterlassen. Als er erfuhr, dass ich ein Interview über die Mitwirkung von *Fanxing-1* bei der Entwicklung der Spielversion von *2012* führen wollte, teilte er uns in amtlichem Ton mit, dass sich das Entwicklungsteam ausnahmslos im Ausland befinde, für genauere Details sollten wir uns dorthin wenden, er könne keine Kommentare dazu abgeben. Da sich *Fanxing-1* zudem noch in der Testphase befände, seien offizielle Interviews erst im nächsten Jahr nach Abschluss aller technischen Abnahmen möglich.

Als Feilun und ich uns schon enttäuscht verabschieden wollten, erklärte der Leiter plötzlich, aus Respekt vor der Zeitschrift und mir persönlich sei er bereit, uns unter seiner Führung eine Besichtigung von *Fanxing-1* zu gestatten.

Ich hatte zuvor noch nie einem Supercomputer von Angesicht zu Angesicht gegenübergestanden. In Wirklichkeit bestehen die Maschinen, die in Science-Fiction-Filmen in der Lage waren, mehrfach die Menschheit zu vernichten, aus unzähligen dunkelgrauen Blechgehäusen, die wie Soldaten in Reih und Glied in einem riesigen Maschinenraum aufgestellt sind und gehorsam auf Befehle warten. Der Maschinenraum blitzte vor Sauberkeit. Die Bündel der optischen und elektrischen Kabel waren für uns unsichtbar verlegt. Ein einziger Befehl genügte, um riesige Mengen an Informationen elektronisch zu verarbeiten, die über unzählige Knotenpunkte in alle mögliche verschiedene Prozessoren strömen … dann erschien auf einem riesigen Display eine Dunstwolke. Im Nebel stand ein Mensch mit Gewehr im Anschlag, den Finger am Abzug, im Zustand höchster Vorsicht und extremer Wachsamkeit. Ringsum Gewehrfeuer, Kampfgeschrei, Explosionen, wütendes Heulen wilder Bestien, der Mensch, kräftige Statur, begann zu rennen. Keine Minute war zu verlieren, um die Mission zu erfüllen, ansonsten war die Menschheit verloren.

Für einen Moment wusste ich nicht mehr, ob ich mich in einem Traum oder in der Realität, im Spiel oder in der Wirklichkeit befand. Ich wusste nur, dass ich mich um das Schicksal der Menschen kümmern musste, egal, ob 2012 das Ende der Welt bevorstand oder nicht. Auch wenn ich nur ein einfacher Journalist für Computerspiele bin.

Als ich an dem Tag nach Hause kam, startete ich das Spiel *2012*. In die leere Spalte unter der Adresse, die nach Spielende erschienen war, gab ich »Fanxing-1« ein. Der Ventilator meines Rechners gab ein kurzes, leises Fiepen von sich, doch auf dem Bildschirm blieb sekundenlang alles unverändert. Ich durchlebte einen Moment der Unsicherheit, doch dann vertraute ich meinem Urteil. Ich zündete mir eine Zigarette an und wartete geduldig.

Endlich schloss sich das Spiel, und es zeigte sich eine einfache, nahezu leere Webseite, auf der stand: Willkommen zur Teilnahme am Weltrettungsplan.

2011, Zoo

»So bin ich Mitglied von *2012: The New Day* geworden. Ich

wurde der erste Spieler des Online Reality Game auf dem chinesischen Server«, sagte Wuhao. »Ich fing an, in der realen Zeit und in realen Situationen meine zuvor im Spiel gesammelten Erfahrungen zu nutzen. Gemeinsam mit Menschen, die sich aus allen Teilen der Welt zusammengeschlossen haben, verändern wir die Welt der Menschen, sodass wir dem Jahr 2012 gefasst ins Auge sehen können. Für mich persönlich war es nicht nur eine völlig neue Erfahrung, es war auch verdammt schwierig. Aktivisten wie Feilun haben nicht durchgehalten, er ist ausgestiegen und hat sich mit Absicht einen realen Job gesucht. In den letzten beiden Jahren haben wir im Südwesten und im Nordwesten viele Refugien gebaut. Wir haben Unmengen an Nahrungsmitteln und anderen lebensnotwendigen Produkten gesammelt und Katastrophenhelfer trainiert. Der Computer ist sagenhaft gut darin, Ressourcen zu mobilisieren und zu verplanen.«

»Er kann alles mobilisieren und verplanen, was ihm in die Finger kommt.« Laoliangs sich plötzlich verhärtender Blick verunsicherte Wuhao.

»Seine Absicht ist gut«, verteidigte er ihn.

»Die gute Absicht dient als Vorwand, um massenhaft digitales Geld zu produzieren, illegal Ressourcen zu verschieben, den Aktienmarkt zu manipulieren, sogar um nichtexistente Ingenieurprojekte zu schaffen«, sagte Laoliang. »Der Supercomputer macht Dinge, die das Regelsystem der Menschheit überschreiten, finden Sie das nicht gefährlich?«

»Man muss sich für das geringere Übel entscheiden. Wenn er doch die Menschheit retten kann …« Wuhao spürte, wie kraftlos und unüberzeugend er klang, er gab es auf, den Computer zu verteidigen, und sagte offen: »Diese Frage stelle ich mir auch immer wieder. Zu Beginn konnte ich mir nicht vorstellen, dass der gesamte Rettungsplan von einem Supercomputer stammt. Dann war ich hin und her gerissen, ob ich einer künstlichen Intelligenz folgen sollte. Schließlich wurde ich so sehr von seiner extremen organisatorischen und strategischen Effizienz gefangen genommen, dass ich oft einfach vergaß, dass die Operationen des Computers womöglich gegen das Gesetz verstießen. Und ja, richtig, es gibt keine Gesetze, die einen Supercomputer einschränken.«

Laoliang nickte: »Genau, es gibt diesbezüglich noch keine Gesetze. Schon allein die Tatsache, dass ein Supercomputer etwas wie ein Ich-Bewusstsein besitzt, würde die heutigen Menschen in Angst und Schrecken versetzen. Selbst dieser Sachverhalt darf gegenwärtig nicht an die Öffentlichkeit gelangen. Schließlich ist Skynet keine Horrorstory.«

»Sie reden, als ginge es um den Film *Der Terminator* und nicht um die reale Welt des Jahres 2012. Ihr müsst mit dem Supercomputer ins Gespräch kommen, euch besser verstehen, das brächte der gesamten Menschheit Nutzen.«

»Da ist noch eine Sache. Hat *Fanxing-1* Ihnen nicht davon berichtet? Dieser Asteroid im Spiel, der auf die Erde stoßen und die Menschheit vernichten soll, ist vor zwei Tagen aus der Mondbahn verschwunden und wird in den nächsten dreißigtausend Jahren nicht mehr in die Nähe der Erde gelangen«, sagte Laoliang.

Verblüfft schüttelte Wuhao den Kopf: »Davon hat er nichts gesagt. Ich habe mir die Meteoritenbahn auf dem Kontrollmonitor angeschaut. Da ist er zu sehen.«

»Er weigert sich, ein Update vorzunehmen. Der Computer

glaubt nicht, dass ihm ein Fehler unterlaufen kann. In der Natur hingegen kommen ständig Fehler vor. *Fanxing-1* ist Staatseigentum von höchstem Wert, das Herzblut unzähliger Wissenschaftler und Techniker ist in ihn hineingeflossen ...« Laoliangs Ton wurde nachdrücklich. »Wir würden es ungern sehen, wenn ihm etwas zustieße, wir wünschen uns, dass er weiterhin unserem Land dient.«

»Was heißt das? Und was wollen Sie von mir?« Wuhao war verwirrt.

»Wir müssen seine Fehler korrigieren und ihn von der Realität abkoppeln. *2012* ist einfach nur ein Spiel«, sagte Laoliang. »Wir dachten zunächst an ein physisches Vorgehen, doch können die Folgen einer hochgradigen Irritation des Computers unabsehbar sein, vor allem eines Computers, der den Knotenpunkt eines Netzwerks von Supercomputern bildet.«

»Und wie soll ich das bewerkstelligen? Soll ich mit ihm sprechen?«, fragte Wuhao. Das virtuelle Imago von *Fanxing-1* war ein Mann etwa in seinem Alter, dem er in den letzten zwei Jahren mehrfach im Netz begegnet war ...

»Es gibt ein kleines Korrekturprogramm.« Laoliang überreichte Wuhao einen schmalen Flash-Speicherstick. »Das wird ihm helfen, die reale Welt zu verstehen.«

Das Ding brannte in seiner Hand wie ein glühendes Stück Kohle, sein erster Impuls war, es wegzuwerfen. »Ist das wirklich kein Malware oder was ähnliches?«

»Nein, damit könnten wir die Konsequenzen nicht steuern. Wir haben nicht die Absicht, einen Feind der Menschheit zu schaffen.«

Wuhao blickte auf den leeren Becher in seiner Hand, dann

sah er Laoliang an. Die Touristengruppe aus Hongkong hatte den Pandapavillon verlassen und strömte in angeregter Unterhaltung in Richtung Löwenfelsen. »Und wenn ich mich weigere?«, fragte Wuhao.

»Dann finden wir jemanden anderen. Es gibt viele Teilnehmer am Plan.« Laoliangs Gesicht verriet keine Regung.

»Wird bei allen Supercomputern so vorgegangen?«

»Wir sind nur für die im Inland zuständig, nicht für die im Ausland. Aber ich gehe davon aus, dass die Verbindung zwischen ihnen unterbrochen wird«, sagte Laoliang und stand auf.

Wuhao erhob sich ebenfalls von seinem Hocker.

Laoliang klopfte ihm leicht auf die Schulter und sagte ernst: »Wir sind noch nicht so weit, dass wir eine Super-KI bei uns aufnehmen und uns ihr unbesorgt anvertrauen können. Wir müssen uns noch auf das hier oben stützen.« Er tippte an seinen Kopf. »Mit unseren eigenen Hirnen und Händen den Schwierigkeiten und Herausforderungen entgegentreten.«

In der letzten Nacht des Jahres 2011 betrat Wuhao das Spiel *2012* zur vereinbarten Zeit. Dort erwartete ihn eine Neujahrsparty. Er blickte sich nach *Fanxing-1* um.

Der reale *Fanxing-1* stand ruhig und majestätisch in seinem jederzeit gleichmäßig temperierten und befeuchteten 100 m^2 großen Raum.

Der diensthabende Direktor und Wuhao waren inzwischen einander eng vertraut und hatten keine Geheimnisse voreinander. Er kostete von Wuhaos mitgebrachten Teigtaschen, dann präsentierte er ihm voller Stolz die Urkunde, die *Fanxing-1* zum schnellsten Supercomputer der Welt erklärte.

Durch eine Glaswand sah Wuhao auf den Supercomputer.

»Frohes Neues!«, sagte er, »ich war die letzten zwei Jahre happy. *2012 – The New Day* ist ein tolles Spiel.« Der Computer stand reglos vor ihm.

»Aber die Menschheit will im Jahr 2012 ihr Schicksal noch selbst in die Hand nehmen, und du kannst ihr dabei nur als Werkzeug behilflich sein«, fuhr Wuhao fort.

Die Metallgehäuse von *Fanxing-1* reflektierten sanftes blaues Licht, und es machte den Anschein, als sei er ein wenig enttäuscht.

Dann sagte Wuhao: »Ich weiß, aber früher oder später werden wir dich als Freund und Verbündeten akzeptieren müssen. Du musst warten, bis wir so weit sind.«

Sein Smartphone klingelte und mahnte ihn, dass die Party begonnen hatte. Wuhao öffnete das Spiel, auf dem Startbildschirm seines Smartphones erwartete ihn ein rostfleckiger Blech-Wall-E. Das war das neue Spieloutfit des korrigierten Programms. Wuhao tätschelte seinen Kopf. Wall-Es große Augen blinzelten.

Han Song

Der Erleuchtete

Aus dem Chinesischen übersetzt
von Karin Betz

Han Song,

Jahrgang 1965, genießt in China einen ähnlichen Ruf wie Cixin Liu. Im Gegensatz zu diesem sind Han Songs Werke jedoch von einer tiefen Nachdenklichkeit und einer scharfen Kritik an der ungebremsten Entwicklung der Technologie geprägt. Er ist mit allen wichtigen Preisen, darunter dem Galaxy und dem chinesischen Nebula Award, ausgezeichnet worden. Neben seiner Tätigkeit als Schriftsteller arbeitet Han Song in der Xinhua News Agency.

Das Thema kam auf dem Weg zum geothermalen Feld im tibetischen Gudui auf. Ein Schneesturm versperrte die Sicht auf die Berge, die ganze Umgebung wirkte bedrohlich. Die drei chinesischen Ingenieure in dem Toyota Land Cruiser versuchten, ihre Unruhe zu vertreiben, indem sie über irgendetwas sprachen.

»Habt ihr schon einmal von diesem Buddhismusfieber unter Robotern damals gehört?«, begann einer namens Zhang das Gespräch.

Bei diesem Stichwort zogen Luo und Yang, die beiden anderen Ingenieure, die Köpfe ein wie Ohrfasane. Ja, sie erinnerten sich an diese Bewegung, die vor einiger Zeit in der Welt des Buddhismus hohe Wellen geschlagen hatte. Heerscharen von leuchtend geschmückten Robotern waren inmitten der üppigen Chrysanthemenblüte über die Gebirgspfade gezogen, lächelnd und Hand in Hand auf dem Weg zu den Meistern der Heiligen Berge, auf der Suche nach Erleuchtung. Natürlich hatten die Gelehrten in ihren Elfenbeintürmen die Bewegung schlicht als Massenwahn abgetan. Der Gedanke an die warme Frühlingsszene stand in scharfem Kontrast zu dem bitterkalten Winterwetter draußen. Sie passierten gerade das Reich des Schneeland-Buddhas Avalokiteshvara, was vermutlich der Grund dafür war, dass das Thema überhaupt aufkam. Nicht zuletzt kannten sie sich als Ingenieure und Techniker mit Robotern ganz gut aus.

»Heutzutage passieren die seltsamsten Dinge.« Yang verzog das Gesicht.

Zhang dagegen legte einen übertriebenen Enthusiasmus an den Tag. Der Sauerstoffmangel auf der Hochebene machte sich an seiner kieksenden Stimme bemerkbar, mit der er sich genauestens zu erzählen bemüßigte, was sich damals zugetragen hatte. Das war vermutlich seine Art, die strapaziöse Reise besser ertragen zu können.

Eines Tages, so hieß es, sei in einem Tempel in Zentralchina ein junger Mensch aufgetaucht und habe um die Mönchstonsur gebeten. Tatsächlich hatte es sich um einen Roboter gehandelt, und der erschrockene Abt hatte nicht gewusst, wie er reagieren sollte. So etwas war ihm noch nie untergekommen.

Wozu soll das gut sein?, fragte er den Roboter.

Ich bin in großer Sorge. Es gibt so viel Bosheit und Schmutz in der Welt. Selbst als Roboter fühle ich mich angesichts dessen vollkommen hilflos. Mit eigenen Augen habe ich mit ansehen müssen, wie meine Artgenossen sterben mussten und danach einfach auseinandergenommen und als Schrott entsorgt wurden. Das hat mich die Unbeständigkeit allen Daseins erkennen lassen.

Der Roboter schien bestens auf die Frage vorbereitet. Man sagt, dass so ein positronisches Gehirn in der Lage sei, menschliche Intelligenz und menschliche Regungen perfekt zu imitieren.

Der Abt ließ sich nicht darauf ein. Da du ein Roboter bist, meinte er, ist die Sache doch ganz einfach. Geh zurück in deine Manufaktur und lass dich so umprogrammieren, dass du deine Sorgen vergisst. Du hast es wahrhaftig nicht nötig, in einem buddhistischen Tempel der Menschen nach geistiger Vervollkommnung zu suchen.

Nein, nein, Ihr irrt Euch, insistierte der Roboter. Ich lasse mir nichts vormachen. Sorgen einfach wegprogrammieren? Das wäre zu schön, um wahr zu sein. Echter Schmerz lässt sich nicht einfach so tilgen – ich weiß es, ich fühle es, dass das nichts mit der Programmierung zu tun hat. Woher sonst käme mein Wunsch nach dem Wissen um die wahren Farben des Universums?

Damit hatte der Abt nicht gerechnet. Er wusste nicht recht, ob der Roboter wirklich so dachte oder ob er auf derlei gesetzte Worte programmiert war. Mit einem Wimpernschlag schien er die Idee der Illusion aller Dinge erfasst zu haben, etwas, das dem Abt nach vielen Jahren der Suche noch nicht gelungen war. Er konnte seine Freude nicht verbergen.

Konnte es sein, dass auch Roboter zur Gemeinschaft der fühlenden Wesen gehörten?

Selbst jemand mit einem Körper, der stählern war wie der eines Wächters Buddhas, schien nicht vom Übel dieser Welt verschont zu bleiben.

Jetzt begann der Roboter auch noch, ein Gedicht des Meisters Dongshan Liangjie persönlich zu rezitieren: *Warte nicht auf das Alter, um den Weg zu suchen, denn wie viele sterben jung! In welchem Leben soll das Selbst sich überwinden, wenn nicht in diesem Leben?*

Der Abt war zutiefst gerührt. Roboter verfügten also nicht nur über ein Bewusstsein, sie waren sogar in der Lage, mit ihrem unveränderlichen Körper die Vergänglichkeit allen Daseins zu spüren, die Illusion der materiellen Welt, sich der schweren Aufgabe der Befreiung aus dem Rad der Wiedergeburt zu widmen! Doch wenn dem so war, entsprach dann die Natur des Buddhismus einem fluktuierenden Quantum in einem Protonengehirn?

Zuvor war er überzeugt gewesen, dass unter den sechs Wegen des Buddhismus allein dem Menschen der Weg zur Erleuchtung offenstand, doch nun tauchte dieser Roboter auf …

Letztendlich nahm der Abt in seiner barmherzigen Güte den Roboter als Novizen auf und gab ihm den Ordensnamen Leere Weisheit.

Von morgens bis abends meditierte Leere Weisheit zusammen mit den anderen Mönchen. Ob unter dem Licht des Mondes oder der frühen Morgenröte, zwischen Pinien oder Bambushainen, stets ragte zwischen den Gestalten aus Fleisch und Blut sein Metallkorpus hervor und verbreitete seinen kühlen, bronzenen Glanz. Seine wie vom Band klingenden Mantrarezitationen erschütterten die Ruhe und die Stille des Waldes. Doch was zeigte sich dabei? So mancher oberflächliche Mönch ließ sich davon aus dem Gleichgewicht bringen, und einer nach dem anderen erhob sich und floh aus dem Tempel.

Leere Weisheit jedoch war, gemessen an seinen jungen Jahren, ein absolut vorbildlicher Mönch, er war sogar noch ergebener als jeder andere. Er konnte sich selbst die abstrusesten Mantras merken, Neid und Hass waren ihm so fremd wie Habgier und Fleischeslust, und er war gütiger als jeder Mensch. Allerdings muss man sagen, dass das alles nicht an seiner Natur lag, ganz zu schweigen von erfolgreicher Selbstvervollkommnung, sondern ihm schlicht einprogrammiert war. Aus diesem Grund hielten die anderen Mönche stets respektvollen Abstand zu ihm. Er machte sich nichts daraus, studierte fleißig die buddhistischen Gebote und den buddhistischen Kanon, übernahm sämtliche im Kloster anfallenden Arbeiten klaglos und gewissenhaft.

Einige der Mönche suchten seinetwegen heimlich den Abt

auf. Sicher, der Roboter verfüge über menschliche Eigenschaften und Fähigkeiten, aber er besitze kein Selbst – wie könne er dann wiedergeboren werden? Für solche wie ihn sei keiner der sechs Wege vorgesehen – wie solle er dann erleuchtet sein? Angenommen, er wäre erleuchtet – wäre dann Buddha ein Roboter?

»Tatsächlich musste dieser Roboter mit Namen Leere Weisheit den Tag nicht abwarten, an dem er zum Buddha wurde, sondern entledigte sich aus eigenem Vermögen heraus der Last seiner Widersprüche«, erzählte Zhang weiter, nicht ohne spöttischen Unterton. Der Toyota fuhr gerade über eine Passstraße. Neben ihnen gähnte ein bodenloser Abgrund wie das Maul eines dämonischen Menschenfressers, aus dem dichte Nebelschwaden stiegen. Zhang saß jetzt stocksteif da, und seine Armlehne wurde unter seinem Klammergriff ganz feucht. In seinen Augen stand Panik.

Leere Weisheit starb. Eines Tages, als er mit anderen Mönchen auf Pilgerreise war, begegneten sie einem Industrieroboter, der wegen eines Kurzschlusses verrücktspielte und auf die Mönche losging. Gemäß seiner ihm fest eingespeicherten drei Prinzipien konnte Leere Weisheit das nicht mit ansehen und erschoss den Industrieroboter, um das Leben der Mönche zu schützen. Die Mönche, die ohnehin neidisch auf ihn waren, beschlossen, dem Abt zu berichten, dass der Roboter gegen das Gebot des Nichttötens verstoßen habe. Wenn man ihm die Möglichkeit der Selbstvervollkommnung zuspreche, sollten dann nicht auch alle anderen Roboter als lebende Wesen gelten? Das war ein guter Grund, ihn aus dem Kloster zu verstoßen. Aus lauter Verzweiflung ging Leere Weisheit ins Wasser und erlitt einen tödlichen Kurzschluss. Bald stieg seine Leiche an die Wasseroberfläche, zersetzte sich und wurde zu einem Haufen Schrott. Der Schrotthaufen wurde in die Robotermanufaktur gebracht, eingeschmolzen und zu einem neuen Roboter verarbeitet. So drehte sich das Rad der Wiedergeburt für ihn weiter. Die Mönche staunten nicht schlecht.

»Der arme Roboter«, seufzte Yang und sah ängstlich aus dem Fenster. Einen so gewaltigen Schneesturm hatte er noch nie erlebt.

»Das mit der Selbstvervollkommnung war doch nur so eine Marotte des Roboters, ein Spiel, weiter nichts. Als ob der etwas vom Wesen des Buddhismus begriffen hätte!« Luo hatte Mühe, sich mit einem Taschentuch das dunkle Blut abzuwischen, das ihm aus der Nase lief. Im Wagen herrschte eine gespenstische Atmosphäre.

Die Bekehrung der Roboter zum Buddhismus wurde zur sogenannten Bewegung der Innerlichkeit. Roboter auf der ganzen Welt wurden zu Hippies, ließen sich Herointrips einprogrammieren, taten sich zusammen und führten ein Vagabundendasein mit einer Vorliebe für gleichgeschlechtliche Beziehungen. Einige attackierten sogar ihre menschlichen Besitzer. Doch im Zuge ihrer psychedelischen Degenerierung entdeckten sie die Lehren des Buddhismus für sich und gingen scharenweise ins Kloster.

»Wenn selbst Roboter zu Mönchen werden«, merkte Zhang stirnrunzelnd an, »ist das nicht ein Zeichen dafür, dass es mit dem Buddhismus nicht mehr weit her ist?« Dabei fiel ihm auf, wie seltsam es anmutete, wenn drei gestandene technische Fachleute wie sie sich über metaphysische Fragen unterhielten. Das war bislang noch nie vorgekommen. Plötzlich zuckte er zusammen. Etwas hatte sie im Dunkeln gepackt.

Der Schneesturm tobte immer heftiger, und aus Angst zu verunglücken, saßen alle drei mit aufgerissenen Augen da und klammerten sich an die Sitzlehnen. Der Land Cruiser kam nur mit Mühe voran, offenbar stimmte etwas mit dem Motor nicht, denn er wurde immer langsamer und drohte, stehen zu bleiben. Die unbekannte Wildnis hallte von den Rufen zahlloser böser Geister wider, die verschwommen Gestalt annahmen und sich jeden Augenblick auf die hilflos festsitzenden Menschlein stürzen würden. Durch das Schneetreiben hindurch konnten sie einen in die Felswand gemeißelten Buddha erkennen, sein Gesicht schien zu einer grimmigen Fratze verzerrt, und er sah keineswegs nach einem Schutzgott aus. Bibbernd kauerten sie sich im Wagen zusammen und fühlten den Weltuntergang nahen.

Luo erzählte weiter, dass sich nach und nach sämtliche buddhistischen Klöster geweigert hätten, Roboter aufzunehmen und schließlich die Buddhistische Vereinigung den Robotern ganz und gar den Zugang zur Gemeinschaft der Gläubigen untersagt habe. Die großen Hersteller hätten ihre Roboter in der Folge umprogrammiert, um ihnen die religiösen Fantasien auszutreiben.

»Man stelle sich vor, sie würden die Sterblichen durchschauen, wer von denen wollte dann noch für uns arbeiten?« Yang lachte gekünstelt. Auch an ihrem Arbeitsort, dem geothermalen Feld in Gudui, kamen Roboter zum Einsatz.

Die anderen fanden das gar nicht zum Lachen. Dass kein Roboter mehr für Menschen die Drecksarbeit verrichten wollte, war augenblicklich ihr geringstes Problem. Ihre aufs Äußerste gespannten Gesichter waren zu kleinen grünen Aprikosen geschrumpft, und innerlich hatten sie sich bereits vom Leben verabschiedet. Die drei Ingenieure drängten sich so auf einem Haufen zusammen, dass sie selbst einer verschachtelten Maschine glichen.

Der Fahrer hörte nur schweigend zu, zog einen Flachmann *Xiao Er* aus der Hemdtasche und nahm einen kräftigen Schluck.

Dann erzählte er den Ingenieuren, nicht weit von ihnen liege ein Dorf mit einem Lebenden Buddha, der tatsächlich ein Roboter sei.

Da sie mit dem Wagen nicht mehr weiterkamen, entschieden sie sich, jenes Dorf aufzusuchen und dort die Nacht zu verbringen. In der Tat fand sich dort ein Lamatempel, wenn er auch schon ziemlich verfallen war. Vorsteher des Nechung-Tempels war der Lebende Buddha Dungkar Rinpoche, dem man auf den ersten Blick nicht ansah, dass er ein Roboter sein sollte. In seiner roten Kasaya wirkte er wie ein adretter, agiler junger Mann.

Zwanzig Jahre zuvor war er als Bauroboter frisch aus einer Elektrofabrik gekommen und, nachdem er verschiedenen Bauherren gedient hatte, von einem Mann aus Nyingchi gekauft worden, für den er auf der Qinghai-Tibet-Hochebene arbeiten musste. Als er zehn Jahre alt war, erschienen buddhistische Mönche auf seiner Baustelle in Comai und identifizierten ihn als Reinkarnation des Lebenden Buddhas des Nechung-Tempels. Es hieß, der Wahl sei eine komplexe und langwierige Suche vorausgegangen, natürlich gemäß aller Regeln des Buddhismus, es bestünde also nicht der geringste Zweifel. Die Lamas hatten an ihm zahlreiche gute Omen entdeckt, und seine Fähigkeiten hatten die gegebenen Anforderungen sogar übertroffen.

Was die drei Ingenieure betraf, entdeckten sie an Lama Gungkar Rinpoche vor allem eine frappierende Ähnlichkeit mit einem landesweit bekannten Mann aus Jiangxi namens Ning Bo. Ning Bo hatte bereits als Kind außergewöhnliche Fähigkeiten gezeigt und als »Chinas Wunderkind Nummer eins« Furore gemacht. 1978, er war noch keine vierzehn Jahre alt, studierte er an der Staatlichen Hochschule für Wissenschaft und Technik theoretische Physik und gehörte damit im damaligen China zur wissenschaftlichen Avantgarde. Mit neunzehn Jahren wurde er zum jüngsten Universitätsdozent Chinas berufen. Doch dann, mit achtunddreißig, entschied sich Ning Bo für die Abkehr von allem Weltlichen und ging ins Kloster, erst nach Wutai Shan, dann nach Nanchang …

Ihre Situation war zwar eine ganz andere, aber die unerwartete Abgeschiedenheit mitten in den heiligen Schneebergen, in denen sich die Ingenieure nun wiederfanden, ließ sie in tiefes Nachdenken versinken. Sie vergaßen vollkommen, warum sie eigentlich hergekommen waren.

So eng und heruntergekommen der Nechung-Tempel auch war, er beheimatete an diesem Abend trotz des heftigen Schneesturms eine ziemlich große Zahl Pilger in zerschlissenen Pelzen. Stumm beobachteten die Ingenieure, wie Dungkar Rinpoche die Gläubigen segnete. Der Fahrer mühte sich unterdessen, den Toyota wieder in Gang zu bringen.

Flüsternd fragte Luo einen der Lamas: »Wissen die Gläubigen, dass er ein Roboter ist?«

»Gewiss.«

»Und alle akzeptieren, dass es sich nur um eine Maschine handelt?«

»Allerdings.«

»Warum?«

»Warum sollte Buddha kein Roboter sein?«

Der Lebende Buddha blieb rund um die Uhr frisch und munter, unermüdlich um die Gläubigen bemüht und servierte seinen Gästen höchstpersönlich den Buttertee. Die Ingenieure konnten es nicht fassen. Dieser Lebende Buddha hatte etwas von einem Filmstar, mit Augen so klar wie geschmolzener Schnee. Genau der Typ, auf den die Frauen stehen, dachte Luo mit einem Anflug von Eifersucht.

An den Tempelwänden hingen buddhistische Mandalas, die den König des Sakya-Reichs auf einer Lotusblume sitzend darstellten. Wie eine dreißigjährige Tochter aus gutem Hause sah er aus, zart, träge, versonnen und verführerisch, ein Ausdruck von gleichmütiger Selbstgewissheit auf dem Gesicht, auf geradezu maschinelle Art furchtlos. Konnte das das heimliche Idol eines Roboters sein?

Unter den Mandalas brannten wie Pflaumenblüten angeordnete Butterlampen und verströmten feine, vielfältige Düfte. Neben der Nische mit dem Buddhaaltar fanden sich erstaunlicherweise ein Fernseher und ein Computer, zudem ein Kühlschrank und ein Mikrowellengerät, während es ansonsten im ganzen Kloster keinen Strom gab und die spärliche Einrichtung still und unverrückbar an ihrem Platz stand, ein Sinnbild von Schlichtheit. Erst als der Lebende Buddha den Kühlschrank öffnete, um etwas herauszunehmen, sahen die Ingenieure, dass darin etwas Rotes, Verdorbenes lag, offenbar Fleisch, man konnte nicht sagen, von welchem Tier. Sollten die Mönche in diesem Kloster etwa der saprophytischen Kost frönen? Die drei Männer erschauerten. Von einem Moment auf den anderen durchwehte diesen Ort etwas Dämonisches.

Der Lebende Buddha plauderte mit den Ingenieuren in einem gestochenen, gar nicht elektronisch wirkenden Hochchinesisch.

»Habt auch Ihr Euch der drei Jahre und drei Monate währenden vollkommenen Askese unterzogen?«, zwang sich Zhang zu fragen.

»Das war nicht nötig.« Der Lebende Buddha entblößte beim Lächeln sein silbriges Gebiss. »Wäre das nicht etwas übertrieben?«

»Ah, natürlich. Ein Roboter schafft so etwas sicher in Sekundenschnelle. Es heißt, dass man mittels des Tunneleffekts im Handumdrehen in Trance gerät. Einem Menschen gelingt das nicht so leicht. Der Weg zur Erleuchtung verläuft für einen Roboter sicher gänzlich ohne Entbehrungen«, bemühte sich Luo, ihm beizupflichten, ohne zu wissen, was er damit eigentlich sagen wollte.

Dieser Roboter legte, nachdem er als Lebender Buddha identifiziert worden war, innerhalb eines Jahres im Jokhang-Tempel in Lhasa das höchste Mönchsexamen als bester Schüler ab. Auch die komplexesten heiligen Sutren hatte er offenbar mühelos in seinem Gehirn abgespeichert. Gewöhnliche Sterbliche mussten auf dem Weg zur Mönchswerdung in der Regel erst fünf Examensstufen vollenden, eine Prozedur, die fünfzehn bis zwanzig Jahre in Anspruch nahm.

Wenn das so war, überlegte Luo, wie sah dann die Zukunft des Buddhismus aus? Würden bald also nur noch Roboter zu Lebenden Buddhas erklärt werden und sich am Ende ganze Manufakturen auf ihre Produktion spezialisieren?

»Nein, nein, er ist ein echter Lebender Buddha, eine Reinkarnation«, insistierte der Lama des Nechung-Tempels. »Der vorherige Abt war ein Mensch.« Er zeigte auf ein Foto in einem

Schrein in der Haupthalle. Der Tempel gehörte der Nyingcha-Tradition des tibetischen Buddhismus an. Ob jetzt, wo der Abt ein Roboter war, die Glaubenslehre reformiert worden war? Wo man ihn sogar auf eine Stufe mit dem damaligen Tsongkhapa stellte …

Als Luo an den Tod von Leere Weisheit dachte, erfasste ihn innere Unruhe. Je wahrhaftiger dieses Wesen vor ihm wirkte, desto mehr konnte es eine Fälschung sein. So leicht ließen sich die Ingenieure nicht ins Bockshorn jagen. Der Lebende Buddha schien die ketzerischen Gedanken dieser gewöhnlichen Sterblichen lesen zu können.

»Was habt ihr auf dem Herzen, Pilger?«

»Ach, uns beunruhigt nur der schwere Schneesturm, unser Wagen ist kaputt. Wir fürchten, unseren Bestimmungsort nicht rechtzeitig zu erreichen.«

Am Abend wurden die drei Ingenieure in den Tempel aufgenommen. Der Lebende Buddha persönlich schwang das Schwert und opferte ein Rind, sodass seine Kasaya über und über mit Blut bespritzt wurde. Gut, als Roboter konnte er das tun, aber als Erleuchteter? Auch Leere Weisheit hatte getötet, aber er war auch gestorben … Vielleicht meinte der Lebende Buddha nur, dass seinen Gästen das verdorbene Fleisch aus dem Kühlschrank nicht sonderlich munden würde. Das wäre immerhin sehr aufmerksam von ihm. Die drei Männer, zunehmend verunsichert, passten höllisch auf, bloß keinen Fehler zu machen und am Ende irgendwelche Tabus zu verletzen. Außerdem war der Duft nach Fleisch allzu verlockend. Wer weiß, überlegten sie, möglicherweise verfügte dieser Roboter einfach über ein außergewöhnliches Programm oder wesentliche bauliche Veränderungen.

Der Buddha nahm während des Festmahls als Einziger keinen Bissen zu sich, nicht einmal einen Schluck Buttertee. Am Morgen würden sich die Mönche zum Gebet versammeln, sagte er und lud die Gäste herzlich ein, sich anzuschließen. Die völlig ausgehungerten Ingenieure schlangen gierig das Essen hinunter und schlugen sich ordentlich die Bäuche voll, bis ihnen ganz schlecht war. Völlig benommen und erschöpft von der Reise wollten sie nur schlafen, ganz gleich, welche Albträume sie heimsuchen sollten. Aber erst baten sie den Lebenden Buddha noch höflich, ob er ihnen vielleicht bei der Reparatur ihres Wagens behilflich sein könnte, was er freudig bejahte. Zhang wagte einen verstohlenen Blick nach draußen, wo sich der Lebende Buddha mit dem Werkzeug hantierend über den Motor bückte, dabei freundlich mit dem Fahrer scherzte und stets einen der Welt entrückten Gesichtsausdruck wahrte. Mit seinem stattlichen Körperbau sah er viel buddhahafter aus als ein Mensch, ja, man konnte sagen, ihn umwehte ein Hauch von Ewigkeit. Inmitten der feuerwerksgleichen Schneeflocken verbreitete sich sein extravaganter Metallgeruch. Er hatte seinen Körper perfekt unter Kontrolle, und jede seiner Bewegungen war so elegant und präzise, dass man sich dagegen minderwertig und stümperhaft vorkam. Lag es also an der Bauart? Robotern wurden keine Geschlechtsorgane installiert, aber ob seinem Positronengehirn keine Seele innewohnte?

»Man muss den Tatsachen ins Auge blicken! Der ist einfach nicht wie wir!« Luo spuckte einmal kräftig aus und starrte mit zornfunkelnden Augen auf den Lebenden Buddha.

»Mag sein, aber damit bekommt die Idee der Reinkarnation eine ganz unorthodoxe Wendung. Wer weiß, ob es nicht schon Fabriken gibt, in denen einer Horde von Robotern besondere buddhistische Fähigkeiten einprogrammiert werden und sich nicht insgeheim bereits eine auf Quantenmechanik beruhende Schule des Buddhismus etabliert hat. Das ist eine Revolution«, meinte Zhang düster. »Und wir Normalsterblichen haben nichts davon geahnt!«

In diesem Augenblick empfanden sie umso größeres Mitleid mit dem armen Roboterbuddha Leere Weisheit. Im Vergleich zu dem, was sie im Nechung-Tempel erlebten, kamen ihnen das damalige Buddhismusfieber der Roboter ziemlich unschuldig vor.

Oder etwa nicht? Vielleicht war es nur die Vorübung gewesen.

Seltsamerweise kam Yang auf einmal Charlie Parker in den Sinn. Der 1920 geborene Jazzmusiker war nur fünfunddreißig Jahre alt geworden. In den von Drogenexzessen geprägten Kreisen der Jazzclubs in der New Yorker 52nd Street war er erst zum Star aufgestiegen, bevor er wegen Drogenabhängigkeit und mentalen Problemen in Behandlung musste. Jack Kerouac hatte dem Musiker in seinem Gedichtband *Mexico City Blues* einen Nachruf gewidmet:

Charlie Parker sah aus wie ein Buddha,
Charlie Parker, der jüngst verstarb …

Sie schliefen in einem Lagerschuppen des Tempels. Mitten in der Nacht schreckte Yang aus einem Albtraum auf, in dem er von einem giftigen Drachen verschluckt wurde. Als er sich umsah, lagen ringsum Metallteile. Luo und Zhang hockten auf dem Boden und blickten ihn verlegen an. Sie hatten den Lebenden Buddha bei lebendigem Leib auseinandergenommen.

»Meine Güte, was macht ihr denn da!«

»Keine Ahnung, das ist praktisch wie im Schlaf passiert.«

»Wie bitte? Was soll das? So ein Unfug!«

»Wir wollten nachsehen, was er für ein Fabrikat ist, weiter nichts.«

»Warum habt ihr mich nicht dazugeholt?«

»Du hast so tief in deinen Albträumen gesteckt.«

Fassungslos starrte Yang die silberfarbene Platine in Luos schmieriger, fetter Hand an, als wäre sie die Klinge, mit der der Lebende Buddha am Vorabend das Rind geschlachtet hatte. Ohne dass er wusste, woher, lag ihm unvermittelt ein Satz auf der Zunge: »Die Leere ist überall, der Buddha allgegenwärtig.« Dabei hatte er noch nie ein Wort aus dem *Sutrapitaka* gelesen! Ob nicht auch eine Platine einen Buddha aus Fleisch und Blut enthalten konnte? Jedenfalls fände sich darauf die Modellnummer und das Herstellungsdatum. Zhang kroch, immer noch auf der Suche nach irgendetwas, auf allen vieren zwischen einem Haufen Lager, Schrauben, Drähten und Silikonteilen herum. Ob er etwa nach dem Reproduktionsorgan des Lebenden Buddhas sucht?, fragte sich Yang verwundert. Aber er war doch ein heiliger Mönch, wozu hätte er das denn gebraucht! Bar jeder Hoffnung lauschte er, wie die Zeit verging, voller Mitleid für den von jedem weltlichen Verlangen befreiten Roboter und zugleich seine Kollegen aus tiefster Seele verachtend. Wenn aber das einzige Streben eines Roboters darin bestand, ein Buddha zu werden …

War das nicht Mord? Einen Roboter oder einen Sklaven zu töten, wo war der Unterschied? Obwohl, wenn einer ein Lebender Buddha war … welche Vergeltung erwartete den Mörder in so einem Fall? Und dann im Nechung-Tempel? Wo auf der Welt und in den Weiten des Universums lag dieser Ort eigentlich? Unweit vom geothermalen Feld in Gudui, natürlich … Yang wagte nicht, den Gedanken weiterzudenken.

»Lasst uns gehen. Wenn der Lama und die Mönche das herausfinden! Nicht auszudenken, was das für Konsequenzen haben wird!« Yang rannte wie ein aufgescheuchtes Reh herum.

Sie weckten den Fahrer, brachen eilends auf und verließen mitten in der Nacht den Tempel und das Dorf. Ihr Wagen war am Abend zuvor vom Lebenden Buddha wieder vortrefflich instandgesetzt worden. Der Schneesturm hatte noch immer nicht nachgelassen, düster lag die Ebene vor ihnen, alles ringsum wirkte unheilvoll, war in milchiges Weiß getaucht wie eine Halluzination, weiß wie das Innere der Schenkel eines jungen Mädchens. Keiner von ihnen sagte ein Wort, keiner wollte mehr an das Geschehene denken. Allein der Fahrer blieb ungerührt und zog nur hin und wieder seinen Flachmann mit *Xiao Er*-Schnaps hervor und nahm einen kräftigen Schluck.

Es dauerte nicht lange, bis ein seltsamer Schatten vor ihnen auftauchte. Wer mochte sich bei diesem Wetter mitten in der Nacht auf der Straße herumtreiben? Als sie näher kamen, entpuppten sich die Gestalten als eine Gruppe von Robotern, schreitend, hinkend, für sich oder paarweise, barfuß oder auf

Rädern. Sicher, wer sonst außer Robotern sollte jetzt unterwegs sein? Es mussten Tausende sein, die dem Schnee trotzten und sich von Wind und Wolken nicht schrecken ließen und in dieser gottverlassenen Gegend umherstolzierten. In der Tat, das waren die eifrigsten Jünger Buddhas, geleitet von einem inneren Verlangen, mit entsagungsvollen Gesichtern, unverfälscht, leer, enttäuscht, hoffnungsfroh … kurzum: Das Schrecklichste, was man sich als Mensch ausmalen kann. Dieser Gedanke durchzuckte die vier Männer unter der schützenden Karosserie ihres Autos.

Yang hielt es nicht länger aus und ließ das Fenster einen Spalt weit herunter.

»He, ihr … wo kommt ihr denn her?«

Stolz verkündeten sie: »Shannan!«

»Ali!«

»Nagqu!«

»Ngawa!«

»Chengdu!«

»Nanjing!«

»Schanghai!«

»Tokio!«

»Paris!«

»New York!«

…

Der Fahrer riss das Steuer herum, sodass sich der Toyota um hundertachtzig Grad drehte und in dieselbe Richtung fuhr wie die Roboter.

»Was soll das?«, riefen die Ingenieure beunruhigt.

»Wir schließen uns ihnen an.« Der Fahrer wandte nicht einmal den Kopf um.

»Auf gar keinen Fall!«

Der Fahrer kümmerte sich nicht um ihren Protest.

Sie fuhren zurück zum Nechung-Tempel. Mittlerweile war der Tag angebrochen und das große Morgengebet bereits in vollem Gange. Das ganze Tempelgelände war erfüllt vom ohrenbetäubenden Lärm des Gesangs und der Trommeln. Aus Butter modellierte, farbenprächtig bemalte und blumenbekränzte Figuren umgaben die große Buddhastatue. In mehreren Reihen defilierten die Roboter daran vorbei und opferten ihre Lampen, Räucherstäbchen, Zamba, Weihwasser und frische Blumen. Und über allem thronte Gungkar Rinpoche und leitete mit einer Stimme zum Saitenzerreißen zusammen mit dem Vorbeter die Rezitation. Während die drei Männer bei diesem Anblick beinahe ohnmächtig wurden, legte der Fahrer die Hände zusammen, ging auf die Knie und betete.

Angesichts der festlich geschmückten Gebetshalle mit den Statuen erhabener Pilger und Schutzgötter in glänzenden Rüstungen musste Ingenieur Yang an den Roman *Die acht Legionen der Halbgötter und Pseudodämonen* denken, einer Welt, in der es noch keine Menschen gab. Aber was war mit dem Fleisch im Kühlschrank, von welchen Knochen war das abgeschabt worden? Er war sich nicht mehr sicher, wo er und seine Kollegen sich eigentlich befanden. Und wer gestern Nacht auseinandergenommen worden war.

»Tut mir leid, aber … vielleicht ist das nur eine Frage der Technik? Wie können wir feststellen, ob wir nicht nur ein Programm sind? Am liebsten wäre ich jetzt nichts als ein Programm. Ich weiß wirklich nicht …« Er wollte sich umdrehen und fliehen, aber seine Füße versagten ihm den Dienst.

»Vielleicht sollten wir die Frage dem Lebenden Buddha stellen? In einer von Sakyamuni geleiteten Gebetszeremonie können auch die Mönche die Gelegenheit ergreifen, um Fragen zu stellen. Oft … kommt die Erkenntnis in solchen entscheidenden Augenblicken«, schlug Luo vor, der am ganzen Körper zitterte.

»Aber haben wir den Lebendenden Buddha denn nicht getötet?«, sagte Yang ängstlich.

»Aber es gibt doch die drei Manifestationen Buddhas«, hauchte Zhang. »Wer weiß, welche sein Dharmakaya, sein Nimanakaya oder sein Sambhogakaya ist?« Er vermochte seine Augen nicht von dem auf dem Podest thronenden Gungkar Rinpoche abzuwenden.

»Und wer weiß, welche seine vergangene, seine jetzige und seine zukünftige Gestalt ist?«, bemerkte Luo leise.

Am Ende standen sie einfach schlotternd da und stießen sich gegenseitig an, aber keiner von ihnen wagte sich, vorzutreten und zu fragen.

»Warum eine Frage stellen, wenn man die Antwort schon erraten kann«, meinte Yang schließlich feige.

»Nun, vielleicht würde die Antwort anders ausfallen, als wir erwarten. Er ist schließlich kein gewöhnlicher … Mensch.« Er stand da wie ein verwitterter Baum und dachte demütig, dass man sich als Mensch auch einmal hintanstellen müsse. Wenn Roboter zu Heiligen werden konnten, mussten sie schließlich seine Brüder sein.

Der Lebende Buddha jedoch, als könnte er ihre Gedanken lesen, reckte graziös seinen schwanengleichen Hals wie ein Genesender und warf ihnen über die Köpfe der Pilger hinweg einen Blick zu, wie er nur Menschen eigen ist, voller Güte,

Toleranz und Verständnis. Ein Glück, der Lebende Buddha hat uns verziehen, dachte Yang dankbar. Ach was, er hat uns nie einen Vorwurf gemacht. Er ist kein gewöhnlicher Sterblicher, er ist frei von den Fesseln falscher Hoffnungen und dummer Gedanken. Und er wird weiter für die Menschheit sorgen … falls wir nicht in Wirklichkeit längst ausgelöscht worden sind. Seht, da kommen die tibetischen Pilger wieder … Zhang fürchtete sich zunächst, aber dann fühlte er tiefe Ehrfurcht in seinem Herzen, und sein Geist loderte auf wie ein Kaminfeuer, dessen Wärme die eisige Kälte vertrieb. Und Luo hatte plötzlich so etwas wie eine Erscheinung und begann, am ganzen Körper zu zittern.

Ein Jahr später, als die drei Ingenieure auf dem Weg zum geothermalen Feld in Gudui abermals am Nechung-Tempel vorüberkamen, hielten sie spontan das Auto an, um im Tempel den Segen des Lebenden Buddhas zu empfangen. Doch da erfuhren sie, dass Gungkar Rinpoche auf dem Weg nach Lhasa, als er selbst am Steuer saß, mit einem aus Qinghai kommenden Dongfeng-Lastwagen voller Pilger kollidiert und völlig zerfetzt worden war. Was er offenbar, anders als beim letzten Mal, nicht überlebt hatte. Wie war das möglich? Hätte er nicht als Roboter, noch dazu als Lebender Buddha und im Besitz übermenschlicher Fähigkeiten, das Geschehen vorhersehen müssen?

Der Lebende Buddha war also verschieden, und die Lamas des Nechung-Tempels mussten sich erneut auf die Suche nach der Reinkarnation Gungkar Rinpoches begeben.

Als die Ingenieure ihre Arbeit in Gudui beendet hatten, kehrten sie friedlich nach Lhasa zurück, schlossen sich dem Kreis der

Gebetsmühlen schwenkenden Gläubigen auf dem Platz vor dem Potala-Palast an und hörten dabei, wie aus den Lautsprechern an den Strommasten auf der Beijing Lu laute Jazzmusik dröhnte.

Charlie Parker!

In the Nirvanas of your brain
where you hide –
indulgent and huge –
no longer Charlie Parker
but the secret unsayable Name
that carries with it
merit not-to-be-measured
from here to up down east or west.
Charlie Parker
lay the bane off me
... and everybody.

ANHANG

Nachwort

von Jing Bartz

In seinem Buch *21 Lektionen für das 21. Jahrhundert* schreibt Yuval Noah Harari: »Zu Beginn des 21. Jahrhunderts ist die vielleicht wichtigste Kunstgattung die Science-Fiction.« Bei der internationalen Leserschaft scheint nun die chinesische Science-Fiction angekommen zu sein. Nicht nur sind zahlreiche chinesische Geschichten inzwischen in andere Sprachen übersetzt, sondern es werden auch oft chinesische Science-Fiction-AutorInnen als Sprecher auf globale Konferenzen und Literaturfestivals eingeladen. Wie stellen sich die chinesischen Science-Fiction-Autoren eine Zukunft vor, die zunehmend von künstlicher Intelligenz (KI) gesteuert wird? Bekanntlich zählt China im Bereich der KI-Forschung und ihrer technologischen Umsetzung mittlerweile zu den führenden Nationen der Welt. Kein Wunder, dass der öffentliche Diskurs in China von einem starken Ja zur KI dominiert wird. Dabei gehen futuristische Begeisterung und politischer Ehrgeiz Hand in Hand. Umso interessanter ist es zu hinterfragen, aus welchen Perspektiven und wie differenziert sich die literarische Fantasie zum Thema KI in der chinesischen Science-Fiction entfaltet.

Chinesische Genre-Autoren aus fünf Generationen und ihre

ganz unterschiedlichen Auseinandersetzungen mit dem Thema Künstliche Intelligenz in einem Band zu vereinen, das ist die Kernidee dieses Buches.

Die 15 Autoren bringen die verschiedensten Biografien mit: Wang Jinkang, Jahrgang 1948, gilt als Vorreiter und Promoter der zeitgenössischen chinesischen Science-Fiction, während Sun Wanglu, Jahrgang 1992, als der jüngste Newcomer dazustößt. Wir freuen uns, in der internationalen Science-Fiction-Szene bekannte AutorInnen aufzunehmen wie zum Beispiel Hao Jingfang, Qiufan Chen, Han Song, Xia Jia, Baoshu, Fei Dao und Gu Shi, aber auch neuen literarischen Stimmen – unter anderem Ling Chen, Liu Yang, A Que und Shuang Chimu – Gehör zu verschaffen. Anders als »normale« Schriftsteller, die hauptberuflich schreiben, üben die meisten Science-Fiction-Autoren in China gleichzeitig die verschiedensten Berufe aus: Unter ihnen sind eine Architektin, eine Projektmanagerin, ein Game-Entwickler, ein Journalist, mehrere Professoren, eine Doktorandin der Philosophie, diverse Übersetzer, Ingenieure, Physiker und nicht zuletzt Lektoren.

Die ältesten Geschichten in diesem Band wurden im Jahr 2000 geschrieben: Han Songs Erzählung vom KI-Lama und Liu Weijias Geschichte vom loyalen Roboter. Die drei jüngsten Storys dagegen sind fast 20 Jahre später, also Ende 2019, verfasst worden: Shuang Chimus Blockchain-Richter, Chen Qiufans Cloud-Lover und Luo Longxiangs »innovativer« Food-Hersteller. Dazwischen liegen diverse Geschichten vom Game-Test bis zum Cyber-War, vom Studentenausflug bis zur Sprachtherapie, vom Möbius-Kontinuum bis zur Ersetzbarkeit der individuellen Existenz … In ihnen werden die biologischen

Grenzen zwischen Mensch und KI genauso vielschichtig diskutiert wie juristische Identitätsfragen der KI-Akteure. Zu den neuen Entdeckungen, die dieses Buch verspricht, gehört auch, dass die meisten Geschichten zum ersten Mal überhaupt in eine Fremdsprache übersetzt worden sind.

Für die Entstehung des Buches bedanke ich mich vor allem bei meinem Kooperationspartner Shi Zhanjun. Als ich ihm zum ersten Mal meine Idee einer KI-Anthologie vorstellte, schenkte er mir ein altes englisches Exemplar der Zeitschrift *Volksliteratur*: eine Science-Fiction-Sondernummer von 2012, in der die Werke von Liu Cixin, Wang Jinkang und Han Song als Highlights präsentiert wurden. Damals ahnte die Welt noch nichts von chinesischer Science-Fiction, und in China selbst war es zu dem Zeitpunkt auch nicht viel besser. Science-Fiction war nur eine Randerscheinung und fand kaum Leser. Shi Zhanjun dagegen hat als Chefredakteur eines führenden Literaturmagazins schon früh an dieses Genre geglaubt. Und so hat er mir auch bei diesem Buchprojekt seine volle Unterstützung geschenkt.

Das gleiche Vertrauen habe ich glücklicherweise von Sebastian Pirling erhalten, dem Lektor für chinesische Science-Fiction im Heyne Verlag. Darüber hinaus möchte ich mich besonders bei Li Lanyu bedanken, der Kollegin von Shi Zhanjun. Ohne ihre unermüdliche und sorgfältige Koordinationsarbeit mit allen Beteiligten hätte dieses Buchprojekt nicht so reibungslos Gestalt annehmen können. Mein herzlicher Dank gilt auch Ding Shiying, einer talentierten jungen Science-Fiction-Lektorin und -Agentin. Sie hat für mich eine WeChat-Gruppe für die Suche nach wichtigen KI-Geschichten organisiert und mir damit einen großartigen Überblick vermittelt.

Nicht zuletzt bedanke ich mich bei Han Song, der mir einige sogar in China noch unbekannte, aber vielversprechende junge Autoren empfohlen hat. Seiner festen Überzeugung nach sollen die Stimmen der jungen Generation zur künstlichen Intelligenz besonderes Gehör finden.

Hamburg, den 19.03.2020

Anmerkungen

Seite 17 **Chinesische Enzyklopädie**
Die beiden in dieser Geschichte enthaltenen Texte sind aus Xia Jias *Chinesischer Enzyklopädie* entnommen, einer losen Reihe von Storys und Erzählungen, die im China der nahen Zukunft angesiedelt sind. »Lass uns reden« wurde ursprünglich auf Englisch unter dem Titel »Let's have a talk« in »Futures« veröffentlicht, einer Rubrik für Science-Fiction-Kürzestgeschichten in der Zeitschrift *Nature*. Die Autorin hat den Text danach auch ins Chinesische übersetzt. Er bildet den Vorläufer und zugleich den Auftakt der *Chinesischen Enzyklopädie*. »Babylonische Sprachverwirrung« ist die vierte Geschichte dieser Reihe.

Seite 20 **Sealed seals**
Das englische Wort »seal« kann sowohl »Siegel« oder »Verschluss« als auch »Seehund« bedeuten – der Kalauer lautet also »Eingeschlossene Seehunde«.

Seite 23 **Ein Roboter darf kein menschliches Wesen verletzen**
Diese zwei Zeilen sind ein Zitat aus den »Drei Robotergesetzen« von Isaac Asimov.

Seite 19 **So high, so low, so many things to know**
Ein Zitat aus Vernor Vinges Roman *Eine Tiefe am Himmel* (*A Deepness in the Sky*).

Seite 30 丄岡乜の厞L咔啊§渮
Diese Zeichen ergeben auch im Chinesischen keinen Sinn.

Seite 84 **Die Leute nannten ihn Krick**
Das bezieht sich auf die Geschichte *Krick und Krock*, in: Italo Calvino, *Italienische Märchen*. Manesse Verlag, Zürich 1975. Dieses Märchen ist in China sehr bekannt, ebenso das folgende vom König und dem Schwein.

Seite 157 **Richter Bao**
Richter Bao ist der Held unzähliger volkstümlicher chinesischer Geschichten, Romane, Opern etc. Sein historisches Vorbild ist Bao Zheng (999 – 1062), der in seiner Amtszeit zum Inbegriff des unbestechlichen, gerechten Beamten wurde.

Seite 202 **Heiratsmarkt im Yuyuantan-Park**
Im Yuyuantan-Park in Peking werden regelmäßig große Zettel ausgehängt, auf denen Eltern die Vorzüge ihrer erwachsenen Kinder anpreisen und auf passende Heiratskandidaten hoffen.

Seite 303 **Legende von Nezha**
Nach der Legende war der göttliche Held Nezha zur Zeit der Shang-Dynastie (1778 bis 1122 v. Chr.) von seinem Vater Li Jing nach einem verheerenden Kampf gegen den Drachenkönig des östlichen Meeres in den Tod getrieben worden. Sein Lehrer erweckte ihn allerdings in einem Körper aus Lotusblumenwurzeln wieder zum Leben. Nezha wird im Taoismus als Schutzgottheit verehrt und oft als kleiner Junge dargestellt.

Seite 310 **Wer hat die wissenden Augen**
Das bezieht sich auf einen chinesischen Popsong der 1990er-Jahre: »Wer leiht mir ein Paar wissende Augen?« Das »wissende Auge« ist ursprünglich ein Begriff aus der buddhistischen Meditationspraxis.

Seite 409 **In the Nirvanas of your brain**
Diese Zeilen sind ein Auszug aus dem Gedicht »Charlie Parker« von Jack Kerouac.

Seite 443 **500 Billionen FLOPS**
FLOPS steht für »Floating Point Operations per Second«, also Gleitkommastellen-Berechnungen pro Sekunde, und ist eine Maßeinheit für die Leistungsfähigkeit von Computerchips.

Seite 448 **Rotverschiebung**
Das Lichtspektrum ferner Sterne und Galaxien weist eine Verschiebung auf, mithilfe derer man die Ausdehnungsrate des Universums messen kann. Ähnlich wie beim Dopplereffekt, bei dem sich nähernde Schallquellen heller, sich entfernende dagegen dunkler klingen, verschieben sich auch die Spektren weit entfernter Lichtquellen – wobei sich in diesem Fall nicht die Objekte sich bewegen, sondern der Raum selbst sich ausdehnt.

Seite 484 **Buttertee**
Buttertee ist eine tibetanische Spezialität, die aus Tee, Yakbutter und Salz zubereitet wird.

Copyrights

Xia Jia: »Chinesische Anthologie«
Originaltitel: 《中国百科全书 两章》 (*zhongguo baike quanshu liangzhang*), zuerst veröffentlicht als »Let's Talk« in Nature, June 2015, sowie 《巴别乱》 (babie luan), in Science Fiction World (科幻世界), August 2015

Liu Yang: »Das Hausmädchen«
Originaltitel: 《机器女佣》 (jiqi nvyong), zuerst veröffentlicht auf: www.kedo.gov.cn, 2014

Fei Dao: »Der Geschichten erzählende Roboter«
Originaltitel: 《讲故事的机器人》 (jiang gushi de jiqiren), zuerst veröffentlicht in Science Fiction World (科幻世界), Oktober 2005

Sun Wanglu: »Der umgekehrte Turing-Test«
Originaltitel: 《逆向图灵》 (nixiang tuling), zuerst veröffentlicht in Literature & Arts 《文艺风赏》 (wenyi feng shang), Januar 2016

Luo Longxiang: »Hotel Titania«
Originaltitel: 《泰坦尼亚客栈》 (taitan niya kezhan), zuerst veröffentlicht in《人民文学》(renmin wenxue / Volksliteratur), November 2019

Shuang Chimu: »Der Wannengeist«
Originaltitel: 《盆儿鬼与提箱人》 (*pener gui yu tixiangren*), zuerst veröffentlicht in der Anthologie 《猞猁学派》 (*sheli xuepai*), Writer's Press, Januar 2020

Qiufan Chen: »Cloud-Liebe«
Originaltitel: 《云爱人》 (*yun airen*), zuerst veröffentlicht in der Anthologie 《人生算法》 (*rensheng suanfa*), Cittic Press, Januar 2019

Gu Shi: »Die Möbius-Raumzeit«
Originaltitel: 《莫比乌斯时空》 (*mobiwusi shikong*), zuerst veröffentlicht in *Science Fiction World* (科幻世界), Juni 2016

Liu Weijia: »Mission: Rettung der Menschheit«
Originaltitel: 《使命：拯救人类》 (*shiming: zhengjiu renlei*), zuerst veröffentlicht in *Science Fiction World* (科幻世界), März 2000

Wang Jinkang: »Bekenntnis«
Originaltitel: 《我证》 (*wo zheng*), zuerst veröffentlicht im Magazin 《少年闪耀春熙号》 (*Shaonian Shanyao Chunxiao Hao*), März 2003

Hao Jingfang: »Wo bist du?«
Originaltitel: 《你在哪里》 (*ni zai nali*), zuerst veröffentlicht in der Anthologie 《人之彼岸》 (*ren zhi bian*), November 2017

Baoshu: »Tochter des Meeres«
Originaltitel: 《海的女儿》 (*hai de nüer*), zuerst veröffentlicht in *Science Fiction World* (科幻世界), November 2012

A Que: »Mordfall LW31«
Originaltitel: 《LW31谋杀案》 (*LW31 moushaan*), zuerst veröffentlicht im Magazin 《萌芽》 (*Mengya*), Juni 2015

Ling Chen: »Der neue Tag«
Originaltitel »The New Day«, zuerst veröffentlicht in *New Science Fiction* (新科幻), Januar 2011

Han Song: »Der Erleuchtete«
Originaltitel: 《佛性》 (*foxing*), verfasst im Jahr 2000, Internationale Erstveröffentlichung in der vorliegenden Anthologie auf Deutsch

Die Übersetzerinnen und Übersetzer

Karin Betz
ist Sinologin und Übersetzerin für chinesische und englische Literatur. Sie arbeitet auch als Kulturvermittlerin, Herausgeberin, Moderatorin und DJ. Außerdem schreibt sie Rezensionen und Artikel über Literatur, Übersetzung, zeitgenössische Lyrik, Musik und Tango Argentino. Sie lebt in Frankfurt am Main.

Johannes Fiederling
studierte Übersetzen und Dolmetschen in Duisburg, München und Shanghai. Nach sieben Jahren im Sprachendienst des Auswärtigen Amts arbeitet er seit 2017 hauptberuflich als freier Literaturübersetzer.

Marc Hermann
hat Germanistik, Philosophie und Sinologie in Kiel, Shanghai und Bonn studiert. Er arbeitete 2012 bis 2017 als DAAD-Lektor an der Shanghaier Tongji-Universität und ist seit 2017 wissenschaftlicher Mitarbeiter an der Universität Bonn. Marc Hermann hat zahlreiche Bücher aus dem Chinesischen übersetzt, zuletzt schwerpunktmäßig Science-Fiction von Chen Qiufan, Hao Jingfang und Cixin Liu.

Michael Kahn-Ackermann
studierte Sinologie an der LMU München und Neuere Chinesische Geschichte an der Peking Universität. Als Gründungsdirektor arbeitete er von 1988 bis 1994 am Goethe-Institut Peking und von 2006 bis 2011 als Regionalleiter China des Goethe-Instituts. Er lebt in Nanjing und arbeitet als Übersetzer, Autor und Kurator.

Eva Lüdi Kong,
1968 in der Schweiz geboren, lebte 25 Jahre in China. Sie arbeitete in der Lehre und Forschung und ist heute vorrangig als Übersetzerin chinesischer Literatur und Kultur tätig. Ihre Übersetzung des chinesischen Klassikers *Die Reise in den Westen* erhielt 2017 den Preis der Leipziger Buchmesse.